अमीरी
—— की चाबी ——
आपके हाथ में

अमीरी
— की चाबी —
आपके हाथ में

नेपोलियन हिल

अनुवादक : डॉ. सुधीर दीक्षित, रजनी दीक्षित

MANJUL
मंजुल पब्लिशिंग हाउस

First published in India by

MANJUL

Manjul Publishing House

Corporate and Editorial Office

• 2nd Floor, Usha Preet Complex, 42 Malviya Nagar, Bhopal 462 003 - India

Sales and Marketing Office

• C-16, Sector 3, Noida, Uttar Pradesh 201301, India

Website: www.manjulindia.com

Distribution Centres

Ahmedabad, Bengaluru, Bhopal, Kolkata, Chennai,
Hyderabad, Mumbai, New Delhi, Pune

Hindi translation of
THE MASTER-KEY TO RICHES by Napoleon Hill

This edition first published in 2005
Seventh impression 2016

ISBN 978-93-5543-956-7

Translation by Dr. Sudhir Dixit, Rajni Dixit

Printed and bound in India by Thomson Press (India) Ltd.

अनुक्रमणिका

सोचें!

कई शताब्दियों पहले की बात है। फ़ारस के सम्राट साइरस के सलाहकार क्रोसस नामक बहुत अमीर और समझदार दार्शनिक ने कहा था:

"हे सम्राट, मैं इस नतीजे पर पहुँचा हूँ और इसे अपने दिल में हमेशा याद रखें कि इंसानों की परिस्थितियाँ एक 'चक्र' पर घूमती रहती हैं और चक्र को इस तरह से बनाया गया है कि यह किसी भी व्यक्ति को हमेशा सौभाग्यशाली बनने से रोकता है।"

"जीवन का चक्र" हम सबके भाग्य को नियंत्रित करता है! यह चक्र विचार की शक्ति के माध्यम से काम करता है।

अमीरी की चाबी इसीलिए बनाई गई है, ताकि आप इस महान चक्र पर नियंत्रण और विजय पा सकें, ताकि आप अपनी मनचाही चीज़ें प्रचुरता में पा सकें, जिनमें दूसरे अध्याय में बताई गई ज़िंदगी की बारह महान दौलतें शामिल हैं।

अब आप इस फ़िलॉसफ़ी का अध्ययन करना शुरू कर रहे हैं। इतना याद रखें कि जो चक्र "किसी भी व्यक्ति को हमेशा सौभाग्यशाली बनने से रोकता है," उसे इस तरह भी बनाया जा सकता है कि कोई भी व्यक्ति हमेशा दुर्भाग्यशाली न रहे, बशर्ते वह अपने मस्तिष्क को पूरी तरह नियंत्रित कर ले और ज़िंदगी में किसी निश्चित प्रमुख लक्ष्य को पाने के लिए उसका प्रयोग करे।

पूर्वकथन

"मैं अमेरिकी जनता को सफलता की इस फ़िलॉसफ़ी के रूप में अपनी बेशुमार दौलत से भी ज़्यादा बड़ी दौलत दे रहा हूँ। सफलता की इसी फ़िलॉसफ़ी का प्रयोग करके मैंने अपनी सारी दौलत हासिल की है।"

यह पंक्ति इस पृथ्वी के सबसे अमीर देश के एक बहुत अमीर व्यक्ति की वसीयत में थी। और हम इसी महत्त्वपूर्ण पंक्ति से उस कहानी को शुरू करते हैं। हो सकता है कि यह कहानी इसे पढ़ने वाले की ज़िंदगी का सबसे निर्णायक मोड़ साबित हो।

यह कहानी 1908 में शुरू होती है, जब एंड्र्यू कारनेगी ने एक ऐसे विश्वसनीय व्यक्ति को बुलाया, जिसकी ईमानदारी और निर्णयशक्ति का वे सम्मान करते थे। उन्होंने उसे अपनी बेशुमार दौलत से भी "ज़्यादा बड़ी दौलत" यानी अपनी फ़िलॉसफ़ी सौंपते हुए कहा कि वह इस ज्ञान की अमानत को अमेरिकी जनता तक पहुँचाए।

आज लगभग 100 साल बाद उस फ़िलॉसफ़ी को प्रस्तुत किया जा रहा है। इसका उद्‌देश्य यह है कि आप भी उस दौलत के हिस्सेदार बन सकें और यह जान सकें कि आप ऐसा कैसे कर सकते हैं।

इस तरह की बात से बहुत से लोग ग़लत नतीज़े पर पहुँच जाते हैं, जो बहुत स्वाभाविक भी है। वे सोचने लगते हैं कि इस दौलत में हिस्सा पाने की शर्तें बहुत कठोर होंगी और वे उन्हें पूरा नहीं कर पाएँगे।

बहरहाल, आप ऐसा बिलकुल न सोचें। आपकी तसल्ली के लिए हम शुरू में ही यह बता देना चाहते हैं कि औसत बुद्धि का कोई भी वयस्क इन शर्तों को पूरा कर सकता है। शर्तों के संबंध में चालाकी का कोई पेंच नहीं है, न ही वादे के संबंध में झूठी आशाएँ बँधाई गई हैं।

हम यह वादा करते हैं कि इस पुस्तक के सिद्धांतों पर अमल करने से आपको अपनी मनचाही चीज़ या आवश्यकता की हर चीज़ मिल जाएगी। मैं अब यह स्पष्ट करता हूँ कि मैं आपसे किन चीज़ों का वादा कर रहा हूँः

• यहाँ आपको उस फ़ॉर्मूले का स्पष्ट वर्णन मिलेगा, जिसके द्वारा आप अमीरी की चाबी का पूरा लाभ उठा सकते हैं। यह चाबी हर समस्या के समाधान का दरवाज़ा खोल देगी। यह आपकी अतीत की हर असफलता को बहुमूल्य संपत्ति में बदल देगी। और यह आपको बारह महान दौलतों को पाने की दिशा में ले जाएगी, जिनमें आर्थिक संपन्नता भी शामिल है।

• यहाँ आपको एंड्रयू कारनेगी द्वारा प्रदत्त दौलतों की वह सूची मिलेगी, जो वे योग्य व्यक्तियों को प्रदान करना चाहते थे। साथ ही, आपको यह विस्तृत विवरण भी मिलेगा कि आप उन दौलतों को कैसे पा सकते हैं और उनका कैसे इस्तेमाल कर सकते हैं।

• यहाँ आपको उन साधनों का वर्णन मिलेगा, जिनके द्वारा आप दूसरों की शिक्षा, अनुभव तथा तकनीकी योग्यता का पूरा लाभ उठा सकते हैं और उनकी मदद से ज़िंदगी में अपने प्रमुख लक्ष्य तक पहुँच सकते हैं। इस तरह यह फ़िलॉसफ़ी आपको एक व्यावहारिक साधन उपलब्ध कराती है, जिससे आप अपर्याप्त शिक्षा की कमी को दूर कर सकते हैं और उच्च-शिक्षित व्यक्ति की तरह ही ज़िंदगी के ऊँचे लक्ष्य पाने में सफल हो सकते हैं।

• यहाँ सफलता की फ़िलॉसफ़ी के प्रयोग का अधिकार भी आपको दिया गया है। इस फ़िलॉसफ़ी को 500 से ज़्यादा सफल लोगों के जीवन के सच्चे अनुभवों से तैयार किया गया है। इन लोगों में हेनरी फ़ोर्ड, थॉमस ए. एडिसन, विलियम रिगले जूनियर, साइरस एच.के. कर्टिस, जे. ऑग्डेन आर्मर, अल्बर्ट हबार्ड, चार्ल्स एम. श्वाब, एफ़.डब्ल्यू. वूलवर्थ, फ्रैंक ए. वांडरलिप, एडवर्ड बोक, डॉ. अलेक्ज़ेंडर ग्राहम बेल, क्लेरेंस डेरो और लूथर

बरबैंक शामिल हैं।

• यहाँ आपको एक निश्चित योजना बताई जाएगी, जिसके द्वारा हर कर्मचारी तरक्की करके ज़्यादा आमदनी हासिल कर सकता है। यही नहीं इस काम में उसे अपने नियोक्ता या बॉस का पूरा सहयोग मिलेगा।

• यहाँ आपको एक निश्चित योजना बताई जाएगी, जिसके द्वारा व्यवसायी अपने व्यवसाय को ज़्यादा सफल बना सकता है और अपने ग्राहकों को स्थायी बना सकता है। अपने स्थायी ग्राहकों के सहयोग से वह नए ग्राहक भी बना सकता है, जो उन्हीं की तरह स्थायी बन जाएँगे।

• यहाँ आपको एक निश्चित योजना बताई जाएगी, जिसके द्वारा जीवन बीमा या किसी अन्य उपयोगी सेवा या वस्तु का सेल्समैन ग्राहकों को मित्र बना सकता है और नए ग्राहक खोजने में उनकी मदद पा सकता है।

• यहाँ आपको एक निश्चित योजना बताई जाएगी, जिसके द्वारा कोई भी नियोक्ता या बॉस अपने कर्मचारियों को मित्रों में बदल सकता है और अपने बिज़नेस को ख़ुद के तथा उनके लिए ज़्यादा लाभदायक बना सकता है।

मैं आपसे ऊपर बताए गए वादे करता हूँ। लेकिन आप इसका पूरा लाभ उठा सकें, इसके लिए मेरी पहली शर्त यह है कि आप इस पुस्तक को दो बार पढ़ें। इसकी हर पंक्ति को ध्यान से पढ़ें और पढ़ते समय सोचें!

कोई भी काम किसी निश्चित कारण के बिना नहीं होता है! यह संयोग नहीं है कि आज अमेरिका को दुनिया के "सबसे अमीर और स्वतंत्र" देश के रूप में जाना जाता है। यह निश्चित कारणों की बदौलत अमीर बना है। इनमें से प्रत्येक कारण को हमने यहाँ स्पष्ट रूप से परिभाषित किया है।

अमीरी की चाहत स्वार्थपूर्ण लग सकती है, लेकिन हम सब जानते हैं कि यह एक स्वाभाविक इच्छा है। एंड्रयू कारनेगी यह बात जानते थे। इसीलिए उन्होंने जब इस फ़िलॉसफ़ी का उपहार देने का फ़ैसला किया, तो उन्होंने अपने उपहार के साथ कुछ शर्तें भी जोड़ दी थीं, जिनका पालन करना अनिवार्य था। कारनेगी ने ये शर्तें इसलिए जोड़ीं, क्योंकि वे जानते थे कि इंसान की कमज़ोरी यह होती है कि वह बगैर कुछ दिए बहुत कुछ

पाना चाहता है। वे जानते थे कि ज़िंदगी के हर क्षेत्र में लोग सदियों से "दूध और शहद की नदियों वाले देश" की तलाश कर रहे हैं। वे यह भी जानते थे कि बिना शर्त अमीरी का तोहफ़ा मिलने से व्यक्ति को लाभ कम और नुक़सान ज़्यादा होता है। इसीलिए उन्होंने समझदारी से अपने उपहार के साथ कुछ शर्तें भी जोड़ दीं, ताकि इसे प्राप्त करने वालों में यह आम कमज़ोरी न रहे कि वे बगैर कुछ दिए बहुत कुछ पाने की चाह रखें।

बगैर कुछ दिए बहुत कुछ पाने की चाह ही उन गुप्तचरों की खोज का लक्ष्य थी, जिन्हें मोज़ेस और जोशुआ ने भेजा था। इसका कारण यह था कि इज़राइल के नागरिक कई सालों तक मिस्र की ग़ुलामी से उकता गए थे और जंगलों में काफ़ी समय तक भटकने के बाद समुद्र पार करके वे किसी समृद्ध देश में पहुँचना चाहते थे।

उस देश की समृद्धि का वर्णन सुनकर उन्हें प्रेरणा और शक्ति मिली। इसी वजह से उनके लीडर्स ने प्रबल विरोध के बावज़ूद अपने समूह को एकजुट रखा, जिसकी बदौलत वे अपने लक्ष्य तक पहुँचे।

इसी तरह का उदाहरण हमें आधुनिक युग में भी मिलता है, जब कुछ लोगों ने इंग्लैंड छोड़कर अमेरिका में बसने का फ़ैसला किया। वे न सिर्फ़ भौतिक समृद्धि की तलाश में आए थे, बल्कि एक ऐसे देश की तलाश में भी आए थे, जहाँ व्यक्तिगत पहल-शक्ति, आराधना की स्वतंत्रता, भाषा की स्वतंत्रता के प्रचुर अवसर हों। आधुनिक इतिहास में इतना साहसिक और बेहतरीन क़दम किसी अन्य समूह ने नहीं उठाया है।

उन्होंने इस देश का विकास करके इसे समृद्ध बनाया। उन्हें सफलता और समृद्धि इसलिए मिली, क्योंकि उनके प्रयास एक सुदृढ़ फ़िलॉसफ़ी पर आधारित थे। उनकी कोशिशों का एक सृजनात्मक लक्ष्य था, जिसे एंड्रयू कारनेगी ने सदियों बाद पहचाना। इसी फ़िलॉसफ़ी की मदद से कारनेगी ने न सिर्फ़ ख़ुद ढेर सारी दौलत कमाई, बल्कि उन्होंने अमेरिकी जनता के लिए भी ऐसे सशक्त नियम छोड़े हैं, अमीरी की ऐसी चाबी छोड़ी है, जिसका इस्तेमाल करके वे भी ढेर सारी दौलत कमा सकते हैं।

सदियों की मेहनत के बाद अमेरिकी संस्थापकों के वारिसों ने बहुत प्रगति कर ली है। उन्होंने ऐसी सभ्यता बना ली है, जो दुनिया के इतिहास

में अद्वितीय है। इसकी संस्कृति दुनिया की सबसे महान संस्कृति बन गई है। यहाँ का जीवन-स्तर जितना ऊँचा है, उतना मानव जाति के इतिहास में किसी भी समाज का कभी नहीं रहा। यहाँ के छोटे से छोटे नागरिक को भी इतना आराम, सुविधा, विलासिताएँ और अवसर उपलब्ध हैं, जो दुनिया के किसी अन्य देश के नागरिकों के पास न तो वर्तमान में हैं, न अतीत में थे। ये सभी लाभ ठोस नींव के कारण मिले। ये सब लाभ लोकतंत्र की स्थापना से संभव हुए। अमेरिका के संस्थापकों ने इस धरती पर एक आदर्श राष्ट्र की स्थापना ऐसे सिद्धांतों के आधार पर की, जिन्हें सफल होना ही था।

इस तरह की सभ्यता मानव जाति के इतिहास में और कहीं नहीं मिलती है। हालाँकि इतिहास में बहुत से ऐसे दौर रहे हैं, जब सभ्यता समृद्ध रही है, बहरहाल हमें यह नहीं भूलना चाहिए कि ऐसी हर सभ्यता में समृद्धि सिर्फ़ कुछ प्रतिशत लोगों या मुट्ठी भर नागरिकों तक ही सीमित थी।

अतीत में बहुसंख्यक जनता सम्राटों या राजाओं की ग़ुलाम थी, जिनमें से कई तानाशाह थे, जबकि आज हम इतनी बढ़िया जीवनशैली का आनंद ले रहे हैं, जो उस युग के राजाओं को भी नसीब नहीं थी।

अतीत और आज की संस्कृतियों में भी फ़र्क़ है। यह देखें कि आज अमेरिका के छोटे से छोटे नागरिक के पास भी कितने सारे लाभ हैं : स्वतंत्र शिक्षा, स्वतंत्र मनोरंजन, रेडियो, कार, हवाई जहाज़, सड़कों का तंत्र, संचार के आधुनिक साधन, स्वतंत्र आराधना। ये और हज़ारों अन्य लाभ आज अमेरिका के सभी नागरिकों के पास हैं, जो अतीत के लोगों के पास नहीं थे।

यह अंतर इसलिए है, क्योंकि उद्देश्यों में फ़र्क़ था। यह अंतर इसलिए है, क्योंकि अमेरिकी जीवनशैली के कारण इतना तीव्र विकास हुआ, जो यूरोप या इंग्लैंड में कभी नहीं हो पाया था।

अमेरिका के नागरिक अपनी अंतरात्मा की आवाज़ का अनुसरण करने के लिए स्वतंत्र हैं। उनके पास आराधना की स्वतंत्रता है, भाषा की स्वतंत्रता है, प्रेस की स्वतंत्रता है, राजनीतिक मान्यता की स्वतंत्रता है, अपनी पसंद के किसी भी व्यवसाय में पहल-शक्ति के पूर्ण उपयोग की

स्वतंत्रता है। और इन सब स्वतंत्रताओं की रक्षा एक ऐसी शासन प्रणाली करती है, जो उनकी मेहनत के फल सुनिश्चित करती है।

यह अंतर इसलिए है क्योंकि स्वतंत्रता, जीवन और सुख हमारे देश के विकास के आधार रहे हैं और समृद्ध जीवन हर नागरिक का लक्ष्य रहा है।

पहले तो कार्य करने वाले लोग व्यक्तिगत रूप से अपनी पहल-शक्ति का प्रयोग करते थे। बाद में उन्होंने सामूहिक रूप से कार्य करना शुरू किया। इसके बाद सुरक्षा की ख़ातिर कॉरपोरेशन बन गए, जिनमें पूँजी लगाकर जनता भी समृद्ध हो सकती थी। उत्पादन बढ़ने पर लोगों ने सेल्समैनशिप की कला सीखी, पहल-शक्ति के वरदान जाने और विज्ञापन की कला को तर्कसंगत ठहराने के लिए बेहतरीन उत्पादन की आवश्यकता को जाना।

इन सब बातों का परिणाम यह हुआ कि कम लागत में ज़्यादा उत्पादन होने लगा, ताकि ज़्यादा से ज़्यादा लोग अमेरिकी सामान ख़रीद सकें और ज़्यादा से ज़्यादा लोग निर्माण कार्य में लग सकें।

संक्षेप में अमेरिकी तंत्र के केंद्र में यही बातें हैं : आस्था, मितव्ययिता, सहयोग, एक-दूसरे में विश्वास, व्यक्तिगत पहल-शक्ति और मानवीय संबंधों में न्यायप्रियता।

अब मैं आपको अमीरी की राह की कहानी सुनाने जा रहा हूँ। बहरहाल, यह ज़रूरी है कि इसे सुनते समय पाठक अपने विचारों को भी जोड़ता चले। यह ज़रूरी है कि पाठक हमारे सिद्धांतों को अपने अनुभवों की कसौटी पर तौलता चले।

अब हम अमीरी की चाबी का वर्णन शुरू करते हैं, जिसके उपयोग से अमेरिकी जनता को सभी दौलतें हासिल हुई हैं।

शुरू में ही यह जान लें कि "दौलत" से हमारा मतलब सिर्फ़ भौतिक दौलत से ही नहीं है, जो बैंक बैलेंस और भौतिक वस्तुओं में अभिव्यक्त होती है।

हमारा मतलब है स्वतंत्रता की दौलत, जो हमारे पास किसी भी अन्य

देश से ज़्यादा है।

हमारा मतलब है मानवीय संबंधों की दौलत, जिसके द्वारा हर अमेरिकी नागरिक अपनी व्यक्तिगत पहल-शक्ति के अधिकार का पूरा इस्तेमाल कर सकता है।

हमारा मतलब है मुक्त व्यापार के तंत्र की दौलत, जिसके कारण पूरा विश्व अमेरिकी उद्योग से ईर्ष्या करता है।

हमारा मतलब है प्रेस की स्वतंत्रता और धार्मिक स्वतंत्रता की दौलत।

इस तरह, "दौलत" से हमारा मतलब हर प्रकार की दौलत से है। ये सब दौलतें हर व्यक्ति को बहुत आसानी से मिल सकती हैं और उन्हें बहुत कम कोशिश करके पाया जा सकता है।

बहरहाल, हम इस बारे में कोई सुझाव नहीं देंगे कि व्यक्ति को किस प्रकार की दौलत को पाने का लक्ष्य बनाना चाहिए। हम यह भी नहीं बताएँगे कि उसे कितनी दौलत हासिल करने का लक्ष्य बनाना चाहिए।

सौभाग्य से अमेरिकी जीवनशैली में हर प्रकार की दौलत प्रचुरता में है। यह इतनी ज़्यादा है कि यह सभी मानवीय इच्छाओं को संतुष्ट करने के लिए काफ़ी है। लेकिन हमें आशा है कि दौलतमंद बनने का लक्ष्य बनाते समय पाठक सिर्फ़ धन से ख़रीदी जा सकने वाली चीज़ों के बारे में ही नहीं सोचेगा। वह उन चीज़ों के बारे में भी सोचेगा, जिन्हें धन से नहीं ख़रीदा जा सकता!

हम किसी को यह नहीं बताएँगे कि ज़िंदगी कैसे जीना चाहिए, लेकिन अमेरिका के अमीरों और ग़रीबों के जीवन को ग़ौर से देखने के बाद हम इस नतीजे पर पहुँचे हैं कि सिर्फ़ भौतिक दौलत ही सुख की गारंटी नहीं है।

हमें अब तक एक भी सचमुच सुखी इंसान नहीं मिला है, जो किसी न किसी रूप में उपयोगी सेवा न कर रहा हो और दूसरों को लाभ न पहुँचा रहा हो। और हम ऐसे कई लोगों को जानते हैं, जो भौतिक दृष्टि से अमीर होने के बावज़ूद सुखी नहीं हैं।

हम उपदेश नहीं दे रहे हैं, हम तो सिर्फ़ उन लोगों को सावधान कर रहे

हैं, जो भौतिक दौलत को ही सब कुछ मान लेते हैं। हम जानते हैं कि ज़िंदगी की सचमुच बेशक़ीमती चीज़ें सिर्फ़ अमूर्त दौलतों से ही हासिल की जा सकती हैं, जिनका हमने ज़िक्र किया है।

हालाँकि अमेरिकी जनता की जीवनशैली विश्व में सबसे समृद्ध जीवनशैली है, लेकिन हम अब भी इसके स्तर से संतुष्ट नहीं हैं। हमें लगता है कि इसे अभी और ऊपर उठाया जा सकता है। आगे आने वाले पन्नों में हम बताएँगे कि ऐसा कैसे किया जा सकता है।

आगे आपको इस बारे में जानकारी दी जाएगी कि आप भी समृद्ध जीवनशैली का आनंद कैसे ले सकते हैं, दौलतमंद कैसे बन सकते हैं और अपने क़रीबी लोगों के साथ सुखी कैसे रह सकते हैं।

अध्याय एक

अमीरी की शुरुआत

दुनिया के सबसे बड़े होटल के सबसे बड़े कॉन्फ्रेंस हॉल में लोगों की भीड़ जमा थी। इसमें टोनी रॉबिन्स, दीपक चोपड़ा, स्टीफ़न कवी और ओपरा विनफ्री जैसे महान प्रेरक वक्ता भाषण दे सकते थे। लेकिन आज पहले से भी कहीं अधिक लोग एक वक्ता का भाषण इस लालच में सुनने आए थे कि वे भी उस वक्ता की तरह सफल होने के ग़ुर सीख सकते हैं। इस कॉन्फ्रेंस के विज्ञापन में वक्ता का नाम नहीं बताया गया था, बस इतना कहा गया था कि उसके पास बिलियनों डॉलर की संपत्ति है; बड़े-बड़े देशों के लीडर उससे सलाह लेते हैं; फ़ॉरचून 500 कंपनियों के प्रमुख उसकी राय जानना चाहते हैं। लेकिन आज वह वक्ता आम लोगों से बात करना चाहता था - उन लोगों से, जिनमें कभी वह भी शामिल था; उन लोगों से, जो सफलता के रहस्य जानने के लिए बेताब थे। वक्ता का दावा था कि वह सफलता का रहस्य बताएगा और यह स्पष्ट कर देगा कि ज़िंदगी में ज़बर्दस्त सफलता पाने वाले लोगों और ज़िंदगी को जैसे-तैसे गुज़ारने वाले लोगों में क्या फ़र्क़ होता है।

यह वक्ता अनूठा था। उसके भाषण को सुनने के लिए श्रोताओं को कोई फ़ीस नहीं देना थी। कॉन्फ्रेंस में हिस्सा लेने के लिए भी किसी तरह की कोई शर्त नहीं थी। बहरहाल, शुरुआती सत्र के बाद रुकने का फ़ैसला करने वाले लोगों को एक शपथ लेना थी कि कॉन्फ्रेंस ख़त्म होने के बाद वे इससे सीखे गए ग़ुर दूसरों को उदारता से बताएँगे।

अमीरी की चाबी आपके हाथ में

कोई भी नहीं जानता था कि वक्ता की बातचीत किस विषय पर केंद्रित होगी। बहरहाल, हर पेशे के लोगों को आमंत्रित किया गया था। वहाँ पर डॉक्टर, वकील, दंतचिकित्सक, टैक्सी ड्राइवर, दुकानदार, इंजीनियर, मज़दूर और स्कूल के शिक्षक मौज़ूद थे। वे सब वक्ता के मुँह से वे सिद्धांत सुनने को आतुर थे, जिनसे उनके सामने अमीरी की राहें खुल जाएँगी।

हर धर्म के पादरी-पुजारी वहाँ मौज़ूद थे। वे वक्ता के प्रेरक विचारों को सुनकर उन्हें अपने समुदाय के लोगों तक पहुँचाना चाहते थे।

अख़बारों के रिपोर्टर मधुमक्खियों की तरह मँडरा रहे थे। बहुत सारे कैमरे मंच पर केंद्रित थे। **सी.एन.एन., एम.एस.एन.बी.सी., सी-स्पैन** और बाक़ी स्टेशनों के रिपोर्टर वहाँ पर इतनी ज़्यादा संख्या में थे कि मंच के पास खड़े होने की होड़ लगी हुई थी।

मंच पर लगा पर्दा धीरे-धीरे उठा। पर्दे के पीछे से एक व्यक्ति गहरे रंग का सूट पहनकर मंच पर आया। उसने श्रोताओं को शांत करने के लिए अपना हाथ उठाया। तत्काल शोर थम गया और श्रोता ख़ामोश हो गए।

उसने वक्ता का संक्षिप्त परिचय देते हुए सिर्फ़ इतना कहा, "साथियो, मुझे गर्व है कि मैं आपके सामने दुनिया के सबसे अमीर व्यक्ति को पेश कर रहा हूँ। वे आपको 'अमीरी की चाबी' के बारे में बताना चाहते हैं।"

उसी समय एक लंबा व्यक्ति हाथ में कई काग़ज़ लेकर तेज़ी से मंच पर आया।

उसकी पोशाक शानदार थी। उसका सूट गहरा नीला था, उसकी नीली शर्ट पर सुनहरी धारियाँ थीं और उसकी टाई सुनहरी थी। मंच की रोशनी में उसके हीरे के कफ़ लिंक चमक रहे थे। कुल मिलाकर, वह बहुत अमीर दिख रहा था।

उसके सफ़ेद बाल घने और सुंदर थे। उसकी उम्र लगभग साठ साल लग रही थी।

कैमरों की चमक के बीच वह कुछ पल तक ख़ामोश खड़ा रहा। फिर, धीरे-धीरे उसने प्रभावशाली आवाज़ में बोलना शुरू किया :

"मैं आज आपसे जो कहने जा रहा हूँ, वह आपको अजीब लगेगा,

लेकिन मैं चाहूँगा कि आप मेरी पूरी बात सुनें। आप यहाँ 'अमीरी की चाबी' की तलाश में आए हैं! आप यहाँ इसलिए आए हैं, क्योंकि हर इंसान यह चाहता है कि उसे ज़िंदगी में बेहतर चीज़ें मिलें। यह इच्छा सबमें होती है। आपमें से कुछ आर्थिक सुरक्षा भी चाहते होंगे, जो सिर्फ़ पैसों से मिल सकती है।

आपमें से कुछ यह चाहते होंगे कि आपको अपनी प्रतिभा के उपयोग का कोई ऐसा रास्ता मिल जाए, जिससे आप अमीर बन सकें और ख़ुशहाल जीवन बिता सकें।

आपमें से कुछ अमीरी का आसान रास्ता खोज रहे होंगे और बदले में कुछ दिए बिना दौलत पाना चाहते होंगे। यह भी एक आम इच्छा है। लेकिन यह एक ऐसी इच्छा है, जिससे आपका भला नहीं होने वाला, इसलिए मैं इसे बदलना चाहूँगा। अपने अनुभव से मैंने यह सीखा है कि बदले में कोई चीज़ दिए बिना कुछ भी नहीं मिलता है।

अमीर बनने का एक ही निश्चित तरीक़ा है। यह तरीक़ा सिर्फ़ वही लोग जान सकते हैं, जिनके पास "अमीरी की चाबी" होती है।

श्रोता ख़ामोशी से बैठे रहे। इस व्यक्ति का भाषण अतिशयोक्तिपूर्ण लग रहा था। वह बड़े-बड़े दावे कर रहा था। अगर वक्ता इतना प्रतिष्ठित नहीं होता, तो कई लोग हॉल छोड़कर घर चले गए होते। बहरहाल, वे जानते थे कि यह व्यक्ति उन्हें बहुत कुछ सिखा सकता है, इसलिए उन्होंने अपने संदेह को नज़रअंदाज़ करने का फ़ैसला किया और वे अपनी कुर्सियों पर जमकर बैठ गए।

"अमीरी की चाबी" एक बहुत अद्भुत तकनीक है। यह चाबी जिसके पास होगी, वह उस दरवाज़े को खोल सकता है, जहाँ उसे अपनी सभी समस्याओं का समाधान मिल जाएगा। इसमें डेविड कॉपरफ़ील्ड से भी ज़्यादा जादुई शक्तियाँ हैं।

यह अच्छी सेहत का दरवाज़ा खोलती है।

यह प्रेम और रोमांस का दरवाज़ा खोलती है।

यह दोस्ती का दरवाज़ा खोलती है। यह व्यक्तित्व और चरित्र के ऐसे गुणों को उभारती है, जिससे स्थायी मित्र बनते हैं।

अमीरी की चाबी आपके हाथ में

यह वह तरीक़ा बताती है, जिससे हर दुख, असफलता, निराशा, ग़लत निर्णय और अतीत की पराजय को सफलता व समृद्धि में बदला जा सकता है।

यह मृत आशाओं को दोबारा जीवित करती है। यह वह फ़ॉर्मूला बताती है, जिससे इंसान असीम बुद्धि के विशाल भंडार से "संपर्क" करके उसका दोहन कर सकता है। इसमें आस्था अहम् भूमिका निभाती है।

यह ग़रीबों को ऊपर उठाती है और उन्हें शक्ति, शोहरत व दौलत की बुलंदियों पर पहुँचाती है।

यह समय की सुइयों को पीछे घुमाती है। असमय बूढ़े हो गए लोगों में यह युवाओं जैसा उत्साह भर देती है।

यह वह तरीक़ा बताती है, जिससे इंसान अपने मस्तिष्क को पूरी तरह से नियंत्रित कर सकता है। इसकी मदद से इंसान अपनी भावनाओं और विचारों की शक्ति को पूरी तरह से नियंत्रित कर सकता है।

यह कम-शिक्षित लोगों की कमियों को दूर करती है और उन्हें उच्च-शिक्षित लोगों के समान अवसर प्रदान करती है।

और अंत में, यह एक-एक करके ज़िंदगी की बारह बड़ी दौलतों के दरवाज़े खोलती है, जिनका वर्णन मैं आपके सामने करने जा रहा हूँ।

मेरी बात ध्यान से सुनें। न सिर्फ़ अपने कान खुले रखें, बल्कि अपने दिल और दिमाग़ को भी खुला रखें। यह याद रखें कि आप वह नहीं सुन सकते हैं, जिसे सुनने के लिए आप तैयार न हों। इस तैयारी के लिए बहुत सी चीज़ों की ज़रूरत होती है। इसमें उद्देश्य के प्रति गंभीरता और विनम्रता की ज़रूरत होती है। इसके लिए यह सच्चा एहसास होना भी ज़रूरी है कि इंसान का ज्ञान सीमित है। और यह भी कि अपने समूचे ज्ञान के बाद भी इंसान युद्ध के माध्यम से एक-दूसरे को मार रहे हैं और दूसरों की मेहनत के फल को धोखे या चोरी से छीनना चाहते हैं। मैं आपको सच्चाई बताऊँगा। मैं बहुत से सिद्धांत बताऊँगा। हो सकता है आपने उनमें से कई सिद्धांतों के बारे में पहले न सुना हो, क्योंकि उनका ज्ञान सिर्फ़ उन्हीं लोगों को होता है, जो मेरी बताई डिग्री ऑफ़ फ़ेलोशिप के लिए तैयार हों। हालाँकि डिग्री ऑफ़ फ़ेलोशिप हासिल करने वाले लोगों की संख्या कम है, लेकिन तेज़ी से बढ़ रही है।

डिग्री ऑफ़ फ़ेलोशिप हासिल करना

फ़ेलोशिप में ज़िंदगी के हर क्षेत्र, राष्ट्रीयता और धर्म के लोग हैं। इसका उद्देश्य यह बताना है कि ब्रह्मांड की असीम बुद्धि से कितने सारे लाभ मिल सकते हैं। फ़ेलोशिप धर्मनिरपेक्ष है और इसका उद्देश्य आर्थिक लाभ नहीं है। इसके सदस्य व्यक्तिगत रूप से काम करते हैं। इसमें कोई औपचारिक लीडर नहीं होता है, लेकिन जो व्यक्ति डिग्री ऑफ़ फ़ेलोशिप हासिल कर लेता है, वह ख़ुद लीडर बन जाता है। इसकी सदस्यता की सिर्फ़ यही शर्त है कि जो लोग यह डिग्री हासिल कर लें, वे इन सिद्धांतों से हासिल ज्ञान को उदारता से दूसरों को बताएँ। यह ज्ञान उन्हीं लोगों को बताया जाना चाहिए, जो इससे लाभ उठाने के लिए ख़ुद को तैयार करना चाहते हों।

फ़ेलोशिप लोगों को भाई-बहन की तरह रहने के लिए तैयार करती है। यह इस बात को पहचानती है कि दुनिया में भौतिक दौलत भरी पड़ी है और सब लोग इसे हासिल कर सकते हैं। यह एक ऐसी तार्किक योजना बताती है, जिस पर चलकर हर व्यक्ति यह दौलत हासिल कर सकता है। उसे अपनी योग्यता के अनुपात में दौलत मिलेगी, बशर्ते वह अपनी योग्यता से उपयोगी सेवा करे।

फ़ेलोशिप यह नहीं मानती है कि दुनिया में बहुत कम लोगों के लिए बहुत ज़्यादा दौलत है और बहुसंख्यक लोगों के लिए बहुत कम दौलत है। यह ऐसे लोगों को भी हतोत्साहित करती है, जो कुछ दिए बिना कुछ पाने की कोशिश करते हैं। यह ऐसे लोगों को भी हतोत्साहित करती है, जो दौलत का संग्रह करना चाहते हैं, जो लालच के कारण आर्थिक सुरक्षा के लिए आवश्यकता से अधिक धन का संग्रह करते हैं और दूसरों को आर्थिक सुरक्षा पाने के अवसर उपलब्ध नहीं करवाते हैं।

फ़ेलोशिप के सामने बहुत बड़ा काम है। मानव सभ्यता को पीछे नहीं, बल्कि आगे बढ़ना होगा। हमें साथ मिलकर जीना सीखना होगा, ताकि हम एक-दूसरे का हाथ थामकर चल सकें, दुनिया के लिए काम कर सकें और ग़रीबी, मुश्किल या डर के बिना अपना उचित पुरस्कार हासिल कर सकें।

फ़ेलोशिप के सदस्यों ने अपने व्यक्तिगत अधिकारों का त्याग किए बिना या ज़िंदगी की ख़ुशी को कम किए बिना ऐसा करना सीख लिया है। उन्होंने यह सीख लिया है कि फ़ेलोशिप का तरीक़ा ही स्थायी सुख का

एकमात्र रास्ता है।

मैं आपको फ़ेलोशिप के बारे में बताने तो आया ही हूँ, साथ ही मैं आपको बारह बड़ी दौलतों की चाबी भी देने आया हूँ।

आपको कई स्वरूपों का मार्गदर्शन मिलता है

बारह बड़ी दौलतों का वर्णन करने से पहले मैं आपको बताना चाहता हूँ कि आपके पास पहले से ही बहुत सारी दौलत है, जिसका आपमें से ज़्यादातर लोगों को तो एहसास भी नहीं होगा।

सबसे पहले तो यह जान लें कि हर इंसान के भीतर एक से ज़्यादा व्यक्तित्व होते हैं, हालाँकि आप ख़ुद को एक व्यक्तित्व वाला ही मानते होंगे। दरअसल, हर इंसान की तरह आपके भीतर भी कम से कम दो व्यक्तित्व होते हैं और कइयों में तो और भी ज़्यादा होते हैं।

आपका एक स्वरूप तो वह होता है, जिसे आप आईने में देखते हैं। यह आपका भौतिक या शारीरिक स्वरूप होता है। बहरहाल, यह स्वरूप तो सिर्फ़ वह घर है, जिसमें आपके दूसरे स्वरूप या व्यक्तित्व निवास करते हैं। इस घर में कम से कम दो अलग-अलग तथा विरोधी व्यक्तित्व रहते हैं और हमेशा एक-दूसरे के साथ संघर्ष करते हैं।

एक व्यक्तित्व नकारात्मक होता है, जो डर, शंका, ग़रीबी और बीमारी के माहौल में सोचता तथा जीता है। आपका यह स्वरूप असफलता की उम्मीद करता है और इसकी यह उम्मीद लगभग हमेशा पूरी होती है। यह व्यक्तित्व ज़िंदगी की उन परिस्थितियों के बारे में ज़्यादा सोचता है, जिन्हें आप चाहते तो नहीं हैं, लेकिन जिन्हें आपको मजबूरी में स्वीकार करना पड़ता है, जैसे ग़रीबी, लोभ, अंधविश्वास, डर, शंका, चिंता और बीमारी।

और दूसरा आपका "सच्चा स्वरूप" (Other Self) है। यह व्यक्तित्व सकारात्मक होता है। यह समृद्धि, अच्छी सेहत, प्रेम, मित्रता, व्यक्तिगत सफलता, रचनात्मक सपने और दूसरों की सेवा के संदर्भ में सोचता है। यह व्यक्तित्व आपको इन सब नियामतों को हासिल करने की राह भी दिखाता है। यही स्वरूप आपको बारह बड़ी दौलतों को पहचानने और हासिल करने में समर्थ बनाता है। यही आपको अमीरी की चाबी पाने में समर्थ बनाता है।

मैं जो कह रहा हूँ, वह कल्पना की उपज या हवाई बात नहीं है। वैज्ञानिक शोध में यह बात साबित हो चुकी है कि हमारे भीतर बहुल व्यक्तित्व होते हैं। आपमें से कइयों ने मार्टिन सेलिगमैन का नाम सुना होगा। वे एक विख्यात मनोवैज्ञानिक और शोधकर्ता हैं। उन्होंने 25 साल तक आशावाद या सकारात्मक चिंतन के प्रभावों का अध्ययन किया। उनका शोध उन बहुत से वैज्ञानिक उदाहरणों में से एक है, जिन्होंने यह प्रमाणित किया कि हमारे विचारों में हमारे भाग्य को प्रभावित करने की असीम शक्ति होती है।

आपमें बहुत सी दौलतें छिपी हैं, जिनके बारे में आपको पता ही नहीं होगा। इन छिपी हुई दौलतों के बारे में आप न तो जानते हैं, न ही उनका इस्तेमाल करते हैं। इनमें से एक है रेडियो प्रसारण तथा ग्रहण स्टेशन। यह स्टेशन इतना शक्तिशाली होता है कि यह दुनिया के किसी भी हिस्से से विचार के कंपनों को ग्रहण कर सकता है या वहाँ तक पहुँचा सकता है। यह स्टेशन इतना शक्तिशाली होता है कि यह ब्रह्मांड में व्याप्त असीम बुद्धि (Infinite Intelligence) से संपर्क कर सकता है और उसका दोहन कर सकता है।

आपका रेडियो स्टेशन अपने आप काम करता है। यह लगातार काम करता है। चाहे आप सो रहे हों या जाग रहे हों, यह काम करता रहता है। और हर समय इसका नियंत्रण आपके दो प्रमुख व्यक्तित्वों – यानी नकारात्मक व्यक्तित्व या सकारात्मक व्यक्तित्व – में से किसी एक के हाथ में होता है। जब नकारात्मक व्यक्तित्व इस पर नियंत्रण करता है, तो आपका रेडियो स्टेशन सिर्फ़ दुनिया भर के करोड़ों नकारात्मक लोगों द्वारा भेजी जा रही नकारात्मक विचार तरंगों को ग्रहण करता है। इसके बाद यह स्टेशन उन विचारों को साकार करके ऐसी परिस्थितियों में बदल देता है, जिन्हें आप नहीं चाहते हैं।

जब सकारात्मक व्यक्तित्व इस पर नियंत्रण करता है, तो आपका रेडियो स्टेशन सिर्फ़ दुनिया भर के करोड़ों सकारात्मक लोगों द्वारा भेजी जा रही सकारात्मक विचार तरंगों को ही ग्रहण करता है। इसके बाद यह स्टेशन उन विचारों को साकार कर देता है : जैसे समृद्धि, अच्छी सेहत, प्रेम, आशा, आस्था, मानसिक शांति और सुख – ज़िंदगी की ऐसी चीज़ें, जिनकी तलाश आप और हर आम इंसान कर रहा है।

अमीरी की चाबी आपके हाथ में

दौलत में हिस्सेदारी की शर्त

आपको मेरी बात पर भरोसा क्यों होना चाहिए? आपको यह भरोसा क्यों होना चाहिए कि सफल होने के लिए आपको जिन सिद्धांतों की ज़रूरत है, वे मैं आपको दूँगा। जैसा आप जानते हैं, मुझे दुनिया के सबसे अमीर और प्रभावशाली लोगों में से एक माना जाता है। बहरहाल, मैं अमीर घर में पैदा नहीं हुआ था।

मैं ऐसी जगह पैदा हुआ था, जहाँ ग़रीबी और अशिक्षा थी। मेरी औपचारिक शिक्षा सिर्फ़ देहाती स्कूल तक सीमित थी और मेरे पास उतना ही ज्ञान था, जो मुझे वहाँ मिला था।

मेरे लिए दुनिया का मतलब था वह काउंटी, जहाँ मैं पैदा हुआ था। फिर मेरे हृदय में प्रेम का आगमन हुआ और मेरी ज़िंदगी में एक महान महिला ने क़दम रखा, जिसके प्रभाव के कारण सब कुछ बदल गया। वह मेरी पत्नी और मार्गदर्शक बनी। वह बाहर की एक ऐसी दुनिया से आई थी, जिसके अस्तित्व का मुझे एहसास ही नहीं था। वह सुसंस्कृत और पढ़ी-लिखी थी। उससे मैंने बायलॉजी, केमिस्ट्री, एस्ट्रोनॉमी और फ़िज़िक्स के कुछ रहस्य भी सीखे। उसने मेरी आत्मा की गहराई तक जाकर मेरे "सच्चे स्वरूप" यानी मेरे सकारात्मक व्यक्तित्त्व को उजागर किया, जिसके बारे में मुझे ज़रा भी ज्ञान नहीं था।

धैर्य और प्रेम के साथ उसने मुझे एक-एक क़दम आगे बढ़ने के लिए प्रेरित किया। वह मुझे समझ के ऊँचे स्तर पर ले गई। अंततः मैं उस महान उपहार को पाने के लिए तैयार हो गया, जिसे मैं आपको भी इस आशा से बता रहा हूँ, ताकि आप भी मेरे ही जितने अमीर बन सकें।

उस वरदान के साथ ही मुझ पर एक ज़िम्मेदारी भी आई। शर्त यह थी कि अमीरी के जिन रहस्यों को मैं "अमीरी की चाबी" कहता हूँ, मैं आपमें से ज़्यादा से ज़्यादा लोगों को वे रहस्य सिखाऊँगा, बशर्ते आप उन्हें सीखने के लिए तैयार हों। लेकिन मैं आपको चेतावनी दे दूँ कि यह अमीरी की चाबी सिर्फ़ उन्हीं लोगों के पास रह सकती है, जो इसे दूसरों को बताने की शर्त मानेंगे। कोई भी इसका प्रयोग अपने स्वार्थ या व्यक्तिगत शानो-शौक़त के लिए नहीं कर सकता है।

रोटरी क्लब आंदोलन के संस्थापक सहभागिता (Sharing) के फ़ायदों

के बारे में बख़ूबी जानते थे। इसीलिए उन्होंने यह सूत्रवाक्य अपनाया था, "जो सबसे अच्छी सेवा करता है, उसे सबसे ज़्यादा फ़ायदा होता है।" ग़ौर से देखने पर आप यह जान लेंगे कि हर सफल व्यक्ति पर शुरुआत में किसी दूसरे व्यक्ति ने सकारात्मक प्रभाव डाला था और उसके साथ अपना ज्ञान या धन बाँटा था।

मुझे महान अवसर इसलिए मिला, क्योंकि मेरी पत्नी मुझे अपना ज्ञान बताना चाहती थी। इसके अलावा मुझे उन सिद्धांतों का ज्ञान भी मिला, जिनकी बदौलत अमीरी की चाबी मेरे हाथ में आ गई।

हो सकता है आपकी ज़िंदगी में भी महान अवसर इसलिए आए, क्योंकि मैं आपको अपना ज्ञान बताना चाहता हूँ। लेकिन याद रखें, मैं आपको सिर्फ़ भौतिक दौलत देने के लिए ही नहीं आया हूँ। मैं आपको वह ज्ञान बताने आया हूँ, जिसके द्वारा आप अपनी पहल-शक्ति (Initiative) के माध्यम से दौलत हासिल कर सकते हैं - दुनिया की सारी दौलतें हासिल कर सकते हैं। यह महानतम उपहार है! और इस महान देश में रह रहे सौभाग्यशाली व्यक्ति को बस इसी उपहार की ज़रूरत होना चाहिए, क्योंकि यहाँ पर मानव जाति को मिली तमाम दौलतों का ख़ज़ाना पहले से ही मौज़ूद है। हमारे सामने यह दौलत प्रचुरता में फैली पड़ी है।

इसलिए मैं मान लेता हूँ कि आप भी अमीर बनना चाहते हैं।

आइए, आपकी इच्छा को पूरा करने में हम साझेदार बन जाएँ। मैंने दौलत तक पहुँचने का रास्ता खोज लिया है, इसलिए मैं मार्गदर्शक के रूप में आपकी सेवा करने के लिए तैयार हूँ।

मैंने अमीरी की चाबी मुश्किल तरीक़े से खोजी थी। उसके बाद ही मुझे यह पता चला कि मैं एक छोटी और विश्वसनीय राह पर चलकर भी वहाँ तक पहुँच सकता था, बशर्ते मुझे वैसा मार्गदर्शन मिला होता, जैसा मैं आपको देने वाला हूँ।

इससे पहले कि हम अमीरी की राह पर चलना शुरू करें, हमें यह समझ लेना चाहिए कि दौलत क्या है। तभी हम दौलत को पहचान सकेंगे। यह महत्वपूर्ण है कि दौलत के सामने आने पर हम उसे झट से पहचान लें।

कुछ लोग यह मानते हैं कि दौलत का दायरा सिर्फ़ धन तक ही सीमित होता है। लेकिन व्यापक अर्थ में देखा जाए, तो दौलत सिर्फ़ इन भौतिक

वस्तुओं तक ही सीमित नहीं होती है। धन के अलावा भी कई अमूल्य चीज़ें दौलत की श्रेणी में आती हैं। मैं यह भी कहना चाहूँगा कि इन अमूल्य अमूर्त दौलतों के बिना सिर्फ़ धन आने से वह सुख नहीं मिलेगा, जिसे लोग धन से पाने की उम्मीद करते हैं।

जब मैं "दौलत" की बात करता हूँ, तो मैं उन ज़्यादा बड़ी दौलतों के बारे में बात कर रहा हूँ, जिनके मालिक अपनी शर्तों पर ज़िंदगी जीते हैं और सुखी जीवन बिताते हैं। मैं इन्हें "ज़िंदगी की बारह दौलतें" कहता हूँ। आपमें से जो लोग इन दौलतों को पूरी तरह या आंशिक रूप से स्वीकार करने के लिए तैयार हों, उनके साथ मैं इन्हें बाँटना चाहता हूँ।

शायद आपको हैरानी होगी कि मैं इन दौलतों को बाँटना क्यों चाहता हूँ। इसका कारण यह है कि अमीरी की चाबी का रहस्य ही यह है कि जब इंसान किसी मूल्यवान चीज़ को दूसरों के साथ बाँटता है, तो इससे उसके ख़ज़ाने में भी वह मूल्यवान चीज़ बढ़ जाती है। यह ज़िंदगी की एक विचित्र सच्चाई है, लेकिन अगर आप मेरे जितने अमीर बनना चाहते हैं, तो आपको इस सच्चाई को पहचानना होगा और इसका सम्मान करना होगा।

OOO

अध्याय दो

ज़िंदगी की बारह दौलतें

जब थोड़ी देर का विराम (Break) हुआ, तो श्रोता अपनी कुर्सियों पर से उठने लगे और कैमरे वालों ने अपना सामान समेटना शुरू कर दिया। शाम के प्रसारण के लिए रिपोर्टरों को जितनी सामग्री चाहिए थी, वह उन्हें मिल चुकी थी। उन्हें यह नहीं लगा कि आगे कोई महत्वपूर्ण बात बताई जाएगी। कुछ श्रोताओं ने घर जाने का फ़ैसला किया, लेकिन ज़्यादातर अपनी कुर्सी पर वापस आकर बैठ गए। उनकी रुचि जाग गई थी। वे यह सुनने के लिए उत्सुक थे कि यह मनमोहक वक्ता आगे क्या कहता है।

विराम के दौरान वक्ता मंच से चला गया था। जब वह लौटा, तो उसके हाथ में एक सूची थी। कुछ श्रोता अपने पेन निकालकर सूची उतारने लगे। जब वे जल्दी-जल्दी लिख रहे थे, तो वक्ता ने एक बार फिर बोलना शुरू कर दिया।

उसने कहा, "जैसा मैं विराम के पहले बता रहा था, हममें से हर एक के पास जो शायद सबसे बड़ी दौलत होती है, वह है सकारात्मक मानसिक नज़रिया। दौलत की प्रकृति चाहे जो हो, इसकी शुरुआत मानसिक अवस्था से होती है। यह याद रखें, मानसिक अवस्था ही वह एकमात्र चीज़ है, जिस पर इंसान का पूरा नियंत्रण होता है। यह समझना बेहद महत्वपूर्ण है कि हममें से किसी भी व्यक्ति का किसी अन्य चीज़ पर पूरा नियंत्रण नहीं होता है। हम सिर्फ़ अपने विचारों को आकार देने की शक्ति को ही नियंत्रित कर

सकते हैं और उन्हें अपने चुने हुए ढाँचे में ढाल सकते हैं।

मानसिक नज़रिया बेहद महत्वपूर्ण है, क्योंकि यह मस्तिष्क को एक तरह के चुंबक में बदल देता है। यह चुंबक इंसान के प्रबल विचारों, लक्ष्यों और उद्‌देश्यों को आकर्षित करता है। यह चुंबक इंसान के डर, चिंताओं और शंकाओं को भी आकर्षित करता है।

1. सकारात्मक मानसिक नज़रिया

सकारात्मक मानसिक नज़रिया हर तरह की दौलत का शुरुआती बिंदु है, चाहे वह दौलत भौतिक हो या अमूर्त हो। यह सच्ची मित्रता की दौलत को आकर्षित करता है। यह भावी सफलता की आशा की दौलत को भी आकर्षित करता है। यह प्रकृति में बिखरी दौलत भी प्रदान करता है, जो चाँदनी रातों, आसमान में चमकते सितारों या सुंदर प्राकृतिक दृश्यों और सुदूर क्षितिज में झलकती है।

सकारात्मक मानसिक नज़रिया उस दौलत को आकर्षित करता है, जो अपने मनपसंद काम में पाई जाती है, जिसमें किया गया श्रम मनुष्य की आत्मा की सर्वोच्च अभिव्यक्ति है।

यह पारिवारिक संबंधों में सामंजस्य की दौलत को आकर्षित करता है, ताकि सभी सदस्य मित्रतापूर्ण सहयोग की भावना से एकजुट होकर काम करें।

यह भयहीनता की दौलत उत्पन्न करता है और उत्साह की दौलत भी, चाहे वह उत्साह सक्रिय हो या निष्क्रिय।

यह गीत-संगीत और मुस्कराहट की दौलत को प्रेरित करता है, जो मानसिक अवस्थाओं से संबंधित हैं।

यह आत्म-अनुशासन की दौलत भी प्रदान करता है, जिससे मस्तिष्क किसी भी मनचाहे लक्ष्य को पा सकता है, बशर्ते व्यक्ति निश्चित लक्ष्य के माध्यम से अपने मस्तिष्क का स्वामी बन जाए।

यह आनंद की दौलत भी प्रदान करता है, जिसके माध्यम से इंसान ज़िंदगी के सारे बोझ एक तरफ़ रखकर एक बार फिर बच्चा बन जाता है।

यह "अपने सच्चे स्वरूप" की खोज की दौलत भी देता है - वह स्वरूप, जो जानता है कि स्थायी असफलता जैसी कोई चीज़ नहीं होती है।

यह उस ब्रह्मांड में आस्था की दौलत विकसित करता है, जिसका हर मस्तिष्क एक छोटा हिस्सा है।

और यह साधना की दौलत भी प्रदान करता है, जिसके द्वारा इंसान अपनी इच्छा के अनुरूप असीम बुद्धि के महान भंडार का दोहन कर सकता है।

ये और बाक़ी सभी दौलतें सकारात्मक मानसिक नज़रिये से शुरू होती हैं। इसलिए इसमें हैरानी की कोई बात नहीं है कि सकारात्मक मानसिक नज़रिया "बारह दौलतों" की सूची में पहले स्थान पर आता है।

फिर वक्ता ने अगली ग्यारह दौलतों का वर्णन किया, जिन्हें यहाँ संक्षेप में बताया जा रहा है:

2. अच्छी सेहत

अच्छी सेहत "सेहत की चेतना" से शुरू होती है। यह चेतना उस मस्तिष्क में होती है, जो बीमारी के बजाय सेहत के संदर्भ में सोचता है। इसमें संयत भोजन और व्यायाम के संकल्प की ज़रूरत होती है।

3. मानवीय संबंधों में सामंजस्य

दूसरों के साथ सामंजस्य की शुरुआत अपने ही स्वरूप से होती है। जैसा शेक्सपियर ने कहा था, "अगर तुम अपने स्वरूप के प्रति सच्चे रहोगे, तो जिस तरह दिन के बाद रात आती है, उसी तरह यह भी होगा कि तुम किसी भी व्यक्ति के प्रति झूठे नहीं रहोगे।"

4. डर से मुक्ति

किसी भी चीज़ से डरने वाले व्यक्ति को स्वतंत्र नहीं कहा जा सकता। डर बुराई का दूत है। यह जहाँ होगा, वहाँ कोई न कोई ऐसी बुरी चीज़ ज़रूर होगी, जिसे हटाने के बाद ही हम सचमुच दौलतमंद बन सकते हैं। हमारे दिमाग़ में ये सात मूलभूत डर होते हैं : (1) **ग़रीबी** का डर, (2) **आलोचना** का डर, (3) **बीमारी** का डर, (4) **प्रेम ख़त्म** होने का डर, (5) **स्वतंत्रता छिन जाने** का डर, (6) **बुढ़ापे** का डर, और (7) **मृत्यु** का डर।

5. सफलता की आशा

किसी अपूर्ण इच्छा के पूरी होने की आशा से जो सुख मिलता है, वह

सबसे बड़ा सुख होता है। जो व्यक्ति भविष्य के प्रति आशावादी नहीं होता है या बेहतर बनने की आशा से काम नहीं करता है, वह ग़रीब होता है। अतीत में किसी लक्ष्य तक पहुँचने में असफल हो चुका व्यक्ति अगर भविष्य में उस लक्ष्य तक पहुँचने की कोशिश नहीं कर रहा है, तो वह इतना ज़्यादा ग़रीब है कि उसका वर्णन नहीं किया जा सकता है।

6. आस्था की क्षमता

आस्था चेतन मस्तिष्क और विशाल ब्रह्मांड के बीच की कड़ी है। यह मस्तिष्क के बगीचे की वह उपजाऊ मिट्टी है, जिसमें ज़िंदगी की सभी दौलतों की फ़सल पैदा हो सकती है। यह वह "अमृत" है, जो विचार के संवेग को रचनात्मक शक्ति देता है और सक्रिय बनाता है। आस्था ही सभी तथाकथित चमत्कारों का आधार है। आस्था ही उन बहुत से रहस्यों का आधार है, जिन्हें तर्क या विज्ञान के नियमों द्वारा नहीं समझाया जा सकता। यह वह आध्यात्मिक "रसायन" है, जिसे प्रार्थना के साथ मिलाने पर तत्काल ईश्वर के साथ सीधा संबंध बन जाता है।

आस्था ही वह शक्ति है, जो विचार की ऊर्जा को उसके भौतिक रूप में बदल देती है।

7. अपनी नियामतों को बाँटने की इच्छा

जिन लोगों ने बाँटना नहीं सीखा है, वे सुख के सच्चे मार्ग को नहीं जान पाए हैं, क्योंकि सुख सिर्फ़ बाँटने से ही मिलता है। दूसरों की मदद करने और बाँटने से हर दौलत बढ़ सकती है और कई गुना हो सकती है। दूसरों के दिल में आपके लिए कितनी जगह है, यह उस सेवा से तय होता है, जो आप अपनी नियामतों को बाँटकर करते हैं।

चाहे अमीरी भौतिक हो या अमूर्त, यदि इसे बाँटा नहीं जाए, तो वह कटी हुई टहनी पर लगे गुलाब की तरह मुरझाकर मर जाएगी। यह प्रकृति का आधारभूत नियम है कि निष्क्रियता और अनुपयोग का परिणाम विनाश और मृत्यु होगा। यह नियम भौतिक संपत्तियों पर भी उसी तरह लागू होता है, जिस तरह यह शरीर की जीवित कोशिकाओं पर लागू होता है।

8. प्रेमपूर्ण परिश्रम

कोई भी उस व्यक्ति से ज़्यादा अमीर नहीं होता, जिसे अपना मनपसंद

काम मिल जाता है और जो इसे करने में जुटा रहता है। श्रम इच्छा की मानवीय अभिव्यक्ति का सर्वोच्च रूप है। यह सभी मानवीय आवश्यकताओं की माँग और पूर्ति के बीच का संबंध है। यह इंसान की सारी प्रगति का आधार है। इसके माध्यम से कर्म के पंखों को कल्पना मिलती है। प्रेमपूर्ण श्रम बहुत पवित्र होता है, क्योंकि इससे आत्म-अभिव्यक्ति की ख़ुशी मिलती है।

9. सभी विषयों पर खुली मानसिकता

सहिष्णुता संस्कृति का एक महत्वपूर्ण गुण है। सिर्फ़ वही व्यक्ति सहिष्णु होता है, जिसका दिमाग़ सभी विषयों पर और हर समय खुला रहता हो। सिर्फ़ खुले दिमाग़ वाला व्यक्ति ही सचमुच शिक्षित होता है और ज़िंदगी की महान दौलतों को पाने के लिए तैयार होता है।

10. आत्म–अनुशासन

जो व्यक्ति आत्म-अनुशासन का स्वामी नहीं होता है, वह कभी किसी चीज़ का स्वामी नहीं बन सकता है। जो लोग ख़ुद के स्वामी होते हैं, वे अपने भाग्य के स्वामी भी बन सकते हैं। आत्म-अनुशासन का सर्वोच्च रूप यह है कि ढेर सारी दौलत हासिल करने या सफलता पाने के बाद भी व्यक्ति विनम्र बना रहे।

11. लोगों को समझने की क्षमता

जो लोग दूसरों को समझने में निपुण होते हैं, वे जानते हैं कि सभी लोग मूलभूत रूप से समान होते हैं। वे यह भी जानते हैं कि इंसान का हर काम ज़िंदगी के इन नौ मूलभूत उद्देश्यों में से किसी एक या इससे अधिक से प्रेरित होता है :

1. **प्रेम** का भाव
2. **सेक्स** की इच्छा
3. **भौतिक लाभ** की इच्छा
4. **आत्म-रक्षा** की इच्छा
5. **शरीर और मानसिक स्वतंत्रता** की इच्छा
6. **आत्म-अभिव्यक्ति** की इच्छा
7. **मृत्यु के बाद जीवन** की निरंतरता की इच्छा

8. **क्रोध** का भाव
9. **डर** का भाव

जो लोग यह समझना चाहते हैं कि दूसरों को किस चीज़ से प्रेरणा मिलती है, उन्हें सबसे पहले तो यह समझना चाहिए कि उन्हें किस चीज़ से प्रेरणा मिलती है।

अगर दूसरों को समझने की क्षमता हो, तो लोगों के बीच टकराव के बहुत से कारण ख़त्म हो जाएँगे। यह क्षमता दोस्ती की नींव है। यह क्षमता सामंजस्य और सहयोग का आधार है। यह हर उस लीडर के लिए बेहद महत्वपूर्ण है, जिसे मित्रतापूर्ण सहयोग की ज़रूरत होती है।

12. आर्थिक सुरक्षा

बारह दौलतों में सबसे आख़िरी दौलत आर्थिक सुरक्षा है, लेकिन इसका यह मतलब नहीं है कि यह सबसे कम महत्वपूर्ण है।

आर्थिक सुरक्षा सिर्फ़ अमीर बनने से हासिल नहीं होती है। यह तो आपके द्वारा की गई सेवा से हासिल होती है। सिर्फ़ उपयोगी सेवा को ही मानवीय आवश्यकताओं के सभी रूपों में बदला जा सकता है, चाहे इसमें धन का प्रयोग हुआ हो या न हुआ हो।

बिल गेट्स के पास आर्थिक सुरक्षा है। इसलिए नहीं, क्योंकि उनके पास ढेर सारी दौलत है, बल्कि इसलिए क्योंकि वे लाखों लोगों को रोज़गार देते हैं और असंख्य लोगों को सूचना के आदान-प्रदान के साधन प्रदान करते हैं। उनकी सेवा के कारण ही वे अमीर बने हैं। आर्थिक सुरक्षा इसी तरह हासिल करना चाहिए।

मैं आपको वे सिद्धांत बताऊँगा, जिनके माध्यम से दौलत के सभी रूप हासिल किए जा सकते हैं, लेकिन सबसे पहले आपको इन सिद्धांतों पर अमल करने के लिए तैयार होना चाहिए। अपने मस्तिष्क को अमीरी के लिए आपको उसी तरह तैयार करना चाहिए, जिस तरह बीज बोने के लिए मिट्टी को तैयार किया जाता है। शायद आपने यह बात सुनी होगी, जब विद्यार्थी तैयार होता है, तो शिक्षक अपने आप सामने आ जाता है।

इसका यह मतलब नहीं है कि इंसान को जिन चीज़ों की ज़रूरत होगी, वे बिना किसी कारण के अपने आप सामने आ जाएँगी। इंसान की

"आवश्यकताओं" और प्राप्त करने की तैयारी के बीच बहुत बड़ा फ़र्क़ होता है। इस फ़र्क़ को अगर आप नहीं समझते हैं, तो आप एक बहुत बड़े लाभ को नहीं समझते हैं, जिसे मैं बताने की कोशिश करूँगा।

नए विचारों को अपनाने की चुनौती

यह आपको शुरू में तो अजीब लग सकता है, लेकिन आपको हताश नहीं होना चाहिए, क्योंकि सभी नए विचार पहले-पहल अजीब लगते हैं। अगर आपको इस तरीक़े की व्यावहारिकता पर शक हो, तो यह जान लें कि इसी ने मुझे बेहद दौलतमंद बनाया है।

इंसान की प्रगति हमेशा इसीलिए धीमी रही है क्योंकि लोग नए विचारों को स्वीकार नहीं करना चाहते हैं। एक दिन सैन बर्नार्डिनो, कैलिफ़ोर्निया में रे क्रॉक ने मैकडोनल्ड भाइयों का सफल हैमबर्गर स्टैंड देखा। उन्होंने वहीं यह फ़ैसला कर लिया कि वे एक फ़ास्ट-फ़ूड फ्रैंचाइज़ी चेन बनाएँगे, जिसके सभी फ्रैंचाइज़ी एक ही तरीक़े से काम करें। उस समय बहुत कम लोगों ने यह सोचा होगा कि यह अधेड़ मिल्कशेक सेल्समैन आगे चलकर एक विश्वव्यापी साम्राज्य स्थापित कर लेगा।

जब हैलॉइड कॉरपोरेशन के प्रेसिडेंट जोसेफ़ विल्सन ने 914 कॉपीइंग मशीन को कंपनी जगत में लोकप्रिय बनाने की कोशिश की, तो किसी ने रुचि नहीं दिखाई। बहरहाल, उनकी कंपनी और मैनेजमेंट टीम कोशिश करती रहीं। आज ज़ेरॉक्स कॉरपोरेशन (हैलॉइड कॉरपोरेशन का बदला हुआ नाम) के पास बिलियनों डॉलर की संपत्ति है।

जॉन एच. जॉनसन *एबोनी* मैग्ज़ीन के संस्थापक हैं। जब उन्होंने अफ़्रीकी-अमेरिकियों के लिए *रीडर्स डाइजेस्ट* जैसी पत्रिका निकालने की बात सोची, तो बहुत से लोगों ने उन्हें ऐसा न करने की सलाह दी। बरसों बाद *ब्लैक एंटरप्राइज* मैग्ज़ीन ने उनके प्रकाशन समूह को शीर्षस्थ अश्वेत स्वामित्व के कॉरपोरेशन का ख़िताब दिया। मैं इन उपलब्धियों का ज़िक्र सिर्फ़ यह याद दिलाने के लिए कर रहा हूँ कि जो लोग अलग राह चुनते हैं, उन्हें अपनी राह की बाधाओं का सामना करने और उनसे उबरने की तैयारी करना चाहिए। अगर आप इसका अनुसरण करते हैं, इस फ़िलॉसफ़ी को अपनाते हैं और इसके परिणामों पर विश्वास करते हैं, तो यह आपके लिए भी उसी तरह काम करेगी, जिस तरह इसने मेरे लिए किया है।

आपके मार्गदर्शक के रूप में मैं आपकी सेवा करूँगा। मेरी कोशिशों के बदले में मुझे पारिश्रमिक भी मिलेगा, जो आपको मिलने वाले लाभ के अनुपात में होगा। पारिश्रमिक का सार्वभौमिक नियम यह सुनिश्चित करता है। हो सकता है मुझे सीधे आपसे पारिश्रमिक न मिले, लेकिन यह किसी न किसी तरह से मिलेगा अवश्य। क्योंकि ईश्वर की महान योजना के अनुसार किसी भी उपयोगी सेवा का उचित पारिश्रमिक अवश्य मिलता है। इमर्सन ने कहा था, "काम कर दो और आपके पास शक्ति होगी।"

इस तरह आपकी सेवा करने से मुझे भी फ़ायदा होगा। इसके अलावा, मुझे उस शर्त का पालन भी करना है, जिसके तहत मुझे अपनी दौलत के वरदानों को दुनिया के साथ बाँटना है। मैंने अपनी दौलत दूसरों के सहयोग से हासिल की है। मैंने देखा है कि स्थायी दौलत हासिल करने वाले लोग जब अमीरी की सीढ़ी पर चढ़ते हैं, तो उनके दोनों हाथ फैले होते हैं। उनका एक हाथ ऊपर की तरफ़ होता है, जिससे वे शिखर पर पहुँचने वाले लोगों की मदद लेते हैं। उनका दूसरा हाथ नीचे की तरफ़ रहता है, ताकि वे उन लोगों की सहायता कर सकें, जो अब भी चढ़ रहे हैं।

मैं आपको बता दूँ कि अमीरी की राह पर आपको भी अपने दोनों हाथ फैलाकर चलना चाहिए : एक से मदद लें, दूसरे से मदद दें। यह एक लोकप्रिय सच्चाई है कि मनचाहे लक्ष्यों को खोज रहे दूसरे लोगों की मदद किए बिना कोई भी व्यक्ति स्थायी सफलता या दौलत हासिल नहीं कर सकता। **बाँटने** और **मदद करने** की इस इच्छा के कारण ही मैं आज आपको यह संदेश दे रहा हूँ!

अब दौलत पाने के लिए अपने मस्तिष्क को "तैयार करने" की प्रक्रिया का अगला क़दम आता है। आपको ज़िंदगी के पुरस्कार हासिल करने के लिए नौ आदतें सीखना होंगी।

ये आदतें दिन-रात मेरी मदद करती हैं। ये डर, ईर्ष्या, लोभ, शंका, अनिर्णय और टालमटोल से मेरी रक्षा करती हैं। इन्होंने मुझे पहल करने के लिए प्रेरित किया है, मेरी कल्पना को सक्रिय रखा है, मुझे निश्चित लक्ष्य दिए हैं और उन तक पहुँचने की आस्था दी है। इन्होंने मेरे मस्तिष्क को सचमुच "तैयार" किया है। इन्हीं ने मेरे सकारात्मक मानसिक नज़रिये का निर्माण किया है!

अब लंच का समय हो गया है। लंच के बाद मैं आपको नौ आदतों के बारे में बताऊँगा, ताकि उनकी मदद से आपको भी वही पुरस्कार मिल सकें, जो मुझे मिले हैं।

○○○

अध्याय तीन

ज़िंदगी के पुरस्कार दिलाने वाली नौ आदतें

श्रोता हॉल के पीछे जाने लगे। कुछ मंच की तरफ़ बढ़े, ताकि वे वक्ता से सवाल पूछ सकें, लेकिन तब तक वह ग़ायब हो चुका था।

एक घंटे बाद हर श्रोता अपनी जगह पर लौट आया था। इस बार किसी ने भी घर जाने के बारे में नहीं सोचा। वे सब उन आदतों के बारे में जानने के लिए उत्सुक थे, जिनसे उन्हें अमीरी की चाबी पाने में मदद मिलेगी।

कुछ पल बाद जब सब लोग अच्छी तरह बैठ गए, तो वक्ता मंच पर लौट आया।

उसने कहा, "मुझे यह देखकर ख़ुशी हुई कि सभी लौट आए हैं। मैंने वादा किया था कि मैं आपको उन नौ आदतों के बारे में बताऊँगा, जिनका प्रयोग मैं सकारात्मक नज़रिये को बनाए रखने के लिए करता हूँ। अब मैं आपको वे आदतें बताता हूँ। पहली आदत है **कृतज्ञता**। ज़िंदगी में आपको जो भी चीज़ मिली है, उसके लिए कृतज्ञ रहें। रोज़ाना मैं हर उस चीज़ की प्रशंसा करता हूँ, जो मुझे मिली है। मैं कहता हूँ :

"आज बहुत सुंदर दिन है।"
"इसने मुझे अच्छी सेहत और अच्छा दिमाग़ दिया है।"
"इसने मुझे भोजन और कपड़े दिए हैं।"

"इसने मुझे दूसरों की सेवा का एक और मौक़ा दिया है।"
"इसने मुझे मानसिक शांति दी है और हर डर से मुक्ति दी है।"
"इन सभी वरदानों के लिए मैं कृतज्ञ हूँ।"

इसके बाद **भौतिक समृद्धि** की आदत आती है। हर दिन आपको अपने मस्तिष्क में समृद्धि और प्रचुरता की चेतना भरना चाहिए। इसके साथ ही आपको अपने मस्तिष्क से ग़रीबी और अभाव के डर को बाहर निकालना चाहिए।

तीसरी आदत है **अच्छी सेहत** की आदत। हर दिन इस बारे में सोचें कि आप अपने शरीर की कैसी देखभाल कर रहे हैं, आप क्या खा रहे हैं, आप अपने तनाव का किस तरह सामना कर रहे हैं। स्वास्थ्य के बारे में सजग रहने से आपकी सेहत सुधरती है और अच्छी बनी रहती है।

चौथी आदत, **मानसिक शांति** का अभ्यास करें। ख़ुद के बनाए सभी अवरोधों और ख़ुद की बनाई हुई सभी सीमाओं से अपने मस्तिष्क को मुक्त करें। इस तरह अपने शरीर और मस्तिष्क को पूरा आराम दें।

अगली आदत है **आशा** की आदत। आपकी जो इच्छाएँ आज पूरी हो चुकी हैं, उनके लिए कृतज्ञ रहें। साथ ही यह आशा भी रखें कि आपके आने वाले कल के लक्ष्य भी पूरे हो जाएँगे।

छठी आदत है **आस्था**, चाहे आप इसका कुछ भी अर्थ लगाएँ। मैं ईश्वर के मार्गदर्शन के लिए उसके प्रति कृतज्ञ हूँ। मैं कृतज्ञ हूँ कि उसने मुझे वह काम करने के लिए प्रेरित किया, जिससे मुझे लाभ हुआ और वह काम करने से रोका, जिसे करने पर मुझे नुक़सान होता।

अगली आदत है, **प्रेम** की आदत। इसमें न सिर्फ़ रूमानी प्रेम शामिल है, बल्कि देशप्रेम, परिवार का प्रेम, मित्रों का प्रेम और समस्त मानव जाति का प्रेम भी शामिल है। अपनी अमीरी को संपर्क में आने वाले लोगों के साथ बाँटने के लिए प्रेरित हों। अपनी ज़िंदगी में प्रेम के बारे में सचेत रहें, क्योंकि इससे ज़िंदगी मधुर बनती है और दूसरों के साथ आपके संबंध भी मधुर रहते हैं।

आठवीं आदत है **रोमांस** की आदत। उम्र ज़्यादा होने के बावज़ूद रोमांस युवावस्था के उत्साह को जगा देता है।

अंत में आती है **संपूर्ण बुद्धिमत्ता** की आदत। यह आपकी अतीत की असफलताओं, पराजयों, निर्णय व कर्म की ग़लतियों, सभी डरों, भूलों, निराशाओं और हर तरह के दुख को अनमोल व स्थायी दौलत में बदल देती है। इस आदत के कारण मुझमें दूसरों को प्रेरित करने की इच्छा व क्षमता विकसित हुई। इसी वजह से मैंने लोगों को प्रेरित किया, ताकि वे अपने मस्तिष्क के स्वामी बन सकें और ज़िंदगी की दौलत हासिल करने के लिए अपने मस्तिष्क की शक्ति का प्रयोग कर सकें। बुद्धिमत्ता से मुझे इस बात की प्रेरणा भी मिलती है कि मैं अपनी नियामतें उन लोगों के साथ बाँटूँ, जो उन्हें पाने के लिए तैयार हो चुके हैं। इस तरह दूसरों को लाभ पहुँचाकर मैं अपनी नियामतों को कई गुना बढ़ा लेता हूँ।

ईश्वरीय संपूर्ण बुद्धि के प्रति मैं कृतज्ञ रहूँगा, क्योंकि उसी ने मुझे यह सच्चाई बताई है कि कोई भी मानवीय अनुभव ऐसा नहीं है, जो इंसान को पीछे रोक सके। इसने मुझे यह भी बताया है कि हर अनुभव को उपयोगी सेवा में रूपांतरित किया जा सकता है। इसने मुझे सिखाया है कि विचार की शक्ति ही वह एकमात्र शक्ति है, जिस पर इंसान का पूरा नियंत्रण होता है। इसने मुझे यह भी सिखाया है कि विचार की शक्ति को इच्छानुसार सुख में बदला जा सकता है और इस शक्ति की सीमाएँ सिर्फ़ हम तय करते हैं।

ये नौ आदतें बारह दौलतों का लाभ उठाने के लिए आपके मस्तिष्क को तैयार करेंगी। वे एक माध्यम बन जाती हैं, जिसके द्वारा आप अपने मस्तिष्क को मनचाही चीज़ों पर केंद्रित कर सकते हैं और अनचाही चीज़ों से दूर ले जा सकते हैं। वे आपको हर तरह के नकारात्मक मानसिक नज़रिये से बचाती हैं। इस तरह वे नकारात्मक विचार के बीज को नष्ट कर देती हैं और मस्तिष्क की मिट्टी में उस बीज को अंकुरित ही नहीं होने देती हैं। ये आदतें आपकी मदद करती हैं, ताकि आपका मस्तिष्क आपके प्रमुख लक्ष्य पर केंद्रित रहे और उसे हासिल करने के लिए आप अपनी पूरी क्षमता से काम कर सकें। इन आदतों की बदौलत आप अपने साथ, दुनिया के साथ और अपनी अंतरात्मा के साथ सुख-शांति से रहते हैं।

ये आदतें उस "सच्चे स्वरूप" के अस्तित्व को उजागर करती हैं, जो उस शक्ति की प्रेरणा से सोचता है, चलता है, योजना बनाता है, इच्छा करता है और काम करता है, जो यह जानती है कि असंभव जैसी कोई चीज़ नहीं होती है। इन आदतों ने बार-बार यह साबित किया है कि हर

विपत्ति में उसके बराबर या समतुल्य लाभ का बीज छिपा होता है। इसलिए जब आप पर विपत्ति आती है, जो सब पर आती है, तो आप उससे घबराते नहीं हैं, बल्कि तत्काल "समतुल्य लाभ के बीज" की तलाश करने लगते हैं और उसे अवसर के रूप में अंकुरित करके उसका पूरा लाभ उठाते हैं। इस तरह इन आदतों ने सकारात्मक नज़रिये को क़ायम रखने में मेरी बहुत मदद की है।

बारह दौलतों का उपयोग कैसे किया जाए

अब हम अपनी कहानी आगे बढ़ाते हैं। अब हम वह फ़िलॉसफ़ी बताते हैं, जिसे बारह दौलतों को पाने के लिए अपनाना होगा।

दौलत हासिल करने के लिए मस्तिष्क को तैयार करने का तरीक़ा मैं बता चुका हूँ। लेकिन यह तो सिर्फ़ शुरुआत है। मुझे अभी यह बताना है कि इंसान इन दौलतों का स्वामी कैसे बन सकता है और उनका पूरा उपयोग कैसे कर सकता है।

कहानी एक सदी से भी पहले की है। इसकी शुरुआत एंड्रयू कारनेगी के जीवन से होती है। वे एक महान परोपकारी और अमेरिकी पूँजीवाद के प्रतिनिधि उद्योगपति थे। कारनेगी ने सभी बारह दौलतें हासिल कीं। इन दौलतों का आर्थिक हिस्सा इतना बड़ा था कि खुले हाथों से दान देने के बावज़ूद वे उसे अपने जीवनकाल में ख़त्म नहीं कर पाए। उनकी मृत्यु के बाद यह हिस्सा उन लोगों के पास आ गया, जो अब भी इसका प्रयोग मानव जाति के हित में कर रहे हैं। कारनेगी नौ आदतों में भी पूरी तरह निपुण थे। संपूर्ण बुद्धि से उन्हें इतना लाभ हुआ कि वे न सिर्फ़ अपनी भौतिक दौलत का दान करने के लिए प्रेरित हुए, बल्कि लोगों को एक ऐसी फ़िलॉसफ़ी सिखाने के लिए प्रेरित हुए, जिसके द्वारा वे भी दौलत हासिल कर सकें।

इस फ़िलॉसफ़ी में 17 सिद्धांत हैं, जो हर दृष्टि से अमेरिका के महान संविधान और अमेरिकी पूँजीवाद के सिद्धांतों के अनुरूप हैं।

इस फ़िलॉसफ़ी को संकलित करने में बीस साल की मेहनत लगी। इसमें कारनेगी के अलावा पाँच सौ अन्य महान अमेरिकी उद्योगपतियों ने सहयोग दिया। इन सभी ने अमेरिकी पूँजीवाद में ज़िंदगी भर के व्यावहारिक अनुभव से सीखे गए सिद्धांत बताकर इस फ़िलॉसफ़ी के संकलन में अपना

योगदान दिया।

सफलता की फ़िलॉसफ़ी को संकलित करने का कारण बताते हुए कारनेगी ने कहा था :

"मैंने अपना पैसा दूसरों की मेहनत से कमाया है और जितनी जल्दी हो सके, मैं इसे लोगों को वापस लौटाना चाहता हूँ। समस्या यह है कि मैं उन लोगों को दान नहीं देना चाहता हूँ, जो *कुछ दिए बिना कुछ पाने की इच्छा से प्रेरित होते हैं।* बहरहाल, धन मेरी सबसे बड़ी दौलत नहीं है। मेरी असली दौलत तो वह ज्ञान है, जिससे मैंने अमूर्त और मूर्त हर तरह की दौलत पाई है। इसलिए मैं चाहता हूँ कि इस ज्ञान को एक फ़िलॉसफ़ी का रूप देकर हर उस व्यक्ति को उपलब्ध कराया जाए, जो अमेरिकी अर्थव्यवस्था में अपने सुनहरे अवसर की तलाश करता है।"

कारनेगी लोगों को जो फ़िलॉसफ़ी सौंपना चाहते थे, उसी से मुझे बारह दौलतें मिली हैं। आज ज़िंदगी में मेरे पास जो कुछ है, वह सब उसी फ़िलॉसफ़ी से मिला है। मैं यहाँ जिन दौलतों के बारे में बता रहा हूँ, अगर आप उन्हें पाना चाहते हैं, तो आपको भी इस फ़िलॉसफ़ी को अपनाना चाहिए और इस पर अमल करना चाहिए।

इस फ़िलॉसफ़ी के सिद्धांतों को विस्तार से बताने से पहले मैं आपको संक्षेप में बताना चाहता हूँ कि अब तक इसकी बदौलत दुनिया भर के लोगों को कितना लाभ हुआ है :

इसका अनुवाद चार भारतीय भाषाओं में हो चुका है और यह भारत के 20,00,000 लोगों के लिए उपलब्ध हो चुकी है।

इसका अनुवाद पुर्तगाली भाषा में हो चुका है, जिससे ब्राज़ील में यह 15,00,000 लोगों की सेवा कर चुकी है।

ब्रिटिश साम्राज्य में इसका एक विशेष संस्करण प्रकाशित हुआ है, जहाँ यह 20,00,000 से ज़्यादा लोगों को अमीरी की राह दिखा चुकी है।

इसने अमेरिका के हर शहर, क़स्बे और गाँव में लगभग 2,00,00,000 लोगों को लाभ पहुँचाया है।

चूँकि यह फ़िलॉसफ़ी किसी धर्म पर आधारित नहीं है, इसलिए इसके माध्यम से दुनिया के सभी लोगों के बीच मित्रतापूर्ण सहयोग की भावना स्थापित की जा सकती है। इसमें मानवीय प्रयास के हर क्षेत्र में स्थायी

सफलता और रचनात्मक उपलब्धियाँ पाने के सिद्धांत हैं।

यह सभी धर्मों का समर्थन तो करती है, लेकिन किसी का भी हिस्सा नहीं है!

यह इतनी सर्वव्यापी है कि यह अनिवार्य रूप से सभी लोगों को हर क्षेत्र में सफलता की तरफ़ बढ़ाती है।

लेकिन आपके लिए इस प्रमाण से ज़्यादा महत्वपूर्ण बात यह है कि यह फ़िलॉसफ़ी इतनी आसान है कि आप इस पर अमल करना अभी शुरू कर सकते हैं। आप इस समय जहाँ खड़े हैं, वहीं से शुरू कर दें। इसमें कोई शक नहीं है कि यह आपकी मदद करेगी।

ये 17 सिद्धांत एक विश्वसनीय नक़्शे के रूप में आपकी सेवा करेंगे और आपको दौलत के स्रोत तक पहुँचाएँगे, चाहे वह दौलत भौतिक हो या अमूर्त। अगर आप नक़्शे के मुताबिक़ चलेंगे, तो आप रास्ता भटक ही नहीं सकते हैं। बहरहाल, इसमें दिए सभी निर्देशों का अक्षरशः पालन करने के लिए कमर कस लें। प्रचुर दौलत का स्वामी बनने के बाद आने वाली ज़िम्मेदारी को उठाने के लिए तैयार रहें। और सबसे बड़ी बात, यह याद रखें कि स्थायी समृद्धि दूसरों के साथ बाँटना चाहिए। और यह भी कि किसी भी चीज़ को हासिल करने के लिए आपको उसकी क़ीमत चुकाना होगी।

अमीरी की चाबी इन 17 सिद्धांतों में से किसी एक सिद्धांत में नहीं छिपी है। इसका रहस्य तो इन सबके तालमेल में है। दरअसल, ये सिद्धांत 17 दरवाज़े हैं, जिनसे होकर गुज़रने के बाद ही आप उस अंदर वाले कमरे तक पहुँच पाएँगे, जिसमें समस्त दौलत का स्रोत ताले में बंद है। अमीरी की चाबी उस ताले को खोल देगी। जब आप चाबी पाने के लिए ख़ुद को तैयार कर लेंगे, तो यह अपने आप आपके हाथ में आ जाएगी। आपकी तैयारी का संबंध इन 17 सिद्धांतों में से पहले पाँच सिद्धांतों को समझने और उन पर अमल करने से है। मैं कल आपको इस बारे में विस्तार से बताऊँगा।

ooo

अध्याय चार

निश्चित लक्ष्य

रात भर सोने के बाद श्रोता सुबह हॉल में अपनी-अपनी जगह पर वापस लौट आए। बहुत से श्रोता थके हुए लग रहे थे, क्योंकि वे रात भर पिछले दिन बताई गई बातों पर विचार करते रहे थे। कुछ श्रोताओं ने अपनी ज़िंदगी का विश्लेषण करके देखा कि वे इन सिद्धांतों का पालन कर रहे हैं या नहीं। कुछ मुस्कराए, जब उन्हें यह एहसास हुआ कि उन्हें अतीत में जो सफलताएँ मिली हैं, वे वक्ता की बताई आदतों की वजह से ही मिली हैं। इन सिद्धांतों को सीखकर ज़्यादातर लोग रोमांचित और ख़ुश थे। उन्होंने इस तरह के सेमिनार की कल्पना भी नहीं की थी और वे इसमें शामिल होने को अपनी ख़ुशक़िस्मती मान रहे थे।

ठीक नौ बजे वक्ता मंच के पीछे से प्रकट हुआ। वह शांत और आत्मविश्वास से पूर्ण लग रहा था। उसकी शर्ट पर छोटा माइक्रोफ़ोन लगा था, इसलिए वह मंच की सीढ़ियों तक आकर श्रोताओं के ठीक सामने खड़ा हो गया। उसने अपना गला साफ़ किया और बोलना शुरू किया।

"यह जानना बहुत लाभदायक होगा कि जीवन के हर क्षेत्र और इतिहास के हर युग में महान लीडर्स ने जो सफलता हासिल की है, उसका कारण यह है कि उन्होंने किसी निश्चित लक्ष्य को पाने के लिए अपनी योग्यता का इस्तेमाल किया।

यह जानने से भी हमें फ़ायदा होगा कि असफल लोगों का इस प्रकार का कोई निश्चित लक्ष्य नहीं होता है। वे उसी तरह इधर-उधर भटकते हैं,

जिस तरह बिना पतवार का जहाज भटकता है। इसी वजह से वे हमेशा ख़ाली हाथ वहीं लौट आते हैं, जहाँ से उन्होंने शुरू किया था। इनमें से कुछ "असफल लोग" एक निश्चित प्रमुख लक्ष्य के साथ यात्रा शुरू करते हैं, लेकिन जब उन्हें राह में अस्थायी पराजय या बड़ी बाधा मिलती है, तो वे उसी पल उस लक्ष्य का पीछा करना छोड़ देते हैं। वे हार मान लेते हैं और मैदान छोड़ देते हैं। वे यह नहीं जानते हैं कि सफलता की एक फ़िलॉसफ़ी भी होती है, जो गणित के नियमों जितनी ही विश्वसनीय और सटीक होती है। वे यह भी नहीं जानते हैं कि अस्थायी पराजय सिर्फ़ एक इम्तहान है, जिसे अगर अंतिम परिणाम न माना जाए, तो यह छिपा हुआ वरदान साबित हो सकती है।

यह मानव जाति का दुर्भाग्य है कि 100 में से 98 लोग किसी निश्चित बड़े लक्ष्य के बिना ही अपनी पूरी ज़िंदगी गुज़ार देते हैं! एंड्रयू कारनेगी इस दुखद सच्चाई को जानते थे। इसीलिए उनके मन में 500 महान अमेरिकी उद्योगपतियों के सहयोग से व्यक्तिगत सफलता की इस फ़िलॉसफ़ी को संकलित करने की प्रेरणा जागी।

कारनेगी अपने जिन कर्मचारियों को सुपरवाइज़र पद पर प्रमोशन देने के बारे में विचार करते थे, उनके वे दो इम्तहान लेते थे। पहले इम्तहान में तो वे यह देखते थे कि कर्मचारी किस हद तक एक मील ज़्यादा आगे तक जाने के इच्छुक हैं। दूसरे इम्तहान में वे यह पता लगाते थे कि कर्मचारियों का मस्तिष्क किसी निश्चित लक्ष्य पर केंद्रित है या नहीं और वे उस लक्ष्य को पाने की तैयारी कर रहे हैं या नहीं।

उनके एक कर्मचारी चार्ल्स एम. श्वाब ने यह बताया था, "जब मैंने कारनेगी से अपने पहले प्रमोशन के बारे में बात की तो वे मुस्कराकर बोले, 'अगर तुम्हारा पूरा ध्यान अपने लक्ष्य पर केंद्रित हो, तो मैं तुम्हें उसे पाने से रोक ही नहीं सकता हूँ।'"

श्वाब जानते थे कि उनका लक्ष्य क्या था। वे कारनेगी के बाद सबसे बड़ा पद चाहते थे। और कारनेगी ने वहाँ तक पहुँचने में उनकी मदद की।

जो लोग निश्चित लक्ष्य के साथ आगे बढ़ते हैं, उनके साथ एक अनूठी घटना यह होती है कि दुनिया उन्हें रास्ता देने के लिए अलग हट जाती है : यहाँ तक कि लक्ष्य तक पहुँचने में उनकी मदद भी करती है।

एंड्रयू कारनेगी ने आदर्श व्यक्ति कैसे खोजा

इस फ़िलॉसफ़ी के पीछे एक नाटकीय कहानी है। इससे यह पता चलता है कि एंड्रयू कारनेगी निश्चित लक्ष्य को कितना महत्वपूर्ण मानते थे।

उन्होंने एक महान स्टील कंपनी बनाई और ढेर सारी दौलत इकट्ठी की। फिर उनका ध्यान इस दौलत के इस्तेमाल की तरफ़ गया। वे जानते थे कि उनके पास ज्ञान की जो दौलत थी, वह उनकी भौतिक दौलत से ज़्यादा महत्वपूर्ण थी, क्योंकि ज्ञान की दौलत और मानवीय संबंधों की समझ की बदौलत ही उन्हें भौतिक दौलत मिली थी। यह समझने के बाद उनका प्रमुख लक्ष्य यह बन गया कि वे इस फ़िलॉसफ़ी को विकसित करने के लिए किसी ऐसे व्यक्ति को प्रेरित करेंगे, जो उनके ज्ञान को ज़रूरतमंद लोगों तक पहुँचाए।

उनकी उम्र ढलान पर थी। वे जानते थे कि इस काम के लिए किसी ऐसे युवक की ज़रूरत होगी, जो 20 साल तक मेहनत करने का इच्छुक हो। वे जानते थे कि सफलता के कारणों पर शोध करने में समय भी लगेगा और यह काम इतना मुश्किल है कि इसमें प्रबल इच्छा की भी ज़रूरत होगी।

कारनेगी ने अपने 250 संभावित सहयोगियों का इंटरव्यू लिया, लेकिन उनमें से कोई भी उनके इम्तहान में खरा नहीं उतरा। फिर एक दिन संयोग से उन्हें एक ऐसा युवक मिला, जो एक मैग्ज़ीन के लिए उनकी सफलताओं के बारे में इंटरव्यू लेने आया था। कारनेगी को मानवीय स्वभाव की पैनी समझ थी। वे तत्काल समझ गए कि इस युवक में वे गुण हो सकते हैं, जिनकी उन्हें इतने लंबे समय से तलाश थी। इसलिए उन्होंने उसका इम्तहान लेने के लिए एक चतुराई भरी योजना बनाई।

उन्होंने उस युवक को अपनी सफलताओं की कहानी बताना शुरू की, फिर उन्होंने कहा कि दुनिया को व्यक्तिगत सफलता की एक व्यावहारिक फ़िलॉसफ़ी की ज़रूरत है, ताकि ग़रीब से ग़रीब मज़दूर भी दौलत कमाने के लिए स्वतंत्र हो जाए, जितनी वह चाहे और जिस रूप में वह चाहे।

तीन दिन और तीन रात तक उन्होंने अपने विचार को विस्तार से बताया। उन्होंने बताया कि इस तरह की फ़िलॉसफ़ी को आकार देने के लिए क्या-क्या किया जा सकता है और कैसे किया जा सकता है। कहानी ख़त्म होने के बाद कारनेगी ने उस युवक का इम्तहान लिया। वे यह तय

करना चाहते थे कि उन्हें सही व्यक्ति मिला है या नहीं और फ़िलॉसफ़ी को मूर्त रूप देने के इस मुश्किल काम के लिए इस युवक पर भरोसा किया जा सकता है या नहीं।

उन्होंने कहा, "मैंने तुम्हें नई फ़िलॉसफ़ी का अपना विचार बता दिया है। और मैं तुमसे इस बारे में एक सवाल पूछना चाहता हूँ। तुम्हें इसका जवाब सिर्फ़ 'हाँ' या 'नहीं' में देना है। सवाल यह है : 'अगर मैं तुम्हें व्यक्तिगत सफलता की दुनिया की पहली फ़िलॉसफ़ी विकसित करने का अवसर दूँ और उन लोगों से तुम्हारा परिचय करवाऊँ, जो इसे विकसित करने में तुम्हारी मदद कर सकते हैं और करेंगे, तो क्या तुम इस अवसर का लाभ उठाना चाहोगे? क्या तुम इस काम को पूरा करोगे?"

युवक ने अपना गला साफ़ किया, वह थोड़ा हकलाया, फिर उसने एक छोटा सा वाक्य कहा। इस वाक्य से उसे पूरी दुनिया पर सकारात्मक प्रभाव डालने का अवसर मिल गया।

उसने कहा, "हाँ, मैं न सिर्फ़ उस काम को लूँगा, बल्कि उसे पूरा भी करूँगा!"

इस जवाब में कोई हिचकिचाहट नहीं थी; यह निश्चित था। कारनेगी को इसी चीज़ की तलाश थी - निश्चित लक्ष्य।

कई साल बाद इस युवक को यह पता चला कि सवाल पूछते समय कारनेगी के हाथ में एक स्टॉपवॉच थी। उन्होंने जवाब के लिए साठ सेकंड तय किए थे। अगर युवक को जवाब देने में इससे ज़्यादा समय लगता, तो वे उसे अवसर नहीं देते। युवक को जवाब देने में सिर्फ़ 29 सेकंड का समय लगा था।

कारनेगी ने समय सीमा निर्धारित करने का कारण बताते हुए कहा,

"मेरा अनुभव है कि सभी आवश्यक तथ्य होने के बावज़ूद जो व्यक्ति तत्काल निर्णय नहीं ले पाता है, उस पर यह भरोसा नहीं किया जा सकता है कि वह अपने निर्णय पर पूरी तरह अमल करेगा। मैंने यह भी सीखा है कि जो लोग तत्काल निर्णय लेते हैं, आम तौर पर उनमें विषम परिस्थितियों में भी निश्चित लक्ष्य की दिशा में आगे बढ़ने की क्षमता होती है।"

वह युवक कारनेगी के पहले इम्तहान में सफल हो गया था, लेकिन अभी एक और इम्तहान बाक़ी था।

कारनेगी ने कहा, "यह बहुत अच्छी बात है कि तुममें यह महत्वपूर्ण गुण है। लेकिन जिस फ़िलॉसफ़ी के बारे में मैंने बताया है, उसे विकसित करने वाले व्यक्ति में दो महत्वपूर्ण गुण आवश्यक हैं। अब मैं यह पता लगाऊँगा कि तुममें दूसरा गुण है या नहीं।

"अगर मैं तुम्हें इस फ़िलॉसफ़ी को गढ़ने का अवसर दूँ, तो क्या तुम सफलता और असफलता के कारणों पर शोध करने के लिए बीस साल तक मेहनत करना चाहोगे? इसका मतलब यह है कि इसके लिए तुम्हें कोई पारिश्रमिक नहीं मिलेगा और तुम्हें दूसरे स्रोतों से अपना ख़र्च चलाना होगा।"

यह सुनकर वह युवक सन्न रह गया। वह सोच रहा था कि चूँकि कारनेगी उसे इतने महत्वपूर्ण काम के लिए चुन रहे थे, इसलिए वे उसे अपनी प्रचुर दौलत में से उचित पारिश्रमिक भी देंगे।

बहरहाल, वह तत्काल सदमे से उबरा और उसने कारनेगी से पूछा कि वे इतने महत्वपूर्ण काम का पारिश्रमिक क्यों नहीं देना चाहते हैं।

कारनेगी ने जवाब दिया, "ऐसी बात नहीं है कि मैं पारिश्रमिक नहीं देना चाहता हूँ। मैं तो सिर्फ़ यह जानना चाहता हूँ कि क्या तुममें यह गुण है कि तुम सेवा करते समय पारिश्रमिक की आशा किए बिना एक मील ज़्यादा आगे तक जा सकते हो।"

फिर उन्होंने समझाया कि ज़िंदगी के हर क्षेत्र में ज़्यादा सफलता हमेशा उन्हीं लोगों को मिली है, जिनकी यह आदत थी कि उन्हें जितना पारिश्रमिक मिलता था, वे उससे ज़्यादा सेवा करते थे। उन्होंने इस तरफ़ भी ध्यान दिलाया कि सबसिडी या आर्थिक अनुदान देने से, चाहे यह व्यक्तियों को दी जाए या संस्थाओं को, अक्सर फ़ायदे के बजाय नुक़सान होता है।

उन्होंने युवक को याद दिलाया कि वे उसे एक ऐसा अवसर दे रहे हैं, जो उन्होंने 250 दूसरे लोगों को नहीं दिया था, जिनमें से कुछ तो उससे ज़्यादा बड़े और अनुभवी थे। उन्होंने अपनी बात ख़त्म करते हुए कहाः

"मैं तुम्हें जो अवसर दे रहा हूँ, अगर तुम उसका पूरा फ़ायदा उठाते हो, तो संभव है तुम्हें इतनी दौलत मिल जाए कि उसकी तुलना में मेरी आर्थिक दौलत बौनी दिखने लगे। इसका कारण यह है कि इस अवसर की बदौलत तुम इस देश के सबसे तेज़ दिमाग़ वाले लोगों के संपर्क में आओगे। तुम अमेरिका के महानतम उद्योगपतियों के अनुभवों से लाभ उठा

सकोगे। इससे तुम दुनिया पर सकारात्मक प्रभाव भी डाल सकोगे। इस तरह तुम उन लोगों को भी समृद्ध करोगे, जो अभी पैदा भी नहीं हुए हैं।"

और इस तरह उस युवक को वह काम सौंप दिया गया। कारनेगी को वह व्यक्ति मिल गया था, जिसे वे काफ़ी समय से तलाश रहे थे। और वह युवक निश्चित लक्ष्य और एक मील ज़्यादा आगे तक जाने की इच्छा के बारे में पहला सबक़ सीख चुका था।

बीस साल बाद कारनेगी की वह फ़िलॉसफ़ी पूरी हुई, जिसे उन्होंने अपनी भौतिक दौलत से भी बड़ी दौलत कहा था। इसे आठ खंडों में दुनिया के सामने प्रस्तुत किया गया।

कुछ लोग पूछेंगे, "और उस व्यक्ति को क्या मिला, जिसने पारिश्रमिक लिए बिना अपना 20 साल का समय लगाया? उसे उसकी मेहनत के बदले में क्या मिला?"

इस सवाल का पूरा जवाब देना संभव नहीं है, क्योंकि वह व्यक्ति ख़ुद नहीं जानता है कि उसे मिलने वाले लाभों का कुल मूल्य क्या है। इससे भी बड़ी बात यह है कि इनमें से कुछ लाभ तो ऐसे हैं कि वे ज़िंदगी भर उसकी मदद करते रहेंगे।

लेकिन जो लोग दौलत को सिर्फ़ भौतिक तराज़ू में ही तौलते हैं, उनके संतोष के लिए इतना बताया जा सकता है कि उस युवक द्वारा लिखी गई पुस्तक से अब तक उसे 30 लाख डॉलर से ज़्यादा का लाभ हो चुका है। यह एक मील ज़्यादा आगे तक जाने के सिद्धांत पर अमल करने से संभव हुआ। यह सिद्धांतों के ज्ञान की वजह से संभव हुआ। पुस्तक को लिखने में सिर्फ़ चार सप्ताह का समय लगा था।

ये सिद्धांत इतने प्रभावी क्यों हैं

निश्चित लक्ष्य और एक मील ज़्यादा आगे तक जाने की आदत मिलकर इतने शक्तिशाली बन जाते हैं कि ये सबसे कल्पनाशील लोगों की कल्पना को भी हिला देते हैं, हालाँकि ये व्यक्तिगत सफलता के 17 सिद्धांतों में से सिर्फ़ दो ही सिद्धांत हैं।

मैं इन दोनों सिद्धांतों को एक ख़ास उद्‌देश्य से एक साथ बता रहा हूँ। मैं यह बताना चाहता हूँ कि इस फ़िलॉसफ़ी के सिद्धांत आपस में ज़ंजीर

की कड़ियों की तरह गुँथे हुए हैं और इनके समन्वय से ज़बर्दस्त शक्ति उत्पन्न होती है, जो उनमें से किसी अकेले सिद्धांत से उत्पन्न नहीं हो सकती।

अब हम निश्चित लक्ष्य की शक्ति का विश्लेषण करेंगे और उन मनोवैज्ञानिक सिद्धांतों का भी, जिनसे यह शक्ति उत्पन्न होती है।

पहली अवधारणा

हर व्यक्तिगत सफलता का शुरुआती बिंदु यह है कि एक निश्चित लक्ष्य निर्धारित किया जाए और उसे पाने की एक निश्चित योजना हो।

दूसरी अवधारणा

हर सफलता किसी उद्‌देश्य या उद्‌देश्यों का परिणाम होती है और इंसान नौ मूलभूत उद्‌देश्यों से प्रेरित होकर काम करता है। (इन उद्‌देश्यों को अध्याय दो में बताया जा चुका है।)

तीसरी अवधारणा

जिस विचार, योजना या लक्ष्य को मस्तिष्क में प्रबलता से रखा जाता है, लगातार दोहराया जाता है और जिसे पाने की प्रबल इच्छा होती है, मस्तिष्क का अवचेतन हिस्सा उसी के अनुरूप काम करता है। अवचेतन मस्तिष्क उपलब्ध साधनों के माध्यम से उस विचार, योजना या लक्ष्य को उसके तार्किक परिणाम तक पहुँचाता है।

चौथी अवधारणा

अगर किसी प्रबल इच्छा, योजना या लक्ष्य को चेतन मस्तिष्क में रखा जाए और उसकी सफलता पर पूरी आस्था हो, तो अवचेतन मस्तिष्क उसे तत्काल ग्रहण कर लेता है और उस पर काम करने लगता है। ऐसा कोई प्रमाण अब तक नहीं मिला है कि इस तरह की इच्छा कभी पूरी न हुई हो।

पाँचवीं अवधारणा

विचार की शक्ति ही एकमात्र ऐसी चीज़ है, जिस पर इंसान का पूरा नियंत्रण होता है। इस तथ्य को जानने के बाद इंसान के मस्तिष्क और असीम बुद्धि के बीच क़रीबी संबंध बनाने की आवश्यकता स्पष्ट होती है, जो आस्था द्वारा संभव है।

छठी अवधारणा

दिए गए निर्देशों का पालन करके आस्था की मदद से अवचेतन मस्तिष्क तक पहुँचा जा सकता है, जैसे यह कोई व्यक्ति हो या अपने आप में अलग हस्ती हो।

सातवीं अवधारणा

निश्चित लक्ष्य के पीछे जब पूर्ण आस्था होती है, तो यह बुद्धिमत्ता का रूप ले लेती है और इस पर अमल करने से सकारात्मक परिणाम मिलते हैं।

निश्चित लक्ष्य के प्रमुख लाभ

निश्चित लक्ष्य बनाने से आत्म-निर्भरता, व्यक्तिगत पहल, कल्पनाशीलता, उत्साह, आत्म-अनुशासन, प्रयास के प्रति एकाग्रता विकसित होती है। ये सब भौतिक सफलता पाने की आवश्यक शर्तें हैं।

इससे व्यक्ति टाइमटेबल बनाता है और अपने दैनिक प्रयासों की योजना बनाता है, ताकि वह ज़िंदगी के बड़े लक्ष्य की तरफ़ लगातार बढ़ सके।

इससे व्यक्ति अपने प्रमुख लक्ष्य से संबंधित अवसरों को पहचानने के बारे में ज़्यादा सजग रहता है और जब वे अवसर सामने आते हैं, तो उन पर काम करने के लिए आवश्यक साहस भी इसी से मिलता है।

यह दूसरे लोगों से सहयोग लेने की प्रेरणा देता है।

यह मस्तिष्क को सकारात्मक बनाता है और उसे डर, शंका व अनिर्णय की सीमाओं से मुक्त करता है। इस तरह यह आस्था के पूर्ण प्रयोग की राह तैयार करता है।

यह व्यक्ति को सफलता की चेतना प्रदान करता है, जिसके बिना किसी भी क्षेत्र में स्थायी सफलता हासिल नहीं की जा सकती।

यह टालमटोल की विनाशकारी आदत को ख़त्म करता है।

अंत में, यह बारह दौलतों में से पहली दौलत यानी सकारात्मक मानसिक नज़रिये के विकास व संरक्षण की तरफ़ ले जाता है।

ये निश्चित लक्ष्य के प्रमुख गुण हैं, हालाँकि इसके कई अन्य गुण और

प्रयोग भी हैं। यह बारह दौलतों में से हर एक से जुड़ा है, क्योंकि दौलत तभी मिलती है, जब सिर्फ़ एक लक्ष्य हो।

निश्चित लक्ष्य के सिद्धांत की तुलना बारह दौलतों से एक-एक करके करें। आप पाएँगे कि इनमें से हर एक को पाने के लिए निश्चित लक्ष्य अनिवार्य है। फिर इस देश के सफल लोगों की सूची बनाएँ। आप पाएँगे कि उन सभी ने अपनी कोशिशों को किसी ख़ास बड़े लक्ष्य पर केंद्रित किया था।

वाल्ट डिज़नी ने कार्टून के एक चूहे पर अपना सब कुछ दाँव पर लगा दिया था और संपत्ति गिरवी रख दी थी। ओपरा विनफ्री, जो बचपन में ग़रीब थीं, अपनी बोलने की योग्यता की बदौलत अमेरिका की नंबर वन टॉक शो होस्टेस बन गईं। हर ऑलंपिक खिलाड़ी एक बड़े लक्ष्य पर काम करते हुए प्रशिक्षण लेता है। फ़्लोरेंस ग्रिफ़िथ-जॉइनर, मैरी लाउ रेटन, ग्रेग लाउगेनिस, बिल हैवन्स और 7 स्वर्ण पदक जीतने वाले तैराक मार्क स्पिट्ज़ के अद्भुत रिकॉर्ड के बारे में सोचें।

इस सूची को इतना बढ़ाया जा सकता है कि इसमें हर उस महान अमेरिकी लीडर का नाम शामिल हो जाए, जिसने अमेरिकी जीवनशैली को स्थापित करने में योगदान दिया और हमें लाभ पहुँचाया।

निश्चित प्रमुख लक्ष्य कैसे हासिल करें

निश्चित प्रमुख लक्ष्य (Definite Major Purpose) के विकास की प्रक्रिया आसान लेकिन महत्वपूर्ण है। अगर आप इन क़दमों का अनुसरण करेंगे, तो आप अपनी कोशिशों के पुरस्कार की फ़सल काटना शुरू कर देंगेः

(अ) अपनी ज़िंदगी के प्रमुख लक्ष्य का पूर्ण, स्पष्ट और निश्चित वर्णन लिख लें। इस पर हस्ताक्षर करें और इसे याद कर लें। फिर हर दिन कम से कम एक बार इसे ज़ोर से दोहराएँ, संभव हो तो इससे ज़्यादा बार दोहराएँ। इसे बार-बार दोहराएँ और इस तरह असीम बुद्धि में अपनी पूरी आस्था रख दें।

(ब) एक स्पष्ट, निश्चित योजना लिख लें, जिसके द्वारा आप अपने निश्चित प्रमुख लक्ष्य तक पहुँचना चाहते हैं। इस योजना में यह लिखें कि

आप अपने लक्ष्य को किस समयसीमा में हासिल कर लेंगे। फिर यह तय करें कि आप इस लक्ष्य को पाने के बदले में क्या देना चाहते हैं। यह याद रखें कि कुछ दिए बिना कुछ नहीं मिलता है और हर चीज़ की एक क़ीमत होती है, जो पहले चुकाना पड़ती है, चाहे यह किसी भी रूप में चुकाना पड़े।

(स) अपनी योजना इतनी लचीली बनाएँ कि जब आपको उसमें बदलाव करने की प्रेरणा मिले, तो आप ऐसा कर सकें। याद रखें कि हर पदार्थ और हर सजीव या निर्जीव चीज़ में काम करने वाली असीम बुद्धि आपको ऐसी योजना सुझा सकती है, जो आपकी बनाई किसी भी योजना से ज़्यादा अच्छी होगी। इसलिए असीम बुद्धि द्वारा मस्तिष्क को सुझाई गई ज़्यादा अच्छी योजना को पहचानने और उसका अनुसरण करने के लिए हर समय तैयार रहें।

(द) अपने प्रमुख लक्ष्य और उसे हासिल करने की योजनाओं को अपने तक ही रखें। उन्हें सिर्फ़ तभी व्यक्त करें, जब आपको मास्टर माइंड सिद्धांत के वर्णन में बताए गए तरीक़े से योजना को पूरा करने के लिए अतिरिक्त निर्देश मिलें।

यह मानने की ग़लती न करें कि चूँकि आप इन निर्देशों को नहीं समझ पाए, इसलिए यहाँ बताए गए सिद्धांत दमदार नहीं हैं। निर्देशों का पूरी तरह से पालन करें। पूरी आस्था से उनका पालन करें। और याद रखें कि ऐसा करते समय आप इस देश के कई महान लीडर्स का अनुसरण कर रहे हैं।

इन निर्देशों पर चलने के लिए आपको कोई ऐसी कोशिश नहीं करना है, जिसे आप आसानी से नहीं कर सकते हैं। इनमें ज़्यादा समय या योग्यता की भी ज़रूरत नहीं है। इन निर्देशों का पालन करने के लिए ऐसी किसी चीज़ की ज़रूरत नहीं है, जिसे आम आदमी न कर सकता हो। इसी समय फ़ैसला करें कि आप ज़िंदगी से क्या पाना चाहते हैं और बदले में क्या देना चाहते हैं। फ़ैसला करें कि आप कहाँ जा रहे हैं और वहाँ कैसे पहुँचेंगे। फिर आप इस समय जहाँ हैं, वहीं से चलना शुरू कर दें। आपके पास इस समय अपने लक्ष्य तक पहुँचने के जो भी साधन हों, उन्हीं से काम शुरू कर दें। आप पाएँगे कि आप जिस हद तक इनका इस्तेमाल करेंगे, उसी हद तक

आपको दूसरे और बेहतर साधन मिलते जाएँगे।

यह उन सब लोगों का अनुभव है, जिन्हें दुनिया सफल मानती है। उनमें से ज़्यादातर ग़रीब परिवार में जन्मे थे। उन्हें किसी से मदद नहीं मिली। उन्हें सिर्फ़ निश्चित लक्ष्य हासिल करने की प्रबल इच्छा से मदद मिली।

इस तरह की प्रबल इच्छा में जादू होता है!

जल्दी ही आप एक ऐसे सिद्धांत के बारे में सीखेंगे, जो हर महान सफलता की कुंजी है। हमारी अमेरिकी जीवनशैली है, हमारा पूँजीवादी तंत्र है, हमारी दौलत और स्वतंत्रता इसी सिद्धांत की बदौलत है। लेकिन सबसे पहले आपको यह सुनिश्चित कर लेना चाहिए कि आप ज़िंदगी से क्या चाहते हैं।

सफलता की तरफ़ ले जाने वाले विचार निश्चित लक्ष्य से शुरू होते हैं। सब लोग इस सच्चाई को जानते हैं कि विचार ही ऐसी संपत्ति है, जिसका कोई निश्चित मूल्य नहीं होता है। यह भी उतना ही सच है कि विचार ही समस्त उपलब्धियों का शुरुआती बिंदु है।

विचार भाग्य की नींव और आविष्कारों का स्रोत है। विचारों ने वायु पर विजय पा ली है। उन्होंने समुद्र के पानी पर विजय पा ली है। उन्हीं की बदौलत हम पारलौकिक ऊर्जा का दोहन कर सकते हैं, जिसके माध्यम से एक मस्तिष्क दूसरे मस्तिष्क से टेलीपैथी के माध्यम से संपर्क कर सकता है।

रिकॉर्ड प्लेयर और कुछ नहीं, बल्कि अमूर्त विचार था, जब तक कि एडिसन ने इसके आविष्कार को अपना निश्चित लक्ष्य नहीं बनाया। फिर जब एडिसन ने इस विचार को अवचेतन मस्तिष्क तक पहुँचाया, तो यह असीम बुद्धि के विशाल भंडार तक पहुँचा। वहाँ से एक उपयोगी योजना एडिसन के मस्तिष्क में आई। इस उपयोगी योजना पर अमल करके एडिसन ने एक उपयोगी मशीन बना दी।

व्यक्तिगत सफलता की यह फ़िलॉसफ़ी एंड्रयू कारनेगी के मस्तिष्क में विचार के रूप में शुरू हुई। उन्होंने अपने विचार के पीछे निश्चित लक्ष्य रखा और अब यह फ़िलॉसफ़ी दुनिया भर में करोड़ों लोगों को लाभ पहुँचा रही है। जिस विचार को मन में रखा जाता है, जिस पर ज़ोर दिया जाता है, जिससे डरा जाता है या जिसकी आराधना की जाती है, वह तत्काल

सबसे आसान और उचित रूप में साकार हो जाता है।

लोग जिस चीज़ पर विश्वास करते हैं, जिसके बारे में बातें करते हैं और जिससे डरते हैं, चाहे वह अच्छी हो या बुरी, किसी न किसी रूप में प्रकट हो जाती है। ऐसा निश्चित रूप से होता है। जो लोग ग़रीबी और दुख की जंज़ीरों से आज़ाद होने के लिए संघर्ष कर रहे हैं, उन्हें इस महान सच्चाई को नहीं भूलना चाहिए, क्योंकि यह हर व्यक्ति और हर देश पर लागू होता है।

आत्म–सुझाव

चेतन और अवचेतन मस्तिष्क के बीच की कड़ी

चेतन मस्तिष्क के विचार, योजनाएँ, आशाएँ और लक्ष्य एक सिद्धांत द्वारा अवचेतन मस्तिष्क तक पहुँचने का रास्ता खोज लेते हैं। वहाँ पहुँचने के बाद अवचेतन मस्तिष्क उन पर काम करता है और उन्हें उनके तार्किक परिणाम तक पहुँचाता है। यह एक प्राकृतिक नियम के कारण होता है, जिसका वर्णन मैं बाद में करूँगा। इस सिद्धांत को पहचानने और समझने के बाद हम इस बात को भी समझ जाएँगे कि हर सफलता की शुरुआत निश्चित लक्ष्य से क्यों होती है।

अगर विचार के पीछे भावनात्मक तीव्रता हो, तो उसे चेतन से अवचेतन मन तक ज़्यादा जल्दी पहुँचाया जा सकता है। इस गति को बढ़ाने के लिए या विचारों को प्रेरित करने के लिए आस्था, डर या अन्य किसी प्रबल भाव जैसे उत्साह या निश्चित लक्ष्य की प्रबल इच्छा का सहारा लिया जा सकता है। जिन विचारों पर आस्था होती है, वे अवचेतन मस्तिष्क तक सबसे जल्दी पहुँचते हैं और उन पर अमल भी तत्काल होता है। आस्था की शक्ति इतनी तेज़ी से काम करती है कि उसे देखकर कई लोगों को यह विश्वास हो जाता है कि कुछ चीज़ें चमत्कार की श्रेणी में आती हैं।

मनोवैज्ञानिक और वैज्ञानिक चमत्कार जैसी किसी चीज़ में विश्वास नहीं करते हैं। उनका दावा है कि हर घटना किसी निश्चित कारण का परिणाम होती है, भले ही कारण स्पष्ट नहीं किया जा सकता हो। चाहे जो हो, हम यह सच्चाई जानते हैं कि जो व्यक्ति आस्था के माध्यम से अपने मस्तिष्क को ख़ुद की लादी हुई सीमाओं से मुक्त कर लेता है, उसे आम तौर पर

ज़िंदगी की सभी समस्याओं का समाधान मिल जाता है, चाहे वे समस्याएँ किसी भी तरह की क्यों न हों।

मनोवैज्ञानिक यह भी जान चुके हैं कि हालाँकि असीम बुद्धि अपने आप उलझनों को नहीं सुलझाती है, लेकिन यह पूरी आस्था के साथ अवचेतन मस्तिष्क में रखे किसी भी निश्चित विचार, लक्ष्य, उद्देश्य या इच्छा को उसके तार्किक परिणाम तक पहुँचा देती है।

यह जान लें कि असीम बुद्धि कभी भी अपने पास आने वाले किसी विचार को संशोधित नहीं करती है, बदलती नहीं है या उसमें हेर-फेर करने की कोशिश नहीं करती है। इसके अलावा, यह कमज़ोर इच्छा, अनिश्चित विचार या अनिश्चित लक्ष्य पर कभी काम नहीं करती है। यह सच्चाई अगर आपके दिमाग़ में अच्छी तरह बैठ जाए, तो आपको कम कोशिश से अपनी रोज़मर्रा की समस्याओं को सुलझाने के लिए पर्याप्त शक्ति मिलेगी। ज़्यादातर लोग अपनी समस्याओं के बारे में चिंता करने के लिए जितनी कोशिश करते हैं, आपको उन्हें सुलझाने के लिए उससे कम कोशिश करना पड़ेगी।

तथाकथित "अकस्मात् आभास" अक्सर असीम बुद्धि का इशारा होते हैं। उनसे यह पता चलता है कि असीम बुद्धि चेतन मस्तिष्क तक पहुँचने और उसे प्रभावित करने की कोशिश कर रही है। ये अकस्मात् आभास आम तौर पर आपके अवचेतन मस्तिष्क में रखे किसी विचार, योजना, लक्ष्य, इच्छा या डर की प्रतिक्रिया स्वरूप आते हैं।

हमें "अकस्मात् आभासों" का सम्मान करना चाहिए। हमें उनकी सावधानी से जाँच करना चाहिए, क्योंकि उनसे हमें अक्सर बहुत मूल्यवान जानकारी मिलती है। जब हमारा विचार असीम बुद्धि के भंडार तक पहुँचता है, तो उसके बाद ये आभास हमें किसी भी समय हो सकते हैं - कुछ घंटे बाद, कुछ दिन बाद या कुछ हफ़्ते बाद। हो सकता है कि इस दौरान व्यक्ति उस विचार को ही भूल जाए, जिसकी प्रतिक्रिया स्वरूप वे आभास उसके मस्तिष्क में आए हैं।

यह एक गूढ़ विषय है और इसके बारे में समझदार से समझदार व्यक्ति भी बहुत कम जानते हैं। यह विषय सिर्फ़ साधना और चिंतन से ही स्पष्ट हो सकता है।

अगर आप मस्तिष्क की कार्यविधि के सिद्धांत को समझते हैं, जैसा मैंने बताया है, तो आप यह जान जाएँगे कि कई बार साधना से हमें अपेक्षित परिणाम क्यों मिलता है। आप यह भी जान जाएँगे कि कई बार हमें अनचाहा परिणाम क्यों मिलता है। इस तरह का मानसिक नज़रिया सिर्फ़ तैयारी और आत्म-अनुशासन से प्राप्त किया जा सकता है। इस मानसिक नज़रिये का विकास कैसे किया जाए, यह हम इस सेमिनार में बाद में सीखेंगे।

यह दुनिया की सबसे गहन सच्चाइयों में से एक है कि सभी लोगों की परिस्थितियाँ, चाहे वे सामूहिक या व्यक्तिगत विचार की परिस्थितियाँ हों, उनके विचारों के साँचे के अनुरूप ढल जाती हैं। सफल लोग सिर्फ़ इसलिए सफल होते हैं, क्योंकि वे सफलता के संदर्भ में सोचने की आदत डाल लेते हैं। निश्चित लक्ष्य मस्तिष्क पर इतना हावी हो जाता है कि व्यक्ति के मन में असफलता के विचारों के लिए समय या जगह नहीं बचती है और बचना भी नहीं चाहिए।

यह भी एक गहन सच्चाई है कि जो व्यक्ति हार गया है और ख़ुद को असफल मानता है, वह अपने मस्तिष्क की "पतवार" की दिशा बदलकर विपत्ति की हवाओं को उतनी ही सशक्त संपदा में बदल सकता है, जो उसे सफलता की तरफ़ ले जाएगी। जैसा एक कवि ने कहा है :

"एक जहाज़ पूर्व में जाता है, दूसरा पश्चिम में,
जबकि दोनों एक ही हवा से चलते हैं।
हवा नहीं, बल्कि पतवार यह तय करती है
कि जहाज़ किधर जाएगा।"

कुछ लोगों को इस बात पर गर्व होता है कि दुनिया उन्हें "ठंडे दिमाग़ वाला और व्यावहारिक" कहती है। इन लोगों को निश्चित लक्ष्य के सिद्धांत का यह विश्लेषण अमूर्त या अव्यावहारिक लग सकता है। दरअसल, सचेतन विचार की शक्ति से भी बड़ी एक शक्ति होती है और अक़्सर चेतन मस्तिष्क को इसका एहसास नहीं होता है। बड़ी उपलब्धि की इच्छा पर आधारित किसी निश्चित लक्ष्य की सफलता के लिए इस सच्चाई को स्वीकार करना अनिवार्य है।

हर व्यक्ति के जीवन की प्रत्येक सफल या असफल परिस्थिति किसी

निश्चित कारण का परिणाम होती है। जीवन की कई परिस्थितियाँ ऐसे कारणों का परिणाम होती हैं, जिन पर व्यक्ति का नियंत्रण होता है या हो सकता है। यह स्पष्ट सच्चाई निश्चित लक्ष्य के सिद्धांत को बेहद महत्त्वपूर्ण बना देती है। अगर लोगों के जीवन की परिस्थितियाँ अनुकूल नहीं हैं, तो मानसिक नज़रिया बदलकर और नए विचारों की आदत डालकर उन परिस्थितियों को बदला जा सकता है।

निश्चित लक्ष्य सफलता की ओर कैसे ले जाते हैं

जिन अमेरिकी उद्योगपतियों ने हमारे औद्योगिक विकास में योगदान दिया है, उनमें वाल्टर क्राइसलर का नाम बहुत ऊपर आता है। जो भी अमेरिकी युवक शोहरत या दौलत हासिल करना चाहता है, उसे उनकी कहानी से प्रेरणा व आशा लेना चाहिए। उनकी सफलता इस बात का प्रमाण है कि निश्चित लक्ष्य निर्धारित करके व्यक्ति कितना शक्तिशाली बन सकता है।

क्राइसलर ने अपना कैरियर साल्ट लेक सिटी, यूटा की एक रेलरोड शॉप में मैकेनिक के रूप में शुरू किया। अपनी बचत से उन्होंने लगभग 4,000 डॉलर जमा कर लिए, जिससे वे कोई बिज़नेस शुरू करना चाहते थे। अच्छी तरह सोच-विचार के बाद उन्होंने यह फ़ैसला किया कि ऑटोमोबाइल उद्योग भविष्य में बहुत सफल होगा, इसलिए उन्होंने उस क्षेत्र में जाने का फ़ैसला किया। इस बिज़नेस में उनका प्रवेश नाटकीय भी था और अनूठा भी।

उनके पहले क़दम से उनके दोस्त सदमे में आ गए और उनके रिश्तेदार हैरान रह गए। इसका कारण यह था कि क्राइसलर ने अपनी सारी बचत से एक कार ख़रीद ली। जब कार साल्ट लेक सिटी आई, तो उन्होंने अपने दोस्तों को सदमे में डालने वाला एक और काम किया : उन्होंने कार के पुर्ज़े-पुर्ज़े अलग कर दिए। कार के सारे कलपुर्ज़े खोलकर पूरी दुकान में फैलाने के बाद वे उन्हें फिर से जोड़ने लगे।

उन्होंने यह काम इतनी बार किया कि उनके कुछ दोस्तों को लगने लगा कि उनका दिमाग़ी संतुलन गड़बड़ा गया है। उन्हें ऐसा इसलिए लगा, क्योंकि वे क्राइसलर के लक्ष्य को नहीं समझ पाए थे। दोस्तों ने यह तो देखा कि वे कार के साथ क्या कर रहे थे, लेकिन वे उस योजना को नहीं देख

पाए, जो क्राइसलर के मस्तिष्क में थी। दरअसल, क्राइसलर अपने मस्तिष्क में कार की चेतना विकसित कर रहे थे! वे उसे निश्चित लक्ष्य से भर रहे थे! वे कार की हर चीज़ को ग़ौर से देख रहे थे। जब उन्होंने कई बार कार खोलकर जोड़ ली, तो वे इसके बारे में सब कुछ जान गए। वे जान गए कि इसकी ख़ूबियाँ और कमियाँ क्या हैं।

इस अनुभव से उन्होंने एक ऐसी कार बनाई, जिसमें उनकी ख़रीदी कार की सारी ख़ूबियाँ तो थीं, लेकिन उसकी कमियाँ नहीं थीं। उन्होंने यह काम इतनी अच्छी तरह किया कि क्राइसलर कारें बाज़ार में आते ही पूरे ऑटोमोबाइल उद्योग में तहलका मच गया। शोहरत और दौलत की उनकी उड़ान तीव्र और निश्चित थी, क्योंकि वे शुरू करने से पहले ही यह जानते थे कि वे कहाँ जा रहे हैं और उन्होंने उस यात्रा की पूरी तैयारी कर ली थी।

निश्चित लक्ष्य के साथ आगे बढ़ने वाले लोग आपको जहाँ भी दिखें, उन्हें ग़ौर से देखें। आप यह देखकर हैरान रह जाएँगे कि उन्हें दूसरों का मित्रतापूर्ण सहयोग कितनी आसानी से मिलता है, वे बाधाओं को कितनी जल्दी हराते हैं और अपनी मनचाही चीज़ को कितनी आसानी से हासिल कर लेते हैं।

वाल्टर क्राइसलर की सफलता का गहन विश्लेषण करें। इस बात पर ग़ौर करें कि कितने निश्चित तरीक़े से उन्होंने ज़िंदगी की बारह दौलतें हासिल कीं और उनका अधिकतम लाभ उठाया। उन्होंने सकारात्मक मानसिक नज़रिये की महान दौलत को विकसित करके यह काम शुरू किया। इससे उन्हें एक उपजाऊ भूमि मिली, जिसमें उन्होंने अच्छी कार बनाने के अपने निश्चित प्रमुख लक्ष्य के बीज को बोया और उसे अंकुरित किया। फिर एक-एक करके उन्होंने बाक़ी दौलतें भी हासिल कीं : अच्छी सेहत, मानवीय संबंधों में सामंजस्य, डर से मुक्ति, उपलब्धि की आशा, आस्था की क्षमता, अपनी नियामतें बाँटने की इच्छा, प्रेमपूर्ण परिश्रम, सभी विषयों पर खुली मानसिकता, आत्म-अनुशासन, लोगों को समझने की क्षमता और अंत में, आर्थिक सुरक्षा।

वाल्टर क्राइसलर की सफलता के संबंध में एक अनोखी बात यह है कि उन्होंने अपने लक्ष्य को बहुत आसानी से हासिल कर लिया। शुरुआत में

उनके पास कोई ख़ास पूँजी नहीं थी। उनकी शिक्षा भी सीमित थी। उनका कोई दौलतमंद संरक्षक नहीं था, जो उन्हें बिज़नेस में स्थापित करता या उनकी आर्थिक मदद करता। बहरहाल, उनके पास एक व्यावहारिक विचार था और शुरू करने की पर्याप्त पहल-शक्ति थी। वे जहाँ थे, वहीं से सफलता के शिखर तक पहुँचने की उनमें दृढ़ इच्छा थी। यही वजह है कि उन्हें अपने निश्चित प्रमुख लक्ष्य को हक़ीक़त में बदलने के लिए जिन चीज़ों की ज़रूरत थी, वे सब लगभग चमत्कार से सही समय पर उनके हाथ में आ गईं - निश्चित लक्ष्य वाले लोगों के साथ ऐसा अक्सर होता है।

मार्था स्टीवर्ट की बहुत सी सफलताएँ

मार्था स्टीवर्ट स्कूल टीचर माँ और फ़ार्मास्यूटिकल सेल्समैन पिता की संतान थीं। न्यूजर्सी की जर्सी सिटी में रहने वालीं मार्था अपने माता-पिता की छह संतानों में से एक थीं। मार्था की आजीवन सफलताओं का सिलसिला हाई स्कूल से ही शुरू हो गया था। वे मॉडल बन गईं, जिससे उनकी कॉलेज की पढ़ाई का ख़र्च निकल आया। कॉलेज की पढ़ाई पूरी करने और विवाह करने के बाद मार्था ने स्टॉकब्रोकर बनने का फ़ैसला किया, जो उनके ससुर का व्यवसाय था। उन्होंने छोटा सा निवेश किया, लेकिन जल्दी ही वे इस क्षेत्र में इतनी सफल हो गईं कि एक ब्रोकरेज फ़र्म का ध्यान उनकी तरफ़ गया और उनका कैरियर न सिर्फ़ शुरू हुआ, बल्कि सरपट भागने लगा!

कुछ साल तक शेयर बाज़ार में शेयर ख़रीदने-बेचने के बाद उन्होंने कोई ज़्यादा मज़ेदार काम करने का फ़ैसला किया। उन्होंने कुकिंग की कला सीखी और केटरिंग बिज़नेस शुरू किया। फिर वे अपने रोचक विचारों की पुस्तकें प्रकाशित करने लगीं। एक चीज़ से दूसरी चीज़ शुरू होती गई और जल्दी ही वे दुनिया की एक बहुत बड़ी मीडिया कंपनी की मालकिन बन गईं। अंततः वे न्यूयॉर्क स्टॉक एक्सचेंज में मार्था स्टीवर्ट ओम्नीमीडिया के शेयर बेचने में कामयाब हो गईं। जर्सी सिटी के एक साधारण परिवार में पैदा हुई लड़की के लिए यह कोई छोटी सफलता नहीं थी!

बहरहाल, अब मैं आपका ध्यान एक और महत्वपूर्ण बात की तरफ़ दिलाना चाहता हूँ। मार्था स्टीवर्ट ने अपना हर लक्ष्य ख़ुद बनाया और उन्होंने अपने प्रयासों तथा योग्यता से ही अपने लक्ष्य हासिल किए। उन्होंने

अपनी एक सहेली से कहा था कि "वे मशहूर बनना चाहती थीं" और यह उनका निश्चित लक्ष्य बन गया। ज़ाहिर है, अंततः उनका "अहम् उनके पतन का कारण बना," जिस विषय पर मैं किसी और सत्र में बातचीत करूँगा।

एक घंटे से भी कम समय में 20 लाख डॉलर

थिंक एंड ग्रो रिच पुस्तक (जो एंड्रयू कारनेगी की व्यक्तिगत सफलता की फ़िलॉसफ़ी के एक हिस्से का विश्लेषण है) के प्रकाशन के कुछ समय बाद ही प्रकाशक को डेस मॉइन्स, आयोवा के बुक स्टोर्स से धड़ाधड़ ऑर्डर मिलने लगे।

इन सभी ऑर्डर्स में पुस्तक तत्काल मँगवाई गई थी। प्रकाशक को समझ में नहीं आया कि उस इलाक़े में इस पुस्तक की माँग अचानक इतनी क्यों बढ़ गई थी। बहरहाल रहस्य तब खुला, जब कई सप्ताह बाद प्रकाशक को सन लाइफ़ एश्योरेंस कंपनी के जीवन बीमा सेल्समैन एडवर्ड पी. चेज़ का पत्र मिला। इस पत्र में उन्होंने लिखा था :

"मैं आपकी पुस्तक ***थिंक एंड ग्रो रिच (सोचिए और अमीर बनिए)*** के प्रति अपनी कृतज्ञता व सराहना व्यक्त करना चाहता हूँ। मैंने इसकी सलाह पर शब्दशः अमल किया। इसके परिणामस्वरूप मेरे मन में एक ऐसा विचार आया, जिससे मैंने 20 लाख डॉलर की जीवन बीमा पॉलिसी बेच दी - डेस मॉइन्स में अब तक किसी ने इतनी बड़ी पॉलिसी नहीं बेची थी।"

मिस्टर चेज़ के पत्र का दूसरा वाक्य सबसे महत्वपूर्ण है, "मैंने इसकी सलाह पर शब्दशः अमल किया।" वे निश्चित लक्ष्य के साथ उस विचार पर आगे बढ़े और उन्होंने एक घंटे में इतना धन कमा लिया, जितना जीवन बीमा बेचने वाले ज़्यादातर सेल्समैन पाँच साल की मेहनत से कमा पाते हैं। एक छोटे वाक्य में मिस्टर चेज़ ने उस बिज़नेस सौदे की पूरी कहानी बता दी, जिसने उन्हें साधारण जीवन बीमा सेल्समैनों की श्रेणी से ऊपर उठाकर मिलियन डॉलर राउंड-टेबल का सदस्य बना दिया।

पुस्तक पढ़ने के दौरान कहीं पर मिस्टर चेज़ के मस्तिष्क का संपर्क पुस्तक के लेखक के मस्तिष्क से हुआ। इस संपर्क से उनका मस्तिष्क इतने निश्चित और गहन तरीक़े से तीव्र हुआ कि एक सशक्त विचार पैदा हुआ। वह विचार था इतनी बड़ी जीवन बीमा पॉलिसी बेचना, जिसके बारे में

किसी ने भी कभी सोचा ही न हो। इस तरह की पॉलिसी बेचना उनका तात्कालिक निश्चित प्रमुख लक्ष्य बन गया। वे बिना झिझक या देर के उस लक्ष्य की तरफ़ आगे बढ़े और उन्होंने एक घंटे से भी कम समय में अपना लक्ष्य पा लिया।

मैंने अपनी व्यक्तिगत शक्ति कैसे खोजी

जैसा एंड्रयू कारनेगी ने एक बार कहा था, जो व्यक्ति निश्चित लक्ष्य से प्रेरित होता है और अपने अस्तित्व की आध्यात्मिक शक्तियों के साथ उसकी दिशा में बढ़ता है, वह अनिर्णय की स्थिति में खड़े लोगों को चुनौती दे सकता है और उनसे आगे निकलकर विजय की सीमारेखा पर पहुँच सकता है। इससे कोई फ़र्क़ नहीं पड़ता है कि वह व्यक्ति जीवन बीमा बेच रहा है या गड्ढे खोद रहा है।

निश्चित, सशक्त विचार मस्तिष्क की बायोकेमिस्ट्री को बदल सकता है। इसके बाद मस्तिष्क का नज़रिया इस तरह का हो जाता है कि वह असफलता या पराजय जैसी चीज़ को पहचानता ही नहीं है। जैसा कारनेगी अक्सर कहते थे, ज़्यादातर लोगों की सबसे बड़ी कमज़ोरी यह होती है कि वे अपनी राह की बाधाओं को तो देखते हैं, लेकिन वे उस आध्यात्मिक शक्ति को नहीं देख पाते हैं, जिससे वे उन बाधाओं को हटा सकते हैं।

मुझे वह समय अच्छी तरह याद है, जब मैंने यह पहचाना कि मेरे पास भी आध्यात्मिक शक्तियाँ मौज़ूद हैं। और अजीब बात यह है कि ऐसा उसी पुस्तक यानी *थिंक एंड ग्रो रिच* के कारण हुआ, जिसकी वजह से एडवर्ड पी. चेज़ को प्रेरणा मिली और वे अपने व्यवसाय में सफलता के शिखर पर पहुँचे।

मेरी पत्नी सार्वजनिक वाचनालय से यह पुस्तक लेकर आई और उसने मुझे इसे पढ़ने को कहा। पुस्तक को छूते ही मुझे प्रेरणा का एक अजीब रोमांच महसूस हुआ। परिणाम यह हुआ कि मैं उसी समय पुस्तक पढ़ने बैठ गया। पहला अध्याय पूरा होने से पहले ही मैं जान गया कि यह पुस्तक क़िस्मत ने मेरे पास भेजी थी। मैं उसे लेकर बिस्तर पर गया और सोने से पहले मैंने पूरी पुस्तक पढ़ डाली। अगली सुबह मैं एक नए व्यक्ति के रूप में जागा। मेरा सचमुच पुनर्जन्म हुआ था! अनिर्णय और शंका अब मुझसे हमेशा के लिए दूर चले गए थे।

इस विचार की बदौलत छह साल में मैंने दुनिया भर के करोड़ों लोगों

को लाभ पहुँचाया और उन पर सकारात्मक प्रभाव डाला। अंत में, मैंने दूसरों के साथ अपनी संपत्ति बाँटने की कला अच्छी तरह सीख ली। मैंने सभी बारह दौलतें भी हासिल कर लीं। इससे भी बड़ी बात यह है कि मैंने अपने "सच्चे स्वरूप" को भी खोज लिया, जिसके बारे में मैं पहले जानता ही नहीं था। मैंने नौ आदतों के अस्तित्व को भी खोजा, जो मेरे हर काम में मुझे राह दिखाने लगीं।

मैं अपनी बदली हुई ज़िंदगी से बहुत ख़ुश था। मेरी प्रबल इच्छा हुई कि मैं इस पुस्तक के लेखक से मिलूँ और अपनी ख़ुशक़िस्मती के लिए उन्हें व्यक्तिगत रूप से धन्यवाद दूँ। उन्हें खोजना भूसे के ढेर में सुई खोजने की तरह था, क्योंकि वे रिटायर हो चुके थे और उनसे संपर्क होना मुश्किल था। उनका प्रकाशक मुझे उनका पता नहीं दे पाया, इसलिए मैं एक पते से दूसरे पते तक उन्हें खोजता रहा। आख़िरकार मैंने उनका पता लगा लिया, हालाँकि इसके लिए मुझे तीन बार महाद्वीप पार करना पड़ा।

लेखक से मिलने की मेरी तीव्र इच्छा ख़ास तौर पर इसलिए थी, क्योंकि मेरा अनुमान था कि उन्होंने सफलता का अपना पूरा ज्ञान "थिंक एंड ग्रो रिच" में प्रस्तुत नहीं किया होगा। मेरा यह अनुमान सही निकला, क्योंकि मुझे पता चला कि उन्होंने इस पुस्तक में व्यक्तिगत सफलता के 17 सिद्धांतों में से सिर्फ़ तीन सिद्धांतों का ही ज़िक्र किया था। उन्होंने एक बिलकुल नया कोर्स लिखा था, जिसमें सभी 17 सिद्धांत बताए गए थे।

एक मील ज़्यादा दूर तक जाने के सिद्धांत पर मेरा प्रबल विश्वास है। इस सिद्धांत पर अमल करते हुए मैंने लेखक को राज़ी कर लिया कि वे मुझे ज़िंदगी में अपने निश्चित प्रमुख लक्ष्य का एक बहुत महत्वपूर्ण हिस्सा करने दें। मेरा लक्ष्य उनकी फ़िलॉसफ़ी को इस दुखी संसार में ऐसे समय पहुँचाना था, जब इसकी बहुत ज़्यादा ज़रूरत थी। मैंने लेखक से कहा कि मैं अमेरिका का राष्ट्रपति बनने के बजाय इस फ़िलॉसफ़ी का लेखक होना ज़्यादा पसंद करता। और उसके बाद, दुनिया की सारी दौलत का स्वामी बनने के बजाय मैं इसे दुनिया तक पहुँचाना पसंद करता। और लेखक ने मुझे इसकी अनुमति दे दी।

मैंने कई तरीक़ों से यह काम किया। सबसे पहले, तो मैंने इस फ़िलॉसफ़ी के आधार पर रेडियो कार्यक्रमों की श्रृंखला बनाई, जो सप्ताह में कई बार प्रसारित होते थे।

फिर मैंने इस फ़िलॉसफ़ी के सबक़ छापकर देश भर के न्यूज़स्टैंड्स और बुकस्टोर्स में पहुँचाए।

फिर मैंने वीडियो और डी.वी.डी. के माध्यम से इसका इस तरह विश्लेषण किया कि इसे कंपनी की बैठकों में प्रस्तुत किया जा सकता था। इन्हें मैंने मैनेजमेंट के सहयोग से वितरित किया।

इसके अलावा मैंने देश भर में प्राइवेट स्टडी क्लब्स भी गठित किए, जिनमें वीडियो और पुस्तकों से इस फ़िलॉसफ़ी का प्रचार किया गया।

इस देश की धार्मिक संस्थाओं के साथ सहयोग करना मेरा लक्ष्य था, ताकि यह फ़िलॉसफ़ी उनके सदस्यों तक भी पहुँच सके।

मैंने फ़िलॉसफ़ी के लेखक से बच्चों के लिए एक पुस्तक लिखने की बात भी कर ली है, जिसमें यह फ़िलॉसफ़ी इस तरह से प्रस्तुत की जाएगी, ताकि यह बच्चों की कल्पना को जकड़ ले। यह पुस्तक बुकस्टोर्स के माध्यम से वितरित की जाएगी और इसका प्रयोग पब्लिक स्कूल्स में भी किया जा सकता है।

इसके अलावा, मौक़ा मिलने पर मैं दूसरे तरीक़ों से भी योगदान देना चाहूँगा। मैं इस फ़िलॉसफ़ी को हर उस व्यक्ति तक पहुँचाना चाहता हूँ, जो इस दुनिया में अपनी जगह बनाने की कोशिश कर रहा है।

इस तरह मुझे एक ऐसे मस्तिष्क की आंतरिक कार्यविधि उजागर करने का अवसर मिला, जो ज़िंदगी में एक निश्चित प्रमुख लक्ष्य से प्रेरित हुआ था। हालाँकि काम बहुत बड़ा था, लेकिन मैं आपको यह विश्वास दिलाना चाहूँगा कि मुझे इस काम से प्रेम था।

मेरा पारिश्रमिक या पुरस्कार लगातार बढ़ रहा है। यह रहस्य सिर्फ़ उसी व्यक्ति को मालूम होता है, जिसने दूसरों के साथ अपनी नियामतें बाँटकर दौलत हासिल करने का रास्ता खोजा है। संपत्तियाँ - ज़िंदगी की असली संपत्तियाँ - उसी अनुपात में बढ़ती हैं, जिस अनुपात में उन्हें बाँटा जाता है और उनसे दूसरों को लाभ पहुँचाया जाता है। मैं जानता हूँ कि यह सच है, क्योंकि मैं बाँटकर अमीर बना हूँ। मैंने जब भी किसी को किसी भी तरह से लाभ पहुँचाया है, तो बदले में मुझे किसी न किसी स्रोत से उसका दस गुना लाभ मिला है।

दूसरों के साथ अपनी संपत्तियाँ बाँटते समय मैं श्रेय पाने की आशा नहीं

करता हूँ, क्योंकि मैं गुप्त रूप से दान देता हूँ, सिवाय उन दुर्लभ अवसरों के, जब नाम बताना अनिवार्य हो। अपने नाम की प्रशंसा चाहने के बजाय मैं दूसरों की उपयोगी सेवा करके अपनी आत्मा की प्रशंसा चाहना ज़्यादा पसंद करता हूँ। जो दौलतें मैं देता हूँ, उनसे मेरी अपनी दौलत और अस्तित्व में वृद्धि होती है।

अपने निश्चित प्रमुख लक्ष्य कैसे खोजें

सबसे अजीब सच्चाइयों में से एक यह है : अपनी समस्याओं को सुलझाने का सबसे अचूक तरीक़ा यह है कि किसी ऐसे व्यक्ति को खोजें, जिसके सामने आपसे भी बड़ी समस्या हो और फिर उसकी समस्या को सुलझाने में उसकी मदद करें। इस तरह आप एक मील ज़्यादा आगे तक जाने की आदत डाल लेते हैं।

यह एक आसान फ़ॉर्मूला है, लेकिन इसमें जादू है और यह हमेशा सफल होता है। बहरहाल, इस फ़ॉर्मूले की शक्ति के बारे में आपको मेरी बात मानने की ज़रूरत नहीं है। इसके बजाय आप इसे अपना लें और इस पर अमल करें। फिर आपको इसके शक्तिशाली होने के बारे में किसी प्रमाण की ज़रूरत नहीं होगी। आप पाएँगे कि आपके आस-पास बहुत से नए अवसर आ गए हैं।

आप अपने पड़ोसियों या साथी कर्मचारियों के साथ मिलकर फ़ेलोशिप क्लब शुरू कर सकते हैं और उस समूह के लीडर व टीचर बन सकते हैं। यहाँ आप एक और महान सच्चाई जानेंगे कि व्यक्तिगत सफलता के सिद्धांत सीखने का सबसे अच्छा तरीक़ा इन्हें दूसरों को सिखाना है। जब व्यक्ति कोई चीज़ सिखाता है, तो वह उस विषय के बारे में ज़्यादा सीखता है। आप अब इस फ़िलॉसफ़ी के विद्यार्थी हैं, लेकिन आप इसे दूसरों को सिखाकर ही इसके मास्टर बन सकते हैं। इस तरह, आपका पारिश्रमिक पहले से ही सुनिश्चित है।

चाहे आप किसी भी क्षेत्र में काम करते हो, यह आपके लिए एक बड़ा अवसर है कि आप दूसरों की मदद करें, शांति और सामंजस्य बढ़ाने में उनकी सहायता करें और इस तरह अपनी पहचान खोजें। जो मैनेजर इस फ़िलॉसफ़ी के आधार पर अपने सहयोगियों को मार्गदर्शन देगा, उसे उनका पूरा विश्वास और सहयोग मिलेगा।

निश्चित लक्ष्य

अगर ज़िंदगी में आपका कोई निश्चित प्रमुख लक्ष्य नहीं है, तो उसे बनाने का अवसर यही है। आप जहाँ हैं, वहीं से शुरू कर दें। यह फ़िलॉसफ़ी उन लोगों को सिखाएँ, जिन्हें इसकी ज़रूरत है। वह समय आ गया है, जब पड़ोसी की व्यक्तिगत समस्याएँ सुलझाने में मदद करना न सिर्फ़ परोपकार है, बल्कि यह आत्म-संरक्षण के लिए भी ज़रूरी है।

अगर आपके पड़ोसी के घर में आग लग जाए, तो आप उसे बुझाने जाएँगे, भले ही आपके उससे दोस्ताना संबंध न हों। क्योंकि सामान्य बुद्धि यह कहती है कि इस तरह से आप अपने घर को जलने से बचा लेंगे।

दूसरी तरफ़, ज़िंदगी की सशक्त फ़िलॉसफ़ी वाले लोग ख़ुद को इतने सारे अवसरों से घिरा पाएँगे, जो एक दशक पहले अस्तित्व में ही नहीं थे। जो लोग किसी निश्चित प्रमुख लक्ष्य की दिशा में आगे बढ़ने की कोशिश करते हैं, वे ऐसी मुश्किलों से निबट सकते हैं, जिनसे आम आदमी नहीं निबट सकता। आज और आने वाले कल की दुनिया के अधिक लाभकारी अवसर उन्हीं लोगों को मिलेंगे, जिन्होंने ख़ुद को लीडरशिप के लिए तैयार किया है। और लीडरशिप के लिए सशक्त फ़िलॉसफ़ी की नींव सबसे ज़रूरी होती है। "तुक्कामार" लीडरशिप के दिन अब लद चुके हैं। आज की बदलती दुनिया में लीडरशिप के लिए कुशलता, तकनीक और मानवीय समझ की ज़रूरत है।

अगर आपका कोई निश्चित प्रमुख लक्ष्य नहीं है, तो जाँच करें। यह पता लगाएँ कि आप इस बदलती दुनिया में कहाँ पर हैं। ख़ुद को नए अवसरों के लिए तैयार करें और उनका ज़्यादा से ज़्यादा फ़ायदा उठाएँ।

अगर मैं ऐसा कर सकता, तो निःसंदेह मैं आपके लिए एक ऐसा निश्चित प्रमुख लक्ष्य चुन देता, जो हर तरीक़े से आपकी योग्यता और आवश्यकता के अनुरूप होता। इसके अलावा, मैं आपके लिए एक ऐसी आसान योजना भी बना देता, जिस पर अमल करके आप उस लक्ष्य तक पहुँच जाते। लेकिन मैं इससे भी ज़्यादा लाभकारी काम कर सकता हूँ। मैं आपको यह सिखा सकता हूँ कि आप यह काम ख़ुद कैसे करें। आप जिस विचार की खोज कर रहे हैं, वह रास्ते में कहीं पर आपके सामने प्रकट हो जाएगा। इस फ़िलॉसफ़ी के अधिकांश विद्यार्थियों के साथ ऐसा ही हुआ है। जब वह विचार आएगा, तो आप उसे पहचान लेंगे, क्योंकि वह इतनी

शक्ति के साथ आएगा कि आप उसके प्रभाव से बच नहीं सकते। ऐसा अवश्य होगा, बशर्ते आप सचमुच गंभीरता से इसकी तलाश कर रहे हों।

इस फ़िलॉसफ़ी का एक अति सूक्ष्म पहलू यह भी है कि यह नए विचारों की प्रेरणा देती है। यह प्रगति के ऐसे अवसर उजागर करती है, जिन्हें पहले नज़रअंदाज़ कर दिया गया था। और यह व्यक्ति को अपनी पहल-शक्ति के माध्यम से ऐसे अधिकांश अवसरों का लाभ उठाने के लिए प्रेरित करती है। इस फ़िलॉसफ़ी का यह गुण संयोग का परिणाम नहीं है। यह तो एक निश्चित प्रभाव उत्पन्न करने के लिए है, क्योंकि यह स्पष्ट है कि व्यक्ति के अपने विचारों से जो अवसर उत्पन्न होते हैं, वे दूसरों से उधार लिए गए विचारों से ज़्यादा फ़ायदेमंद होते हैं। व्यक्ति अपने उपयोगी विचार जिस स्रोत से उत्पन्न करता है, वहाँ से आवश्यकता पड़ने पर वह अतिरिक्त विचार भी हासिल कर सकता है।

ऐसे स्रोत तक पहुँचना बहुत फ़ायदेमंद है, जहाँ से विचार उत्पन्न करने की प्रेरणा मिल सके। हालाँकि आत्म-निर्भरता एक अनमोल संपत्ति है, लेकिन एक ऐसा समय भी आ सकता है, जब आपको दूसरे मस्तिष्कों के संसाधनों का उपयोग करने की ज़रूरत होगी। और वह समय निश्चित रूप से उन लोगों के जीवन में आता है, जो सफलता के ज़्यादा ऊँचे स्तरों पर लीडर बनना चाहते हैं।

अपनी व्यक्तिगत शक्ति का दोहन कैसे करें

इसके बाद मैं आपको वे साधन बताऊँगा, जिनके द्वारा व्यक्तिगत शक्ति हासिल की जा सकती है। निश्चित लक्ष्यों को पाने के लिए कई मस्तिष्कों के सामूहिक प्रयोग द्वारा यह शक्ति पाई जा सकती है।

इसी तरीक़े से एंड्रयू कारनेगी ने स्टील युग का सूत्रपात किया था। उन्होंने अमेरिका के महानतम उद्योग को आकार दिया, हालाँकि शुरुआत में उनके पास कोई पूँजी नहीं थी और उनकी शिक्षा बहुत कम थी।

शिक्षा, पूँजी या तकनीकी कुशलता की कमी से आपको हताश नहीं होना चाहिए। ज़िंदगी में अपना प्रमुख लक्ष्य बनाते समय आप इस कमी को अपने दिमाग़ से निकाल दें, क्योंकि यह फ़िलॉसफ़ी आपको एक ऐसा तरीक़ा बताएगी, जिससे औसत योग्यता वाला व्यक्ति भी हर तार्किक लक्ष्य तक पहुँच सकता है।

यह आपके लिए बस एक ही काम नहीं कर सकती है और वह है आपका लक्ष्य चुनना! यह काम आपको ख़ुद करना होगा, लेकिन जब आप अपना लक्ष्य बना लेंगे, तो यह फ़िलॉसफ़ी उसे पाने का अचूक तरीक़ा बता सकती है। यह एक ऐसा वादा है, जिसकी कोई शर्त नहीं है। मैं आपको यह तो नहीं बता सकता हूँ कि आप क्या चाहें या कितनी सफलता चाहें, लेकिन मैं आपको वह फ़ॉर्मूला बता दूँगा जिससे आपको सफलता मिल सकती है।

इस समय आपकी प्रमुख ज़िम्मेदारी यह पता लगाना है कि आप ज़िंदगी में क्या चाहते हैं, आप कहाँ जा रहे हैं और वहाँ पहुँचने के बाद आप क्या करेंगे। यह एक ऐसी ज़िम्मेदारी है, जिसे कोई दूसरा नहीं ले सकता। यह आपको ही लेना होगी। लेकिन टालमटोल के कारण 100 में से 98 लोग इस ज़िम्मेदारी को नहीं लेते हैं। यही प्रमुख कारण है कि 100 में से सिर्फ़ दो ही लोग सफल लोगों की श्रेणी में आते हैं। सच तो यह है कि सफलता निश्चित लक्ष्य से शुरू होती है!

अज्ञानी लोगों को यह बहुत बड़ा वादा लग सकता है, लेकिन उस व्यक्ति को ऐसा नहीं लगेगा, जो अनिर्णय के जाल से बाहर निकल चुका है और जिसने ज़िंदगी में एक निश्चित लक्ष्य चुन लिया है। मैं सिर्फ़ सुनी-सुनाई बातों के आधार पर नहीं, बल्कि अपने व्यक्तिगत अनुभव से यह बात कह रहा हूँ। बुरी तरह असफल होने के बाद मैंने ख़ुद को बदलकर अद्भुत रूप से सफल बनाया है और इसलिए मुझे आपको यह आश्वासन देने का अधिकार है कि अगर आप इस फ़िलॉसफ़ी के नक़्शे का अनुसरण करेंगे, तो आप ज़रूर सफल होंगे।

निश्चित प्रमुख लक्ष्य चुन लेने के बाद अगर आपके क़रीबी रिश्तेदार या दोस्त आपको "सपने देखने वाला" कहें, तो हताश न हों।

बस इतना याद रखें कि सपने देखने वाले मानवीय प्रगति के जनक हैं।

उन्होंने हमें अमेरिकी पूँजीवाद का महान तंत्र दिया है।

उन्होंने हमें हमारी सबसे बड़ी संपत्ति दी है : व्यक्तिगत स्वतंत्रता का आनंद लेने का अधिकार और अपनी इच्छानुसार सपने देखने का अधिकार।

उन्होंने हमें दुनिया की महानतम वायु सेना और महानतम नौसेना दी है।

उन्होंने सभ्यता को एक नई ऊँचाई तक पहुँचाया है और अमेरिकी

जीवनशैली को इतना उत्कृष्ट बना दिया है कि बाक़ी की दुनिया इससे ईर्ष्या करती है।

इसलिए, सपने देखने में किसी को भी हतोत्साहित न करने दें, बल्कि यह सुनिश्चित करें कि आपके सपने निश्चित लक्ष्य पर आधारित हों और आप उन्हें साकार करने के लिए काम भी करें। सफल होने की आपकी संभावना उतनी ही है, जितनी कि आपसे पहले आने वाले लोगों के पास थी। कई मामलों में आपके सफल होने की संभावना ज़्यादा होगी, क्योंकि आपके पास व्यक्तिगत सफलता के सिद्धांतों का ज्ञान है, जो अतीत के लाखों सफल लोगों को मुश्किल से और बहुत देर से मिला था।

जो लोग समझदार होते हैं, वे अपनी अधिकांश दौलत उदारता से बाँटते हैं। वे लोगों पर आसानी से विश्वास नहीं करते हैं और ग़लत लोगों पर तो बिलकुल भी विश्वास नहीं करते हैं। और जब वे अपने लक्ष्यों तथा योजनाओं के बारे में बात करते हैं, तो आम तौर पर वे ऐसा शब्दों के बजाय कर्म द्वारा करते हैं। समझदार ज़्यादा सुनते हैं और कम बोलते हैं, क्योंकि वे जानते हैं कि सिर्फ़ सुनकर ही आप कोई मूल्यवान चीज़ सीख सकते हैं, जबकि बोलकर आप कुछ नहीं सीख सकते हैं, सिवाय इसके कि ज़्यादा बोलना मूर्खता का लक्षण है!

भाषा द्वारा विचार का आदान-प्रदान एक महत्त्वपूर्ण साधन है, जिसके द्वारा लोग उपयोगी ज्ञान पाते हैं, निश्चित प्रमुख लक्ष्य हासिल करने की योजना बनाते हैं और उन योजनाओं को पूरा करने के तरीक़े खोजते हैं। और "राउंड टेबल" चर्चा करना एक उत्कृष्ट आदत है, जिससे आप बड़ी सफलता पा सकते हैं। लेकिन यह उन निरर्थक चर्चाओं से बहुत अलग होती है, जिनमें कई लोग हर किसी के सामने अपना दिल खोलकर रख देते हैं।

एक बार फिर, समय हमें लंच के लिए रुकने पर मजबूर कर रहा है। जब आप लंच करने के बाद लौटेंगे, तो मैं आपको एक सुरक्षित तरीक़ा बताऊँगा, जिससे आप दूसरों के साथ विचारों का आदान-प्रदान इस विश्वास से कर सकते हैं कि आप जितना देंगे, आपको बदले में उतना या उससे ज़्यादा मिलेगा। इस तरीक़े से आप न सिर्फ़ अपनी सबसे प्रिय योजनाओं के बारे में खुलकर बोल सकेंगे, बल्कि आपको ऐसा करने से लाभ भी होगा।

❍❍❍

अध्याय पाँच

एक मील ज़्यादा आगे तक जाने की आदत

लंच रूम में रोमांच का माहौल था, क्योंकि कॉन्फ्रेंस में शामिल लोग सुबह सीखी बातों पर बातचीत कर रहे थे। वे इस बारे में एकमत थे कि निश्चित लक्ष्य बनाना बहुत महत्वपूर्ण है और ऐसा करके कोई भी समर्पित व्यक्ति सफलता की राह पर पहुँच सकता है। वक्ता ने सबसे यह वादा किया था कि वह दोपहर के सत्र में इस विषय पर आगे मार्गदर्शन देगा। अब तक इस कॉन्फ्रेंस में आने वाले ज़्यादातर लोग टेप रिकॉर्डर, नोटबुक और अन्य कई चीज़ें लाने लगे थे, ताकि वक्ता की समझदारी भरी बातें याद रख सकें।

हॉल में लौटने पर श्रोता यह देखकर आश्चर्यचकित रह गए कि टेबल पर हाथ से लिखे नोटकार्ड रखे थे और उनमें से प्रत्येक पर हर श्रोता का नाम लिखा था। सभी पर लिखा था :

"अगर आप एक मील ज़्यादा आगे तक जाएँगे, तो आपको और दूसरों को निश्चित रूप से बहुत से पुरस्कार मिलेंगे।"

नोटकार्ड पर किसी के हस्ताक्षर नहीं थे, लेकिन सब समझ गए कि यह किसने लिखा होगा। सब इस बात से प्रभावित हुए कि वक्ता ने हर व्यक्ति के लिए समय निकाला था। उसके इस भावनात्मक कार्य से हर व्यक्ति अगले सिद्धांत को सुनने के लिए ज़्यादा उत्सुक हो गया।

श्रोताओं के बैठने के बाद वक्ता पर्दे के पीछे से बाहर आया। वह हॉल में बैठे श्रोताओं को देखकर खुलकर मुस्कराया। यह साफ़ नज़र आ रहा था कि उसे इसमें मज़ा आ रहा था और उसका उत्साह सचमुच प्रेरक था।

उसने कहना शुरू किया, "एक मील ज़्यादा आगे तक जाने (Go the Extra Mile) की इच्छा ज़िंदगी के सभी क्षेत्रों और व्यवसायों में सफलता का एक महत्वपूर्ण सिद्धांत है। इसका मतलब यह है कि इंसान को जितना पैसा मिले, उसे उससे ज़्यादा तथा बेहतर सेवा करना चाहिए और सकारात्मक नज़रिये से करना चाहिए।"

इस सिद्धांत के विरोध में आप एक भी दमदार तर्क नहीं खोज सकते। चाहे आप कहीं भी खोज लें, आपको ऐसा कोई तर्क नहीं मिलेगा। आपको स्थायी सफलता का ऐसा एक भी उदाहरण नहीं मिलेगा, जिसमें कुछ हद तक इसका इस्तेमाल न हुआ हो।

यह सिद्धांत इंसान ने नहीं बनाया है। यह तो प्रकृति का नियम है। इंसान से निचले स्तर के हर प्राणी को जीवित रहने के लिए इस सिद्धांत पर अमल करने के लिए विवश होना पड़ता है।

कई लोग इस सिद्धांत की अवहेलना भी कर सकते हैं, लेकिन ऐसा करने पर वे स्थायी सफलता का आनंद नहीं ले सकते हैं। यह देखें कि फ़सल उगाने के काम में प्रकृति इस सिद्धांत पर किस तरह चलती है। किसान एक मील ज़्यादा आगे तक जाता है। उसे फ़सल मिलने से पहले सही समय पर ज़मीन साफ़ करना पड़ती है, जोतना पड़ती है, बीज बोना पड़ता है और इन सब कामों से पहले उसे कोई पारिश्रमिक नहीं मिलता है।

लेकिन यह भी देखें कि अगर किसान प्रकृति के नियम के सामंजस्य में अपना काम करता है और पर्याप्त मेहनत करता है, तो फिर प्रकृति आगे का काम करती है और बीज को अंकुरित करके फ़सल में बदल देती है।

इस महत्वपूर्ण तथ्य पर विचार करें : किसान मिट्टी में गेहूँ या मक्का का जो बीज बोता है, प्रकृति उस एक दाने के बदले में शायद उसे सौ दाने देती है और इस तरह बढ़ते हुए लाभ के नियम से किसान को फ़ायदा पहुँचाती है।

प्रकृति एक मील ज़्यादा आगे तक जाती है और हर चीज़ का ज़रूरत

से ज़्यादा उत्पादन करती है। आपातकालीन स्थिति और बर्बादी का ध्यान रखते हुए प्रकृति ज़्यादा मात्रा में फ़सल पैदा करती है, उदाहरण के लिए पेड़ों पर लगे फल, वह फूल जिससे फल बनता है, तालाब के मेंढक और समुद्र की मछली। अगर यह सिद्धांत सच नहीं होता, तो सभी जीवित प्राणियों की प्रजातियाँ जल्दी ही लुप्त हो जातीं।

कुछ लोग मानते हैं कि जंगल के जानवर और पक्षी बिना मेहनत किए जीते हैं, लेकिन समझदार लोग जानते हैं कि यह सच नहीं है। यह सच है कि प्रकृति ने हर जीवित प्राणी को आहार का स्रोत दिया है, लेकिन उसे पाने के लिए हर प्राणी को मेहनत करना होती है।

इस तरह हम देखते हैं कि बदले में कुछ दिए बिना कुछ पाने की कोशिश करने की आदत को प्रकृति हतोत्साहित करती है, हालाँकि दुर्भाग्यवश कुछ इंसानों ने यह आदत डाल ली है।

एक मील ज़्यादा आगे तक जाने की आदत के लाभ निश्चित हैं और आसानी से समझे जा सकते हैं। हम इनमें से कुछ लाभों की जाँच करेंगे, ताकि हमें इस बात पर यक़ीन हो जाए :

- इस आदत से व्यक्ति उन लोगों का ध्यान आकर्षित करता है, जो उसे आगे बढ़ने के अवसर प्रदान कर सकते हैं। इससे व्यक्ति दूसरों के लिए अपरिहार्य बन जाता है और इस वजह से उसे अपनी सेवाओं के लिए सामान्य से ज़्यादा पारिश्रमिक मिलता है।
- इससे मानसिक विकास होता है और शारीरिक क्षमता भी बढ़ती है। इससे कई क्षेत्रों में निपुणता बढ़ती है, जो आमदनी की क्षमता बढ़ाती है।
- इससे व्यक्ति की नौकरी सुरक्षित रहती है। कम नौकरियों के वर्तमान दौर में भी इस आदत की बदौलत व्यक्ति इतनी अच्छी स्थिति में रहता है कि वह सर्वश्रेष्ठ पदों में से अपना मनपसंद पद चुन सकता है।
- इससे व्यक्ति लोगों की नज़रों में रहता है, जिससे उसे लाभ होता है। चूँकि ज़्यादातर लोगों में यह आदत नहीं होती है, इसलिए इस आदत वाला व्यक्ति सबका ध्यान आकर्षित करता है। इससे सकारात्मक मानसिक नज़रिया विकसित होता है, जो स्थायी सफलता के लिए अनिवार्य है।
- इससे तीक्ष्ण कल्पनाशीलता मिलती है, क्योंकि इस आदत वाला व्यक्ति हमेशा सेवा करने के नए और बेहतर तरीक़े खोजता रहता है।

• इससे पहल करने का महत्वपूर्ण गुण विकसित होता है।

• इससे आत्म-निर्भरता और साहस में वृद्धि होती है। इसकी वजह से व्यक्ति की अखंडता (Integrity) में दूसरों का विश्वास बढ़ता है।

• इससे टालमटोल की विनाशकारी आदत ख़त्म होती है। इस आदत वाले व्यक्ति के लक्ष्य निश्चित होते हैं और वह लक्ष्यहीनता की आम आदत से बच जाता है।

• एक मील ज़्यादा आगे तक जाने की आदत डालने का एक और बड़ा कारण भी है : यह ज़्यादा पारिश्रमिक की माँग करने का एकमात्र तार्किक कारण प्रदान करती है। अगर कोई कर्मचारी उतनी ही सेवा करता है, जितना उसे वेतन मिलता है, तो स्पष्ट रूप से उसे उसका पूरा मुआवज़ा मिल रहा है। कर्मचारी को इतना काम तो करना ही होगा, ताकि उसकी नौकरी बची रहे या उसकी आमदनी बनी रहे, भले ही उसे किसी भी तरह कमाया जाए। लेकिन जब कर्मचारी तनख़्वाह की तुलना में ज़्यादा सेवा करता है, तो इससे सद्भाव तो बढ़ता ही है, साथ ही उसके पास ज़्यादा तनख़्वाह या बेहतर पद या दोनों की ही माँग करने का तार्किक कारण होता है।

एक मील ज़्यादा आगे तक जाने का बारह दौलतों से क्या संबंध है

एक मील ज़्यादा आगे तक जाने की आदत (The Habit of Going the Extra Mile) एक बहुत महत्वपूर्ण सिद्धांत है। यह उस फ़िलॉसफ़ी के 17 सिद्धांतों का हिस्सा है, जिसकी अनुशंसा करते हुए कारनेगी कहते हैं कि दौलत चाहने वाले हर व्यक्ति को इन सिद्धांतों की आदत डाल लेना चाहिए। अब हम यह विचार करते हैं कि एक मील ज़्यादा आगे तक जाने की यह आदत बारह दौलतों से किस तरह जुड़ी है।

सबसे पहली बात, यह आदत बारह दौलतों में से सबसे महत्वपूर्ण दौलत यानी सकारात्मक मानसिक नज़रिये के विकास से अभिन्न रूप से जुड़ी हुई है। जब कोई अपनी भावनाओं का स्वामी बन जाता है और दूसरों की उपयोगी सेवा करके आत्म-अभिव्यक्ति की सकारात्मक कला सीख लेता है, तो इससे यह पता चलता है कि उसने सकारात्मक मानसिक नज़रिया विकसित कर लिया है।

एक मील ज़्यादा आगे तक जाने की आदत

सकारात्मक मानसिक नज़रिया विचारों का सही तंत्र प्रदान करता है। बाक़ी ग्यारह दौलतें इस तंत्र में उतने ही स्वाभाविक रूप से ढल जाती हैं, जिस तरह से दिन के बाद रात आती है। इस सत्य को पहचानने के बाद आप समझ जाएँगे कि एक मील ज़्यादा आगे तक जाने की आदत के इतने ज़्यादा फ़ायदे क्यों हैं और वे भौतिक संपत्ति के संग्रह से आगे तक क्यों जाते हैं। आप यह भी समझ जाएँगे कि इस सिद्धांत को कारनेगी की सफलता की फ़िलॉसफ़ी में पहले स्थान पर क्यों रखा गया है।

अब हम यह कहना चाहते हैं कि जितना पारिश्रमिक मिल रहा हो, उससे ज़्यादा और बेहतर सेवा देने वाली बात विरोधाभासी है, क्योंकि यह असंभव है कि कोई अधिक सेवा करे और उसे उसका उचित पारिश्रमिक न मिले। यह पारिश्रमिक कई रूपों में मिल सकता है और कई स्रोतों से मिल सकता है, जिनमें से कुछ अजीब और अप्रत्याशित होंगे। पारिश्रमिक चाहे जहाँ से मिले, लेकिन यह बात तय है कि पारिश्रमिक ज़रूर मिलेगा।

जो कर्मचारी एक मील ज़्यादा आगे तक जाकर सेवा करता है, हो सकता है उसका बॉस हमेशा उसे समुचित पारिश्रमिक न दे। बहरहाल, इसकी वजह से उसके सामने प्रगति के कई अवसर आएँगे, जिनमें अन्य कंपनियों से अधिक तनख़्वाह के प्रस्ताव मिलना शामिल है। इस तरह उसे इस आदत का अप्रत्यक्ष पारिश्रमिक मिलेगा।

राल्फ़ वॉल्डो इमर्सन के दिमाग़ में यही सच्चाई थी, जब उन्होंने 1841 में लिखे अपने निबंध में यह कहा था :

अगर आप एहसान फ़रामोश मालिक की सेवा करते हैं, तो उसकी और ज़्यादा सेवा करें। ईश्वर को अपना कर्ज़दार बना दें। हर काम का पारिश्रमिक मिलेगा। जितनी ज़्यादा देर तक पारिश्रमिक रोका जाएगा, आपके लिए उतना ही अच्छा है, क्योंकि आपके पारिश्रमिक की गणना चक्रवृद्धि ब्याज पर चक्रवृद्धि ब्याज के हिसाब से होगी।

एक बार फिर हम विरोधाभासी दिखने वाले संदर्भ में बात करते हैं। यह याद रखें कि अगर श्रम करने के बदले में कोई प्रत्यक्ष या तात्कालिक आर्थिक पारिश्रमिक नहीं मिले, तो यह सबसे लाभकारी स्थिति है। याद रखें, तनख़्वाह पर काम करने वाले लोगों को पारिश्रमिक दो रूपों में मिलता है। एक पारिश्रमिक तो धन के माध्यम से होता है। दूसरा

पारिश्रमिक अनुभव से मिली योग्यता है। यह दूसरा पारिश्रमिक अक्सर आर्थिक पारिश्रमिक से ज़्यादा बड़ा होता है, क्योंकि योग्यता और अनुभव कर्मचारी की सबसे महत्त्वपूर्ण संपत्तियाँ हैं, जिनकी बदौलत उसे प्रमोशन मिलता है, उसकी तनख़्वाह बढ़ती है और उसे ज़्यादा बड़ी ज़िम्मेदारी सौंपी जाती है।

चाहे बॉस कितना ही स्वार्थी या लोभी हो, वह किसी कर्मचारी को अनुभव की इस संपत्ति से वंचित नहीं कर सकता है। जैसा इमर्सन ने कहा था, यह चक्रवृद्धि ब्याज पर चक्रवृद्धि ब्याज वाला सिद्धांत है।

इसी संपत्ति की बदौलत चार्ल्स एम. श्वाब मज़दूर के रूप में छोटी शुरुआत करने के बाद एक-एक करके तरक्की की सीढ़ियाँ चढ़ते गए और अपनी कंपनी के सबसे ऊँचे पद पर पहुँच गए। इसी संपत्ति ने श्वाब को उनकी तनख़्वाह का दस गुना बोनस दिलाया। श्वाब को दस लाख डॉलर का बोनस इसलिए मिला, क्योंकि उन्होंने अपने हर काम में अपना सर्वश्रेष्ठ प्रयास किया था। हमें याद रखना चाहिए कि यह एक ऐसी परिस्थिति थी, जिस पर उनका पूरा नियंत्रण था। और अगर उन्होंने एक मील ज़्यादा आगे तक जाने की आदत नहीं डाली होती, तो यह परिस्थिति उत्पन्न ही नहीं हो सकती थी।

यहाँ पर हमें यह भी नहीं भूलना चाहिए कि जो व्यक्ति एक मील ज़्यादा आगे तक जाने की आदत डाल लेता है, वह अपनी सेवाओं के ख़रीदार को उचित पारिश्रमिक देने के लिए दो तरीक़े से मजबूर करता है : एक तो न्याय के सिद्धांत के कारण और दूसरा, इस डर से कि कहीं इतना मूल्यवान कर्मचारी चला न जाए।

और हम यह भी समझ सकते हैं कि उस महान औद्योगिक लीडर के मन में क्या रहा होगा, जिन्होंने यह कहा था, "40 घंटे प्रति सप्ताह न्यूनतम काम करने के नियम में मेरी ज़्यादा रुचि नहीं है। मेरी रुचि तो यह पता लगाने में है कि मैं एक दिन में 40 घंटे का काम कैसे कर सकता हूँ।"

इसी व्यक्ति ने कहा था, "अगर मुझे विवश किया जाए कि सफलता के इन 17 सिद्धांतों में से किसी एक को चुनूँ और अपनी सफलता को दाँव पर लगाने का जोखिम लूँ, तो मैं एक मील ज़्यादा आगे तक जाने के सिद्धांत पर बेझिझक अपना सब कुछ दाँव पर लगा दूँगा।"

बहरहाल, सौभाग्य से उन्हें ऐसा करने की ज़रूरत नहीं थी, क्योंकि व्यक्तिगत सफलता के ये 17 सिद्धांत किसी जंज़ीर की कड़ियों की तरह एक-दूसरे से जुड़े हुए हैं। साथ मिलकर ये प्रबल शक्ति का माध्यम बन जाते हैं। इन सिद्धांतों में से किसी एक को भी हटाने से शक्ति कम हो जाएगी, जिस तरह एक कड़ी को हटाने से जंज़ीर कमज़ोर हो जाती है।

इनमें से हर सिद्धांत मस्तिष्क के किसी निश्चित और सकारात्मक गुण का प्रतिनिधित्व करता है। विचार की शक्ति से उत्पन्न हर परिस्थिति में इन सिद्धांतों का आपसी तालमेल आवश्यक होता है।

ये 17 सिद्धांत अंग्रेज़ी वर्णमाला के 26 अक्षरों की तरह हैं, जिनके तालमेल से इंसान किसी भी तरह के विचार को अभिव्यक्त कर सकता है। वर्णमाला के अकेले अक्षरों का बहुत कम अर्थ होता है या ज़रा भी अर्थ नहीं होता है, लेकिन जब उन्हें जोड़कर शब्द बनाए जाते हैं, तो वे मस्तिष्क में आने वाले किसी भी विचार को व्यक्त कर सकते हैं।

ये 17 सिद्धांत व्यक्तिगत सफलता की "वर्णमाला" हैं। उनके माध्यम से सभी गुण अपने सर्वोच्च और सबसे लाभकारी रूप में व्यक्त किए जा सकते हैं। वे ऐसे साधन उपलब्ध कराते हैं, जिनसे व्यक्ति अमीरी की महान चाबी हासिल कर सकता है।

एक मील दूर तक जाने से कुछ लोगों को कैसे लाभ हुआ

कोई भी बिना किसी कारण के कोई काम नहीं करता है। आइए देखें कि एक मील ज़्यादा आगे तक जाने की आदत डालने वाले कुछ लोगों को कैसे परिणाम मिले। यह भी देखें कि क्या उनको मिलने वाले परिणाम इस बात को उचित ठहराते हैं कि हमें भी यह आदत डाल लेना चाहिए। आइए, उन लोगों के उदाहरण देखें, जिन्होंने इस आदत को अपने जीवन में उतारकर लाभ पाया:

कुछ साल पहले की बात है। पिट्सबर्ग के एक डिपार्टमेंट स्टोर में एक बुज़ुर्ग महिला इधर-उधर टहल रही थी। साफ़ दिख रहा था कि वह समय काट रही है। वह कई काउंटरों से होकर गुज़री, लेकिन किसी सेल्समैन ने उस पर ग़ौर नहीं किया। सबने यह समझ लिया था कि वह अपना समय

काट रही है और वह कुछ नहीं ख़रीदेगी। इसलिए जब भी वह किसी काउंटर के पास जाती थी, तो वहाँ खड़ा सेल्समैन दूसरी तरफ़ देखने लगता था।

आख़िरकार वह महिला एक युवा सेल्समैन के काउंटर पर पहुँची। सेल्समेन ने उस महिला से विनम्रता से पूछा कि वह उसकी क्या सेवा कर सकता है। महिला ने जवाब दिया, "नहीं, मैं तो बस समय काट रही हूँ। मैं बारिश रुकने का इंतज़ार कर रही हूँ, ताकि उसके बाद मैं घर जा सकूँ।"

"ठीक है, मैडम," उस युवक ने मुस्कराते हुए कहा। "क्या मैं आपके बैठने के लिए कुर्सी बाहर निकाल दूँ?" और फिर महिला के जवाब का इंतज़ार किए बिना वह कुर्सी ले आया। जब बारिश रुक गई, तो वह युवक उस बुज़ुर्ग महिला का हाथ थामकर उसे सड़क तक ले गया और उसे अलविदा भी कहा। चलते-चलते महिला ने उस युवक से उसका कार्ड माँग लिया।

कुछ महीने बाद स्टोर के मालिक को एक पत्र मिला। उस पत्र में यह कहा गया था कि स्कॉटलैंड में एक बड़े घर की सजावट के लिए सामान चाहिए, इसलिए उस युवक को सामान का ऑर्डर लेने के लिए स्कॉटलैंड भेजा जाए। स्टोर के मालिक ने पत्र के जवाब में लिखा कि वह युवक घर की साज-सज्जा वाले विभाग में काम नहीं करता है। इसके बाद उसने यह भी लिखा कि इस काम के लिए किसी "ज़्यादा अनुभवी व्यक्ति" को भेजने में उसे ख़ुशी होगी।

तत्काल जवाब आया कि उस ख़ास युवक को छोड़कर किसी और को न भेजा जाए। उन पत्रों पर एंड्रयू कारनेगी के दस्तख़त थे और जिस "घर" को वे सजाना चाहते थे, वह स्कॉटलैंड का स्किबो महल था। वह बुज़ुर्ग महिला और कोई नहीं, कारनेगी की माँ थीं। उस युवक को स्कॉटलैंड भेजा गया। उसे कई लाख डॉलर के सजावटी सामान का ऑर्डर मिला और साथ ही स्टोर की हिस्सेदारी भी। बाद में वह स्टोर का आधा मालिक बन गया।

कुछ साल पहले *द गोल्डन रूल मैग्ज़ीन* के संपादक को डेवनपोर्ट, आयोवा के पामर स्कूल में भाषण देने के लिए आमंत्रित किया गया। वे अपनी सामान्य फ़ीस यानी सौ डॉलर और यात्रा ख़र्च के बदले में वहाँ

भाषण देने के लिए तैयार हो गए।

स्कूल में ख़ाली समय के दौरान संपादक को अपनी मैग्ज़ीन के कुछ लेखों के लिए बहुत बढ़िया सामग्री मिल गई। भाषण देने के बाद जब संपादक शिकागो लौटने की तैयारी करने लगे, तो स्कूल वालों ने उनसे यात्रा के हुए ख़र्च का विवरण माँगा, ताकि उन्हें चेक दिया जा सके।

उन्होंने चेक लेने से इंकार कर दिया। उन्होंने कहा कि वे न तो अपने भाषण की फ़ीस लेंगे, न ही यात्रा ख़र्च लेंगे। उन्होंने तर्क दिया कि अपनी मैग्ज़ीन के लिए उन्हें यहाँ बहुत सी सामग्री मिल गई है, जो पर्याप्त भुगतान था। चेक लिए बिना ही उन्होंने शिकागो की ट्रेन पकड़ी और चलते समय वे सोच रहे थे कि यहाँ आने से उन्हें बहुत फ़ायदा हुआ।

अगले सप्ताह डेवनपोर्ट से उनकी मैग्ज़ीन के नए ग्राहक बनने के लिए ग्राहक राशि (Subscription) आने लगे। सप्ताह के अंत तक छह हज़ार डॉलर ग्राहक राशि आई। फिर संपादक को डॉ. पामर का पत्र मिला। उस पत्र में उन्होंने बताया कि यह ग्राहक राशि उनके विद्यार्थी भेज रहे थे। सभी विद्यार्थियों को यह पता चल चुका था कि संपादक ने अपने भाषण के बदले में कोई फ़ीस नहीं ली थी, जिसके वे हक़दार थे और जिसका उनसे वादा किया गया था।

अगले दो साल में पामर स्कूल के विद्यार्थियों और स्नातकों ने *द गोल्डन रूल मैग्ज़ीन* के लिए 50,000 डॉलर की ग्राहक राशि भेजी। यह कहानी इतनी प्रभावशाली थी कि इसे एक अंतर्राष्ट्रीय स्तर की मैग्ज़ीन में प्रकाशित किया गया। इसके बाद कई अन्य देशों के लोग भी *द गोल्डन रूल मैग्ज़ीन* के ग्राहक बनने लगे।

इस तरह फ़ीस लिए बिना सौ डॉलर की सेवा देकर संपादक ने बढ़ते लाभ के नियम को प्रेरित कर दिया। इसकी बदौलत उन्हें अपने निवेश से 500 गुना ज़्यादा फ़ायदा हुआ। **एक मील ज़्यादा आगे तक जाने** की आदत कोई काल्पनिक बात या मनगढ़ंत सपना नहीं है। इससे फ़ायदा होता है और बहुत ज़्यादा फ़ायदा होता है!

इससे भी बड़ी बात यह है कि यह आदत भूलती नहीं है! अन्य निवेशों की तरह ही **एक मील ज़्यादा आगे तक जाने** की आदत अक्सर ज़िंदगी भर लाभ पहुँचाती है।

आइए हम देखें कि **एक मील ज़्यादा आगे तक जाने** के अवसर को नज़रअंदाज़ करने के क्या परिणाम हुए। न्यूयॉर्क स्थित एक कार शोरूम में बारिश भरी दोपहर को कार बेचने वाला "सेल्समैन" अपनी डेस्क पर बैठा था। तभी अचानक दरवाज़ा खुला और एक आदमी तेज़ी से छड़ी लहराता हुआ अंदर आया।

"सेल्समैन" दोपहर का अख़बार पढ़ रहा था। आने वाले पर एक उड़ती निगाह डालने से वह तत्काल इस नतीजे पर पहुँचा कि ग्राहक की रुचि शायद विंडो शॉपिंग करने में है, इसलिए उस पर अपना क़ीमती समय बर्बाद करने से कोई फ़ायदा नहीं होगा। वह अख़बार पढ़ता रहा और उसने अपनी कुर्सी से उठने का कष्ट भी नहीं किया।

छड़ी वाला व्यक्ति शोरूम में कभी एक कार को, तो कभी दूसरी कार को देखता रहा। आख़िरकार वह "सेल्समैन" के पास आया और उसने अपनी छड़ी लहराते हुए वहाँ रखी तीनों कारों की क़ीमत पूछी। अपने अख़बार से नज़रें हटाए बिना "सेल्समैन" ने तीनों की क़ीमत बता दी और अख़बार पढ़ता रहा।

छड़ी वाला व्यक्ति एक बार फिर उन तीनों कारों के पास गया। उनके टायरों पर ठोकर मारकर उनकी जाँच करने के बाद वह अख़बार पढ़ने में व्यस्त "सेल्समैन" के पास आया और उससे बोला, "मुझे समझ में नहीं आ रहा है कि यह लूँ या वह लूँ या सबसे दूर वाली लूँ या इन तीनों को ही ख़रीद लूँ।"

अख़बार पढ़ रहे "सेल्समैन" ने समझदारी भरी व्यंग्यात्मक मुस्कान डाली, जैसे कह रहा हो, "वही हुआ, जो मैं सोच रहा था!"

फिर छड़ी वाला व्यक्ति बोला, "अच्छा, मुझे लगता है मैं एक ही कार ख़रीद लूँ। पीले पहियों वाली वह कार कल मेरे घर भिजवा देना। और आपने मुझे इसकी क्या क़ीमत बताई थी?"

उसने अपनी चेकबुक निकालकर चेक काटा और "सेल्समैन" को चेक थमाकर बाहर चला गया। जब "सेल्समैन" ने चेक पर लिखा नाम पढ़ा, तो उसके चेहरे का रंग उड़ गया और उसे दिल का दौरा पड़ते-पड़ते बचा। जिस आदमी ने चेक काटा था, वे हैरी पेन व्हिटनी थे और "सेल्समैन" जानता था कि अगर उसने अपनी कुर्सी से उठने की ज़हमत की होती, तो

वह बिना कोशिश किए तीनों कारें बेच सकता था।

अपनी क्षमता के मुताबिक़ सर्वश्रेष्ठ सेवा न करना बहुत महँगा साबित हो सकता है। यह एक ऐसी सच्चाई है, जिसे कई लोग बहुत देर हो जाने के बाद समझ पाते हैं।

व्यक्तिगत पहल करने का अधिकार उस व्यक्ति के लिए ज़्यादा मायने नहीं रखता है, जो इसका इस्तेमाल करने के प्रति बहुत उदासीन या आलसी होता है। इस श्रेणी में बहुत से लोग आते हैं, जो कभी यह जान ही नहीं पाते हैं कि वे दौलत का संग्रह क्यों नहीं कर पाते हैं।

चालीस साल से भी पहले की बात है। एक हार्डवेअर स्टोर में एक युवा सेल्समैन ने देखा कि स्टोर में बहुत सी पुरानी चीज़ें पड़ी थीं, जो बिक नहीं रही थीं। अपने ख़ाली समय में उसने स्टोर के बीच में एक अलग टेबल लगा दी। इस टेबल पर उसने पुराना कुछ सामान रख दिया और हर सामान पर एक सिक्के की क़ीमत का टैग लगा दिया। उसे और स्टोर के मालिक को यह देखकर हैरानी हुई कि सारा सामान धड़ाधड़ बिक गया।

इस अनुभव से एफ़.डब्ल्यू. वूलवर्थ फ़ाइव एंड टेन सेंट चेन स्टोर सिस्टम विकसित हुआ। **एक मील ज़्यादा आगे तक जाने** का यह विचार अचानक जिसे सूझा था, वह युवक और कोई नहीं बल्कि फ्रैंक डब्ल्यू. वूलवर्थ थे। इस विचार से उन्हें पाँच करोड़ डॉलर से ज़्यादा का फ़ायदा हुआ। इससे भी बड़ी बात यह है कि इस विचार ने कई अन्य लोगों को भी अमीर बनाया। इसी विचार की बदौलत आज अमेरिका की बहुत सी कंपनियाँ चल रही हैं।

किसी ने भी युवा वूलवर्थ को पहल करने को नहीं कहा था। किसी ने भी ऐसा करने के लिए उन्हें पारिश्रमिक नहीं दिया था। बहरहाल, इस काम से उन्होंने बढ़ते हुए लाभ के नियम को सक्रिय कर दिया और आगे चलकर उन्हें बहुत फ़ायदा हुआ। इस विचार पर अमल करने के बाद लाभ की ऐसी बाढ़ आई कि वे उसमें गले तक डूब गए।

पारिश्रमिक से ज़्यादा काम करने की आदत में ऐसा कुछ है, जिससे इंसान को हमेशा लाभ होता है, चाहे वह जाग रहा हो या सो रहा हो। जब यह सिद्धांत काम करना शुरू करता है, तो दौलत का महल इतनी तेज़ी

से खड़ा होता है कि यह जादू की तरह लगता है। ऐसा लगता है, जैसे किसी ने अलादीन का चिराग घिस दिया हो और जिन्न सोने के थैले लादकर चला आ रहा हो।

लगभग तीस साल पहले एक अख़बार के युवा रिपोर्टर को एंड्रयू कारनेगी का इंटरव्यू लेने के लिए भेजा गया, ताकि औद्योगिक जगत में उनके अद्भुत योगदान के बारे में लेख लिखा जा सके।

इंटरव्यू के दौरान कारनेगी ने उसे यह संकेत दिया कि अगर उसमें **एक मील ज़्यादा आगे तक जाने** की भविष्य-दृष्टि हो, अगर वह बीस साल तक बिना पारिश्रमिक के "अलाभकारी" मेहनत करना चाहता हो, तो वह एक ऐसा काम कर सकता है, जिससे वह स्टील किंग से भी ज़्यादा अमीर बन जाएगा।

रिपोर्टर ने उस चुनौती को स्वीकार किया और काम में जुट गया। बीस साल की "अलाभकारी" मेहनत के बाद रिपोर्टर ने एंड्रयू कारनेगी से सीखे हुए अमीर बनने के तरीक़े दुनिया के सामने रखे। इसके साथ ही उसने पाँच सौ अन्य सफल लोगों से सीखे गए तरीक़े भी दुनिया के सामने रखे। इन सभी सफल लोगों ने **एक मील ज़्यादा आगे तक जाने** की छोटी सी आदत से इतनी सारी दौलत इकट्ठी की थी।

आज यह जानकारी पुस्तक के रूप में दुनिया के हर अंग्रेज़ी भाषी देश में पहुँच चुकी है। यह लाखों-करोड़ों लोगों की मदद कर रही है, जो अपनी पहल-शक्ति का प्रयोग करके सफल होने का रहस्य सीखना चाहते हैं। इसका बहुत सी विदेशी भाषाओं में अनुवाद भी हो चुका है। यह फ़िलॉसफ़ी उन लोगों की मदद करने के लिए बनाई गई है, जो पारिश्रमिक से ज़्यादा मेहनत करने से नहीं क़तराते हैं और जो ख़ुद को मिले अवसर को अमीरी में बदलना चाहते हैं।

आज अख़बार के इस पूर्व रिपोर्टर को अपनी बीस साल की "अलाभकारी" मेहनत के बदले में जो पारिश्रमिक मिल रहा है, वह उसकी सभी ज़रूरतों को पूरा करने के लिए काफ़ी है। उसने जो दौलतें पाई हैं, उनमें सबसे बड़ी हैं : मानसिक शांति, दुनिया भर में फैले अनमोल मित्र, और स्थायी सुख, जो हर उस व्यक्ति को मिलता है, जो अपना प्रिय काम करता है और उसे करने में व्यस्त रहता है।

एक मील ज़्यादा आगे तक जाने की आदत

लगभग तीस साल पहले चार्ल्स एम. श्वाब की प्राइवेट रेलरोड कार पेनसिल्वेनिया के उनके स्टील कारख़ाने में पहुँची। सुबह काफ़ी ठंड थी और चारों तरफ़ पाला पड़ा था। श्वाब जब डिब्बे से उतरे तो एक युवक ने उनका स्वागत किया। वह युवक हाथ में स्टेनोग्राफ़र की नोटबुक थामे था। उसने श्वाब को बताया कि वह स्टील कंपनी के जनरल ऑफ़िस में स्टेनोग्राफ़र है और यह देखने आया है कि कहीं श्वाब को उसकी ज़रूरत तो नहीं है। शायद वे कोई पत्र लिखवाना चाहते हों या टेलीग्राम भिजवाना चाहते हों?

श्वाब ने उससे पूछा, "तुम्हें मेरा स्वागत करने को किसने कहा?" युवक ने जवाब दिया, "किसी ने नहीं। मैंने आपके आने का टेलीग्राम देखा था, इसलिए मैं ख़ुद ही आ गया। मैं आशा कर रहा था कि मैं आपकी सेवा कर सकूँ और आपके किसी काम आ सकूँ।"

इस बारे में सोचें! वह वहाँ इसलिए आया था, ताकि वह सेवा कर सके किसी काम आ सके। वह एक ऐसा काम करना चाहता था, जिसके बदले में उसे कोई अतिरिक्त पारिश्रमिक नहीं मिलने वाला था। और किसी ने उसे यह काम करने को भी नहीं कहा था। वह अपनी पहल पर ख़ुद वहाँ आया था।

श्वाब ने उसके सेवाभाव के लिए उसे विनम्रता से धन्यवाद दिया और कहा कि इस समय उसे स्टेनोग्राफ़र की सेवाओं की ज़रूरत नहीं है। उन्होंने उस युवक का नाम अपनी डायरी में लिख लिया और उसे वापस भेज दिया।

उस रात जब श्वाब की प्राइवेट कार न्यूयॉर्क लौटने लगी और उसे नाइट ट्रेन से जोड़ा गया, तो उसमें युवा स्टेनोग्राफ़र भी बैठा था। श्वाब के आग्रह पर उसे न्यूयॉर्क में उनका सहयोगी बना दिया गया था। उस युवक का नाम विलियम्स था। वह कई साल तक श्वाब की सेवा में रहा, जिस दौरान उसे बिना माँगे एक के बाद एक कई प्रमोशन मिले।

यह अजीब बात है कि जो लोग **एक मील ज़्यादा आगे तक जाने** की आदत अपना लेते हैं, अवसर उनका पीछा करते हैं। ऐसा निश्चित रूप से होता है। आख़िरकार युवा विलियम्स के सामने एक ऐसा अवसर आया, जिसे वह नज़रअंदाज़ नहीं कर सकता था। उसे अमेरिका की एक बड़ी दवा

कंपनी का प्रेसिडेंट और बड़ा शेयरहोल्डर बना दिया गया। इस पद पर आने के बाद उसे इतनी आमदनी होने लगी, जो उसकी ज़रूरतों से बहुत ज़्यादा थी।

यह घटना इस बात का स्पष्ट प्रमाण है कि यह आदत अपनाने से कितना फ़ायदा हो सकता है।

एक मील ज़्यादा आगे तक जाने की आदत से सिर्फ़ कर्मचारियों को ही फ़ायदा नहीं होता है। इससे मालिकों को भी फ़ायदा होता है, जैसा हमारे एक परिचित उद्योगपति ने कृतज्ञतापूर्वक बताया है।

उनका नाम आर्थर नैश था। वे मर्चेन्ट टेलरिंग के व्यवसाय में थे। कुछ साल पहले उनका बिज़नेस दिवालियेपन की कगार पर पहुँच गया था। प्रथम विश्व युद्ध और बाक़ी परिस्थितियों की वजह से, जिन पर उनका कोई नियंत्रण नहीं था, उनका बिज़नेस बर्बादी की कगार पर खड़ा था।

उनकी एक गंभीर चिंता यह थी कि उन्हें देखकर उनके कर्मचारी भी पराजयवाद की भावना का शिकार हो गए थे। कर्मचारी धीमा काम करते थे और झल्लाकर अपनी भावनाएँ व्यक्त करते थे। स्थिति बहुत चिंताजनक हो गई थी। वे जानते थे कि अगर उन्हें कंपनी को डूबने से बचाना है, तो उन्हें कुछ करना होगा और जल्दी करना होगा।

बौखलाहट में उन्होंने अपने कर्मचारियों को बुलाकर सारी स्थिति बताई। अचानक उनके मन में एक विचार कौंधा। उन्होंने कर्मचारियों से कहा कि उन्होंने *द गोल्डन रूल मैग्ज़ीन* के बारे में एक लेख पढ़ा था, जिसमें यह बताया गया था कि इसके संपादक ने **एक मील ज़्यादा आगे तक जाकर** सेवा की और उसके बदले में पारिश्रमिक नहीं लिया। फलस्वरूप उसे मैग्ज़ीन के लिए 6,000 डॉलर से ज़्यादा की ग्राहक राशि का पुरस्कार मिला।

उन्होंने यह सुझाव दिया कि अगर कंपनी के सभी कर्मचारी इसी भावना से काम करें और **एक मील ज़्यादा आगे तक जाकर** काम करें, तो वे कंपनी को डूबने से बचा सकते हैं।

उन्होंने कर्मचारियों से वादा किया कि अगर वे इस प्रयोग में उनका साथ दें, तो वे कंपनी की हालत सुधारने की कोशिश करेंगे। शर्त सिर्फ़ यह है

कि हर कर्मचारी तनख़्वाह के बारे में भूल जाएगा, काम करने के घंटों के बारे में भूल जाएगा, अपनी सर्वश्रेष्ठ कोशिश करेगा, पूरे दिल से काम करेगा और काम के बदले में तनख़्वाह न मिलने का जोखिम लेगा। अगर बिज़नेस इतना सफल हो गया कि कर्मचारियों को तनख़्वाह दी जा सके, तो न सिर्फ़ उन्हें पूरी तनख़्वाह मिलेगी, बल्कि साथ में अच्छा बोनस भी मिलेगा।

कर्मचारियों को यह विचार पसंद आया और वे इसे आज़माने के लिए तैयार हो गए। अगले दिन उनमें से कुछ तो अपनी जमापूँजी भी लेकर आए, जो उन्होंने स्वेच्छा से नैश को उधार दे दी।

हर कर्मचारी एक नई भावना और उत्साह के साथ काम में जुट गया। कुछ समय बाद बिज़नेस में नए जीवन के चिन्ह नज़र आने लगे। बहुत जल्दी कंपनी को फ़ायदा होने लगा और कर्मचारियों को तनख़्वाह मिलने लगी। कंपनी को इतना फ़ायदा होने लगा, जितना पहले कभी नहीं हुआ था।

दस साल बाद इस बिज़नेस से नैश अमीर बन गए, कर्मचारी भी पहले से ज़्यादा अमीर बन गए और हर व्यक्ति ख़ुश था।

आर्थर नैश अब इस दुनिया से जा चुके हैं, लेकिन उनकी कंपनी आज भी चल रही है और अमेरिका की बहुत सफल मर्चेन्ट टेलरिंग कंपनी है।

जब नैश ने कंपनी की बागडोर छोड़ी, तो उसे कर्मचारियों ने थाम लिया। उनमें से किसी से पूछकर देखें कि वह **एक मील ज़्यादा आगे तक जाने** के बारे में क्या सोचता है और आपको जवाब मिल जाएगा!

इतना ही नहीं, नैश के किसी सेल्समैन से कहीं भी चर्चा करते समय आप उसके उत्साह और आत्मनिर्भरता को ग़ौर से देखें। जब यह "**एक मील ज़्यादा आगे तक जाने**" की प्रेरणा किसी व्यक्ति के मस्तिष्क में जगह बना लेती है, तो वह पूरी तरह बदल जाता है। चूँकि वह बदल चुका है, इसलिए दुनिया के प्रति उसका नज़रिया बदल जाता है और वह अलग दिखने लगता है।

यहाँ मैं आपको **एक मील ज़्यादा आगे तक जाने** की आदत के बारे में यह महत्वपूर्ण बात बताना चाहता हूँ : आप मिलने वाले पारिश्रमिक से

ज़्यादा काम करें। जो व्यक्ति ऐसा करता है, उस पर इसका अद्‌भुत प्रभाव पड़ता है। इस आदत से सबसे ज़्यादा लाभ उसे नहीं मिलता है, जिसकी सेवा की जाती है। सबसे ज़्यादा लाभ तो सेवा करने वाले को होता है। यह लाभ बदले हुए "मानसिक नज़रिये" के रूप में मिलता है, जिससे वह ज़्यादा प्रभावशाली, स्वावलंबी और उत्साही बन जाता है। उसमें भविष्य-दृष्टि, पहल-शक्ति और निश्चित लक्ष्य के गुण भी विकसित होते हैं, जो उसे सफलता दिलाते हैं।

इमर्सन ने कहा था, "काम को कर दो और आपको शक्ति मिलेगी।" हाँ, शक्ति! दुनिया में इंसान शक्ति के बिना क्या कर सकता है? लेकिन यह शक्ति ऐसी होना चाहिए, जिसके प्रति लोग आकर्षित हों, न कि दूर भागें। यह शक्ति बढ़ते लाभ के नियम से बढ़ना चाहिए, ताकि व्यक्ति को अपने काम के कई गुना परिणाम मिलें।

आपमें से जो लोग तनख़्वाह पर काम करते हैं, उन्हें इस बोने और काटने के नियम के बारे में ज़्यादा सीखना चाहिए। फिर आप समझ जाएँगे कि कोई इंसान कम सेवा के बीज बोकर पूरी तनख़्वाह की फ़सल हमेशा नहीं काट सकता है। एक वक़्त ऐसा आएगा, जब ख़राब काम वाले दिन के एवज में पूरे दिन की तनख़्वाह पाने का सिलसिला ख़त्म हो जाएगा।

और आपमें से जो लोग नौकरीपेशा नहीं हैं, लेकिन चाहते हैं कि ज़िंदगी में आपके पास बेहतर चीज़ें हों और ज़्यादा हों! हम आपसे भी कुछ कहना चाहते हैं। आप समझदार क्यों नहीं बनते हैं और अपनी चाही गई चीज़ों को आसान तथा निश्चित तरीक़े से पाना शुरू क्यों नहीं करते हैं? हाँ, ख़ुद को ऊपर उठाने का एक आसान और निश्चित तरीक़ा है। इस तरीक़े पर चलकर इंसान अपनी हर मनचाही चीज़ पा सकता है। जो **एक मील ज़्यादा आगे तक जाने** की आदत डाल लेता है, वह यह रहस्य जान जाता है। इंसान किसी और तरीक़े से यह रहस्य नहीं जान पाता है, क्योंकि यह उस अतिरिक्त आख़िरी मील में छिपा होता है।

"इंद्रधनुष के छोर" पर स्वर्ण-कलश मिलने की कहानी सिर्फ़ परीकथा नहीं है! उस अतिरिक्त मील के आख़िरी छोर पर ही वह जगह है, जहाँ इंद्रधनुष ख़त्म होता है और वहीं पर स्वर्ण-कलश छिपा है।

बहुत कम लोग "इंद्रधनुष के छोर" तक पहुँच पाते हैं। जब व्यक्ति वहाँ

पहुँचता है, जहाँ उसे पहले लगता था कि इंद्रधनुष ख़त्म हो गया है, तो वह पाता है कि यह अब भी उससे बहुत दूर है। हममें से ज़्यादातर लोगों के साथ समस्या यह है कि हम यह नहीं जानते हैं कि इंद्रधनुष का पीछा कैसे किया जाए। इस रहस्य को जानने वाले लोग जानते हैं कि सिर्फ़ **एक मील ज़्यादा आगे तक जाकर** ही इंद्रधनुष के छोर तक पहुँचा जा सकता है।

पच्चीस साल पहले की एक शाम की बात है। जनरल मोटर्स के संस्थापक विलियम सी. ड्यूरॉं बैंक के कामकाज के घंटों के बाद बैंक में गए। वे वहाँ पर एक ऐसा काम करवाने आए थे, जो आम तौर पर बैंकिंग समय में ही किया जाता था।

जिस व्यक्ति ने उनकी मदद की, वह बैंक का एक अदना सा अधिकारी था, जिसका नाम कैरोल डाउन्स था। उसने न सिर्फ़ ड्यूरॉं का वह काम कुशलता से किया, बल्कि वह **एक मील ज़्यादा आगे तक** गया और उसने वह काम बहुत शिष्टाचार के साथ किया। उसने ड्यूरॉं को यह महसूस कराया कि उनकी सेवा करके उसे सचमुच ख़ुशी हो रही है। यह घटना बहुत छोटी थी और इसका कोई ख़ास महत्व नहीं था। डाउन्स को यह पता नहीं था कि उसके शिष्टाचार के कितने दूरगामी परिणाम होंगे।

अगले दिन ड्यूरॉं ने डाउन्स को अपने ऑफ़िस में बुलवाया। इस मुलाक़ात में उन्होंने उसे अपने यहाँ नौकरी देने का प्रस्ताव रखा, जिसे डाउन्स ने स्वीकार कर लिया। उसे जनरल ऑफ़िस में एक डेस्क दे दी गई, जहाँ लगभग सौ अन्य लोग काम करते थे। उसे यह जानकारी भी दे दी गई कि ऑफ़िस का समय सुबह 8.30 से शाम 5.30 तक है और उसे सामान्य तनख़्वाह मिलेगी।

पहले दिन के अंत में जब छुट्टी की घंटी बजी, तो अफरा-तफरी मच गई। डाउन्स ने देखा कि हर कर्मचारी फटाफट अपना हैट और कोट उठाकर दरवाज़े की तरफ़ भाग रहा था। डाउन्स चुपचाप बैठकर दूसरों के जाने का इंतज़ार करने लगा। उनके जाने के बाद भी वह अपनी डेस्क पर बैठा रहा और यह सोचता रहा कि छुट्टी होते ही हर आदमी भागने की इतनी हड़बड़ी में क्यों था।

पंद्रह मिनट बाद ड्यूरॉं ने अपने प्राइवेट ऑफ़िस का दरवाज़ा खोला।

जब उन्होंने डाउन्स को बैठे पाया, तो उन्होंने उसे याद दिलाया कि ऑफ़िस का समय 5.30 तक ही है।

डाउन्स ने जवाब दिया, "हाँ, मैं जानता हूँ, लेकिन मैं नहीं चाहता था कि इस भगदड़ में फँस जाऊँ।" फिर उसने पूछा कि क्या वह किसी तरह से ड्यूराँ की मदद कर सकता है। ड्यूराँ ने उसे एक पेंसिल खोजकर लाने को कहा। डाउन्स पेंसिल लेकर आया, उसे शार्पनर से तेज़ किया और मिस्टर ड्यूराँ को थमा दी। ड्यूराँ ने उसे धन्यवाद देते हुए "गुड नाइट" कहा।

अगले दिन छुट्टी के वक़्त होने वाली "भागमभाग" के दौरान डाउन्स एक बार फिर अपनी डेस्क पर बैठा रहा। इस बार उसने इंतज़ार करने का फ़ैसला कर लिया था। कुछ समय बाद ड्यूराँ अपने प्राइवेट ऑफ़िस से बाहर आए और उन्होंने एक बार फिर डाउन्स से पूछा कि क्या उसे यह पता नहीं है कि ऑफ़िस का समय 5.30 पर ख़त्म हो जाता है?

डाउन्स ने मुस्कराते हुए कहा, "हाँ। मैं जानता हूँ कि यह दूसरों के जाने का समय है, लेकिन किसी ने मुझसे यह नहीं कहा है कि 5.30 पर सबको अनिवार्य रूप से ऑफ़िस से जाना है। इसलिए मैं इस उम्मीद के साथ यहाँ बैठा रहता हूँ कि मैं आपके किसी काम आ सकूँ और आपकी सेवा कर सकूँ।"

ड्यूराँ ने कहा, "बड़ी अजीब उम्मीद है! वैसे तुम्हें यह विचार कहाँ से सूझा?"

डाउन्स ने कहा, "मुझे यह विचार उस दृश्य से सूझा, जो मैं हर दिन ऑफ़िस की छुट्टी के समय देखता हूँ।" ड्यूराँ ने कोई जवाब बुदबुदाया, जिसे डाउन्स ठीक तरीक़े से नहीं सुन पाया। फिर ड्यूराँ अपने ऑफ़िस में चले गए।

उसके बाद डाउन्स हमेशा ऑफ़िस के बाद अपनी जगह पर तब तक बैठा रहता था, जब तक कि ड्यूराँ ऑफ़िस से न चले जाएँ। उसे देर तक रुकने के लिए अलग से कोई पारिश्रमिक नहीं मिलता था। किसी ने भी उससे ऐसा करने के लिए नहीं कहा था। किसी ने भी इसके बदले में उसे किसी तरह का लाभ देने का वादा नहीं किया था। इन परिस्थितियों में कोई भी यही कहेगा कि वह अपना समय बर्बाद कर रहा था।

कुछ महीने बाद ड्यूराँ ने डाउन्स को अपने ऑफ़िस में बुलाया। उन्होंने उसे बताया कि उसे दूसरे शहर में एक नए कारख़ाने में जाना है, जिसे हाल ही में ख़रीदा गया था। उस कारख़ाने में उसे मशीनें लगवाने के काम की निगरानी करना थी। कल्पना कीजिए! एक पूर्व बैंक अधिकारी कुछ महीनों में मशीनों का विशेषज्ञ कैसे बन सकता था!

कोई बहाना बनाए बिना डाउन्स उस काम के लिए तैयार हो गया। उसने यह नहीं कहा, "सर, मैं मशीनें लगवाने के बारे में कुछ नहीं जानता।" उसने यह नहीं कहा, "यह मेरा काम नहीं है," या मुझे मशीनें लगवाने के लिए तनख़्वाह नहीं मिलती हैं।" नहीं, वह सौंपे गए काम को करने गया और उसे अच्छी तरह पूरा किया। यही नहीं, उसने उस काम को सुखद "मानसिक नज़रिये" के साथ किया।

तीन महीने बाद काम पूरा हो गया। काम इतनी अच्छी तरह से हुआ था कि ड्यूराँ ने डाउन्स को अपने प्राइवेट ऑफ़िस में बुलवाकर पूछा कि उसने मशीनों के बारे में कहाँ सीखा है। डाउन्स ने जवाब दिया, "मैंने कभी कुछ नहीं सीखा, सर। मैंने तो सिर्फ़ ऐसे लोग खोजे, जो उस काम को अच्छी तरह से करना जानते थे। मैंने तो बस उन्हें काम पर लगा दिया और सारा काम उन्हीं ने किया है।"

ड्यूराँ ने कहा, "बहुत बढ़िया। दुनिया में दो तरह के लोग बहुमूल्य होते हैं। एक तो वह, जो कोई काम अच्छी तरह कर सकता है, इस बात की शिकायत किए बिना कि वह ज़्यादा काम कर रहा है। दूसरा वह, जो बिना शिकायत के दूसरों से अच्छी तरह काम करवा सकता है। तुममें दोनों तरह के लोगों का समन्वय है।"

डाउन्स ने प्रशंसा के लिए उन्हें धन्यवाद दिया और बाहर जाने लगा।

ड्यूराँ ने कहा, "ज़रा ठहरो। मैं तुम्हें यह बताना तो भूल ही गया कि तुम अब उस कारख़ाने के नए मैनेजर हो, जिसमें तुमने मशीनें लगवाई हैं। और शुरुआत में तुम्हारी तनख़्वाह 50,000 डॉलर प्रति वर्ष होगी।"

इसके बाद कैरोल डाउन्स दस साल तक ड्यूराँ के साथ रहा और इस दौरान उसे एक करोड़ से लेकर सवा करोड़ डॉलर के बीच का लाभ हुआ। वह मोटर किंग का अंतरंग सलाहकार बन गया और परिणामस्वरूप वह अमीर बन गया।

हममें से बहुत सारे लोगों के साथ प्रमुख समस्या यह है कि हम "सफल" लोगों को उनकी विजय के क्षण में तौलते हैं। हम यह पता लगाने का कष्ट नहीं करते हैं कि वे किस तरह या क्यों "सफल" हुए।

कैरोल डाउन्स की कहानी में कुछ भी नाटकीय नहीं है। जिन घटनाओं का ज़िक्र किया गया है, वे सबकी आँखों के सामने हुई थीं, लेकिन डाउन्स के सहकर्मियों ने उनकी तरफ़ ध्यान नहीं दिया। जब डाउन्स को प्रमोशन मिला, तब कहीं जाकर उसके साथी कर्मचारियों का ध्यान उसकी तरफ़ गया। हम यक़ीन से कह सकते हैं कि उसके कई सहकर्मियों को उससे ईर्ष्या हुई होगी, क्योंकि उन्हें लगा होगा कि ड्यूराँ ने पक्षपात करके उसे लाभ पहुँचाया था। वे सोच रहे होंगे कि डाउन्स की क़िस्मत अच्छी थी या फिर उसने बॉस पर किसी तरह का "प्रभाव" डाला होगा। उसके सहकर्मी इसी तरह की बातें कह रहे होंगे, जिनका इस्तेमाल असफल लोग अपनी असफलता के बहानों के रूप में करते हैं।

अगर साफ़ कहा जाए, तो डाउन्स ने मिस्टर ड्यूराँ पर अंदरूनी "प्रभाव" डाला था!

उसने अपनी पहल-शक्ति से उस "प्रभाव" को उत्पन्न किया था।

उसने **एक मील ज़्यादा आगे तक जाकर** यह काम किया था। जब उससे सिर्फ़ पेंसिल माँगी गई, तो उसने पेंसिल को शार्पनर से तेज़ कर दिया। इसी तरह की छोटी-छोटी बातों से वह सफल हुआ था।

शाम को 5.30 पर होने वाली "भागमभाग" ख़त्म होने के बाद भी वह "इस उम्मीद से" अपनी जगह पर बैठा रहता था कि वह अपने बॉस की सेवा कर सके और उनकी मदद कर सके। इस तरह से उसने अपने बॉस को प्रभावित किया था।

उसका प्रभाव इसलिए पड़ा, क्योंकि उसने अपनी पहल करने की शक्ति का इस्तेमाल किया। उसने ड्यूराँ से यह नहीं पूछा कि मशीनें लगाने के लिए तकनीशियन कैसे या कहाँ मिल सकते हैं। उसने ख़ुद मशीनें लगाने के विशेषज्ञ खोजे और उनसे काम करवाया।

घटनाओं का विस्तृत विश्लेषण करने पर आप पाएँगे कि डाउन्स को सिर्फ़ उसकी पहल शक्ति के कारण ही सफलता मिली। यही नहीं, उसे छोटे-छोटे कामों की श्रृंखला के कारण ही सफलता मिली, जिन्हें अच्छी

तरह और सही "मानसिक नज़रिये" के साथ किया गया था।

ड्यूरॉं के ऑफ़िस में सौ लोग और भी होंगे, जो वह काम कर सकते थे, जो डाउन्स ने किया था। बहरहाल, उनके साथ समस्या यह थी कि वे हर शाम को 5.30 पर बाहर दौड़ लगाकर "इंद्रधनुष के सिरे" की खोज कर रहे थे।

कई साल बाद एक मित्र ने कैरोल डाउन्स से पूछा कि उसे ड्यूरॉं के साथ इतनी सफलता कैसे मिली। डाउन्स ने विनम्रता से जवाब दिया, "मैंने यह लक्ष्य बना लिया था कि मैं उनके सामने आता रहूँगा, ताकि वे मुझे देख सकें। जब उन्हें किसी छोटे-मोटे काम की ज़रूरत पड़ी और उन्होंने चारों तरफ़ किसी कर्मचारी की तलाश की, तो उन्होंने मुझे ही बुलाया, क्योंकि सिर्फ़ मैं ही उन्हें सामने दिखा। कुछ समय बाद उन्हें मुझे बुलाने की आदत पड़ गई।"

तो अब आपको पता चल गया! ड्यूरॉं को डाउन्स को बुलाने की "आदत पड़ गई।" यही नहीं, उन्होंने यह भी देखा कि डाउन्स **एक मील ज़्यादा आगे तक जाकर** ज़िम्मेदारियाँ ले सकता है और उन्हें पूरी कर सकता है।

बड़े अफ़सोस की बात है कि सभी अमेरिकावासी ज़्यादा बड़ी ज़िम्मेदारियाँ लेने की भावना से काम नहीं करते हैं। बड़े अफ़सोस की बात है कि ज़्यादातर अमेरिकावासी अपने "दायित्वों" के बारे में ज़्यादा बात नहीं करते हैं। ज़्यादातर लोग तो सिर्फ़ अमेरिका में अवसरों की कमी की शिकायत ही करते रहते हैं।

क्या आज अमेरिका में कोई ऐसा व्यक्ति है, जो यह दावा कर सकता हो कि कैरोल डाउन्स बेहतर परिस्थिति में होते, अगर वे हर शाम 5:30 पर ऑफ़िस से बाहर चले जाते? अगर डाउन्स को किसी क़ानून द्वारा विवश किया जाता कि उन्हें भी बाक़ी लोगों की तरह "भागमभाग" में शामिल होना है, तो क्या होता? अगर वे ऐसा करते, तो उन्हें भी अपने काम के लिए सामान्य तनख़्वाह मिलती, इससे ज़्यादा कुछ नहीं मिलता? उन्हें इससे ज़्यादा क्यों मिलता?

उनकी क़िस्मत उनके हाथ में थी। उनका भाग्य उनके एकमात्र अधिकार के प्रयोग में छिपा था, जो हर अमेरिकी नागरिक का अधिकार होना

चाहिएः अपनी पहल-शक्ति का अधिकार, जिसके द्वारा उन्होंने **एक मील ज़्यादा आगे तक जाने** की आदत डाल ली थी। इससे पूरी कहानी समझ में आ जाती है। डाउन्स की सफलता का और कोई रहस्य नहीं है। वे ख़ुद इस बात को स्वीकार करते है। ग़रीबी से अमीरी तक की उनकी उल्लेखनीय प्रगति की परिस्थितियों से परिचित हर व्यक्ति यह बात जानता है।

लेकिन एक चीज़ ऐसी है, जो कोई भी नहीं जानता है। ज़्यादातर लोग कैरोल डाउन्स की तरह तरक्की का रास्ता क्यों नहीं खोज पाते हैं? पारिश्रमिक से ज़्यादा काम करने की शक्ति का एहसास इतने कम लोगों को क्यों होता है? दरअसल इसी में हर महान सफलता का बीज छिपा है। यह हर उल्लेखनीय सफलता का रहस्य है। इसके बावज़ूद इसके बारे में लोगों को बहुत कम जानकारी होती है। ज़्यादातर लोग तो इसे एक चतुर चाल मानते हैं, जिससे बॉस अपने कर्मचारियों से ज़्यादा काम करवा लेते हैं।

एक मील ज़्यादा आगे तक जाने की आदत के प्रति लोग अक्सर उदासीन होते हैं। यह उदासीनता का भाव एक "समझदार व्यक्ति" के उदाहरण में स्पष्ट दिखाई देता है, जिसने एक बार हेनरी फ़ोर्ड से नौकरी माँगी। फ़ोर्ड ने उससे उसके अनुभव, उसकी आदतें और अन्य सामान्य सवाल पूछे, जिनके जवाबों से वे संतुष्ट हो गए।

फिर उन्होंने पूछा, "आपको अपनी सेवा के बदले में कितनी तनख़्वाह चाहिए?" इस बात पर वह आदमी बगलें झाँकने लगा, इसलिए फ़ोर्ड ने आख़िरकार कहा, "अच्छा, हम एक काम करते हैं। आप काम करना शुरू कर दें और हमें दिखा दें कि आप क्या कर सकते हैं। हम आपका काम देखने के बाद उसके हिसाब से तनख़्वाह तय कर लेंगे।" समझदार व्यक्ति ने जवाब दिया, "मैं इस समय जहाँ नौकरी कर रहा हूँ, वहाँ मुझे अपने काम से ज़्यादा तनख़्वाह मिल रही है।" और हमें कोई शक नहीं है कि उसने सच कहा था।

इससे यह स्पष्ट होता है कि इतने सारे लोग ज़िंदगी में आगे क्यों नहीं निकल पाते हैं। वे जहाँ हैं, वहाँ उन्हें "अपने काम से ज़्यादा मिल रहा है।" वे यह छोटी सी बात कभी नहीं सीख पाते हैं कि वे ज़्यादा और अच्छा काम करके आगे बढ़ सकते हैं।

एक मील ज़्यादा आगे तक जाने की आदत

स्पेनिश-अमेरिकी युद्ध ख़त्म होने के ठीक बाद अल्बर्ट हबार्ड ने "ए मैसेज टु गार्शिया" नामक कहानी लिखी। इस कहानी का सारांश यह है कि राष्ट्रपति विलियम मैकिनली ने रोवन नाम के युवा सैनिक को एक महत्वपूर्ण काम सौंपा। रोवन को अमेरिकी सरकार का संदेश विद्रोही सेनापति गार्शिया तक पहुँचाना था, जिसका पता-ठिकाना किसी को भी नहीं मालूम था।

युवा सैनिक संदेश लेकर क्यूबा के जंगलों में गया। वहाँ कई मुश्किलों के बाद उसने गार्शिया को खोजकर उसे संदेश दे दिया। कहानी बस इतनी सी है। एक सैनिक को एक कठिन काम सौंपा गया और उसने बहाना बनाए बिना उस काम को पूरा कर दिया।

इस कहानी ने लोगों के दिल को छू लिया। यह दुनिया भर में लोकप्रिय हुई। किसी इंसान ने सौंपे गए मुश्किल काम को अच्छी तरह से किया - यह सामान्य सी बात बहुत महत्वपूर्ण ख़बर बन गई। "ए मैसेज टु गार्शिया" को बुकलेट के आकार में छापा गया और इसकी बिक्री आसमान छूने लगी। कुल मिलाकर इस पुस्तक की एक करोड़ प्रतियाँ बिकीं। इस एक कहानी की बदौलत अल्बर्ट हबार्ड लोकप्रिय बन गए और यह कहने की ज़रूरत नहीं है कि अमीर भी बन गए।

इस कहानी का अनुवाद कई विदेशी भाषाओं में भी हुआ। जापानी सरकार ने जापान-रूस युद्ध के दौरान अपने हर सैनिक को यह कहानी पढ़ने को दी। पेनसिल्वेनिया रेलरोड कंपनी ने इसकी प्रतियाँ अपने हज़ारों कर्मचारियों को दीं। अमेरिका की बड़ी-बड़ी जीवन बीमा कंपनियों ने इस कहानी की प्रतियाँ अपने सेल्समैनों को बाँटीं। 1915 में अल्बर्ट हबार्ड की लूसिटेनिया की दुर्भाग्यशाली यात्रा में मृत्यु हो गई, लेकिन उनकी मृत्यु के बाद भी "ए मैसेज टु गार्शिया" अमेरिका की बेस्टसेलर पुस्तक बनी रही।

यह कहानी इतनी लोकप्रिय इसलिए थी, क्योंकि इसमें उस जादुई शक्ति का उल्लेख किया गया था, जो उस व्यक्ति के पास होती है, जो किसी काम को अच्छी तरह से पूरा करता है।

पूरी दुनिया इस तरह के लोगों को पुकार रही है। ज़िंदगी के हर क्षेत्र में उनकी ज़रूरत है। अमेरिकी उद्योग में हमेशा ऐसे लोगों को सिंहासन पर बिठाया जाता है, जो ज़िम्मेदारियाँ निभा सकते हैं। ऐसे लोग निश्चित रूप

से सफल होते हैं, जिनमें **एक मील ज़्यादा आगे तक जाने** की आदत होती है, जिनमें सही "मानसिक नज़रिये" से काम को पूरा करने की आदत होती है।

एंड्रयू कारनेगी ने कम से कम चालीस ऐसे लोगों को मज़दूरों की निचली पंक्ति से ऊपर उठाकर लखपति बनाया। वे **एक मील ज़्यादा आगे तक जाने** के वाले लोगों का महत्व जानते थे। जब भी उन्हें कोई ऐसा व्यक्ति मिलता था, तो वे उसे अपने बिज़नेस के अंदरूनी दायरे में ले आते थे और उसे "अपनी क्षमता के अनुसार" कमाने का अवसर देते थे।

चार्ल्स एम. श्वाब एक ऐसे ही व्यक्ति थे, जिन्होंने **एक मील ज़्यादा आगे तक जाने** की आसान तकनीक का इस्तेमाल करके स्टील किंग की कृपा हासिल की। जब उन्होंने कारनेगी के साथ काम करना शुरू किया, तब वे सामान्य मज़दूर थे। लेकिन एक-एक पायदान चढ़कर वे शिखर तक पहुँचे और कारनेगी के दाहिने हाथ बन गए। इसका परिणाम यह हुआ कि कुछ सालों में उनकी आमदनी बहुत बढ़ गई और उन्हें दस लाख डॉलर से ज़्यादा का बोनस मिलने लगा।

लोग किसी उद्‌देश्य की वजह से कोई काम करते हैं या नहीं करते हैं। **एक मील ज़्यादा आगे तक जाने** की आदत का सबसे प्रबल उद्‌देश्य यह सच्चाई है कि इस आदत पर चलने वाले व्यक्ति को बहुत से स्थायी लाभ मिलते हैं और इतने ज़्यादा तरीक़ों से मिलते हैं कि उनका वर्णन नहीं किया जा सकता।

आज तक किसी को भी स्थायी सफलता तब तक नहीं मिली है, जब तक कि उसने मिलने वाले पारिश्रमिक से ज़्यादा काम नहीं किया। इस आदत को प्रकृति के नियमों में भी देखा जा सकता है। इस आदत के तार्किक होने का सबूत उन लोगों की सफलता में मिल जाता है, जिन्होंने **एक मील ज़्यादा आगे तक जाने** की आदत डाल ली है। इस सिद्धांत की सफलता कॉमन सेंस और न्याय पर आधारित है।

इस सिद्धांत की शक्ति की पुष्टि का सबसे अच्छा तरीक़ा यह है कि आप इसे अपनी आदत बना लें। तभी आपको इसकी सच्चाई का पूरा एहसास होगा। कुछ सच्चाइयाँ हम सिर्फ़ अपने अनुभव से ही सीखते हैं।

अमेरिकी नागरिक यह चाहते हैं कि उन्हें अपने देश की प्रचुर दौलत

का ज़्यादा हिस्सा मिले। यह एक अच्छी इच्छा है। हमारे देश में चारों तरफ़ दौलत ही दौलत है, लेकिन हमें इसे ग़लत तरीक़े से पाने की मूर्खतापूर्ण कोशिश नहीं करना चाहिए। इसे सही तरीक़े से हासिल करें। इसे अलग तरीक़े से हासिल करें। इसे पाने के लिए कोई उपयोगी और मूल्यवान सेवा प्रदान करें। एंड्रयू कारनेगी, थॉमस ए. एडिसन, हेनरी फ़ोर्ड जैसे लोगों ने इसी तरह दौलत हासिल की थी।

हम सफलता हासिल करने के नियम जानते हैं। आइए, हम इन नियमों को आत्मसात करें, उनका समझदारी से इस्तेमाल करके अपनी मनचाही दौलत पाएँ और अपने देश की दौलत को भी बढ़ाएँ।

कुछ लोग कहेंगे, "मुझे जितना पैसा मिल रहा है, मैं पहले ही उससे ज़्यादा काम कर रहा हूँ। लेकिन मेरा बॉस इतना स्वार्थी और लोभी है कि वह मेरी सेवा पर ध्यान ही नहीं दे रहा है।" हम सब जानते हैं कि ऐसे लोभी व्यक्ति भी होते हैं, जो कम पैसों के बदले में ज़्यादा सेवा चाहते हैं।

स्वार्थी बॉस कुम्हार के हाथों में रखे मिट्टी के टुकड़े की तरह होता है। उसका लोभ ही उसे उस कर्मचारी को पुरस्कार देने के लिए प्रेरित कर सकता है, जो मिलने वाले पारिश्रमिक से ज़्यादा सेवा करता है।

लोभी बॉस उस कर्मचारी को नहीं खोना चाहता है, जिसने **एक मील ज़्यादा आगे तक जाने** की आदत अपना ली है। वह जानता है कि ऐसे कर्मचारी मूल्यवान होते हैं। यह एक ऐसा बटन है, जिसे दबाकर लोभी बॉस को पुरस्कार देने के लिए प्रेरित किया जा सकता है।

हर चतुर व्यक्ति इस बटन को दबाने का तरीक़ा जान सकता है। वह ऐसा सेवा की गुणवत्ता या मात्रा को कम करके नहीं, बल्कि उसे बढ़ाकर करता है!

जो व्यक्ति अपनी सेवाएँ बेचने में माहिर होता है, वह लोभी ख़रीदार का उतनी ही आसानी से लाभ उठा सकता है, जितनी आसानी से कोई चतुर महिला अपने मनपसंद पुरुष को प्रभावित कर सकती है। यह प्रभावशाली तकनीक वैसी ही है, जिसका इस्तेमाल चतुर महिलाएँ पुरुषों को साधने के लिए सदियों से करती आई हैं।

चतुर व्यक्ति यह लक्ष्य बना लेता है कि वह बाक़ी कर्मचारियों से ज़्यादा और बेहतर काम करके लोभी बॉस के लिए अनिवार्य बन जाए। लोभी

बॉस ऐसे कर्मचारी को छोड़ने से पहले "अपनी आँखें और दाँत" निकालकर दे देगा। इस तरह बॉस या मालिक का लोभी होना उस व्यक्ति के लिए बहुत अच्छा साबित होता है, जो **एक मील ज़्यादा आगे तक जाने** की आदत डाल लेता है।

हमने कम से कम सौ बार इस तकनीक का प्रयोग देखा है, जब कर्मचारियों ने लोभी और शोषक बॉस की कमज़ोरियों का फ़ायदा उठाया है। हमने एक बार भी इसे असफल होते नहीं देखा!

कई बार, लोभी बॉस ने उतनी जल्दी क़दम नहीं उठाया, जितनी उम्मीद थी। बहरहाल यह उसी की बदक़िस्मती साबित हुई, क्योंकि उस कर्मचारी ने किसी दूसरी कंपनी के मालिक का ध्यान आकर्षित कर लिया। नतीजा यह हुआ कि दूसरी कंपनी के मालिक ने उस कर्मचारी को ज़्यादा तनख़्वाह पर अपने यहाँ नौकरी दे दी।

एक मील ज़्यादा आगे तक जाने की आदत पर अमल करने वाले को किसी तरह से धोखा नहीं दिया जा सकता। अगर उसे एक जगह सही प्रतिष्ठा नहीं मिलती, तो यह अपने आप किसी दूसरी जगह से मिल जाती है - आम तौर पर तब, जब इसकी सबसे कम उम्मीद होती है। अगर व्यक्ति मिलने वाले पारिश्रमिक से ज़्यादा काम करता है, तो उसे सफलता हमेशा और हर हाल में मिलती है।

जो व्यक्ति **एक मील ज़्यादा आगे तक जाता** है और सही "मानसिक नज़रिये" के साथ काम करता है, उसे नौकरी की तलाश में नहीं भटकना पड़ता है। उसे इसकी ज़रूरत ही नहीं पड़ती है, क्योंकि नौकरी ख़ुद ही उसकी तलाश में भटकती रहती है। मंदी आ सकती है या जा सकती है, व्यवसाय अच्छा या बुरा हो सकता है, देश में युद्ध या शांति की स्थिति हो सकती है, लेकिन जो व्यक्ति मिलने वाले पारिश्रमिक से ज़्यादा और बेहतर सेवा करता है, वह किसी के लिए अनिवार्य बन जाता है और इस तरह बेरोज़गारी के ख़िलाफ़ अपना बीमा कर लेता है।

ऊँची तनख़्वाह और अनिवार्यता जुड़वाँ बहनें हैं। वे हमेशा साथ-साथ रही हैं और वे हमेशा साथ-साथ रहेंगी!

जो व्यक्ति इतना स्मार्ट है कि ख़ुद को अनिवार्य बना ले, उसकी नौकरी कभी नहीं छूटती है और उसकी तनख़्वाह इतनी ज़्यादा होती है कि लोभी

से लोभी श्रमिक नेता भी हैरान रह जाएँ।

हेनरी फ़ोर्ड अनिवार्यता के महत्व को जानते थे। वे **एक मील ज़्यादा आगे तक जाने** के महत्व को भी जानते थे। इसीलिए उन्होंने अपने कर्मचारियों की तनख़्वाह ख़ुद ही बढ़ा दी। वे अपने मज़दूरों को न्यूनतम मज़दूरी से बहुत ज़्यादा तनख़्वाह देने लगे। इस तरह उन्होंने अपने कर्मचारियों के लिए एक ऐसा काम किया, जिसके लिए उन्हें किसी ने मजबूर नहीं किया था। यह एक समझदारी भरा क़दम था, क्योंकि इससे उन्हें पच्चीस साल तक श्रमिक आंदोलनों या हड़तालों की समस्याओं से नहीं जूझना पड़ा।

एंड्रयू कारनेगी भी **एक मील ज़्यादा आगे तक जाने** के महत्व को जानते थे। इस नियम की मदद से उन्होंने आधा बिलियन डॉलर से ज़्यादा दौलत का संग्रह किया।

कुछ लोग उन पर लोभी होने का आरोप लगाते हैं, लेकिन कोई भी उन पर यह आरोप नहीं लगा सकता है कि वे कर्मचारियों के प्रबंधन में कमज़ोर थे। उन्होंने अपने लोभ की इस कमज़ोरी का समझदारीपूर्ण उपयोग किया और अपने कुछ कर्मचारियों को (जिनमें **एक मील ज़्यादा आगे तक जाकर** अनिवार्य बनने की बुद्धि थी) एक साल में दस लाख डॉलर से ज़्यादा बोनस दिया।

उनकी नीति यह थी कि वे कर्मचारियों को उनके लिए अनिवार्य बनने के लिए प्रोत्साहित करते थे। वे कहते थे कि कर्मचारी अपने पारिश्रमिक से ज़्यादा काम करके अपने बॉस के लिए अनिवार्य बन सकते हैं - उनके सबसे निचले स्तर का मज़दूर भी ऐसा कर सकता था। इसके बाद कारनेगी अपने कर्मचारियों को उनके मूल्य के बराबर या उससे ज़्यादा पारिश्रमिक देते थे, ताकि वे बिज़नेस में उनके प्रतिद्वंद्वी न बन जाएँ।

हम यह तो नहीं जानते हैं कि पारिश्रमिक से ज़्यादा काम करने के सिद्धांत के बारे में दूसरे लोग क्या सोचते हैं, लेकिन जहाँ तक हमारा सवाल है, हम हेनरी फ़ोर्ड और एंड्रयू कारनेगी जैसे लोगों का अनुसरण करना चाहेंगे। हम उनकी आलोचना करने के बजाय उनका अनुकरण करना चाहेंगे।

एक मील ज़्यादा आगे तक जाने के सिद्धांत को पहचानकर इन दोनों

व्यक्तियों ने अपने देश के लिए कई बिलियन डॉलर की संपत्ति उत्पन्न की, लाखों लोगों को रोज़गार दिया और ख़ुद भी बहुत अमीर बन गए।

हममें से कौन उनसे ज़्यादा अच्छी तरह यह काम कर सकता है? हममें से किसके पास उनसे बेहतर योजना है? नहीं, हममें से ज़्यादातर लोग हेनरी फ़ोर्ड और एंड्रयू कारनेगी जितने स्मार्ट नहीं हैं। बहरहाल, हम उनके उदाहरण का अनुसरण नहीं करते हैं और **एक मील ज़्यादा आगे तक जाने** की आदत नहीं अपनाते हैं। जब हमसे बिना पारिश्रमिक लिए कोई काम करने को कहा जाता है, तो हममें से ज़्यादातर लोग अपनी समझदारी दिखाते हुए कहते हैं, "मुझे इस काम को करने के पैसे नहीं मिलते हैं।" इस तरह हम अपनी प्रगति को सीमित कर लेते हैं और अपना असली रूप दिखा देते हैं।

इस स्थिति में ज़िंदगी के हाशिये पर खड़े होकर हमारे मूल्य को निर्धारित करने वाला महान विश्लेषक **समय** हमारे माथे पर लिख देता है, "मूर्ख।" जबकि हेनरी फ़ोर्ड और एंड्रयू कारनेगी जैसे लोग आम लोगों की पंक्ति से बाहर निकलते हैं, अपना मूल्य ख़ुद निर्धारित करते हैं और ऐसे कर्मचारी खोजते हैं, जिनकी सेवाओं के लिए वे मुँहमाँगी क़ीमत देने के लिए तैयार रहते हैं।

ज़्यादातर लोग ज़िंदगी भर "बड़े अवसरों" की तलाश करते रहते हैं। वे इंतज़ार करते हैं कि अवसर अपने आप उनके सामने आ जाएँगे। वे अपनी ज़रूरतों को पूरा करने के लिए "क़िस्मत" पर निर्भर रहते हैं। वे कभी अपने लक्ष्य तक नहीं पहुँच पाते हैं, क्योंकि उनका कोई निश्चित लक्ष्य होता ही नहीं है। चूँकि उनके पास लक्ष्य ही नहीं है, इसलिए उनके पास **एक मील ज़्यादा आगे तक जाने** की आदत की प्रेरणा ही नहीं होती। वे इस बात को नहीं समझते हैं :

"सांसारिक आशा, जिस पर लोगों का मन टिका रहता है, राख में बदल जाती है या फिर यह समृद्ध होती है और रेगिस्तान के धूल भरे चेहरे पर बर्फ़ की तरह एक या दो घंटे रहने के बाद थोड़े ही समय में चली जाती है।"

उनकी जल्दबाज़ी का कोई मतलब नहीं होता है! क्योंकि वे टब में रखी मछली की तरह "गोल-गोल" घूमते रहते हैं। वे जहाँ से शुरू करते हैं,

हमेशा ख़ाली हाथ और निराश होकर वहीं लौट आते हैं।

अमीरी सिर्फ़ निश्चय द्वारा हासिल की जाती है। इसे सिर्फ़ निश्चित लक्ष्य और निश्चित योजना बनाकर हासिल किया जा सकता है। इसके अलावा यात्रा शुरू करने के लिए एक निश्चित शुरुआती बिंदु भी चुनना होता है।

लेकिन हम यह मानने की ग़लती न करें कि **एक मील ज़्यादा आगे तक जाने** की आदत से सिर्फ़ भौतिक दौलत ही मिलती है। इस आदत की वजह से व्यक्ति आध्यात्मिक दौलत का भी दोहन कर सकता है और अपनी हर ज़रूरत के लिए आध्यात्मिक दौलत के स्रोत का लाभ उठा सकता है।

एक मील ज़्यादा आगे तक जाने के परिणाम यह होते हैं कि यह न सिर्फ़ व्यक्तिगत रूप से लाभकारी होती है, बल्कि यह व्यावसायिक रूप से भी लाभकारी होती है। दरअसल, **एक मील ज़्यादा आगे तक जाना** आदर्श व्यावसायिक बुद्धिमत्ता है। आइए मैं आपको एक और उदाहरण बता दूँ, जिससे मेरा अर्थ ज़्यादा स्पष्ट हो जाएगा।

निष्ठा के एक काम ने पूरे देश को किस तरह प्रभावित किया

1990 के दशक की शुरुआत में कपड़े बनाने वाली माल्डेन मिल्स संकट से उबर रही थी। काफ़ी समय तक लड़खड़ाने के बाद अब यह अपने पैरों पर खड़ी होने लगी थी। इस दौर में कंपनी ने एक अपरिचित पोलिएस्टर प्रॉडक्ट बनाने का जोखिम लिया, जो बाद में आउटडोर वस्त्र उद्योग में लोकप्रिय हुआ। कंपनी ने इस कम वज़न वाले गर्म कपड़े "पोलरफ़्लीस" को पोलर्टेक नाम से बेचना शुरू किया। यह जल्दी ही नॉर्थ फ़ेस, आर.ई.आई. और लैंड्स एंड जैसे लोकप्रिय आउटडोर रिटेलर्स का पसंदीदा ब्रांड बन गया। 1995 तक माल्डेन मिल्स की बिक्री में ज़बर्दस्त उछाल आया और यह 425 मिलियन डॉलर तक पहुँच गई। इस बिक्री का आधा हिस्सा फ़्लीस उत्पादन का था।

पोलर्टेक ब्रांड पर जोखिम लेने में कंपनी के प्रेसिडेंट आरोन फ़्यूरस्टीन की प्रमुख भूमिका थी, जिन्होंने पारिवारिक व्यवसाय में कई साल तक काम

किया था। बहरहाल, दिसंबर 1995 में फ़्यूरस्टीन का सारा किया-धरा जलकर राख हो गया। एक रात फ़ैक्ट्री में आग लग गई, जिसमें तीन इमारतें पूरी तरह जल गईं, कई कर्मचारी घायल हो गए और 3,200 कर्मचारी बेरोज़गार हो गए।

बहरहाल, आरोन फ़्यूरस्टीन **एक मील ज़्यादा आगे तक जाने** के महत्व को जानते थे। तीन महीने तक फ़ैक्ट्री दोबारा बनाते समय उन्होंने अपने सभी कर्मचारियों को तनख़्वाह और स्वास्थ्य बीमा देने का फ़ैसला किया।

फ़्यूरस्टीन का दावा था कि कुशल कर्मचारियों को फ़ैक्ट्री में रखना अच्छी व्यावसायिक नीति है, बहरहाल उनके कुछ सहयोगी इसे परोपकार की संज्ञा दे रहे थे। एक्ज़ीक्यूटिव वाइस प्रेसिडेंट सीज़र एग्युलर के अनुसार फ़्यूरस्टीन ने कहा था, "क्रिसमस के दो सप्ताह पहले मैं 3,200 कर्मचारियों को बेरोज़गार नहीं कर सकता हूँ।" फ़्यूरस्टीन ने अपने कर्मचारियों के प्रति जो निष्ठा दिखाई थी, उन्हें उसका प्रतिफल मिला। अगले साल तक लगभग सभी कर्मचारी दोबारा काम पर लौट आए। इसके अलावा, इस काम के लिए फ़्यूरस्टीन की काफ़ी सराहना हुई। राष्ट्रपति क्लिंटन ने 1996 में स्टेट ऑफ़ द यूनियन के भाषण में उन्हें सम्मानित अतिथि के रूप में आमंत्रित किया और उनकी बहुत प्रशंसा की।

अगर कोई दूसरी कंपनी होती, तो वह अपने नुक़सान को कम करने के लिए कर्मचारियों को निकाल देती और उन्हें तनख़्वाह भी नहीं देती। लेकिन आरोन फ़्यूरस्टीन **एक मील ज़्यादा आगे तक गए** और रोल मॉडल बन गए। वे आदर्श नियोक्ता का अनुपम उदाहरण बन गए, जिसकी बदौलत उन्हें अपने कर्मचारियों की निष्ठा तथा समर्पण भी हासिल हुआ।

एक मील ज़्यादा आगे तक जाने में व्यावसायिक समझदारी है

कई कंपनियाँ **एक मील ज़्यादा आगे तक जाने** की अवधारणा को अपनी कंपनी का मिशन या सूत्रवाक्य बना लेती हैं। साउथवेस्ट एयरलाइंस एक ऐसी ही कंपनी है। इस एयरलाइंस के संस्थापक हर्ब केलेहर ने हर काम सही किया है। साउथवेस्ट की लोकप्रियता का आलम यह है कि इस कंपनी में नौकरी पाने के लिए इच्छुक उम्मीदवारों की लंबी वेटिंग लिस्ट रहती है।

इस कंपनी की सफलता का एक प्रमुख कारण इसकी उत्कृष्ट ग्राहक सेवा है।

केलेहर ख़ुद कहते हैं, "मैं जानता हूँ कि यह बात आसान लगती है, लेकिन मैं अपने कर्मचारियों से कहता रहता हूँ, सेवा करने के स्वर्णिम नियम का पालन करो। दूसरों की उसी तरह सेवा करो, जिस तरह आप अपनी सेवा करवाना चाहते हैं। मैं अपने कर्मचारियों से कहता हूँ, 'मान लीजिए, आप किसी रेस्तराँ या डिपार्टमेंट स्टोर में जाएँ, तो क्या आप उस सेल्समैन या सेल्सगर्ल को पसंद करेंगे, जो आपकी तरफ़ ध्यान नहीं देता हो, जिसे आपकी ज़रूरतों या इच्छाओं की परवाह न हो और जो आपसे इस तरह व्यवहार करे, जैसे आप व्यक्ति न होकर वस्तु हों?' हर व्यक्ति इस बात का एक ही जवाब देता है, 'नहीं, हम यह पसंद नहीं करेंगे।' तब मैं कहता हूँ, 'तो फिर ठीक है, पाखंड छोड़ दें। बेहतर सेवा करें। वैसी सेवा करें, जैसी आप ख़ुद करवाना चाहेंगे।'"

केलेहर की फ़िलॉसफ़ी से उनकी कंपनी को बहुत फ़ायदा हुआ है। साउथवेस्ट एयरलाइंस को उत्कृष्ट ग्राहक सेवा के लिए जाना जाता है। यही नहीं आर्ट्स एंड एंटरटेनमेंट केबल चैनल ने एक रिएलिटी शो "एयरलाइन" बनाया, जिसमें इस एयरलाइन के कर्मचारियों की ज़िंदगी के एक दिन का चित्रण किया गया। इस शो पर जनता की प्रतिक्रिया बहुत उत्साहपूर्ण थी। कई ग्राहक तो यह देखकर रोमांचित थे कि जिस कंपनी को वे व्यक्तिगत रूप से इतना पसंद करते थे, उसका इतने अच्छे ढंग से प्रचार किया जा रहा है।

एडवर्ड कोएट की प्रेरक कहानी

स्मार्ट और समझदार लोग आर्थिक लाभ पाने के लिए **एक मील ज़्यादा आगे तक जाने** के सिद्धांत पर अमल करते हैं और अमीर बन जाते हैं।

बहरहाल, सचमुच समझदार लोग यह जानते हैं कि इस सिद्धांत का सबसे बड़ा लाभ दौलत नहीं है। इसके दूसरे लाभ ज़्यादा महत्वपूर्ण हैं, जैसे आजीवन मित्रता, सामंजस्यपूर्ण संबंध, प्रेमपूर्ण परिश्रम, लोगों को समझने की क्षमता, दूसरों के साथ अपनी नियामतें बाँटने की इच्छा - जो ज़िंदगी की बारह दौलतों की श्रेणी में आते हैं।

एडवर्ड कोएट ने इस सच्चाई को पहचाना है और अमीरी की चाबी पा ली है। वे लॉस एंजेलिस, कैलिफ़ोर्निया में जीवन बीमा बेचते थे।

जीवन बीमा सेल्समैन के रूप में कैरियर की शुरुआत में वे बहुत ज़्यादा मेहनत करते थे, लेकिन इसके बावज़ूद उनकी कमाई बहुत कम होती थी। उन्होंने उस क्षेत्र में कोई रिकॉर्ड नहीं बनाया। एक दुर्भाग्यपूर्ण व्यावसायिक कोशिश में उन्होंने अपना सारा पैसा गँवा दिया और वे सीढ़ी की सबसे निचली पायदान पर आ गए। वे एक नई शुरुआत करने के लिए मजबूर हो गए।

मैंने कहा, "दुर्भाग्यपूर्ण व्यावसायिक कोशिश," लेकिन शायद मुझे कहना चाहिए था, "सौभाग्यपूर्ण व्यावसायिक कोशिश," क्योंकि नुक़सान के कारण वे रुकने, देखने, सुनने और **सोचने** पर मजबूर हुए। उन्होंने इस बात पर काफ़ी विचार किया कि क़िस्मत कुछ लोगों को सफलता की बुलंदियों तक क्यों पहुँचाती है और बाक़ी लोगों को अस्थायी पराजय या स्थायी असफलता की खाई में क्यों धकेल देती है।

वे सफलता की उस फ़िलॉसफ़ी के विद्यार्थी बन गए, जिसे एंड्रयू कारनेगी ने उपलब्ध कराने में मदद की थी। जब कोएट **एक मील ज़्यादा आगे तक जाने** के सबक़ पर पहुँचे, तो उन्हें ज्ञान का इतना ज़बर्दस्त एहसास हुआ, जो पहले कभी नहीं हुआ था। वे यह समझ गए कि भौतिक दौलत का नुक़सान उन्हें इससे ज़्यादा बड़ी दौलत की तरफ़ ले जा सकता है, जिसमें आध्यात्मिक शक्तियाँ भी शामिल हैं।

इस खोज के बाद कोएट एक-एक करके ज़िंदगी की बारह दौलतें हासिल करने लगे। सबसे पहले तो उन्होंने सकारात्मक मानसिक नज़रिया विकसित किया।

कुछ समय तक उन्होंने यह सोचना बंद कर दिया कि वे कितना जीवन बीमा बेच सकते हैं। उन्होंने दूसरों की सेवा करने के अवसर की तलाश में इधर-उधर देखना शुरू किया। वे ऐसे लोगों की सेवा करना चाहते थे, जो अपनी समस्याएँ ख़ुद न सुलझा सकते हों।

उन्हें सेवा करने का पहला अवसर कैलिफ़ोर्निया के रेगिस्तान में मिला। वहाँ एक युवक खुदाई के अभियान में असफल हो गया था और भुखमरी की कगार पर था। कोएट उस युवक को अपने घर लाए, उसे भोजन

कराया, उसका मनोबल बढ़ाया और उसे अपने घर में तब तक रखा, जब तक कि उसे अच्छी नौकरी नहीं मिल गई।

इस तरह नेक मसीहा की भूमिका निभाते समय कोएट ने आर्थिक लाभ के बारे में नहीं सोचा, क्योंकि यह स्पष्ट था कि ग़रीबी का शिकार वह हताश युवक उनसे कभी जीवन बीमा नहीं ख़रीद सकता।

इसके बाद संकट में फँसे लोगों की मदद करने के अवसर उनके पास तेज़ी से आने लगे। ऐसा लग रहा था, जैसे कोएट चुंबक हों, जिनकी तरफ़ सिर्फ़ समस्या में फँसे लोग ही आकर्षित होते थे।

लेकिन जो दिखता है, वह हमेशा सच नहीं होता है। उस वक़्त कोएट इम्तहान के दौर से गुज़र रहे थे। वे दूसरों की मदद करने के अपने उद्देश्य की गंभीरता को प्रमाणित कर रहे थे। हमें यह नहीं भूलना चाहिए कि जो भी व्यक्ति **एक मील ज़्यादा आगे तक जाने** के सिद्धांत पर चलता है, उसे इस दौर से ज़रूर गुज़रना पड़ता है।

फिर स्थिति बदली। एडवर्ड कोएट की क़िस्मत ने ऐसा पलटा खाया, जिसकी उन्हें क़तई उम्मीद नहीं थी। उनकी जीवन बीमा की बिक्री बढ़ने लगी। आख़िरकार उन्होंने अपने पिछले सारे रिकॉर्ड तोड़ दिए। और चमत्कार की बात यह थी कि उन्होंने अपनी सबसे बड़ी पॉलिसी उस रेगिस्तान में मिले युवक के नियोक्ता को बेची थी और इसके लिए उसने कोई कोशिश नहीं की थी।

इसी तरह उनका जीवन बीमा अपने आप बिकता रहा। अब वे कम मेहनत करके ज़्यादा बीमा बेच रहे थे, जबकि पहले वे बहुत कड़ी मेहनत के बावज़ूद बहुत कम बीमा बेच पाते थे।

यही नहीं, वे अब जीवन बीमा सेल्समैनशिप में भारी रक़म वाली पॉलिसियाँ बेच रहे थे। ऊँचे-ऊँचे पदों पर बैठे अमीर लोग अपनी जीवन बीमा संबंधी समस्याओं के मामले में उनसे सलाह लेने लगे।

उनका बिज़नेस इतना फला-फूला कि जल्दी ही वे उस लक्ष्य तक पहुँच गए, जो हर जीवन बीमा सेल्समैन का लक्ष्य होता है : मिलियन डॉलर राउंड टेबल की आजीवन सदस्यता। यह सौभाग्य सिर्फ़ उन्हीं लोगों को मिलता है, जो लगातार तीन साल तक हर साल दस लाख डॉलर का बीमा बेचते हैं।

इस उल्लेखनीय लक्ष्य तक उनसे पहले उस समय तक केवल 57 लोग पहुँचे थे। इस तरह, आध्यात्मिक दौलत की तलाश कर रहे एडवर्ड कोएट को भौतिक दौलत भी मिल गई और उनकी कल्पना से बहुत ज़्यादा मिली। नेक मसीहा की भूमिका निभाने के छह साल बाद कोएट ने साल के शुरुआती चार महीनों में ही बीस लाख डॉलर से ज़्यादा का जीवन बीमा बेचा।

उनकी उपलब्धियों की कहानी देश भर में फैल गई। उन्हें जीवन बीमा सम्मेलनों में भाषण देने के आमंत्रण मिलने लगे, क्योंकि बाक़ी जीवन बीमा सेल्समैन जानना चाहते थे कि वे इस व्यवसाय में इतनी प्रगति करके इतनी ऊपर कैसे पहुँच गए।

उन्होंने उन लोगों को बताया! उन्होंने बताया कि आम लोगों से हटकर **एक मील ज़्यादा आगे तक जाने** की आदत डालने के कारण उन्हें सफलता मिली थी। उन्होंने बताया कि हृदय की विनम्रता के कारण वे प्रेरित हुए थे। उन्होंने बेहिचक यह स्वीकार किया कि वे किसी दूसरे की फ़िलॉसफ़ी पर अमल करके सफल हुए थे।

सफल होने वाला आम आदमी यही दिखाता है कि वह अपनी स्मार्टनेस या समझदारी के कारण ही सफल हुआ है। वह अपने शिक्षकों और मार्गदर्शकों को कोई श्रेय नहीं देता है। लेकिन यह स्पष्ट है कि दूसरों के मित्रतापूर्ण सहयोग के बिना कोई भी स्थायी सफलता नहीं पा सकता है। इसके अलावा, यह भी उतना ही सच है कि दूसरों की मदद किए बिना भी स्थायी सफलता नहीं मिल सकती है।

एडवर्ड कोएट भौतिक दृष्टि से बहुत अमीर हैं। बहरहाल, वे आध्यात्मिक दृष्टि से और भी ज़्यादा अमीर हैं, क्योंकि उन्होंने ज़िंदगी की सभी बारह दौलतों को पाया और उनका समझदारी से उपयोग किया। इन बारह दौलतों में धन सबसे आख़िरी और सबसे कम महत्वपूर्ण दौलत है।

OOO

अध्याय छः

प्रेम का महत्व

वक्ता ने एक पल ठहरकर श्रोताओं को देखा। वह गर्मजोशी से मुस्कराते हुए उन्हें देख रहा था।

श्रोताओं ने पहलू बदला और कुछ ने एक-दूसरे को अजीब निगाहों से देखा।

वक्ता ने कहा, "मैं जानता हूँ इस मोड़ पर आपको यह बात अटपटी लगेगी। बहरहाल, मैं इस जगह पर आपको यह सिखाए बिना आगे नहीं बढ़ सकता। मेरे हिसाब से यह ज़िंदगी का सबसे बड़ा सबक़ है और शायद सबसे मुश्किल भी। मैं आपको प्रेम का महत्व बताना चाहता हूँ। आपमें से कुछ लोग यह सोच रहे होंगे कि किसी व्यावसायिक सेमिनार में प्रेम कैसे महत्वपूर्ण हो सकता है। बहरहाल, मैं आपको आश्वस्त करता हूँ कि आप बहुत जल्दी इसके महत्व को समझ लेंगे।"

उसने आगे कहा, "प्रेम इंसान का सबसे महान अनुभव है।" इसके द्वारा हम असीम बुद्धि के साथ संपर्क स्थापित कर सकते हैं।

जब सेक्स और रोमांस की भावनाएँ प्रेम के साथ मिलती हैं, तो यह संयोग हमें रचनात्मक भविष्य-दृष्टि द्वारा सफलता के शिखर तक ले जा सकता है।

प्रेम, सेक्स और रोमांस सफलता के उस शाश्वत त्रिकोण के तीन फलक हैं, जिसे जीनियस कहा जाता है। प्रकृति अन्य किसी माध्यम से जीनियस

उत्पन्न नहीं करती है। दरअसल प्रेम मनुष्य की आध्यात्मिक प्रकृति की बाह्य अभिव्यक्ति है।

सेक्स विशुद्ध रूप से जैविक है, लेकिन यह रेंगने वाले कीड़े से लेकर प्राणी जगत की सर्वोच्च रचना मनुष्य तक सबको कर्म करने के लिए प्रेरित करता है।

जब प्रेम और सेक्स को रोमांस के भाव से जोड़ा जाता है, तो परिणाम बहुत सुखद होता है। ये भाव उन महान लीडर्स को प्रेरित करते हैं, जो दुनिया के गहन चिंतक हैं।

प्रेम इंसान को इंसान से जोड़ता है। यह स्वार्थ, लोभ, ईर्ष्या और जलन को दूर करता है। जहाँ प्रेम के प्रति निष्ठा नहीं होती, वहाँ सच्ची महानता कभी नहीं मिल सकती।

मैं जिस प्रेम के बारे में बता रहा हूँ, उसे सेक्स मानने की भूल न करें। अपने सर्वोच्च और सबसे शुद्ध रूप में प्रेम शाश्वत त्रिकोण का हिस्सा है, फिर भी यह बाक़ी हिस्सों से बड़ा है।

मैं जिस प्रेम की बात कर रहा हूँ, वह जीवनदायी तत्व यानी अमृत है। उसी की वजह से इंसान ने वे सभी रचनात्मक काम किए हैं, जिनसे मानव जाति का विकास हुआ और हम वर्तमान युग की सभ्यता तक पहुँचे।

यही वह तत्व है, जो इंसानों और उनके निचले स्तर के प्राणियों को अलग करता है। यही तत्व निर्धारित करता है कि कोई व्यक्ति बाक़ी लोगों के दिल में कितना स्थान बनाएगा।

प्रेम ही वह ठोस नींव है, जिस पर बारह दौलतों में से पहली दौलत यानी सकारात्मक मानसिक नज़रिये का महल बनाया जा सकता है। और हमें यह कभी नहीं भूलना चाहिए कि इसके बिना कोई भी सचमुच दौलतमंद नहीं बन सकता है।

प्रेम बाक़ी बची हुई ग्यारह दौलतों की भी डोर है। यह सभी दौलतों को बढ़ाता है और स्थायी बनाता है। इसका प्रमाण हमें उन लोगों के जीवन से मिल सकता है, जिन्होंने भौतिक दौलत तो हासिल की, लेकिन प्रेम हासिल नहीं किया।

एक मील ज़्यादा आगे तक जाने की आदत हमें प्रेम की ओर ले

जाती है। दूसरों को लाभ पहुँचाने के लिए निःस्वार्थ सेवा प्रेम की सबसे बड़ी अभिव्यक्ति है। इमर्सन ने इसी तरह के प्रेम की झलक देखने के बाद कहा था :

जो लोग विनम्रता, न्याय, प्रेम और अभिलाषा के गुणों से संपन्न हैं, वे उस स्तर पर पहुँच जाते हैं, जहाँ उनका विज्ञान और कला, भाषण और कविता, कर्म और कृपा पर अधिकार होता है। इसका कारण यह है कि इन व्यक्तियों ने पहले से ही उन विशिष्ट शक्तियों का पूर्वानुमान लगा लिया था, जिन्हें लोग इतना मूल्यवान समझते हैं।

उदार लोग अच्छी तरह जानते हैं कि जब वे किसी अजनबी को समय, धन या सहारा दिखावे के लिए नहीं, बल्कि प्रेम के कारण देते हैं, तो वे ईश्वर को अपना ऋणी बना लेते हैं और इसके बाद प्रकृति उन्हें बहुत ज़्यादा पुरस्कार देती है। इस काम में वे जितना समय लगाते है, किसी न किसी रूप में वह उन्हें वापस मिल जाता है और उनके द्वारा उठाए गए कष्टों से उन्हें लाभ होता है। इस तरह के इंसान मानवीय प्रेम की लौ को जलाए रखते हैं और सहृदयता व परोपकार के स्तर को ऊँचा उठाते हैं।

हर युग में महान लोगों ने प्रेम को उस अमृत के रूप में महसूस किया है, जो इंसानों के दिलों को एक सूत्र में पिरोता है और सबको एक-दूसरे के प्रति उत्तरदायी बनाता है। अमेरिका के महान चिंतक रॉबर्ट ग्रीन इंगरसोल ने प्रेम पर अपने विचार बहुत बढ़िया तरीक़े से प्रस्तुत किए हैं, जो हमेशा लोगों का मार्गदर्शन करते रहेंगे। उन्होंने कहा था :

प्रेम ज़िंदगी के काले बादलों के बीच में एकमात्र इंद्रधनुष है।

यह सवेरे का और शाम का सितारा है।

यह बच्चे पर भी चमकता है और शांत मक़बरे को भी रोशन करता है।

यह कला का जनक है तथा कवि, देशभक्त और दार्शनिक की प्रेरणा है।

यह हर घर की हवा और प्रकाश है। हर अँगीठी की आग इसी से सुलगती है।

यह अमरता का सपना देखने वाली पहली चीज़ है।

यह दुनिया को संगीत से भर देता है - क्योंकि संगीत प्रेम की आवाज़ है।

प्रेम जादूगर है, क्योंकि यह छोटी-छोटी चीज़ों में भी ख़ुशी ढूँढ़ लेता है और सामान्य लोगों को राजा या रानी बना देता है।

यह हृदय नामक अद्‌भुत फूल की सुगंध है। इसके पवित्र भाव और दैवी आवेग के बिना हम पशु से भी निम्न स्तर पर पहुँच जाते हैं। लेकिन इसके होने पर धरती स्वर्ग बन जाती है और हम दैवी स्तर पर पहुँच जाते हैं।

प्रेम कायापलट कर देता है। यह उदात्त बनाता है, शुद्धिकरण करता है और आदर्श बनाता है।

प्रेम एक दैवी उद्‌घोष है। संसार प्रेम की सुंदरता उधार लेता है और स्वर्ग इसकी महिमा उधार लेता है। न्याय, संयम, परोपकार और करुणा प्रेम की संतानें हैं। "प्रेम के बिना सारा यश फीका पड़ जाता है, महान लोग ज़िंदगी में नीचे गिर जाते हैं, कला का नामोनिशान मिट जाता है, संगीत अपना अर्थ खो देता है और सद्‌गुणों का अस्तित्व नहीं रहता है।"

सचमुच महान व्यक्ति पूरी मानव जाति से प्रेम करता है! वह अच्छे-बुरे दोनों तरह के लोगों से प्रेम करता है। वह अच्छे लोगों को गर्व, प्रशंसा और ख़ुशी से प्रेम करता है। वह बुरे लोगों को करुणा और दुख से प्रेम करता है। जो व्यक्ति सचमुच महान है, वह यह जानता है कि लोगों के अच्छे-बुरे दोनों तरह के गुण सिर्फ़ परिस्थितियों की देन होते हैं, जिन्हें वे अपनी अज्ञानतावश नियंत्रित नहीं कर पाते हैं।

सचमुच महान बनने के लिए व्यक्ति को करुण, सहानुभूतिपूर्ण और सहिष्णु होना चाहिए। यदि उसे दूसरों का मूल्यांकन करना ही हो, तो वह न्याय के साथ-साथ करुणा और सहानुभूति से मूल्यांकन करेगा। उसका दिल हमेशा कमज़ोरों, अज्ञानियों और ग़रीबों के कष्ट को समझेगा।

इस तरह, व्यक्ति फ़ेलोशिप के सच्चे भाव में न सिर्फ़ **एक मील ज़्यादा आगे तक** जाएगा, बल्कि अपनी इच्छा से और ख़ुशी-ख़ुशी जाएगा। और अगर एक मील ज़्यादा आगे जाने से काम नहीं चलेगा, तो वह दो, तीन या चार मील ज़्यादा आगे जाएगा और जितने मील ज़्यादा आगे तक जाना ज़रूरी होगा, उतने मील आगे तक जाएगा।

वक्ता का संदेश गूढ़ था। भाषण ख़त्म करने के बाद जब वह मंच से

चला गया, तब भी कई श्रोता अपनी जगह पर बैठकर उसके सशक्त शब्दों के अर्थ को समझने की कोशिश करते रहे। जब वे हॉल से बाहर निकले, तो आधी रात बीत चुकी थी।

ooo

अध्याय सात

मास्टर माइंड सिद्धांत

कॉन्फ्रेंस में भाग ले रहे प्रतिभागी अगले दिन सुबह बहुत जल्दी हॉल में पहुँच गए। वे ख़ास तौर पर इसलिए रोमांचित थे, क्योंकि उन्हें बताया गया था कि आज जो सबक़ सिखाया जाएगा, वह अमीरी की चाबी को समझने में बहुत महत्वपूर्ण साबित होगा। कुछ श्रोताओं ने पिछले दिन के सबक़ से उत्साहित होकर रात भर अपनी ज़िंदगी के संदर्भ में प्रेम के अर्थ व अभिव्यक्ति के बारे में सोचा था। बाक़ी लोग शाम को सिखाए गए प्रेम के सबक़ के बारे में थोड़ी दुविधा महसूस कर रहे थे। वे आशा कर रहे थे कि आज का सबक़ भी वक्ता के पिछले सिद्धांतों की तरह ही व्यावहारिक होगा।

बहरहाल, आज के सबक़ में कल का मुद्दा जारी रहा। जब श्रोता हॉल में दाख़िल हुए, तो उन्हें जोड़ी बनाकर बैठने के लिए कहा गया। हर व्यक्ति से कहा गया कि वह किसी व्यक्ति को चुनकर उसके पास बैठे। जिन लोगों ने ऐसा करने से इंकार किया, उनसे कह दिया गया कि वे बाहर चले जाएँ, क्योंकि जोड़ी बनाकर ही वे उस दिन के सबक़ का पूरा फ़ायदा उठा सकते हैं। वक्ता के इस अजीब आग्रह का कारण किसी को समझ में नहीं आया, बहरहाल ज़्यादातर श्रोताओं ने उसकी बात मानने का फ़ैसला किया। उन्हें यह विश्वास था कि पिछले सबक़ों की तरह ही आज भी उन्हें जो जानकारी मिलेगी, वह सफलता पाने के लिए अमूल्य साबित होगी।

श्रोताओं के बैठ जाने के लगभग दस मिनट बाद वक्ता मंच पर आया।

इस बार उसके साथ एक महिला भी थी। वह उसी की हमउम्र थी, बहरहाल यह बताना मुश्किल था कि वह उसकी पत्नी थी, सहयोगी थी या विश्वसनीय मित्र थी। प्रतिभागियों ने सोचा कि यह रहस्य भी जल्दी ही खुल जाएगा। वक्ता ने माइक्रोफ़ोन पकड़ा और अपनी मेहमान का हाथ थामा। फिर वे दोनों मंच के पास वाली सीढ़ियों की तरफ़ बढ़े और श्रोताओं के ठीक सामने खड़े हो गए।

वक्ता ने बोलना शुरू किया, "मास्टर माइंड सिद्धांत सभी बड़ी सफलताओं का आधार है। यह समूची मानवीय प्रगति की नींव का अति महत्वपूर्ण पत्थर है, चाहे वह प्रगति व्यक्तिगत हो या सामूहिक। यह सिद्धांत प्रबल शक्ति हासिल करने की कुंजी देता है। मास्टर माइंड सिद्धांत की परिभाषा यह है कि इसमें दो या उससे अधिक मस्तिष्कों का गठबंधन होता है, जो पूरे सामंजस्य और सहयोग की भावना से किसी निश्चित उद्देश्य की प्राप्ति के लिए एकजुट होकर काम करते हैं। इसकी शक्ति की कुंजी **सामंजस्य** है। अगर सामंजस्य न हो, तो सामूहिक प्रयास में सहयोग का भाव तो हो सकता है, पर उसमें वह शक्ति नहीं होगी, जो एकरूपता की बदौलत सामंजस्य से मिल सकती है।"

मास्टर माइंड सिद्धांत से जुड़ी महत्वपूर्ण अवधारणाएँ ये हैं :

अवधारणा 1

मास्टर माइंड सिद्धांत के माध्यम से व्यक्ति दूसरों के अनुभव, प्रशिक्षण, शिक्षा, विशेषज्ञीय ज्ञान और नैसर्गिक प्रतिभा का पूरा लाभ ले सकता है। वह दूसरों के मस्तिष्क का उसी तरह प्रयोग कर सकता है, जैसे वह उसका ख़ुद का मस्तिष्क हो।

अवधारणा 2

दो या अधिक मस्तिष्कों का गठबंधन जब किसी निश्चित लक्ष्य को पाने के लिए पूरे सामंजस्य में होता है, तो दोनों ही व्यक्तियों को बहुत प्रेरणा मिलती है और वे आस्था की मानसिक अवस्था में पहुँच जाते हैं। (इस प्रेरणा का विचार और इसकी शक्ति अटूट मित्रता तथा प्रेम के संबंधों में मिलती है।)

अवधारणा 3

हर मानवीय मस्तिष्क विचारों को प्रसारित और ग्रहण करने वाला रेडियो स्टेशन होता है। मास्टर माइंड सिद्धांत का प्रेरक प्रभाव विचार के सूक्ष्म संप्रेषण को प्रेरित करता है, जिसे आम तौर पर टेलीपैथी के नाम से जाना जाता है, जो छठी इंद्रिय के माध्यम से काम करती है।

इस तरह कई व्यावसायिक गठबंधन साकार हो जाते हैं। मास्टर माइंड के सिद्धांत के जरिये दूसरों के विचारों का लाभ उठाए बिना शायद ही कभी किसी ने प्रबल या स्थायी शक्ति हासिल की होगी।

यह बात ही मास्टर माइंड सिद्धांत की शक्ति और महत्व का पर्याप्त प्रमाण है। यह एक ऐसी सच्चाई है, जिसे हर व्यक्ति बिना ज़्यादा कोशिश किए ख़ुद आज़माकर देख सकता है।

अवधारणा 4

मास्टर माइंड सिद्धांत पर जब सक्रियता से अमल किया जाता है, तो इससे व्यक्ति अपने और अपने साथियों के अवचेतन मस्तिष्क का दोहन कर सकता है। इससे मास्टर माइंड द्वारा हासिल किए गए कई चमत्कारिक परिणामों का कारण समझ में आ जाता है।

अवधारणा 5

मास्टर माइंड सिद्धांत पर अमल करने से इन सब महत्वपूर्ण मानवीय संबंधों में लाभ होता है :

(1) विवाह में

(2) धर्म में

(3) नौकरी या व्यवसाय के संबंध में।

मास्टर माइंड सिद्धांत की बदौलत ही थॉमस ए. एडिसन महान आविष्कारक बन पाए, हालाँकि उनके पास शिक्षा और विज्ञान के ज्ञान की कमी थी। उनके उदाहरण से उन लोगों की उम्मीद जाग सकती है, जिन्हें यह ग़लतफ़हमी होती है कि औपचारिक शिक्षा की कमी की वजह से वे तरक्की नहीं कर सकते हैं।

मास्टर माइंड सिद्धांत की मदद से व्यक्ति भू-विज्ञानियों के ज्ञान की

मदद से पृथ्वी के इतिहास और रचना को समझ सकता है।

रसायनशास्त्री के ज्ञान और अनुभव की मदद से व्यक्ति रसायनशास्त्र का प्रशिक्षण लिए बिना इस विषय का व्यावहारिक उपयोग कर सकता है।

वैज्ञानिकों, तकनीशियनों, डॉक्टरों और मैकेनिकों की मदद से व्यक्ति इनमें से किसी भी क्षेत्र में व्यक्तिगत प्रशिक्षण लिए बिना सफल आविष्कारक बन सकता है, जैसा एडिसन ने किया था।

गठबंधनों का महत्व

मास्टर माइंड गठबंधन आम तौर पर दो तरह के होते हैं :

1. विशुद्ध सामाजिक या व्यक्तिगत कारणों से होने वाले गठबंधन। जैसे रिश्तेदारों, धार्मिक सलाहकारों और मित्रों के साथ होने वाले गठबंधन। इस तरह के गठबंधनों में किसी तरह के भौतिक लाभ का लक्ष्य नहीं होता है। इस तरह का सबसे प्रमुख गठबंधन पति-पत्नी के बीच होता है।

2. व्यावसायिक और आर्थिक प्रगति के लिए होने वाले गठबंधन। ये उन लोगों के बीच होते हैं, जिनका कोई सामूहिक उद्देश्य या लक्ष्य होता है, जो गठबंधन का आधार होता है।

अब हम मास्टर माइंड की शक्ति के कुछ महत्वपूर्ण उदाहरण देखें।

अमेरिका के संविधान में जिस तरह की सरकार की अवधारणा है, उसका हमें सबसे पहले विश्लेषण करना चाहिए, क्योंकि यह शक्ति का एक ऐसा रूप है, जो हमारे देश के हर नागरिक को और काफ़ी हद तक पूरी दुनिया को प्रभावित करता है।

हमारे देश को इन तीन बातों के लिए जाना जाता है :

1. यह दुनिया का सबसे अमीर देश है।
2. यह दुनिया का सबसे शक्तिशाली देश है।
3. यह अपने नागरिकों को किसी अन्य देश की तुलना में ज़्यादा व्यक्तिगत स्वतंत्रता देता है।

अमीरी, स्वतंत्रता और शक्ति! कितना ज़बर्दस्त तालमेल है!

इन लाभों का स्रोत ढूँढ़ना मुश्किल नहीं है, क्योंकि ये हमें हमारे संविधान और पूँजीवाद से मिले हैं। इनका तालमेल इस तरह से

सामंजस्यपूर्ण बनाया गया है, जिससे लोगों को आध्यात्मिक और आर्थिक दोनों तरह की शक्ति मिले, जो दुनिया में पहले कभी नहीं देखी गई।

हमारी सरकार एक वृहद मास्टर माइंड गठबंधन है, जो सभी देशवासियों के सामंजस्यपूर्ण संबंध से बना है। यह गठबंधन 50 अलग-अलग समूहों यानी राज्यों के माध्यम से काम करता है। अमेरिकी मास्टर माइंड का केंद्र समझने के लिए हम सरकार की तीन शाखाओं की जाँच करते हैं, जिन्हें इस देश की जनता नियंत्रित करती है।

ये हिस्से हैं :

1. कार्यपालिक शाखा (जिसे राष्ट्रपति नियंत्रित करता है)
2. न्यायिक शाखा (जिसे सुप्रीम कोर्ट नियंत्रित करती है)
3. विधायी शाखा (जिसे संसद के दोनों सदन नियंत्रित करते हैं)

हमारे संविधान को इतनी समझदारी से बनाया गया है कि सरकार की इन तीनों शाखाओं को नियंत्रित करने की शक्ति जनता में होती है। यह एक ऐसी शक्ति है, जिससे लोगों को तब तक वंचित नहीं किया जा सकता, जब तक कि वे इसके इस्तेमाल में स्वयं लापरवाही न बरतें!

हमारी राजनीतिक शक्ति हमारी सरकार द्वारा व्यक्त होती है। हमारी आर्थिक शक्ति पूँजीवादी तंत्र द्वारा व्यक्त होती है। और इन दोनों की कुल शक्ति हमेशा दोनों के सामंजस्य के बराबर होती है। इस तरह हासिल की गई शक्ति सबकी संपदा होती है। इसी शक्ति ने इस देश के नागरिकों को दुनिया की सबसे अच्छी जीवनशैली दी है और इसी ने हमारे देश को दुनिया का सबसे अमीर, स्वतंत्र और शक्तिशाली देश बनाया है।

हम इस शक्ति को "अमेरिकी जीवनशैली" कहते हैं!

अमेरिकी उद्योग-धंधों में भी मास्टर माइंड के उदाहरण नज़र आते हैं। यह यातायात और संचार तंत्र में नज़र आता है। हमारी रेलों और हवाई जहाज़ों, हमारे टेलीफ़ोन और संचार तंत्रों का प्रबंधन करने वाले लोगों ने एक ऐसा सेवा-तंत्र स्थापित किया है, जिसका कोई अन्य देश मुक़ाबला नहीं कर सकता है। उनकी कार्यकुशलता से उत्पन्न शक्ति पूरी तरह से मास्टर माइंड सिद्धांत या सामंजस्य पर निर्भर करती है।

मास्टर माइंड सिद्धांत की शक्ति का एक और उदाहरण हमारी सेना है, जिसमें हमारी थल सेना, नौसेना और वायु सेना सामंजस्य में काम करती हैं। बाक़ी उदाहरणों की तरह यहाँ भी प्रयासों के सामंजस्य में ही शक्ति की कुंजी होती है।

खेल की टीमें आपसी सामंजस्य द्वारा शक्ति हासिल करने का एक और उत्कृष्ट उदाहरण हैं।

व्यापार का महान अमेरिकी तंत्र आर्थिक शक्ति का एक अन्य उदाहरण है, जिसे मास्टर माइंड सिद्धांत द्वारा पाया गया है।

दरअसल हर सफल उद्योग मास्टर माइंड के सिद्धांत का परिणाम है। पूरा अमेरिकी पूँजीवादी तंत्र उस आर्थिक शक्ति का उत्कृष्ट उदाहरण है, जिसे मित्रतापूर्ण व सामंजस्यपूर्ण गठबंधन के प्रयासों द्वारा हासिल किया गया।

एंड्रयू कारनेगी ने यह स्वीकार किया था कि वे इसी सिद्धांत की बदौलत अमीर बने। हमें यह नहीं भूलना चाहिए कि इसी के माध्यम से उन्होंने अमेरिका की एक बहुत बड़ी कंपनी बनाई थी। हमें यह भी याद रखना चाहिए कि उनके मास्टर माइंड में सबसे छोटे कर्मचारी से लेकर सबसे बड़े मैनेजर तक सभी कर्मचारी शामिल थे।

कारनेगी अपनी कंपनी के कर्मचारियों को ही प्रमोशन देकर मैनेजर और सुपरवाइज़र के पद पर नियुक्त करते थे। वे मास्टर माइंड सिद्धांत को इतनी अच्छी तरह समझते थे कि उन्होंने हर कर्मचारी को प्रेरित किया कि वह ज़्यादा ऊँचे पद का लक्ष्य बनाकर अपने अवसर का अधिकतम लाभ उठाए।

जिस व्यक्ति को उन्होंने दुनिया के सामने व्यक्तिगत सफलता की फ़िलॉसफ़ी प्रस्तुत करने का मौक़ा दिया, उसने कारनेगी के सहयोग से महानतम मास्टर माइंड गठबंधन का लाभ उठाया।

इस गठबंधन में कारनेगी के स्तर के 500 से अधिक उद्योगपति शामिल थे और यह गठबंधन 20 साल से ज़्यादा समय तक चला। इस दौरान गठबंधन में शामिल हर उद्योगपति ने इस फ़िलॉसफ़ी के लेखक को अपने व्यावसायिक औद्योगिक अनुभव का पूरा लाभ दिया।

इस गठबंधन ने दुनिया को यह बताया कि इस फ़िलॉसफ़ी के पहले तीन

सिद्धांतों पर अमल करके प्रबल शक्ति हासिल की जा सकती है। वे तीन सिद्धांत ये हैं : (1) एक मील ज़्यादा आगे तक जाने की आदत, (2) निश्चित लक्ष्य, और (3) मास्टर माइंड।

इस काम की प्रेरणा निश्चित लक्ष्य से मिली। लक्ष्य दुनिया के सामने एक कारगर फ़िलॉसफ़ी प्रस्तुत करना था। भौतिक सफलता पाने वाले लोगों के अनुभवों के आधार पर इस फ़िलॉसफ़ी ने आकार लिया। यह एक निःस्वार्थ उद्देश्य था, क्योंकि इसका लक्ष्य दूसरों को लाभ पहुँचाना था।

इस लक्ष्य को पाने में जिन लोगों ने अहम भूमिका निभाई, वे पहले से ही दौलतमंद और सफल थे। बहरहाल, उन्होंने अपना ज्ञान दूसरों के साथ बाँटने के लाभ को पहचाना और उस आर्थिक तंत्र की हानियों को भी पहचाना, जो बहुत से लोगों के बजाय बहुत कम लोगों को फ़ायदा पहुँचाता है।

इस गठबंधन के सभी व्यक्तियों ने एक मील ज़्यादा आगे तक जाने के सिद्धांत पर अमल किया। उन्होंने पैसे या फ़ीस लिए बिना अपने समय और अनुभव का योगदान दिया। वे लोगों तक एक ऐसी फ़िलॉसफ़ी के लाभ पहुँचाना चाहते थे, जो महान अमेरिकी जीवनशैली की नींव थी - एक ऐसी नींव, जिसने अमेरिका को दुनिया का सबसे अमीर और स्वतंत्र देश बना दिया।

इस विशिष्ट मास्टर माइंड गठबंधन की शक्ति और लाभों को पूरी तरह समझने के लिए आपको अपनी कल्पनाशक्ति का प्रयोग करना होगा। ज़रा सोचिए, अगर 500 महान अमेरिकी उद्योगपति 20 साल तक आपके मार्गदर्शक और प्रशिक्षक बन जाएँ और वे कोई फ़ीस या पैसे लिए बिना आपको लगातार मार्गदर्शन देते रहें, तो क्या होगा!

सफल उद्योगपतियों के इतने बड़े सामूहिक गठबंधन से आपको उस ज्ञान और अनुभव का पूरा लाभ मिलेगा, जो अमेरिकी पूँजीवाद के विकास से उत्पन्न हुआ है। अगर आप इस ज्ञान का सर्वश्रेष्ठ उपयोग करेंगे, तो आपकी सफलता तय है!

ग़रीब से ग़रीब आदमी भी इस सिद्धांत से लाभ उठा सकता है, बशर्ते वह किसी व्यक्ति को चुनकर उसके साथ सामंजस्यपूर्ण गठबंधन बना ले। इस सिद्धांत का सबसे गहन और शायद सबसे लाभकारी उपयोग वैवाहिक

जीवन में संभव है। वैवाहिक जीवन में मास्टर माइंड गठबंधन किया जा सकता है, बशर्ते इसके पीछे प्रेम का उद्देश्य हो। इस तरह का गठबंधन न सिर्फ़ पति-पत्नी के मस्तिष्कों को सामंजस्य में लाता है, बल्कि उनकी आत्माओं के आध्यात्मिक गुणों को भी एकरूप कर देता है। इस तरह के गठबंधन के लाभ से न सिर्फ़ दोनों जीवनसाथी ख़ुश और सुखी होते हैं, बल्कि उनके बच्चों को भी उत्तम चरित्र का वरदान मिलता है और वे सफल जीवन के मूलभूत सिद्धांत सीखते हैं।

मास्टर माइंड सिद्धांत का उत्कृष्ट उदाहरण

आइए, हम अतीत के पन्नों में झाँकें और पचास साल पीछे जाकर एक परिवार को देखें। इस परिवार के मास्टर माइंड संबंध की बदौलत एक महान औद्योगिक साम्राज्य का उदय हुआ, जो आज लाखों पुरुषों और महिलाओं को रोज़गार देता है।

दृश्य की शुरुआत उनके छोटे से घर के किचन से होती है।

पति एक गैसोलिन इंजन के मॉडल पर काम कर रहा है। उसकी पत्नी आँखों में दवा डालने वाले ड्रॉपर से इंजन में एक-एक बूँद गैसोलिन डाल रही है। पति स्पार्क प्लग से उस गैसोलिन में चिंगारी निकलवाने की कोशिश कर रहा है। कई हफ़्तों की न थकाने वाली मेहनत के बाद - न थकाने वाली इसलिए, क्योंकि उन्हें एक-दूसरे के प्रेम का सहारा था - गैसोलिन ने चिंगारी पकड़ ली और इंजन के पहिए घूमने लगे।

इस प्रयोग के पीछे धन की शक्ति नहीं थी। इसके पीछे उन दोनों के निश्चित लक्ष्य के सिवाय और कोई शक्ति नहीं थी, जिन्होंने उसे पाने के लिए मास्टर माइंड गठबंधन बना लिया था।

और इस प्रयोग के पीछे कोई तात्कालिक या प्रत्यक्ष आर्थिक लाभ की उम्मीद भी नहीं थी। यह तो एक मील ज़्यादा आगे तक जाने के सिद्धांत पर अमल करके किया गया था।

लेकिन यह कोशिश सफल हुई और अमेरिका में पहली व्यावहारिक कार हक़ीक़त बन गई।

फिर इस मास्टर माइंड गठबंधन में कुशल मैकेनिक शामिल हुए। इसके अलावा कुछ दोस्त और परिचित भी शामिल हुए, जिन्होंने कारों के

उत्पादन के लिए आवश्यक पूँजी लगाई।

उस समय की तुलना में आज कार-उत्पादन बहुत बढ़ चुका है। लेकिन यह सब उन्हीं दो लोगों के मास्टर माइंड गठबंधन का परिणाम है।

उस उत्पादन के पीछे जो व्यक्ति था, वह उन 500 उद्योगपतियों में से एक है, जिससे हमने सिद्धांत सीखे हैं। उसकी ज़िंदगी के अनुभव हमारी सफलता की फ़िलॉसफ़ी को गढ़ने में बहुत उपयोगी साबित हुए हैं। शायद ही अब किसी को यह बताने की ज़रूरत पड़े कि उस उद्योगपति का नाम क्या था? उनका नाम हेनरी फ़ोर्ड था।

जैसे-जैसे फ़ोर्ड का उत्पादन बढ़ता गया, उनका मास्टर माइंड समूह भी बढ़ता गया। इसमें मैकेनिक, इंजीनियर, केमिस्ट्स, रिसर्च टीम, वित्तीय विशेषज्ञ, सेल्समैन और कई प्रकार के कुशल श्रमिक आ गए। इतने बड़े काम के लिए गठबंधन में इन सबका शामिल होना भी ज़रूरी था।

मास्टर माइंड गठबंधन की मदद से फ़ोर्ड ने अपने मस्तिष्क को कई हज़ार गुना ज़्यादा शक्तिशाली बना लिया। इस गठबंधन के बिना वे अपनी विशाल औद्योगिक गतिविधियाँ नहीं चला सकते थे। यह गठबंधन लगभग एक सदी से चल रहा है और यह आगे भी चलता रहेगा, क्योंकि इसकी शक्ति से सभी को लाभ होता है।

और यहाँ पर ध्यान दें कि कोई भी मास्टर माइंड गठबंधन तब तक नहीं टिक सकता, जब तक कि उससे सभी संबद्ध लोगों को लाभ न हो।

सामूहिक प्रयास की शक्ति हासिल करने से पहले अपने मास्टर माइंड गठबंधन के उद्देश्य को अच्छी तरह से समझ लें। अगर आप स्थायी शक्ति हासिल करना चाहते हैं, तो यह सुनिश्चित करें कि इसका इस्तेमाल ऐसे उद्देश्य से हो रहा हो, जिससे गठबंधन के सभी लोगों को लाभ हो।

शक्ति बहुत ख़तरनाक या बहुत उपयोगी हो सकती है। सब कुछ इस बात पर निर्भर करता है कि उसका इस्तेमाल कैसे किया जाता है। मास्टर माइंड से प्रबल शक्ति मिलती है और शक्ति के बाक़ी रूपों की तरह ही इसका इस्तेमाल भी सकारात्मक या नकारात्मक तरीक़े से किया जा सकता है।

पूरी मानव जाति का इतिहास इसकी सच्चाई को प्रमाणित करता है। सुकरात, प्लेटो और अरस्तू से लेकर विलियम जेम्स और राल्फ़ वाल्डो

इमर्सन के युग तक हर महान दार्शनिक ने इसे पहचाना और बताया है।

बिजली इंसान की सेवा करती है, लेकिन अगर ग़लत उद्देश्य से इसका इस्तेमाल किया जाए, तो यह किसी की जान भी ले सकती है। ऐसी कोई अच्छी चीज़ नहीं है, जिसका विनाशकारी प्रयोग न किया जा सकता हो। भोजन जीवन के लिए ज़रूरी है और सही उपयोग होने पर यह स्वास्थ्य के लिए अच्छा होता है। लेकिन यदि भोजन का ग़लत इस्तेमाल किया जाए या बहुत ज़्यादा भोजन कर लिया जाए, तो यह ज़हर की तरह नुक़सान भी कर सकता है।

मास्टर माइंड के उत्तरदायित्वपूर्ण प्रयोग का महत्व

आपके सामने इंसान की शक्ति के महानतम स्रोत यानी मास्टर माइंड सिद्धांत का विश्लेषण किया जा चुका है। अब इसके सही और उत्तरदायित्वपूर्ण प्रयोग की ज़िम्मेदारी आपकी है।

अगर आप हेनरी फ़ोर्ड की तरह इसका प्रयोग करेंगे, तो आपको भी उन्हीं जैसे वरदान मिलेंगे। आपको भी दुनिया में उतना ही सम्मान मिलेगा, आपको भी संबंधों में उतनी ही मित्रता व सहयोग मिलेगा, जितना फ़ोर्ड को मिला था। सब यह जानते हैं कि किसी अन्य उद्योगपति के बजाय फ़ोर्ड का उनके साथियों द्वारा ज़्यादा सम्मान किया जाता था।

फ़ोर्ड का मास्टर माइंड अपने क़रीबी सहयोगियों और तकनीकी स्टाफ़ के साथ सामंजस्यपूर्ण गठबंधन तक ही सीमित नहीं था, बल्कि यह उससे काफ़ी आगे तक गया। इसमें अमेरिकी जनता भी शामिल थी, जिसने हाशिये पर खड़े होकर उन्हें सफलता के शिखर पर पहुँचते देखा - हमारी-आपकी तरह के लोग, जो सशक्त व्यावसायिक और व्यक्तिगत फ़िलॉसफ़ी को पहचानते हैं तथा उसके प्रयोग का सम्मान करते हैं।

हम चाहते हैं कि सब लोग मास्टर माइंड शक्ति का फ़ोर्ड की तरह इस्तेमाल करें, क्योंकि अमेरिका के औद्योगिक इतिहास में व्यक्तिगत सफलता का उनसे बेहतर उदाहरण दूसरा नहीं है। उन्होंने जितने भी लोगों के जीवन पर प्रभाव डाला, लगभग सभी को लाभ पहुँचाया। हमें यह नहीं लगता कि फ़ोर्ड को इस बात का पूरा एहसास था कि उन्होंने अमेरिकी जीवन पर कितना ज़्यादा प्रभाव डाला।

हेनरी फ़ोर्ड के नियंत्रण में मास्टर माइंड शक्ति एक वरदान साबित हुई। किसी कम भविष्य-दृष्टि वाले व्यक्ति के हाथ में यह शाप या ख़तरा भी बन सकती थी। यहाँ हमारा उद्देश्य फ़ोर्ड की प्रशंसा करना नहीं है, बल्कि उनका विश्लेषण करना है, ताकि उन सब लोगों को प्रेरणा मिले, जो ज़िंदगी में आगे बढ़ना और प्रगति करना चाहते हैं।

हेनरी फ़ोर्ड और विभिन्न व्यवसायों के 500 अन्य उत्कृष्ट उद्योगपतियों का विश्लेषण करते समय जब इस फ़िलॉसफ़ी के 17 सिद्धांतों पर उनका परीक्षण किया गया, तो फ़ोर्ड बाक़ी सबसे बहुत आगे थे। पहले तीन सिद्धांतों - एक मील ज़्यादा आगे तक जाना, निश्चित लक्ष्य और मास्टर माइंड - में उनका स्कोर 100 प्रतिशत से भी ज़्यादा था। "ज़्यादा" का मतलब यह है कि उन्होंने इन तीन सिद्धांतों का असाधारण प्रयोग किया। इसी वजह से वे इतने सफल हुए और दुनिया भर में उनका इतना अच्छा प्रभाव पड़ा।

और हमें यह याद रखना चाहिए कि उनकी मास्टर माइंड गठबंधन की पहली सदस्य - उनकी पत्नी - ज़िंदगी भर इस गठबंधन में पहले स्थान पर रहीं। फ़ोर्ड पर उनका गहरा प्रभाव था! दरअसल यह प्रभाव इतना गहरा था कि यह कहना अतिशयोक्ति नहीं होगी कि अगर श्रीमती फ़ोर्ड नहीं होतीं, तो महान फ़ोर्ड औद्योगिक साम्राज्य भी वर्तमान रूप में नहीं होता।

हेनरी फ़ोर्ड ग़लतियाँ करते थे। उनमें से कुछ ग़लतियाँ निर्णय के कारण होती थीं। बाक़ी ग़लतियाँ ऐसे कारणों से होती थीं, जो उनके नियंत्रण में नहीं थे। जो लोग उनके सक्रिय जीवन की हक़ीक़त जानते हैं, वे आपको बताएँगे कि फ़ोर्ड ने सिर्फ़ दो बड़ी ग़लतियाँ की थीं और जैसे ही उन्हें इनका पता चला, उन्होंने अपनी विचार शक्ति और पहल शक्ति के माध्यम से उन्हें तत्काल सुधार लिया।

कितना बढ़िया रिकॉर्ड है!

इसका अनुसरण करके आप भी अमेरिकी जीवनशैली में अपना अमूल्य योगदान दे सकते हैं। यही नहीं, आपको जो पारिश्रमिक मिलेगा, उसकी गणना भी चक्रवृद्धि ब्याज पर चक्रवृद्धि ब्याज की दर से होगी।

वक्ता ने बोलना बंद कर दिया। एक श्रोता ने सकुचाते हुए अपना हाथ

उठाया। यह पहला सवाल था, जो वक्ता से किसी ने पूछा था।

श्रोता बोला, "माफ़ कीजिए।"

वक्ता ने उस श्रोता की तरफ़ सिर उठाते हुए कहा, "हाँ, कहिए।"

श्रोता ने पूछा, "मैं सिर्फ़ यह जानना चाहूँगा कि आज हमसे जोड़ियाँ बनाकर साथ-साथ बैठने के लिए क्यों कहा गया है?"

वक्ता ने सवाल के महत्व को स्वीकार करते हुए अपनी भौंहें उठाईं और जवाब दिया, "ओह, मैं तो यह भूल ही गया था। धन्यवाद। मैंने आपकी जोड़ियाँ इसलिए बनाईं, ताकि आप यहाँ बैठे किसी एक सदस्य को पूरी तरह जानने के लिए थोड़ा समय निकालें। आप उनसे जो सीख सकते हों, सीखें और उनके साथ भविष्य में मास्टर माइंड गठबंधन बनाने के बारे में विचार करें। हालाँकि सबसे अच्छा गठबंधन विवाह है, लेकिन वह ज़िंदगी का सिर्फ़ एक पहलू है। आप जिससे भी मिलते हैं, उसमें यह क्षमता होती है कि वह आपके लक्ष्यों को पाने में आपकी मदद कर सकता है। अपने पास बैठे साथी को जानने के लिए अगर आप आज कुछ मिनट का समय निकालेंगे, तो आप पाएँगे कि आप दोनों के पास एक-दूसरे को देने के लिए बहुत कुछ है। मैं आपको कल इस बारे में ज़्यादा बताऊँगा कि इस फ़िलॉसफ़ी के महान प्रशिक्षक एंड्र्यू कारनेगी के मास्टर माइंड सिद्धांत के बारे में क्या विचार थे।

इस दौरान मैं आपमें से हर व्यक्ति का आह्वान करता हूँ कि वह अपने निश्चित प्रमुख लक्ष्य बना ले। अगर आपने अब तक ऐसा न किया हो, तो इसी समय ऐसा कर लें। कुछ मिनट का समय निकालकर अपने पार्टनर को अपने जीवन का प्रमुख लक्ष्य बताएँ। उसकी मदद से अपने लक्ष्य को संशोधित या परिवर्तित करें, ताकि आपका लक्ष्य सर्वश्रेष्ठ ढंग से आपकी सेवा कर सके।

याद रखें : अपना लक्ष्य बनाते समय ज़्यादा ऊँचा लक्ष्य बनाने से न घबराएँ। यह न भूलें कि आप अवसरों से भरे देश में रहते हैं। आप यहाँ जितनी चाहे, उतनी दौलत हासिल कर सकते हैं, बशर्ते आप बदले में पर्याप्त मूल्यवान सेवा देने के इच्छुक हों।

ज़िंदगी में अपना लक्ष्य निश्चित करने से पहले जेसी बी. रिटनहाउस

की इन पंक्तियों को याद कर लें, जिसका शीर्षक है, "मेरी तनख़्वाह," जो उनकी पुस्तक ***द डोर ऑफ़ ड्रीम्स*** से ली गई हैं और इनमें सिखाए सबक़ को दिल में बैठा लें :

मैंने ज़िंदगी से एक सिक्के की तनख़्वाह माँगी
और ज़िंदगी ने मुझे इससे ज़्यादा नहीं दिया।
बहरहाल, जब मैंने अपना ख़ाली भंडार देखा,
तो मैंने शाम को ज़्यादा तनख़्वाह माँगी।

ज़िंदगी एक न्यायपूर्ण मालकिन है,
यह आपको उतना ही देती है, जितना आप माँगते हैं,
लेकिन जब आप अपनी तनख़्वाह तय कर लेते हैं,
तो आपको उसी तनख़्वाह पर ही काम करना होगा।

मैंने एक मज़दूर की तनख़्वाह पर काम किया,
बाद में मुझे यह जानकर निराशा हुई
कि मैं ज़िंदगी से चाहे जितनी तनख़्वाह माँग सकता था,
और ज़िंदगी मुझे वह ख़ुशी-ख़ुशी देती।

सफल लोग ज़िंदगी से ग़रीबी का सौदा नहीं करते हैं! वे जानते हैं कि एक शक्ति है, जिसके द्वारा ज़िंदगी से अपनी शर्त पर पारिश्रमिक पाया जा सकता है। वे जानते हैं कि यह शक्ति अमीरी की चाबी पाने वाले हर व्यक्ति के पास होती है। वे इस असीमित शक्ति की प्रकृति जानते हैं। वे जानते हैं कि इसका नाम सिर्फ़ एक शब्द का है, जो अंग्रेजी भाषा का सबसे महान शब्द है!

इस शब्द को सब लोग जानते हैं, लेकिन इसकी शक्ति के रहस्य को बहुत कम लोग जानते हैं।

OOO

अध्याय आठ

मास्टर माइंड सिद्धांत का एंड्रयू कारनेगी का विश्लेषण

वक्ता ने बोलना शुरू किया, "जब मैंने आपको यह सिद्धांत बताने का निश्चय किया, तो मैं जानता था कि आपको उस व्यक्ति के शब्द सबसे बहुमूल्य लगेंगे, जिसने सफलता की इस फ़िलॉसफ़ी में बहुत बड़ी भूमिका निभाई है। मेरा इशारा एंड्रयू कारनेगी की तरफ़ है।"

एक दिन मुझे एंड्रयू कारनेगी के साथ कुछ घंटे बिताने का सौभाग्य मिला। इस अवसर का लाभ उठाते हुए मैंने उनसे वह सवाल पूछ ही लिया, जो मेरे मन में था। मैंने उनसे पूछा कि किस तरह से मास्टर माइंड सिद्धांत का प्रयोग करते हुए लोग अपने निश्चित प्रमुख लक्ष्य को पा सकते हैं।

मैंने उनसे आग्रह किया, "कृपया इस सिद्धांत के प्रयोग के ऐसे तरीक़े बताएँ, जिनसे इस देश का औसत योग्यता वाला व्यक्ति भी सामान्य कोशिश करके अपने अवसरों का अधिकतम लाभ उठा सके।"

और कारनेगी का जवाब यह था :

"अमेरिकी जनता के सामने उपलब्ध अवसर प्रबल शक्ति का स्रोत हैं। लेकिन अवसर मशरूमों की तरह अपने आप पैदा नहीं होते हैं। उन्हें शक्ति के प्रयोग से उत्पन्न किया जाता है और क़ायम रखा जाता है।

"अमेरिकी संविधान के संस्थापकों ने अपनी दूरदर्शिता और बुद्धिमत्ता

से हमारी स्वतंत्रता और दौलत की नींव रखी थी। लेकिन उन्होंने सिर्फ़ नींव रखी थी। इस नींव को जानने और इसका उपयोग करने की ज़िम्मेदारी हर उस व्यक्ति की है, जो इस स्वतंत्रता और दौलत को पाना चाहता है।

"मैं अब तुम्हें मास्टर माइंड सिद्धांत के प्रयोग के कुछ तरीक़े बताऊँगा। मानवीय संबंधों में इनका इस्तेमाल करके व्यक्ति अपने निश्चित प्रमुख लक्ष्य को पा सकता है।

"लेकिन सबसे पहले तो मैं इस बात पर ज़ोर देना चाहूँगा कि व्यक्ति बहुत से क़दमों की शृंखला द्वारा ही अपने निश्चित प्रमुख लक्ष्य तक पहुँच सकता है। जो भी विचार वह सोचता है, जो भी सौदा वह करता है, जो भी संबंध वह बनाता है, जो भी योजना वह बनाता है, जो भी ग़लती वह करता है, वह उसके चुने हुए लक्ष्य तक पहुँचने की उसकी क्षमता पर महत्वपूर्ण प्रभाव डालती है।

"सिर्फ़ एक निश्चित प्रमुख लक्ष्य चुनना ही काफ़ी नहीं है, भले ही उसे स्पष्टता से लिखा गया हो और अपने दिमाग़ में बैठाया गया हो। सिर्फ़ इतने से ही उस लक्ष्य तक पहुँचना तय नहीं होता है।

"बड़े लक्ष्य को पाने के लिए लगातार प्रयास करना होता है, *जिसका सबसे महत्वपूर्ण हिस्सा दूसरों के साथ लाभकारी संबंध बनाना है।*

"जब यह सच्चाई दिमाग़ में अच्छी तरह बैठ जाएगी, तो यह समझना मुश्किल नहीं होगा कि अपने सहयोगियों का चुनाव बहुत सावधानी से करना चाहिए, ख़ासकर उन लोगों का, जिनके साथ व्यक्ति अपनी नौकरी या काम के सिलसिले में क़रीबी संपर्क में रहता है।

"यहाँ पर मानवीय संबंधों के कुछ स्रोत बताए जा रहे हैं। निश्चित प्रमुख लक्ष्य वाले व्यक्ति को इनका विकास करना चाहिए, इन्हें सुव्यवस्थित करना चाहिए और अपने चुने हुए लक्ष्य की दिशा में बढ़ते समय इनका इस्तेमाल करना चाहिए :

व्यवसाय

"अपने चुने हुए व्यवसाय में कर्मचारी और उसके सहकर्मियों का संबंध जितना महत्वपूर्ण होता है, उतना महत्वपूर्ण वैवाहिक संबंध या निकट साझेदारी (जो सभी मास्टर माइंड संबंधों में सबसे महत्वपूर्ण है) के अलावा

कोई दूसरा संबंध नहीं होता।

"जिन लोगों के साथ व्यक्ति दिन बिताता है, उनका उस पर प्रभाव पड़ता ही है। वह अपने क़रीबी समूह के सबसे मुखर लोगों के विचार, मानसिक नज़रिये, राजनीतिक व आर्थिक दृष्टिकोण तथा अन्य गुण सीख लेता है। यह सहज मानवीय प्रवृत्ति है।

"इस प्रवृत्ति की सबसे दुखद बात सिर्फ़ यह है कि जो सहकर्मी सबसे मुखर होता है, वह अक्सर सबसे अच्छा चिंतक नहीं होता है। अक्सर वह कोई आलोचक या शिकायती व्यक्ति होता है, जो साथी कर्मचारियों को अपना दुखड़ा सुनाकर ख़ुश होता है।

"इसके अलावा, अक्सर यह देखा जाता है कि सबसे मुखर व्यक्ति का कोई निश्चित प्रमुख लक्ष्य नहीं होता है। इसलिए वह अपना ज़्यादातर समय लक्ष्य वाले व्यक्ति को छोटा दिखाने की कोशिश में बर्बाद करता है।

"दृढ़ चरित्र के लोग अच्छी तरह जानते हैं कि उनका लक्ष्य क्या है। आम तौर पर वे इतने समझदार होते हैं कि अपना मुँह बंद रखते हैं। वे दूसरों को हतोत्साहित करने की कोशिश में अपना ज़रा भी वक़्त बर्बाद नहीं करते हैं। वे अपने लक्ष्य की दिशा में बढ़ने में इतने व्यस्त रहते हैं कि उनके पास किसी ऐसे व्यक्ति या वस्तु में समय बर्बाद करने की फ़ुर्सत नहीं होती है, जो उनके लक्ष्य की प्राप्ति में किसी तरह का योगदान न देता हो।

"यह बात तय है कि सहकर्मियों के बीच ऐसा कोई न कोई व्यक्ति भी होगा, जिसका प्रभाव और सहयोग लाभकारी हो सकता है। निश्चित प्रमुख लक्ष्य और तीक्ष्ण बुद्धि वाला व्यक्ति ऐसे लोगों के साथ मित्रता कर लेता है। यह मित्रता आपसी लाभ पर आधारित होती है। समझदार व्यक्ति इनके अलावा बाक़ी लोगों के साथ प्रगाढ़ संबंध बनाने से चतुराई से बचता है।

"स्वाभाविक रूप से समझदार व्यक्ति उन्हीं को अपना क़रीबी सहयोगी बनाना चाहता है, जिनमें चरित्र, ज्ञान और व्यक्तित्व के ऐसे गुण हों, जिनसे उसे मदद मिल सकती हो। और ज़ाहिर है, वह ऊँचे पद पर बैठे लोगों को भी नज़रअंदाज़ नहीं करेगा। वह उस दिन का इंतज़ार करेगा, जब वह इन उच्च पदस्थ लोगों की न सिर्फ़ बराबरी कर सके, बल्कि उनसे आगे निकल सके। इस दौरान वह अब्राहम लिंकन के शब्दों को याद रखेगा,

जिन्होंने कहा था, 'मैं अध्ययन करूँगा और ख़ुद को तैयार करूँगा, और किसी दिन मुझे भी मौक़ा मिलेगा।'

"रचनात्मक निश्चित प्रमुख लक्ष्य वाला व्यक्ति कभी अपने वरिष्ठ लोगों से ईर्ष्या नहीं करेगा। इसके बजाय वह उनसे काम करने के तरीक़े सीखेगा और उनके ज्ञान का लाभ उठाएगा। आप इस भविष्यवाणी को सच मान सकते हैं कि जो लोग अपने से ऊपर वाले लोगों की ग़लतियाँ ढूँढ़ने में अपना समय लगाते हैं, वे कभी सफल लीडर नहीं बन पाएँगे।

"सबसे महान सैनिक वे होते हैं, जो अपने से वरिष्ठ लोगों का आदेश मानते हैं और उसे पूरा करते हैं। जो सैनिक ऐसा नहीं कर सकते या ऐसा नहीं करना चाहते, वे कभी सफल लीडर नहीं बन सकते। यही नियम ज़िंदगी के दूसरे क्षेत्रों में भी लागू होता है। अगर कोई व्यक्ति सामंजस्य के भाव से अपने से ऊपर वाले व्यक्ति का अनुसरण नहीं करता है, तो वह कभी उस व्यक्ति के साथ अपने संबंध से ज़्यादा लाभ नहीं उठा पाएगा।

"मेरी कंपनियों में सौ से भी ज़्यादा लोग निचली पायदान से ऊपर उठे हैं और उन्होंने अपनी आवश्यकता से अधिक धन कमाया है। उन्हें बुरे व्यवहार या अपने से ऊपर या नीचे के लोगों के दोष खोजने की आदत के कारण प्रमोशन नहीं मिला है। उन्होंने तो अपने संपर्क में आने वाले हर व्यक्ति के अनुभव का व्यावहारिक लाभ उठाकर अपना प्रमोशन करवाया है।

"निश्चित प्रमुख लक्ष्य वाला व्यक्ति अपने संपर्क में आने वाले हर व्यक्ति का सावधानीपूर्वक विश्लेषण करेगा। वह हर व्यक्ति को उपयोगी ज्ञान या प्रभाव के संभावित स्रोत के रूप में देखेगा, जिसका वह अपनी प्रगति के लिए लाभ उठा सकता है।

"अपने कार्यक्षेत्र को ग़ौर से देखने पर समझदार व्यक्ति यह जान जाएगा कि यह रोज़मर्रा की मेहनत के बजाय दरअसल स्कूल की क्लास है, जहाँ वह सबसे अच्छी शिक्षा हासिल कर सकता है - जो सिर्फ़ अवलोकन और अनुभव से मिलती है।"

हमेशा सीखते रहें

कुछ लोग पूछेंगे, "व्यक्ति इस तरह की शिक्षा का अधिकतम लाभ कैसे ले सकता है?"

"इसका जवाब नौ मूलभूत उद्देश्यों के अध्ययन में मिलेगा, जो इंसान को काम करने के लिए प्रेरित करते हैं। अगर उद्देश्य पर्याप्त बड़ा हो, तो हम अक्सर अपना अनुभव, ज्ञान और सहयोग दूसरों को दे देते हैं। सही मानसिक नज़रिये वाले लोग कार्यस्थल पर ज़्यादा सीखते हैं। वे लोग ज़्यादा नहीं सीख पाते हैं, जो विद्रोही, चिड़चिड़े, बदतमीज़ होते हैं या जो शिष्टाचार के छोटे-छोटे नियमों का ध्यान नहीं रखते हैं।

"पुरानी कहावत है, 'आप नमक के बजाय शहद से ज़्यादा मक्खियाँ पकड़ सकते हैं।' यह कहावत उन लोगों को सचमुच याद रखना चाहिए, जो अपने से ज़्यादा ज्ञानी लोगों से सीखना चाहते हैं या उनसे मदद लेना चाहते हैं।"

शिक्षा

'किसी व्यक्ति की शिक्षा कभी ख़त्म नहीं होती है।'

"जिस व्यक्ति का निश्चित प्रमुख लक्ष्य बहुत बड़ा है, उसे हमेशा सीखते रहना चाहिए। उसे हरसंभव स्रोत से सीखना चाहिए, ख़ासकर उन स्रोतों से, जिनसे उसे अपने प्रमुख लक्ष्य से संबंधित विशेषज्ञीय ज्ञान और अनुभव हासिल हो सकता हो।

"सार्वजनिक पुस्तकालय ज्ञान का भंडार है। वहाँ हर विषय पर बहुत सा ज्ञान मुफ़्त मिलता है। वहाँ हर भाषा में हर विषय पर संपूर्ण मानवीय ज्ञान उपलब्ध है। निश्चित प्रमुख लक्ष्य वाला सफल व्यक्ति दृढ़ निश्चय करके अपने लक्ष्य से संबंधित पुस्तकें पढ़ता है। इस प्रकार उसे अपने से पहले सफल हुए लोगों के अनुभव से महत्वपूर्ण ज्ञान मिलता है।

"पढ़ने की योजना भी उतनी ही सावधानी से बनाना चाहिए, जितनी सावधानी से दैनिक आहार की योजना बनाई जाती है। इसका कारण यह है कि ज्ञान भी मस्तिष्क का भोजन है, जिसके बिना हमारा मानसिक विकास नहीं हो सकता।

"जो व्यक्ति फ़ालतू के अख़बार या सेक्स पत्रिकाएँ पढ़ने में अपना सारा ख़ाली समय बर्बाद करता है, वह कभी बड़ी सफलता हासिल नहीं कर सकता।

"यही उन लोगों के बारे में कहा जा सकता है, जो नियमित रूप से ऐसी

कोई सामग्री नहीं पढ़ते हैं, जिससे उन्हें अपने प्रमुख लक्ष्य को पाने में मदद मिल सके। बिना योजना के पढ़ना मज़ेदार तो हो सकता है, लेकिन इससे व्यक्ति को अपने काम के संबंध में मदद नहीं मिलती है।

"'बहरहाल, पुस्तक ही सीखने का एकमात्र स्रोत नहीं है।'

व्यावसायिक क्लबों द्वारा भी शैक्षणिक लाभ के गठबंधन बनाए जा सकते हैं, बशर्ते क्लबों और उनके सदस्यों को निश्चित मानसिक लक्ष्य के साथ चुना जाए। ऐसा करके कई लोगों ने महत्त्वपूर्ण व्यावसायिक और सामाजिक संपर्क बनाए हैं, जिनके माध्यम से उन्हें उनके प्रमुख लक्ष्य तक पहुँचने में बहुत मदद मिली है।

"दोस्त बनाने की आदत न हो, तो कोई भी ज़िंदगी में सफल नहीं हो सकता है। 'संपर्क' एक महत्त्वपूर्ण शब्द है, जिसका इस्तेमाल व्यक्तिगत संबंध बनाने में किया जाता है। अगर कोई व्यक्ति हर दिन अपनी व्यक्तिगत संपर्क सूची बढ़ाने की आदत डालता है, तो उसे बहुत लाभ होगा। परिचय क्षेत्र बढ़ने के कारण उसे इतने तरीक़ों से लाभ होगा कि उनका उल्लेख नहीं किया जा सकता। अगर संपर्क अच्छी तरह बनाए गए हैं, तो वक़्त-ज़रूरत के समय उसके परिचित और मित्र उसकी मदद करने के लिए तैयार व इच्छुक होंगे।

"चर्च संपर्क बनाने या परिचय बढ़ाने के सबसे अच्छे स्रोतों में से एक है, क्योंकि यहाँ पर लोग साहचर्य की भावना से एकत्रित होते हैं।

"हर व्यक्ति को अपने पड़ोसियों के साथ अच्छे संपर्क बनाने की ज़रूरत होती है। उनमें आपसी समझ होना चाहिए और विचारों का मित्रतापूर्ण आदान-प्रदान होना चाहिए। यह ज़रूरी नहीं है कि इसके पीछे आर्थिक लाभ का लक्ष्य हो। जो व्यक्ति अपने ही खोल में सिमटकर रहता है, वह निश्चित रूप से अंतर्मुखी बन जाता है। जल्दी ही वह स्वार्थी हो जाता है और ज़िंदगी के बारे में उसके विचार संकीर्ण बन जाते हैं।"

नागरिक के रूप में अपना कर्तव्य निभाएँ

राजनीतिक गठबंधन

"अमेरिकी नागरिक के रूप में राजनीति में रुचि लेना और अपने मताधिकार का प्रयोग करके योग्य व्यक्तियों को सत्ता में लाना हर

अमेरिकावासी का अधिकार भी है और कर्तव्य भी।

"आप किस राजनीतिक दल का समर्थन करते हैं, यह उतना महत्वपूर्ण नहीं है, जितना कि मताधिकार का प्रयोग। अगर बेईमान नेता सत्ता में आते हैं, तो इसके लिए जनता ही दोषी हैं, क्योंकि उसी के हाथ में वह शक्ति है, जिसका प्रयोग करके वह बेईमान, अयोग्य और अक्षम लोगों को सत्ता से दूर रख सकती है।

"वोट डालने के अधिकार और कर्तव्य के अलावा व्यक्ति को उन लाभों को भी अनदेखा नहीं करना चाहिए, जो राजनीति में सक्रिय रुचि लेने से मिल सकते हैं। इसके ज़रिये ऐसे लोगों से 'संपर्क' और गठबंधन बनाए जा सकते हैं, जो आपको निश्चित प्रमुख लक्ष्य तक पहुँचाने में सहायक होंगे।

"कई नौकरियों और व्यवसायों में तरक्की करने के लिए राजनीतिक प्रभाव बहुत महत्वपूर्ण भूमिका निभाता है। व्यावसायिक लोगों को सक्रिय राजनीतिक संबंधों द्वारा अपने हितों की रक्षा करना ही चाहिए। इस बात को नज़रअंदाज़ नहीं किया जाना चाहिए।

"समझदार व्यक्ति जानता है कि ज़िंदगी में अपना प्रमुख लक्ष्य पाने के लिए यह ज़रूरी है कि उसके बहुत से मित्र और साथी हों। ऐसा व्यक्ति अपने मताधिकार का अधिकतम लाभ उठाता है।

"बहरहाल, मताधिकार का प्रयोग करने का सबसे बड़ा कारण मैं यह मानता हूँ कि अगर अच्छे नागरिक अपने वोट डालने के अधिकार का प्रयोग नहीं करेंगे, जो राजनीति का विघटन हो जाएगा और नेता बुरे रास्ते पर चलकर देश को नष्ट कर देंगे।

"इस देश के संस्थापकों ने अपनी ज़िंदगी और अपनी दौलत को दाँव पर लगाया था। इसी की बदौलत लोगों को अपने चुने हुए लक्ष्य का पीछा करने की स्वतंत्रता का अधिकार मिला है। और इन अधिकारों में सबसे प्रमुख है मताधिकार द्वारा सरकार नामक संस्था को क़ायम रखना, जिसे इन अधिकारों की रक्षा के लिए बनाया गया था।

"'हर मूल्यवान चीज़ की एक निश्चित क़ीमत होती है।'

"आप व्यक्तिगत स्वतंत्रता चाहते हैं। बहुत अच्छी बात है! आप इस अधिकार की रक्षा कर सकते हैं, बशर्ते आप बाक़ी ईमानदार व देशभक्त अमेरिकियों के साथ मास्टर माइंड गठबंधन बना लें और राजनीतिक पदों

पर ईमानदार उम्मीदवारों को चुनें। यह कहना अतिशयोक्ति नहीं है कि यह अमेरिकी नागरिकों द्वारा बनाया जाने वाला सबसे महत्वपूर्ण मास्टर माइंड गठबंधन होगा।

"आपके पूर्वजों ने अपने मताधिकार द्वारा आपकी व्यक्तिगत स्वतंत्रता सुनिश्चित की है। आपको भी अपनी संतानों और आगे आने वाली पीढ़ियों के लिए कम से कम इतना तो सुनिश्चित करना ही होगा!

"हर ईमानदार अमेरिकी नागरिक का अपने पड़ोसियों और सहकर्मियों पर इतना प्रभाव तो होता ही है कि वह अपने मताधिकार का प्रयोग करने के लिए कम से कम पाँच अन्य लोगों को तैयार कर ले। अगर वह नागरिक इस प्रभाव का इस्तेमाल नहीं करता है, तो वह ईमानदार तो हो सकता है, लेकिन उसे देशभक्त नहीं कहा जा सकता, क्योंकि देशभक्ति की एक क़ीमत होती है, एक कर्तव्य होता है।"

अपने समकक्षों के साथ नेटवर्क बनाना

सामाजिक गठबंधन

"यह मित्रतापूर्ण 'संपर्क' बनाने का एक समृद्ध क्षेत्र है और इसकी कोई सीमा नहीं है। यह ख़ास तौर पर उन विवाहित लोगों के लिए है, जिनका जीवनसाथी सामाजिक गतिविधियों के माध्यम से मित्र बनाने की कला में निपुण है।

"अगर व्यक्ति ऐसे व्यवसाय में हो, जिसमें उसे मित्रों की संख्या बढ़ाने की ज़रूरत हो, तो उसका जीवनसाथी पारिवारिक और सामाजिक गतिविधियों के माध्यम से उसे बहुत लाभ पहुँचा सकता है।

"कई अधिकारी अपने पद के कारण सीधे विज्ञापन या प्रचार नहीं कर सकते हैं। अगर उनका जीवनसाथी सामाजिक गतिविधियों में दिलचस्पी लेता है, तो वे अपने सामाजिक अधिकारों का प्रभावकारी उपयोग कर सकते हैं।

"एक सफल जीवन बीमा सेल्समैन अपनी पत्नी की मदद से हर साल दस लाख डॉलर का बीमा बेचता है। उसकी पत्नी कई बिज़नेस विमेन्स क्लबों की सदस्य है। उसकी पत्नी की भूमिका आसान किंतु महत्वपूर्ण है। वह समय-समय पर क्लब के सदस्यों को सपरिवार अपने घर पर आमंत्रित

करती है। इस तरह से मित्रतापूर्ण माहौल में उसके पति का उन लोगों के साथ परिचय हो जाता है।

“एक महिला वकील के पति को भी इसी तरह का श्रेय दिया जा सकता है। उसने भी मध्य-पश्चिम के एक शहर में सामाजिक गतिविधियों के माध्यम से अपनी पत्नी की वकालत को बहुत फैला दिया। इसके पीछे दौलतमंद व्यवसायियों के जीवनसाथियों को आमंत्रित करने की आसान नीति थी। इस तरह के समीकरण में अनंत संभावनाएँ हैं।

“ज़िंदगी के बहुत से क्षेत्रों में लोगों के साथ मित्रतापूर्ण गठबंधन बनाने का एक प्रमुख लाभ यह है कि ये संपर्क 'राउंड-टेबल' वार्ताओं का अवसर देते हैं। इन चर्चाओं से मिलने वाले ज्ञान का प्रयोग व्यक्ति अपने निश्चित प्रमुख लक्ष्य तक पहुँचने के लिए कर सकता हैं।

यदि परिचित अधिक हों और अलग-अलग क्षेत्रों के हों तो उनसे बहुत से विषयों पर मूल्यवान जानकारी मिल सकती है। इससे बौद्धिक चर्चा और वैचारिक आदान-प्रदान का अवसर मिलता है, जिससे व्यक्ति बहुज्ञानी और लचीला बनता है। ये गुण कई व्यवसायों के लिए अनिवार्य हैं।

“जब प्रोफ़ेशनल्स का समूह एकत्रित होता है और किसी विषय पर राउंड-टेबल वार्ता करता है, तो विचारों के इस आदान-प्रदान से वार्ता में भाग लेने वाले सभी लोगों के मस्तिष्क समृद्ध होते हैं। हर व्यक्ति को अपने विचारों के नवीनीकरण की ज़रूरत होती है। हर व्यक्ति को विचारों के लिए नया आहार खोजने की ज़रूरत होती है। ऐसा करने का तरीक़ा सिर्फ़ यह है कि उन लोगों के साथ ईमानदार और गंभीर विचार-विमर्श किया जाए, जिनके अनुभव और शिक्षा हमसे भिन्न हों।

“जो लेखक सफल हो जाता है और शिखर पर पहुँच जाता है, उसे व्यक्तिगत संपर्कों और अध्ययन की मदद से दूसरों के विचारों का लाभ उठाकर अपने ज्ञान को लगातार बढ़ाने की ज़रूरत है।

“अगर मस्तिष्क को समृद्ध, सतर्क, ग्रहणशील और लचीला बनाए रखना है, तो उसे दूसरे मस्तिष्कों के गोदाम से लगातार ख़ुराक मिलना चाहिए। अगर इस नवीनीकरण को नज़रअंदाज़ किया गया, तो मस्तिष्क उस हाथ की तरह कुंद होने लगेगा, जिसका प्रयोग न किया जाता हो। यह प्रकृति का नियम है। प्रकृति की योजना का अध्ययन करने पर आप देखेंगे

कि छोटे कीड़े से लेकर इंसान तक हर जीवित प्राणी अपने शरीर के लगातार प्रयोग द्वारा ही विकास करता है और स्वस्थ बना रहता है।

"राउंड-टेबल वार्ताओं से न सिर्फ़ व्यक्ति के उपयोगी ज्ञान का भंडार बढ़ता है, बल्कि उनसे मस्तिष्क की शक्ति का विकास और विस्तार भी होता है। जो व्यक्ति स्कूल-कॉलेज की पढ़ाई ख़त्म होते ही पढ़ना छोड़ देता है, वह कभी शिक्षित व्यक्ति नहीं बन पाएगा, भले ही उसने स्कूल में कितना ही ज्ञान हासिल किया हो।

"ज़िंदगी ख़ुद एक महान पाठशाला है और विचार को प्रेरित करने वाली हर चीज़ शिक्षक है। समझदार व्यक्ति यह बात जानता है। यही नहीं, वह दूसरे मस्तिष्कों से संपर्क करने को अपनी दिनचर्या का हिस्सा बना लेता है, ताकि विचारों के आदान-प्रदान से उसके मस्तिष्क का विकास हो सके।"

उपयोगी विचार का लाभकारी आदान-प्रदान

"इस तरह हम देखते हैं कि मास्टर माइंड सिद्धांत का असीमित व्यावहारिक उपयोग किया जा सकता है। इसके द्वारा व्यक्ति अपने मस्तिष्क की शक्ति के साथ-साथ दूसरे मस्तिष्कों के ज्ञान, अनुभव और मानसिक नज़रिये की शक्ति का लाभ भी उठा सकता है।

"एक व्यक्ति ने इस विचार को बहुत अच्छी तरह व्यक्त किया था, 'अगर आप मुझे एक डॉलर दें और मैं भी आपको एक डॉलर दूँ, तो हम दोनों के पास उतनी ही रक़म होगी जितनी पहले थी। लेकिन अगर मैं आपके एक विचार के बदले में आपको एक विचार दूँ, तो हम दोनों को ही अपने समय के निवेश पर सौ प्रतिशत लाभ होगा।'

"मानवीय संबंध का और कोई रूप उस संबंध जितना लाभकारी नहीं है, जिसमें हम उपयोगी विचारों का आदान-प्रदान करते हैं। यह विचित्र किंतु सत्य है कि व्यक्ति छोटे से छोटे आदमी के मस्तिष्क से भी बहुत महत्वपूर्ण विचार हासिल कर सकता है।

"मैं एक उपदेशक की कहानी बताकर इस विचार का मतलब बताना चाहूँगा। इस उपदेशक ने अपने चर्च के अनपढ़ माली से एक ऐसा विचार पाया, जिससे उसे अपने निश्चित प्रमुख लक्ष्य तक पहुँचने में मदद मिली।

"इस उपदेशक का नाम रसेल कॉनवेल था। जीवन में उनका प्रमुख

लक्ष्य एक कॉलेज स्थापित करना था, जिसके लिए वे बहुत समय से कोशिश कर रहे थे। इसके लिए उन्हें दस लाख डॉलर से ज़्यादा रक़म चाहिए थी, जो उन दिनों में बहुत बड़ी राशि हुआ करती थी।

"एक दिन रसेल कॉनवेल माली के साथ बात करने के लिए रुक गए, जो चर्च के लॉन को तराश रहा था। हल्की-फुल्की चर्चा करने के बाद कॉनवेल ने सामान्य लहज़े में टिप्पणी की कि चर्च की फ़ेंस के उस पार वाली घास उनके लॉन की घास से ज़्यादा हरी और अच्छी तरह तराशी हुई दिख रही थी। वे इस बात के माध्यम से बूढ़े माली को हल्की फटकार लगाना चाहते थे।

"बूढ़े माली ने मुस्कराते हुए जवाब दिया, 'हाँ, वह घास ज़्यादा हरी दिखती है। लेकिन इसका कारण सिर्फ़ यह है कि हमें फ़ेंस के इस तरफ़ की घास देखने की आदत पड़ चुकी है।'

"इस वाक्य में कोई बहुत समझदारी की बात नहीं थी। यह माली के आलस को छुपाने के बहाने से ज़्यादा कुछ नहीं था, लेकिन इसने रसेल कॉनवेल के उपजाऊ मस्तिष्क में एक विचार का बीज बो दिया - सिर्फ़ एक छोटा सा बीज - जो उन्हें अपनी बड़ी समस्या के समाधान की तरफ़ ले गया।

"उस छोटे से वाक्य से कॉनवेल के मन में एक भाषण का विचार पैदा हुआ। कॉनवेल ने वह भाषण तैयार किया और 4,000 से ज़्यादा बार श्रोताओं के सामने दिया। उस भाषण का नाम **'एकर्स ऑफ़ डायमंड्स' (हीरों की खान)** था। इस भाषण का मुख्य विचार यह था : किसी को दूर जाकर अवसर खोजने की ज़रूरत नहीं है। व्यक्ति इस समय जहाँ है, वहीं पर उसे अवसर मिल सकता है। इसका कारण यह है कि फ़ेंस के दूसरे तरफ़ की घास इस तरफ़ की घास से ज़्यादा हरी नहीं है।

"इस भाषण से रसेल कॉनवेल को साठ लाख डॉलर से ज़्यादा की आमदनी हुई। इस भाषण को पुस्तक के रूप में प्रकाशित किया गया। यह पुस्तक कई सालों तक बेस्टसेलर रही और आज भी काफ़ी लोकप्रिय है। इससे मिलने वाले धन का उपयोग करके टेंपल यूनिवर्सिटी ऑफ़ फ़िलाडेल्फ़िया, पेनसिल्वेनिया की स्थापना की गई, जो अमेरिका की महान शैक्षणिक संस्थाओं में से एक है।

"इस भाषण ने यूनिवर्सिटी की स्थापना करने से ज़्यादा काम किया। इसके केंद्रीय विचार ने लाखों लोगों के मस्तिष्क को समृद्ध बनाया और उन्हें यह सिखाया कि वे जहाँ हैं, वहीं अपने अवसर की तलाश करें। इस भाषण की फ़िलॉसफ़ी आज भी उतनी ही कारगर है, जितनी यह तब थी, जब यह एक अनपढ़ माली के मुँह से निकली थी।

"यह बात याद रखें : हर सक्रिय मस्तिष्क प्रेरणा का संभावित स्रोत है, जिससे व्यक्ति जीवन में अपने प्रमुख लक्ष्य को पाने या अपनी समस्याओं को सुलझाने के लिए बहुमूल्य विचार हासिल कर सकता है।

"कई बार महान विचार छोटे मस्तिष्क से भी मिल जाते हैं, लेकिन आम तौर पर वे सबसे क़रीबी लोगों के मस्तिष्कों से मिलते हैं, जहाँ मास्टर माइंड संबंध सचेतन रूप से बनाए जाते हैं और क़ायम रखे जाते हैं।"

कारनेगी का मास्टर माइंड अनुभव

एंड्रयू कारनेगी मुझे यह कहानी सुनाने के बाद रुके और दूर देखने लगे। ऐसा लग रहा था, जैसे वे कोई ख़ास बात याद कर रहे हों। उन्होंने मुझे एकटक देखा, जिससे मुझे लगा कि वे अपनी ख़ुद की मास्टर माइंड कहानी बताने वाले हैं।

"मेरे कैरियर का सबसे लाभकारी विचार मुझे एक दोपहर को मिला, जब चार्ली श्वाब और मैं गोल्फ़ के मैदान में थे। तेरहवें होल में शॉट लगाने के बाद चार्ली ने मुस्कराते हुए ऊपर देखा और कहा, 'यहाँ पर मैं आपसे तीन स्ट्रोक आगे हूँ बॉस, लेकिन मेरे मन में अभी एक विचार आया है, जिससे आपको गोल्फ़ खेलने के लिए बहुत सा ख़ाली समय मिलेगा।"

"मेरी उत्सुकता जाग गई और मैंने उससे वह विचार बताने को कहा। उसने एक छोटे से वाक्य में मुझे वह बात बताई, जिसके हर शब्द का मूल्य दस लाख डॉलर था। उसने कहा, 'अपने सभी स्टील प्लांट्स का एक बड़े कॉरपोरेशन में विलय करके उसे "वॉल स्ट्रीट बैंकर्स" को बेच दें।'

"खेल के दौरान इस बारे में और कोई बात नहीं हुई, लेकिन शाम को मैं उस सुझाव के बारे में सोचता रहा। उस रात को सोने से पहले मैंने उसके विचार के बीज को एक निश्चित प्रमुख लक्ष्य में बदल दिया। अगले सप्ताह मैंने चार्ली श्वाब को वॉल स्ट्रीट बैंकर्स के समूह के सामने एक भाषण देने

के लिए न्यूयॉर्क भेजा। श्रोताओं में जे. पियरपॉन्ट मॉर्गन भी शामिल थे।

"उस भाषण में यूनाइटेड स्टेट्स स्टील कॉरपोरेशन बनाने की योजना को विस्तार से बताया गया। योजना के मुताबिक़ मैंने अपने सभी स्टील प्लांट्स का विलय करके एक बड़ा कॉरपोरेशन बनाया और उसे बेचकर रिटायर हो गया। मेरे पास किसी भी इंसान की ज़रूरत से ज़्यादा दौलत आ चुकी थी।

"मैं एक बात पर ज़ोर देना चाहूँगा : चार्ली श्वाब का विचार कभी पैदा ही नहीं हुआ होता और मुझे उसका लाभ नहीं मिला होता, यदि मैंने अपने सहयोगियों को नए विचार सोचने के लिए प्रोत्साहित नहीं किया होता। यह प्रोत्साहन मैंने उनके साथ मास्टर माइंड गठबंधन बनाकर दिया था, जिसमें चार्ली श्वाब भी शामिल थे।

"मुझे दोहराने दें, संबंध एक महत्वपूर्ण शब्द है!

"इसकी महत्ता बढ़ जाएगी अगर हम इसमें 'सामंजस्यपूर्ण' शब्द भी जोड़ दें! दूसरे लोगों के मस्तिष्कों के साथ सामंजस्यपूर्ण संबंध बनाकर व्यक्ति विचार उत्पन्न करने की अपनी क्षमता का पूरा इस्तेमाल कर सकता है। जो इंसान इस महान सत्य को नज़रअंदाज़ करता है, वह ख़ुद को हमेशा के लिए ग़रीबी और अभाव की खाई में गिरा लेता है।

"कोई भी व्यक्ति इतना स्मार्ट नहीं होता है कि वह दूसरों के मित्रतापूर्ण सहयोग के बिना दुनिया पर अपना प्रभाव डाल सके। इस विचार को कभी न भूलें, क्योंकि सफलता के दरवाज़े खोलने और व्यक्तिगत उपलब्धि के शिखर तक पहुँचाने के लिए सिर्फ़ यही विचार काफ़ी है।

"बहुत से लोग सफलता की तलाश दूर करते हैं। वे अपने आस-पास सफलता की तलाश नहीं करते हैं। और अक्सर वे जटिल योजनाओं के माध्यम से सफलता की तलाश करते हैं या फिर क़िस्मत या 'चमत्कार' की बदौलत सफल होना चाहते हैं।

"जैसा रसेल कॉनवेल ने प्रभावी तरीक़े से बताया है, कुछ लोग यह सोचते हैं कि जहाँ वे खड़े हैं, वहाँ से फ़ेंस के उस पार वाले हिस्से की घास ज़्यादा हरी है। यह सोचकर वे उन विचारों और अवसरों के रूप में मौज़ूद 'हीरों की खान' को अनदेखा कर देते हैं, जो उनके सहयोगियों के मस्तिष्कों के माध्यम से उनके लिए सहज सुलभ है।

"मैंने अपनी 'हीरों की खान' वहीं पाई, जहाँ मैं खड़ा था और जिस दौरान मैं गर्म स्टील ब्लास्ट फ़र्नेस की चमक को देख रहा था। मुझे वह दिन बहुत अच्छी तरह याद है, जब मेरे मन में यह विचार आया कि मैं किसी दूसरे की 'हीरों की खान' में कर्मचारी के रूप में काम करने के बजाय स्वयं की स्टील कंपनी स्थापित करूँ।

"पहले तो यह विचार बहुत निश्चित नहीं था। यह निश्चित लक्ष्य नहीं, सिर्फ़ इच्छा थी। लेकिन मैं इसे अपने मस्तिष्क में बार-बार दोहराता रहा और इसी बारे में सोचता रहा। और एक दिन ऐसा आया, जब मुझे इस विचार को प्रेरित करने की ज़रूरत नहीं रही। अब वह विचार मुझे प्रेरित करने लगा था।

"उस दिन मैंने गंभीरता से अपनी ख़ुद की 'हीरों की खान' में काम करना शुरू किया और मैं यह देखकर हैरान रह गया कि निश्चित प्रमुख लक्ष्य अपने भौतिक समतुल्य में बदलने का रास्ता कितनी जल्दी खोज लेता है।

"सबसे महत्वपूर्ण बात यह जानना है कि व्यक्ति क्या चाहता है।

"अगली महत्वपूर्ण बात हीरों की खुदाई शुरू करना है। यह काम व्यक्ति को वहीं शुरू कर देना चाहिए, जहाँ वह है। उसे उपलब्ध औज़ारों के उपयोग से ही यह काम शुरू कर देना चाहिए, भले ही उसके पास सिर्फ़ विचार के औज़ार हों। अगर व्यक्ति के मन में आस्था है और वह उपलब्ध औज़ारों का अच्छा उपयोग करता है, तो उचित समय आने पर उसकी ज़रूरत के मुताबिक़ दूसरे और बेहतर औज़ार अपने आप उसके हाथ में आ जाएँगे।

"जो लोग मास्टर माइंड सिद्धांत को समझते हैं और इसका उपयोग करते हैं, उन्हें आवश्यक औज़ार उन लोगों की तुलना में ज़्यादा जल्दी मिलेंगे, जो इस सिद्धांत को नहीं समझते हैं।

"हर मस्तिष्क को दूसरे मस्तिष्कों के मित्रतापूर्ण संपर्क की ज़रूरत होती है, ताकि उसे विस्तार और विकास के लिए पोषण मिल सके। जिस बुद्धिमान व्यक्ति के पास जीवन में कोई निश्चित प्रमुख लक्ष्य होता है, वह बहुत ही सावधानी से ऐसे मस्तिष्क चुनता है, जिनके संपर्क में वह आएगा। ऐसा इसलिए है, क्योंकि वह जानता है कि वह जिसके भी साथ रहेगा, उसके व्यक्तित्व का कुछ न कुछ हिस्सा उसमें भी आ जाएगा।

"उस व्यक्ति के सफल होने की संभावना ज़्यादा नहीं है, जो अपने से ज़्यादा ज्ञानी लोगों के साथ रहने की आदत नहीं डालता है। कोई भी व्यक्ति अपने वरिष्ठों के स्तर तक ऊपर उठ सकता है या अपने कनिष्ठों के स्तर तक नीचे गिर सकता है। यह सिर्फ़ इस बात पर निर्भर करता है कि उसने कैसे सहयोगी चुने हैं।

"अंत में, मैं एक और विचार बताना चाहूँगा। तनख़्वाह के लिए काम करने वाले हर प्रोफ़ेशनल को इसे पहचानना चाहिए और इसका सम्मान करना चाहिए। विचार यह है कि हर नौकरी ज़्यादा ऊँचे पद की शिक्षा होती है और ऐसा ही होना चाहिए। हर प्रोफ़ेशनल व्यक्ति को दो महत्वपूर्ण पारिश्रमिक मिलते हैं। पहला पारिश्रमिक तो तनख़्वाह है और दूसरा है उस काम से हासिल अनुभव। ज़्यादातर मामलों में अनुभव तनख़्वाह से ज़्यादा मूल्यवान होता है।

"अनुभव के रूप में व्यक्ति को जो अतिरिक्त या अप्रत्यक्ष आमदनी मिलती है, वह काफ़ी हद तक उसके मानसिक नज़रिये पर निर्भर करती है। यह इस बात पर निर्भर करती है कि वह अपने सहकर्मियों के साथ कैसे संबंध बनाता है - अपने वरिष्ठों के साथ भी और अपने कनिष्ठों के साथ भी। अगर उसका नज़रिया सकारात्मक तथा सहयोगपूर्ण है और वह एक मील ज़्यादा आगे तक जाने की आदत डाल लेता है, तो वह यक़ीनन तरक्की करेगा और बड़ी तेज़ी से करेगा।

"इस तरह हम देखते हैं कि आगे निकलने वाले लोग न सिर्फ़ मास्टर माइंड सिद्धांत का व्यावहारिक प्रयोग करते हैं, बल्कि वे एक मील ज़्यादा आगे तक जाने के सिद्धांत और निश्चित लक्ष्य के सिद्धांत पर भी अमल करते हैं। ये तीनों सिद्धांत आपस में अभिन्न रूप से जुड़े हैं और ज़िंदगी के हर क्षेत्र में सफलता दिलाते हैं।"

समर्पित संबंध के पुरस्कार

"समर्पित संबंध इंसान की ज़िंदगी का सबसे महत्वपूर्ण गठबंधन होता है।"

"यह आर्थिक, शारीरिक, मानसिक और आध्यात्मिक रूप से महत्वपूर्ण है, क्योंकि यह संबंध इन सभी तत्वों से बनता है।"

"घर वह जगह है, जहाँ अधिकांश मास्टर माइंड गठबंधनों की शुरुआत होना चाहिए। जिस व्यक्ति ने अपना जीवनसाथी समझदारी से चुना है, अगर वह आर्थिक दृष्टि से समझदार है, तो वह अपने जीवनसाथी को ही मास्टर माइंड समूह का पहला सदस्य बनाएगा।

"पारिवारिक गठबंधन में न सिर्फ़ समर्पित दंपति शामिल होना चाहिए, बल्कि उस घर में रहने वाले परिवार के सभी सदस्य भी शामिल होना चाहिए, ख़ास तौर पर बच्चे।

"जो लोग किसी निश्चित लक्ष्य के लिए आपस में जुड़ते हैं, मास्टर माइंड सिद्धांत उन लोगों की आध्यात्मिक शक्तियों को सक्रिय कर देता है। हालाँकि आध्यात्मिक शक्ति अमूर्त दिख सकती है, लेकिन यही सबसे बड़ी शक्ति होती है।

"जब जीवनसाथियों के बीच पूर्ण सामंजस्य, समझ, सहानुभूति और एक लक्ष्य पर आधारित समर्पित संबंध बन जाता है, तो यह संबंध बेहद महत्वपूर्ण साबित होता है और व्यक्ति को सफलता के शिखर तक पहुँचा सकता है।

"किसी दंपति के बीच मनमुटाव अक्षम्य है, चाहे यह किसी भी कारण से हो। यह अक्षम्य इसलिए है, क्योंकि इससे दोनों की सफलता के अवसर नष्ट हो सकते हैं, भले ही उनमें सफल होने का हर आवश्यक गुण हो।

"मैं यहाँ दोनों जीवनसाथियों को एक सुझाव भी देना चाहूँगा।

"अगर इस सुझाव पर ध्यान दिया जाए और इस पर अमल किया जाए, तो यह ज़िंदगी भर की ग़रीबी व दुख और ज़िंदगी भर की अमीरी व सुख के बीच का अंतर बन सकता है।

"किसी अन्य व्यक्ति की तुलना में जीवनसाथी पर व्यक्ति का ज़्यादा प्रभाव होता है। अगर दोनों ही एक-दूसरे के प्रति समर्पित होने का चुनाव करते हैं, तो इसका मतलब यह है कि दोनों को ही एक-दूसरे का प्रेम और विश्वास हासिल है।

"ज़िंदगी में जो नौ मूलभूत उद्देश्य लोगों को स्वेच्छा से काम करने के लिए प्रेरित करते हैं, उनमें प्रेम पहले स्थान पर आता है। प्रेम होने पर दोनों ही एक-दूसरे को ऐसी भावना से काम करने के लिए प्रेरित करते हैं, जो असफलता को पहचानती ही नहीं है। लेकिन याद रखें कि "तंग करने,"

ईर्ष्या, दोष खोजने और उदासीनता से प्रेम को पोषण नहीं मिलता है। इनसे तो यह मर जाता है।

"समझदार जीवनसाथी हर दिन मास्टर माइंड के लिए एक घंटे का समय निर्धारित करेंगे, जिस दौरान वे प्रेम और समझ के साथ साझी रुचियों पर विस्तार से बातचीत करेंगे। ऐसी बातचीत के लिए सुबह के भोजन या रात को सोने से ठीक पहले का समय सबसे अच्छा होता है।

"भोजन करते समय पति-पत्नी के बीच मित्रतापूर्ण बातचीत होना चाहिए। उस दौरान दोषारोपण नहीं होना चाहिए, बल्कि ख़ुशी भरा माहौल होना चाहिए और दोनों को ही साझी रुचि के सुखद विषयों पर बातचीत करना चाहिए। परिवार के जितने रिश्ते भोजन के समय टूटते हैं, उतने किसी दूसरे समय नहीं टूटते हैं, क्योंकि कई परिवार इसी समय अपनी ग़लतफ़हमियाँ दूर करते हैं या बच्चों को अनुशासन का पाठ पढ़ाते हैं।

"दोनों जीवनसाथियों को एक-दूसरे के व्यवसाय या काम में गहरी रुचि लेना चाहिए और उसके हर पहलू से परिचित होना चाहिए। जब दो लोग शादी करते हैं, तो दोनों ही उनके संयोगरूपी कंपनी में निवेश करते हैं। अगर दोनों मास्टर माइंड सिद्धांत का प्रयोग करके सामंजस्यपूर्ण संबंध बना लेंगे, तो उनकी कंपनी के शेयर का मूल्य निरंतर बढ़ता रहेगा।

"समझदार जीवनसाथी अपनी इस कंपनी का बिज़नेस सावधानी से बजट बनाकर चलाएगा और कभी आमदनी से ज़्यादा ख़र्च नहीं करेगा। बहुत सी शादियाँ इसी वजह से दुर्घटना का शिकार हो जाती हैं, क्योंकि उनकी कंपनी को चलाने के लिए पैसा ख़त्म हो जाता है। और यह सिर्फ़ कहावत ही नहीं है कि जब ग़रीबी अगले दरवाज़े पर दस्तक देती है, तो प्रेम पिछले दरवाज़े से बाहर भाग जाता है। सुंदर तस्वीर की तरह प्रेम को भी सही फ्रेम और सही रोशनी से सजाने की ज़रूरत होती है। शरीर की तरह ही प्रेम को भी पोषण और आहार की ज़रूरत होती है। प्रेम उदासीनता, ताने देने, दोष खोजने या हावी होने से नहीं बढ़ता है।

"प्रेम सबसे ज़्यादा समृद्ध तब होता है, जब दंपति एक साझा लक्ष्य बनाकर इसे पोषण देते हैं। जो जीवनसाथी इस बात को याद रखेगा, वह हमेशा अपने साथी के जीवन में सबसे प्रभावशाली व्यक्ति बना रहेगा। जो जीवनसाथी इस बात को भूल जाएगा, उसका साथी कार उद्योग की भाषा

में 'किसी नए मॉडल' के लिए पुराने मॉडल को बदलने के अवसर खोजेगा।

"आजीविका कमाने की ज़िम्मेदारी एक पर हो या दोनों पर, दोनों जीवनसाथियों को ही कैरियर के झटकों और अवरोधों को सुखद बनाने की ज़िम्मेदारी लेना चाहिए। इसके लिए सुखद परिवार या ज़िंदगी की योजना बनाकर कैरियर के लिए आवश्यक सामाजिक गतिविधियों को शामिल किया जा सकता है।

"अगर जीवनसाथी के प्रति सच्चा प्रेम हो, तो इससे पूरा परिवार सुखी रहता है। शर्त सिर्फ़ यह है कि पूरे परिवार से समान प्रेम होना चाहिए और अपने जीवनसाथी या बच्चों के प्रति पक्षपात नहीं होना चाहिए।

"जहाँ पारिवारिक मास्टर माइंड संबंध का आधार प्रेम होता है, वहाँ परिवार आर्थिक स्थिति के उतार-चढ़ाव से विचलित नहीं होता है, क्योंकि प्रेम सभी बाधाओं, समस्याओं और मुश्किलों को जीत लेता है।

"पारिवारिक समस्याएँ उत्पन्न हो सकती हैं, और वे हर परिवार में होती हैं, लेकिन प्रेम सभी समस्याओं को सुलझा देता है। अगर आप प्रेम की रोशनी को चमकने देंगे, तो हर चीज़ आपकी इच्छा के हिसाब से ढल जाएगी।

"मैं जानता हूँ कि यह समझदारीपूर्ण सलाह है, क्योंकि मैंने अपने ख़ुद के दांपत्य जीवन में इस सलाह पर अमल किया है। मैं यक़ीन से कह सकता हूँ कि इसी की बदौलत मुझे भौतिक सफलता मिली है।"

(लेखक की टिप्पणी : कारनेगी की स्वीकारोक्ति बहुत महत्वपूर्ण बन जाती है, जब हम इस बात पर विचार करते हैं कि उन्होंने 50 करोड़ डॉलर से ज़्यादा दौलत इकट्ठी की थी। कारनेगी ने विशाल दौलत कमाई, लेकिन उनके पारिवारिक मित्र जानते हैं कि उनकी पत्नी उनकी सफलता का प्रमुख कारण थीं!)

मास्टर माइंड संबंधों की सफलता के दूसरे उदाहरण

एंड्रयू कारनेगी ने बात को जहाँ छोड़ा है, हम वहीं से इसके सूत्र उठाते हैं। हम यह बताना चाहेंगे कि पारिवारिक मास्टर माइंड संबंध के बारे में कारनेगी ही एकमात्र व्यक्ति नहीं हैं, जिन्हें ऐसा अनुभव हुआ था।

हेनरी फ़ोर्ड और उनकी पत्नी के क़रीबी मित्र यह बात अच्छी तरह से

जानते हैं कि फ़ोर्ड के औद्योगिक साम्राज्य को बनाने में उनके बीच के मास्टर माइंड संबंध की महत्वपूर्ण भूमिका रही है। जनता श्रीमती फ़ोर्ड के बारे में बहुत कम जानती है, लेकिन सच यही है कि उन्होंने अपने पति के जीवन पर सशक्त प्रभाव डाला था, जो विवाह के शुरुआती दिनों से लेकर अंत तक जारी रहा।

थॉमस ए. एडिसन ने भी यह माना था कि उनकी पत्नी उनकी प्रेरणा का बहुत बड़ा स्रोत थीं। दोनों हर दिन मास्टर माइंड बैठकें किया करते थे। आम तौर पर ये बैठकें एडिसन के दिन का काम ख़त्म होने के बाद होती थीं। और कोई भी चीज़ बैठक में बाधा नहीं डाल सकती थी। श्रीमती एडिसन किसी को ऐसा नहीं करने देती थीं, क्योंकि वे जानती थीं कि पति के प्रयोगों में उनकी गहरी रुचि कितनी महत्वपूर्ण थी।

एडिसन अक्सर देर रात तक काम करते थे, लेकिन उनकी पत्नी उनके घर लौटने का इंतज़ार करती थीं। वे अपने पति की दिन भर की सफलताओं और असफलताओं के बारे में सुनने के लिए उत्सुक रहती थीं। उन्हें अपने पति के हर प्रयोग की जानकारी थी और वे उनके काम में गहरी दिलचस्पी लेती थीं।

वे एडिसन के लिए एक तरह का "साउंडिंग बोर्ड" थीं। उनके माध्यम से एडिसन आम लोगों के नज़रिये से अपने काम को देख सकते थे। यह भी कहा जाता है कि कई बार उन्होंने एडिसन की कई मुश्किल समस्याओं को सुलझाने के लिए महत्वपूर्ण सुराग़ भी दिए।

कई लोगों का मानना है कि श्रीमती एडिसन की बदौलत ही एडिसन, हेनरी फ़ोर्ड, हार्वे फ़ायरस्टोन और जॉन बरोज़ के बीच का मास्टर माइंड गठबंधन बना। जब इस गठबंधन की वार्षिक बैठक होती थी, तो अख़बार में उसकी ख़बर छपती थी।

अगर इतने महत्वपूर्ण लोग मास्टर माइंड संबंधों को इतना मूल्यवान मानते थे, तो निश्चित रूप से उन लोगों को भी यही सोचना चाहिए, जो दुनिया में अपनी जगह बनाने के लिए संघर्ष कर रहे हैं।

प्रेम और रोमांस ने सभी महान लीडर्स के जीवन में महत्वपूर्ण भूमिका निभाई है। रॉबर्ट और एलिज़ाबेथ ब्राउनिंग की कहानी इस बात का प्रमाण है। जब उन्होंने इन अनदेखी भावनाओं को पहचाना और इनका सम्मान

किया, तो उनसे इन महान कवियों को प्रेरणा मिली।

इतिहासकारों का कहना है कि नेपोलियन बोनापार्ट की पहली पत्नी जोसेफ़ाइन की प्रेरणा की बदौलत ही नेपोलियन की सैन्य शक्ति का उदय हुआ। बहरहाल, जब शक्ति की महत्वाकांक्षा की ख़ातिर नेपोलियन ने जोसेफ़ाइन को अलग कर दिया, तो उनकी सफलता कम होने लगी। कुछ समय बाद उन्हें पराजय झेलना पड़ी और सेंट हेलेना टापू पर निर्वासन भी।

यहाँ पर इस तथ्य का ज़िक्र करना उचित होगा कि व्यावसायिक दुनिया में आज भी ऐसे कई "नेपोलियन" हैं, जिन्हें इसी कारण से पराजय का सामना करना पड़ा। इन दिनों तलाक़ बहुत तेज़ी से हो रहे हैं। अक्सर जीवनसाथी शक्ति, शोहरत और दौलत हासिल होने तक तो अपने मास्टर माइंड संबंधों को बनाए रखते हैं, लेकिन उसके बाद वे "नए मॉडल की ख़ातिर पुराने मॉडल को छोड़ देते हैं," जैसा एंड्रयू कारनेगी ने कहा था।

चार्ल्स एम. श्वाब की कहानी अलग थी। उन्होंने एंड्रयू कारनेगी के साथ मास्टर माइंड गठबंधन बनाकर शोहरत और दौलत हासिल की थी। इसमें उन्हें अपनी पत्नी का सहयोग भी मिला, जिसके साथ श्वाब का पारिवारिक मास्टर माइंड गठबंधन था। उनके ज़्यादातर वैवाहिक जीवन में वे बीमार रहीं। लेकिन इस वजह से श्वाब ने उनका साथ नहीं छोड़ा। वे अपनी पत्नी की मृत्यु तक निष्ठापूर्वक उनके साथ रहे, क्योंकि श्वाब मानते थे कि वफ़ादारी दृढ़ चरित्र की पहली आवश्यकता है।

चूँकि वफ़ादारी का विषय आ ही गया है, इसलिए यह सुझाव देना अनुचित नहीं होगा कि व्यावसायिक मास्टर माइंड संबंधों में लोगों के बीच वफ़ादारी न होने से ही ज़्यादातर व्यावसायिक असफलताएँ मिलती हैं। जब तक व्यावसायिक सहयोगी एक-दूसरे के प्रति वफ़ादार रहते हैं, तब तक आम तौर पर वे अपनी पराजयों और असफलताओं से उबरने का तरीक़ा खोज लेते हैं।

जिन युवकों को एंड्रयू कारनेगी नीचे से उठाकर ऊँची तनख़्वाह वाले एक्ज़ीक्यूटिव पदों पर बैठाते थे, उनमें वे चरित्र का जो पहला गुण देखते थे, वह वफ़ादारी ही थी। वे अक्सर कहते थे कि अगर कर्मचारी में वफ़ादारी का गुण नहीं है, तो उसके पास अच्छे चरित्र की सही नींव नहीं है।

वे बहुत चतुराई से और कई तरीक़ों से कर्मचारियों का इम्तहान लेते थे तथा यह देखते थे कि उनमें वफ़ादारी है या नहीं। वे प्रमोशन देने से पहले और उसके बाद इम्तहान लेते थे। वे तब तक इम्तहान लेते रहते थे, जब तक कि कर्मचारी की वफ़ादारी के बारे में कोई शक न रहे। उनकी पैनी दृष्टि के परिणामस्वरूप उन्होंने कर्मचारियों की वफ़ादारी का मूल्यांकन करने में बहुत कम ग़लतियाँ कीं।

क्या करें और क्या न करें

गठबंधन के बाहर के लोगों को अपने मास्टर माइंड गठबंधन का उद्देश्य न बताएँ। यह भी सुनिश्चित करें कि आपके गठबंधन के बाक़ी सदस्य भी ऐसा ही करें। इसका कारण यह है कि आलसी, आलोचक और ईर्ष्यालु लोग ज़िंदगी के हाशिये पर खड़े होकर अपने से आगे निकलने वाले लोगों के मन में हताशा के बीज बोने का मौक़ा तलाशते रहते हैं। अपनी योजनाएँ अपने तक ही रखकर इस मुश्किल से बचें। सिर्फ़ अपने कामों और उपलब्धियों द्वारा ही दूसरों को अपनी योजनाओं की जानकारी मिलने दें।

मास्टर माइंड बैठक में नकारात्मक मानसिक नज़रिये के साथ न जाएँ। याद रखें, अगर आप अपने मास्टर माइंड समूह के लीडर हैं, तो यह आपकी ज़िम्मेदारी है कि गठबंधन का हर सदस्य गहरी रुचि और उत्साह से प्रेरित हो। आप नकारात्मक होकर ऐसा नहीं कर सकते हैं। इसके अलावा, अगर लीडर ही अपने निश्चित प्रमुख लक्ष्य के बारे में शंका, अनिर्णय या अनास्था की प्रवृत्ति दिखाता है, तो बाक़ी सदस्य उत्साह से काम कैसे कर सकते हैं? अपने मास्टर माइंड सहयोगियों में प्रबल उत्साह भरने के लिए ख़ुद भी उत्साहित रहें।

यह सुनिश्चित करें कि आपके मास्टर माइंड गठबंधन के हर सदस्य को पर्याप्त पारिश्रमिक मिलता रहे। वे आपकी सफलता में जितना योगदान दे रहे हों, उन्हें किसी न किसी रूप में उसी अनुपात में पारिश्रमिक मिलना चाहिए। याद रखें कि जब तक किसी को कोई लाभ नहीं होगा, तब तक वह उत्साह के साथ काम नहीं करेगा। उन नौ मूलभूत उद्देश्यों को याद रखें, जिनसे प्रेरित होकर लोग स्वेच्छा से काम करते हैं। यह भी देखें कि आपका हर मास्टर माइंड सहयोगी आपको वफ़ादारी, उत्साह और पूर्ण विश्वास देने के लिए सही तरीक़े से प्रेरित हो।

अगर आप आर्थिक लाभ के उद्देश्य से अपने मास्टर माइंड साथियों से जुड़े हैं, तो यह सुनिश्चित करें कि आपको जितना मिल रहा हो, आप उससे ज़्यादा दें। एक मील ज़्यादा आगे तक जाने के सिद्धांत का पालन करें। अगर आप इस आदत का अधिकतम लाभ उठाना चाहते हैं, तो किसी के आग्रह करने से पहले ही यह काम स्वेच्छा से कर दें।

अपने मास्टर माइंड गठबंधन में प्रतिस्पर्धियों को न रखें। रोटरी क्लब की तरह इसमें ऐसे लोगों को शामिल करें, जो न तो एक-दूसरे के विरोधी हों, न ही उनकी आपस में कोई प्रतिस्पर्धा हो।

शक्ति, डर या दबाव के माध्यम से अपने मास्टर माइंड समूह पर हावी होने की कोशिश न करें। इसके बजाय कूटनीति से अपनी लीडरशिप क़ायम रखें, जो वफ़ादारी और सहयोग के निश्चित उद्देश्य पर आधारित हो। शक्ति द्वारा लीडरशिप क़ायम रखने के दिन अब लद चुके हैं। उन्हें दोबारा लाने की कोशिश न करें, क्योंकि सभ्य समाज में उनकी कोई जगह नहीं है।

अपने मास्टर माइंड सहयोगियों में फ़ेलोशिप का भाव उत्पन्न करने के लिए हर आवश्यक क़दम उठाने से न चूकें, क्योंकि मित्रतापूर्ण टीमवर्क से आपको वह शक्ति मिलती है, जो किसी दूसरे तरीक़े से नहीं मिल सकती।

मानव जाति के इतिहास में सबसे सशक्त मास्टर माइंड गठबंधन अमेरिका ने द्वितीय विश्व युद्ध के दौरान बनाया था। इसके लीडर्स ने पूरी दुनिया के सामने घोषणा की थी कि उनका निश्चित प्रमुख लक्ष्य दुनिया के सभी देशों में, चाहे वे पराजित हों या विजेता, मानवीय स्वतंत्रता स्थापित करने का संकल्प है!

यह घोषणा युद्ध की हज़ार विजयों के बराबर मूल्यवान थी, क्योंकि इससे युद्ध से प्रभावित होने वाले लोगों का विश्वास जाग्रत हुआ। सैन्य क्षेत्र हो या कोई अन्य क्षेत्र, विश्वास के बिना मास्टर माइंड संबंध नहीं बन सकता।

विश्वास सभी सामंजस्यपूर्ण संबंधों का आधार है। अगर आप चाहते हैं कि आपका गठबंधन लंबे समय तक चलता रहे और आपको फ़ायदा पहुँचाता रहे, तो अपना मास्टर माइंड गठबंधन बनाते समय आपको यह याद रखना चाहिए।

मैंने अब आपको व्यक्तिगत शक्ति के महानतम स्रोत यानी मास्टर

माइंड के कार्यकारी सिद्धांत के बारे में बता दिया है।

इस फ़िलॉसफ़ी के पहले चार सिद्धांतों - एक मील ज़्यादा आगे तक जाने की आदत, निश्चित लक्ष्य, मास्टर माइंड और अगले सिद्धांत - के समन्वय से व्यक्ति उस शक्ति के रहस्य को समझ सकता है, जो अमीरी की चाबी से मिल सकती है।

इसलिए मैं आपको यह बता दूँ कि अगले सत्र में आप आशावादी नज़रिये से आएँ, क्योंकि यह आपकी ज़िंदगी का सबसे महत्वपूर्ण मोड़ साबित हो सकता है।

उसमें मैं आपको बताऊँगा कि जिस शक्ति को विज्ञान अब तक नहीं समझ पाया है, उसे पूरी तरह से समझने का उपाय क्या है। यही नहीं, मैं आपको वह फ़ॉर्मूला भी बताऊँगा, जिसके द्वारा आप उस शक्ति को पा सकते हैं और अपनी ज़िंदगी के निश्चित प्रमुख लक्ष्य तक पहुँचने के लिए उसका इस्तेमाल कर सकते हैं।

○○○

अध्याय नौ

आस्था का प्रयोग

कॉन्फ़्रेंस में भाग ले रहे लोग वक्ता की आख़िरी घोषणा सुनकर दुविधा में पड़ गए। वह किस शक्ति का ज़िक्र कर रहा था? कुछ लोगों ने डिनर करते समय यह सोचा कि शायद उसका इशारा सूर्य की शक्ति की तरफ़ था। बाक़ियों ने सोचा कि शायद उसे किसी नई तरह की शक्ति की जानकारी होगी, जिसका अभी दुनिया को पता नहीं चला है। बहरहाल, शक्ति चाहे जो भी हो, सभी श्रोताओं को इस बात का पूरा यक़ीन था कि वक्ता इस विषय पर भी पहले की तरह ही आकर्षक और ज्ञानवर्धक बात बताएगा।

आठ दिन के इस सम्मेलन के सातवें दिन की सुबह का सत्र शुरू हो गया। जब श्रोता कॉफ़ी का मग उठाकर हॉल में आए, तो माहौल गंभीर था। प्रतिष्ठित वक्ता वहाँ पहले से मौज़ूद था और अपने नोट्स में डूबा हुआ था। वह गहन विचार में डूबा था और बहुत गंभीर था। उसने अपनी आँखें कुछ मिनट के लिए बंद कर लीं। जब उसने आँखें खोलीं, तो वह रोमांचित और तरोताज़ा दिखने लगा।

उसने बोलना शुरू किया, "**आस्था सम्राट की तरह होती है।** यह सिर्फ़ उसी मस्तिष्क में प्रवेश करती है, जिसे इसके लिए पूरी तरह से तैयार किया गया हो। यह उसी मस्तिष्क में आती है, जिसे आत्म-अनुशासन द्वारा व्यवस्थित किया गया हो।" निश्चित रूप से इन शब्दों ने सबका पूरा ध्यान खींच लिया।

"सम्राट की ही तरह आस्था को भी मस्तिष्क के महल का सर्वश्रेष्ठ कक्ष दिया जाना चाहिए। यह दासों के कमरों में नहीं रहती है और यह ईर्ष्या, लोभ, अंधविश्वास, नफ़रत, प्रतिशोध, दंभ, शंका, चिंता या डर के साथ भी नहीं रहती है।"

अगर आप इस सत्य का महत्व पूरी तरह समझ लेंगे, तो आप उस रहस्यमयी शक्ति को समझने की राह पर आगे बढ़ जाएँगे, जिसने युगों-युगों से वैज्ञानिकों को दुविधा में डाल रखा है। इससे आप आत्म-अनुशासन द्वारा अपने मस्तिष्क को तैयार करने की ज़रूरत को भी समझ लेंगे। इसके बाद ही आप यह उम्मीद कर सकते हैं कि आस्था आपके मस्तिष्क में स्थायी मेहमान की तरह रहेगी।

राल्फ़ वाल्डो इमर्सन ने कहा था, "हर व्यक्ति में कोई न कोई ऐसा गुण होता है, जो मैं उससे सीख सकता हूँ और उसमें मैं उसका शिष्य बन जाता हूँ।" मैं अब आपको एक ऐसे व्यक्ति के बारे में बताऊँगा, जिसने मानव जाति का बहुत उपकार किया है। इस उदाहरण से आपको यह पता चल जाएगा कि आस्था के लिए मस्तिष्क को कैसे तैयार किया जाता है।

इसके साथ ही वक्ता ने भूरे चमड़े के कवर वाली एक पुरानी पुस्तक निकाली और पहले से रेखांकित पृष्ठ खोल लिया।

उसने कहा, "अब मैं आपको उसकी कहानी बताता हूँ," और फिर वह ज़ोर-ज़ोर से पढ़ने लगा :

"1929 में जब बड़ी मंदी शुरू हुई, तो मैंने संकटों के विश्वविद्यालय में स्नातकोत्तर पाठ्यक्रम किया, जो दुनिया का सबसे महान विश्वविद्यालय है। यहीं पर मुझे अपने भीतर छिपी उस दौलत का पता चला, जिसका मैंने अब तक इस्तेमाल नहीं किया था। यह एहसास मुझे एक दिन सुबह हुआ, जब मुझे यह नोटिस मिला कि मेरे बैंक के दरवाज़े बंद हो गए थे, और अब शायद कभी नहीं खुलेंगे। इसके बाद मैंने अपनी छिपी दौलत यानी अमूर्त दौलत की सूची बनाई, जिसका मैं इस्तेमाल नहीं कर रहा था। मैं आपको भी यह सूची बताना चाहूँगा।

"मैं सूची की सबसे महत्वपूर्ण चीज़ से शुरू करता हूँ : आस्था!

"अपने दिल में गहराई से टटोलने पर मैंने पाया कि आर्थिक हानि होने के बावज़ूद असीम बुद्धि तथा लोगों में मेरी प्रबल आस्था थी।

"मुझे इससे भी अधिक महत्वपूर्ण एहसास यह हुआ कि आस्था वह सब हासिल कर सकती है, जो दुनिया भर के पैसे से हासिल नहीं हो सकता।

"जब मेरे पास बहुत सारा धन था, तो मैंने ग़लती से यह मान लिया था कि धन शक्ति का स्थायी स्रोत हो सकता है। अब मुझे यह आश्चर्यजनक बात पता चली कि आस्था के बिना धन सिर्फ़ धातु है, जिसमें ख़ुद की कोई शक्ति नहीं होती है।

"शायद ज़िंदगी में पहली बार मैंने स्थायी आस्था की प्रबल शक्ति को पहचाना। इसके बाद मैंने सावधानी से विश्लेषण किया कि मेरे पास इस प्रकार की कितनी दौलत है। विश्लेषण करने पर मुझे हैरानी और संतुष्टि की मिली-जुली भावनाएँ महसूस हुईं।

"यह विश्लेषण मैंने जंगल में जाकर किया। मैं भीड़-भाड़ से दूर जाना चाहता था। मैं शहर के कोलाहल से दूर जाना चाहता था। मैं आधुनिक सभ्यता के प्रपंचों और बाधाओं से दूर चला जाना चाहता था। मैं दूसरों के डर से मुक्ति पाना चाहता था। मैं शांति में साधना करना चाहता था।

"आह! 'शांति' शब्द में कितनी संतुष्टि छिपी है।

"यात्रा के दौरान मुझे बलूत का विशाल वृक्ष दिखा। उसकी बग़ल में उसका छोटा सा फल पड़ा था, जिसे मैंने उठाकर अपनी हथेली पर रख लिया। मेरे मन में यह विचार आया कि इस पेड़ की उम्र बहुत ज़्यादा होगी और जब जॉर्ज वॉशिंगटन बच्चे होंगे, तब भी शायद यह ऊँचा-पूरा होगा।

"उस विशाल वृक्ष को देखते हुए मैंने सोचा कि वह भी किसी छोटे से बीज से उगा होगा। मुझे यह एहसास भी हुआ कि इस धरती पर रहने वाले सारे लोग मिलकर भी ऐसा पेड़ नहीं बना सकते हैं।

"मेरे मन में यह ख़्याल भी आया कि असीम बुद्धि ने ही इसके बीज की रचना की होगी, जिससे पेड़ उत्पन्न हुआ। फिर असीम बुद्धि ने ही उस बीज को अंकुरित किया और उसे धरती की मिट्टी से ऊपर उठाया।

"फिर मुझे यह एहसास हुआ कि सबसे बड़ी शक्तियाँ बैंक बैलेंस या भौतिक चीज़ों में नहीं होती हैं; वे तो अमूर्त होती हैं।

"मैंने मुट्ठी भर काली मिट्टी उठाकर अपने हाथ में रखे बीज को ढँक दिया। अब मेरे हाथ में वह सारी मूर्त सामग्री थी, जिससे वह विशाल वृक्ष उगा था।

"बलूत के उस विशाल वृक्ष के पास से मैंने एक पत्ती तोड़ी। उसका आकार बहुत सुंदर था। मैंने महसूस किया कि इस पत्ती को भी उसी असीम बुद्धि ने बनाया है, जिसने बलूत के वृक्ष को बनाया है।

"मैं जंगल में आगे चलता गया, जब तक कि मैं साफ़ चमकते पानी की बहती नदी के पास नहीं पहुँच गया। अब तक मैं थक चुका था, इसलिए आराम करने के लिए नदी के किनारे बैठ गया। वहाँ बैठकर मैं समुद्र की तरफ़ कल-कल बहती नदी का सुरीला संगीत सुनने लगा।

"यह देखकर मुझे अपना बचपन याद आ गया। बचपन में मैं इसी तरह की नदी के पास खेलता था। पानी के कल-कल करते संगीत को सुनते समय मुझे अपने भीतर एक अदृश्य सत्ता या बुद्धि का एहसास हुआ, जिसने मुझे पानी की मनमोहक कहानी बताई। वह कहानी इस तरह है :

"पानी! साफ़ चमकदार पानी! तुम तब से सेवा कर रहे हो, जब से हमारी धरती शीतल हुई है और इस पर इंसान, जानवर तथा पौधे रह रहे हैं।

"पानी! अगर तुम मेरी भाषा बोल सकते, तो तुम अपनी कहानी कितनी अच्छी तरह से बता सकते थे। तुम अरबों लोगों की प्यास बुझाते हो, फूलों को पोषण देते हो, भाप बनकर मशीनों के पहिए घुमाते हो, फिर जमकर अपने मूल रूप में लौट आते हो। तुमने गंदगी साफ़ की है, सड़कें धोई हैं, इंसानों और जानवरों की अनगिनत सेवाएँ की हैं। तुम हमेशा अपने उद्‌गम यानी समुद्र तक लौटते हो, ताकि वहाँ तुम शुद्ध बन सको और एक बार फिर सेवा की अपनी यात्रा शुरू कर सको।

"तुम सिर्फ़ एक ही दिशा में चलते हो – उस समुद्र की तरफ़, जहाँ से तुम्हारा उद्‌गम हुआ है। तुम हमेशा गतिमान रहते हो, लेकिन इतनी मेहनत करने के बावज़ूद तुम हमेशा ख़ुश दिखते हो।

"पानी! साफ़, शुद्ध, चमकता पानी। चाहे कितने ही गंदे कामों में तुम्हारा उपयोग हो, अंत में तुम स्वयं को स्वच्छ कर लेते हो।

"न तो तुम्हें बनाया जा सकता है, न ही तुम्हें नष्ट किया जा सकता है। तुम जीवन की तरह हो। तुम्हारे उपकार के बिना इस धरती पर जीवन का कोई रूप संभव ही नहीं है।

"और नदी का पानी कल-कल करके खिलखिलाता हुआ समुद्र की

तरफ़ अपने रास्ते चला गया।

"इसके साथ ही पानी की कहानी ख़त्म हो गई। बहरहाल, इसमें मैंने एक महान प्रवचन सुन लिया था। मैं बुद्धिमत्ता के महानतम रूप के बहुत पास पहुँच गया था। बहते पानी में भी मैंने उसी असीम बुद्धि का प्रमाण महसूस किया, जिसने छोटे से बीज से बलूत का इतना विशाल वृक्ष उत्पन्न किया, जिसने इतनी यांत्रिक कुशलता से सुंदर पत्तियाँ बनाईं, जो इंसान के बूते से बाहर की बात थी।

"पेड़ों की छायाएँ लंबी हो रही थीं और दिन ढलने वाला था।

"जब सूर्य धीरे-धीरे पश्चिमी क्षितिज में उतरने लगा, तो मुझे यह एहसास हुआ कि इसने भी मेरे सुने गए ज़बर्दस्त प्रवचन में महत्वपूर्ण भूमिका निभाई थी।

"सूर्य की कृपा और मदद के बिना बीज बलूत के वृक्ष में नहीं बदल सकता था। सूर्य की मदद के बिना नदी का बहता हुआ साफ पानी हमेशा समुद्र में ही क़ैद रहता और इस धरती पर जीवन कभी संभव ही नहीं हो पाता।

"इन विचारों से वह प्रवचन सुंदर तरीक़े से ख़त्म हुआ। यह ज़िंदगी में सूर्य, पानी और धरती के अनूठे रोमांस का विचार था, जिसके सामने रोमांस के बाक़ी सभी रूप महत्वहीन लगते थे।

"मैंने एक छोटा सफ़ेद कंकड़ उठाया, जो नदी के पानी से चमकदार बन गया था। जब मैंने इसे अपनी मुट्ठी में रखा, तो मुझे अपने भीतर से एक और प्रभावशाली प्रवचन सुनाई दिया। जिस असीम बुद्धि ने मेरे मस्तिष्क को प्रवचन सुनाया, वह कह रही थी :

"इंसान, देखो, तुम्हारे हाथ में कितना बड़ा चमत्कार है।

"मैं सिर्फ़ पत्थर का छोटा कंकड़ हूँ, पर दरअसल मैं अपने आप में एक छोटा ब्रह्मांड हूँ। मुझमें हर वह चीज़ है, जो तुम्हें सृष्टि में मिलती है या सितारों के बीच दिखती है।

"मैं निर्जीव और गतिहीन नज़र आता हूँ, लेकिन यह भ्रम है। मैं अणुओं से बना हूँ, जिनमें बहुत से परमाणु हैं। हर परमाणु अपने आप में एक छोटा ब्रह्मांड है। इसके भीतर अनगिनत इलेक्ट्रॉन हैं, जो बहुत अविश्वसनीय गति से भागते हैं।

"मैं पत्थर का निर्जीव पदार्थ नहीं हूँ, बल्कि अथक ऊर्जा की इकाइयों का सुव्यवस्थित समूह हूँ।

"मैं ठोस दिखता हूँ, लेकिन यह रूप भी भ्रम है, क्योंकि मेरे इलेक्ट्रॉन एक-दूसरे से बहुत दूरी पर है।

"धरती पर रहने वाले इंसान मुझे ग़ौर से देखो। यह याद रखो कि इस ब्रह्मांड की महान शक्तियाँ अमूर्त होती हैं और जीवन के सच्चे मूल्य वे हैं, जिनका बैंक बैलेंस से कोई संबंध नहीं होता है।

"यह विचार इतना ज्ञानवर्धक था कि मैं स्तब्ध रह गया। अब मैं यह समझ गया था कि मेरे हाथ में पत्थर नहीं, बल्कि उसी ऊर्जा का छोटा सा रूप था, जो सूर्य, सितारों और पृथ्वी को आपस में बाँधे है।

"चिंतन से मुझे इस सच्चाई का ज्ञान हुआ कि सृष्टि नियम के हिसाब से चलती है, जिसका पालन छोटे कंकड़ में भी होता है। मुझे यह समझ में आ गया कि उस छोटे से कंकड़ में भी प्रकृति के रोमांस और वास्तविकता का समन्वय है। मुझे यह भी समझ में आ गया कि उस छोटे से कंकड़ के भीतर कल्पनातीत तथ्य छिपे थे।

"इससे पहले मैंने प्राकृतिक नियमों, व्यवस्था और उद्देश्य के प्रमाण का महत्व कभी इतनी प्रबलता से महसूस नहीं किया था। ये नियम हर उस चीज़ में प्रकट होते हैं, जिसे इंसान देख सकता है। इससे पहले मैंने कभी ख़ुद को असीम बुद्धि के इतना क़रीब महसूस नहीं किया था।

"यह एक सुंदर अनुभव था। प्रकृति के वृक्षों और बहती हुई नदी के पास मैं शांति से बैठा था। इस शांति से मेरी थकी हुई आत्मा को शांति और आराम मिला। इसने मुझे असीम बुद्धि की रचना की कहानी सुनाई, जिसे मैंने प्रबलता से महसूस किया।

"ज़िंदगी में पहले कभी मुझे असीम बुद्धि के प्रमाणों का इतना स्पष्ट एहसास नहीं हुआ था। पहले कभी मैं अपनी आस्था के स्रोत के इतने क़रीब नहीं पहुँचा था।

"ईवनिंग स्टार (शुक्र तारे) के चमकने तक मैं इस स्वर्ग में बैठा रहा। फिर अनिच्छा से मैंने शहर की तरफ़ क़दम बढ़ाए। मैं एक बार फिर सभ्यता के क्रूर नियमों में बँधे उन लोगों की तरफ़ जा रहा था, जो सांसारिक वस्तुएँ बटोरने के लिए पागलों की तरह दौड़ रहे हैं। यह अलग

बात है कि दरअसल उन्हें उन सांसारिक वस्तुओं की ज़रूरत ही नहीं है।

"मैं अब अपने अध्ययन कक्ष में लौट आया हूँ। मेरे सामने मेरी पुस्तकें और टाइपराइटर हैं, जिस पर मैं अपने अनुभव की कहानी टाइप कर रहा हूँ। लेकिन मुझे अकेलेपन का एहसास हो रहा है। मैं एक बार फिर से उसी दोस्ताना नदी के किनारे पर बैठना चाहता हूँ, जहाँ मैं कुछ घंटे पहले बैठा था। मैं कैसे भूल सकता हूँ कि वहाँ पर मेरी आत्मा ने असीम बुद्धि की आश्चर्यजनक वास्तविकता में स्नान किया था।

"मैं जानता हूँ कि असीम बुद्धि में मेरी आस्था सच्ची है और स्थायी है। यह अंधी आस्था नहीं है। यह तो असीम बुद्धि के कार्य की क़रीबी जाँच पर आधारित है और ब्रह्मांड की सुव्यवस्था में अभिव्यक्त होती है।

"मैं अपनी आस्था के स्रोत को ग़लत दिशा में खोज रहा था। मैं इसे इंसान के कामों, मानवीय संबंधों, बैंक बैलेंसों और सांसारिक वस्तुओं में खोज रहा था।

"पर मैंने उसे एक छोटे बीज, बलूत के विशाल वृक्ष, छोटे कंकड़, पत्ती और मिट्टी में पाया। मैंने उसे मित्रतापूर्ण सूर्य में पाया, जो धरती को गर्म करता है और पानी को गति देता है। मैंने उसे ईवनिंग स्टार और प्रकृति की शांति व मौन में पाया।

"और मैं यह सुझाव देना चाहूँगा कि असीम बुद्धि मौन या प्रकृति की शांति में ज़्यादा स्पष्टता से प्रकट होती है। सांसारिक वस्तुओं के संग्रह के पीछे पगलाए लोगों की भागमभाग में यह नज़र नहीं आती है।

"मेरा बैंक अकाउंट शून्य था, मेरा बैंक भी दिवालिया हो गया था, लेकिन मैं ज़्यादातर लखपतियों से ज़्यादा अमीर था, क्योंकि मैंने आस्था का सीधा मार्ग खोज लिया था। मैं जानता था कि अगर यह शक्ति मेरे पास है, तो मैं इसके सहारे आवश्यक बैंक बैलेंस जुटा सकता हूँ।

"नहीं, मैं ज़्यादातर लखपतियों से ज़्यादा अमीर हूँ, क्योंकि मैं शक्ति के ऐसे स्रोत पर निर्भर हूँ, जो मेरे भीतर है। मैं जानता हूँ कि ज़्यादातर दौलतमंद लोग प्रेरणा और शक्ति को बैंक बैलेंस या स्टॉक मार्केट में ढूँढ़ते हैं।

"शक्ति का मेरा स्रोत उस हवा की तरह स्वतंत्र है, जिसमें मैं साँस लेता हूँ। यह शक्ति उस हवा की तरह ही असीमित भी है! इसका लाभ उठाने

के लिए मुझे सिर्फ़ आस्था की ज़रूरत है, जो मेरे पास प्रचुरता में है।

"इस तरह से मैंने एक बार फिर इस सच्चाई को जाना कि हर विपत्ति अपने भीतर उतने ही बड़े लाभ का बीज लेकर आती है। मेरे सामने यह विपत्ति आई थी कि मेरा बैंक बैलेंस शून्य हो गया था। इस विपत्ति ने मुझे सच्ची दौलत का रास्ता दिखाया!"

वक्ता ने पढ़ना बंद करके श्रोताओं को देखा और कहा, "आपने उस व्यक्ति की कहानी सुन ली है, जिसने यह जान लिया था कि आस्था की अभिव्यक्ति के लिए मस्तिष्क को तैयार कैसे किया जाता है।"

यह कितनी नाटकीय कहानी थी! नाटकीय इसलिए क्योंकि यह बहुत सहज थी।

इस व्यक्ति ने स्थायी आस्था का प्रबल आधार खोज लिया था। यह आधार बैंक बैलेंस या भौतिक दौलत नहीं था, बल्कि बलूत के वृक्ष का बीज था, पत्तियाँ थीं, एक छोटा कंकड़ था और एक बहती नदी थी। ये सब चीज़ें सामान्य थीं, जिन्हें हर इंसान देख सकता है और उनका मूल्य समझ सकता है।

लेकिन इन सामान्य चीज़ों को देखकर उसने यह जाना कि सबसे महान शक्तियाँ अमूर्त होती हैं और वे हमारे चारों तरफ़ की सामान्य चीज़ों में प्रकट होती हैं।

"मैंने इस व्यक्ति की कहानी इसलिए बताई है, क्योंकि मैं यह बताना चाहता था कि विपत्ति और मुश्किलों के बीच में भी व्यक्ति अपने मस्तिष्क को साफ़ रख सकता है और उसे आस्था की अभिव्यक्ति के लिए तैयार कर सकता है।"

इस कहानी में जो सबसे महत्वपूर्ण तथ्य है, वह यह है :

जब मस्तिष्क की सफ़ाई करके नकारात्मक मानसिक नज़रिये को बाहर निकाल दिया जाता है, तो आस्था की शक्ति अंदर आकर रहने लगती है!

निश्चित रूप से इस फ़िलॉसफ़ी का कोई विद्यार्थी इतना दुर्भाग्यशाली नहीं होगा कि इस महत्वपूर्ण बात को न समझ पाए।

आस्था का विश्लेषण

अब हम आस्था का विश्लेषण करेंगे, हालाँकि हम अच्छी तरह जानते

हैं कि वैज्ञानिक इसकी शक्ति का विश्लेषण नहीं कर पाए हैं।

इस फ़िलॉसफ़ी में आस्था को चौथा स्थान दिया गया है, क्योंकि यह "चौथे आयाम" को प्रकट करती है, हालाँकि हम इसे यहाँ पर व्यक्तिगत सफलता के संबंध में देख रहे हैं।

आस्था एक ऐसी मानसिक अवस्था है (इसे "आत्मा का प्रेरणास्रोत" कहना उचित होगा), जिसके द्वारा व्यक्ति के लक्ष्य, इच्छाएँ और उद्देश्य उनके भौतिक या आर्थिक समतुल्य में बदले जा सकते हैं।

हम पहले ही बता चुके हैं कि इन तीन सिद्धांतों पर अमल करके महान शक्ति हासिल की जा सकती है : (1) एक मील ज़्यादा आगे तक जाने की आदत, (2) निश्चित लक्ष्य, और (3) मास्टर माइंड। लेकिन इन तीनों सिद्धांतों की शक्ति बहुत बढ़ जाती है, जब आस्था के साथ इनका प्रयोग किया जाता है।

हम पहले ही बता चुके हैं कि आस्था की क्षमता बारह दौलतों में से एक है। अब हम उन साधनों पर विचार करते हैं, जिनके द्वारा इस "क्षमता" को अधिक शक्तिशाली बनाया जा सकता है। हमें यह नहीं भूलना चाहिए कि यही अद्‌भुत शक्ति सभ्यता का प्रमुख स्तंभ रही है, मानवीय प्रगति का प्रमुख कारण रही है और सभी सृजनात्मक कार्यों की मार्गदर्शक भावना रही है।

बहरहाल, हमें यह याद रखना चाहिए कि आस्था एक ऐसी मानसिक अवस्था है, जिसका आनंद सिर्फ़ वही लोग ले सकते हैं, जिन्होंने अपने मस्तिष्क को पूरी तरह नियंत्रित करने की कला सीख ली है! यह एकमात्र चीज़ है, जिस पर व्यक्ति का पूरा नियंत्रण होता है।

आस्था की शक्ति सिर्फ़ उसी मस्तिष्क में प्रकट होती है, जिसे इसके लिए तैयार किया गया हो। बहरहाल, जो लोग इसे पाना चाहते हैं, वे मस्तिष्क को तैयार करने का तरीक़ा जानते हैं और ऐसा कर सकते हैं।

आस्था की मूलभूत बातें ये हैं :

(1) निश्चित लक्ष्य के साथ व्यक्तिगत पहल या कार्य का समर्थन हो।

(2) सभी मानवीय संबंधों में एक मील ज़्यादा आगे तक जाने की आदत।

(3) एक या अधिक लोगों के साथ मास्टर माइंड गठबंधन, जिनमें आस्था पर आधारित साहस हो तथा जो निश्चित लक्ष्य पाने के लिए आध्यात्मिक और मानसिक सामंजस्य में हों।

(4) सकारात्मक मस्तिष्क, जो सभी नकारात्मक बातों, जैसे डर, ईर्ष्या, लोभ, नफ़रत, जलन और अंधविश्वास से मुक्त हो। (सकारात्मक मानसिक नज़रिया बारह दौलतों में पहली और सबसे महत्वपूर्ण दौलत है।)

(5) इस सच्चाई की पहचान कि हर विपत्ति में उतने ही बड़े लाभ का बीज छिपा होता है। अस्थायी पराजय तब तक असफलता नहीं बनती है, जब तक कि इंसान उसे इस रूप में स्वीकार नहीं कर लेता है।

(6) ज़िंदगी में अपने निश्चित प्रमुख लक्ष्य को दिन में कम से कम एक बार दोहराने की आदत।

(7) असीम बुद्धि के अस्तित्व का एहसास, जो ब्रह्मांड को नियमों के अनुसार चलाती है। यह एहसास कि हर इंसान इसी का सूक्ष्म रूप है, इसलिए इंसान के मस्तिष्क की कोई सीमा नहीं है, जब तक कि वह ख़ुद अपनी सीमाएँ न बना ले या उन्हें स्वीकार न कर ले।

(8) अतीत की पराजयों और विपत्तियों की सूची बनाना, ताकि यह देखा जा सके कि इन सब अनुभवों में समतुल्य लाभ का बीज छिपा होता है।

(9) आत्म-सम्मान, जो व्यक्ति की अंतरात्मा के सामंजस्य से व्यक्त होता है।

(10) समस्त मानव जाति की एकरूपता को पहचानना।

ये मूलभूत बातें हैं, जो मस्तिष्क को आस्था की अभिव्यक्ति के लिए तैयार करती हैं। उनके प्रयोग में ज्ञान की ज़रूरत नहीं है। बहरहाल, इसमें बुद्धि, सत्य और न्याय की गहरी पिपासा की ज़रूरत होती है।

आस्था सिर्फ़ सकारात्मक मस्तिष्क में रहती है!

आस्था अमृत की तरह है। यह सकारात्मक मस्तिष्क को शक्ति, प्रेरणा

और कर्म देती है। यह वह शक्ति है, जिसके द्वारा सकारात्मक मस्तिष्क "चुंबक" की तरह काम करता है और अपने विचारों के भौतिक स्वरूप को आकर्षित करता है।

आस्था मस्तिष्क को शक्ति देती है। यह मस्तिष्क को समर्थ बनाती है कि "यह अंदर आने वाली सभी चीज़ों का सार ग्रहण कर ले।" यह ज़िंदगी की हर परिस्थिति में लाभकारी अवसरों को पहचानती है, जिनके द्वारा व्यक्ति अपनी मनचाही वस्तु को हासिल कर सकता है। आस्था वे सभी साधन प्रदान करती है, जिनके द्वारा असफलता और पराजय उतनी ही बड़ी सफलता में बदले जा सकते हैं।

आस्था इंसान को प्रकृति के रहस्यों की गहराई में जाने की शक्ति देती है। साथ ही यह प्राकृतिक नियमों में व्यक्त प्रकृति की भाषा को समझने में भी समर्थ बनाती है।

आस्था के प्रयोग से ही इंसान ने हर महान आविष्कार किया है। इसी के प्रयोग से इंसान ने मानवीय संबंधों में सामंजस्य स्थापित किया है और मानवीय स्वतंत्रता पाने के तरीक़ों का ज्ञान हासिल किया है, जो अमेरिका के संविधान में निहित है।

व्यक्ति जिसकी कल्पना कर सकता है और जिसमें विश्वास कर सकता है, आस्था से वह सब हासिल हो सकता है!

अगर आपमें आस्था है, तो अपनी चाही गई चीज़ पर ध्यान केंद्रित करें। और याद रखें कि "खोखली" आस्था जैसी कोई चीज़ नहीं होती है, क्योंकि आस्था तो निश्चित लक्ष्य की बाह्य अभिव्यक्ति है!

आस्था आंतरिक मार्गदर्शन है। यह असीम बुद्धि से निर्देशित होती है और निश्चित लक्ष्य की तरफ़ ले जाती है। आस्था से व्यक्ति को मनचाही चीज़ अपने आप नहीं मिल जाती है। लेकिन यह उस चीज़ को पाने का रास्ता दिखाती है।

आस्था की शक्ति को कैसे प्रदर्शित करें

(1) यह तय करें कि आप क्या चाहते हैं और आपके पास इसके बदले में देने के लिए क्या है।

(2) जिन वस्तुओं को आप पाना चाहते हैं, उनके लिए प्रार्थना करें।

ऐसा करते समय अपनी कल्पना का प्रयोग करें। यह कल्पना करें कि आपके पास वे चीज़ें आ चुकी हैं। इसके बाद इस तरह काम करें, जैसे आप उन चीज़ों के स्वामी बन चुके हैं। (याद रखें कि सबसे पहले किसी वस्तु का स्वामित्व मानसिक होता है।)

(3) आंतरिक मार्गदर्शन के लिए अपने मस्तिष्क को हमेशा खुला रखें। जब आपको "आभास" हो कि योजना बदलकर नई दिशा में बढ़ना चाहिए, तो बिना किसी हिचक या शंका के उस आभास से प्रेरित होकर आगे बढ़ें।

(4) अगर राह में छुटपुट पराजय मिले, जो कई बार मिल सकती है, तो यह न भूलें कि आस्था का कई तरीक़ों से इम्तहान लिया जाता है। हो सकता है यह पराजय सिर्फ़ आपका "इम्तहान" हो। पराजय को ज़्यादा मेहनत करने की प्रेरणा के रूप में स्वीकार करें और यह विश्वास रखें कि आप अवश्य सफल होंगे।

(5) अगर मानसिक अवस्था नकारात्मक है, तो आपकी आस्था की क्षमता नष्ट हो जाएगी और आपको नकारात्मक परिणाम मिलेगा। आपकी मानसिक अवस्था ही सबसे महत्वपूर्ण है। इसलिए अपने मस्तिष्क के स्वामी बनें और उन सभी अनचाहे घुसपैठियों को बाहर खदेड़ दें, जो आस्था के मित्र नहीं हैं। अपने मस्तिष्क को सकारात्मक और साफ़ रखें, चाहे इसके लिए आपको कितनी ही क़ीमत चुकाना पड़े।

(6) आस्था की शक्ति को अभिव्यक्त करें। आप ऐसा आसानी से कर सकते हैं। जीवन में आपका निश्चित प्रमुख लक्ष्य क्या है, इसे स्पष्टता से लिखें और इसे अपने दैनिक चिंतन का आधार बनाएँ।

(7) अपने निश्चित प्रमुख लक्ष्य के साथ आप नौ मूलभूत उद्देश्यों में से जितने उद्देश्य जोड़ सकते हों, उन्हें जोड़ दें।

(8) अपना निश्चित प्रमुख लक्ष्य प्राप्त करने से आप क्या लाभ पाना चाहते हैं, उन सभी लाभों की सूची बना लें। बार-बार इन लाभों को दोहराते रहें। इस तरह अपने मस्तिष्क को "सफलतावादी" बनाएँ। (इसे आम तौर पर आत्म-सुझाव का नाम दिया जाता है।)

(9) जहाँ तक संभव हो, ऐसे लोगों के संपर्क में रहें, जो आपके निश्चित प्रमुख लक्ष्य का समर्थन करते हों और आपके साथ सामंजस्य में हो। उन्हें प्रोत्साहन देने के लिए प्रेरित करते रहें।

(10) एक भी ऐसा दिन न जाने दें, जब आप अपने निश्चित प्रमुख लक्ष्य की दिशा में कम से कम एक निश्चित क़दम आगे न बढ़ाएँ। याद रखें, "कर्म के बिना आस्था निर्जीव है।"

(11) किसी आत्मनिर्भर और साहसी दौलतमंद व्यक्ति को अपना "पेसमेकर" चुन लें। यह संकल्प करें कि आप न सिर्फ़ उस व्यक्ति की बराबरी करेंगे, बल्कि उससे आगे भी निकल जाएँगे। यह काम चुपचाप करें और अपनी योजना किसी को न बताएँ। (डींगें हाँकना आपकी सफलता के लिए घातक साबित होगा, क्योंकि दंभ या आत्म-प्रेम से आस्था का कोई ताल्लुक़ नहीं होता।)

(12) आस्था बढ़ाने वाली पुस्तकों, तस्वीरों, दीवार पर लिखे वाक्यों और अन्य प्रेरक चीज़ों को अपने चारों तरफ़ रखें। इस तरह आपकी आस्था इतनी प्रबल बन जाएगी कि आपके आस-पास दौलत और सफलता का माहौल बन जाएगा। इस आदत के आपको बहुत अच्छे परिणाम मिलेंगे।

(13) यह नीति बना लें कि आप कभी भी अप्रिय परिस्थितियों से बचेंगे या भागेंगे नहीं। इसके बजाय ऐसी परिस्थितियों को पहले से भाँप लें और उनसे सामना होने पर उन पर आक्रमण कर दें। आप पाएँगे कि जब आप बिना डरे इनका सामना करते हैं, तो आप नब्बे प्रतिशत युद्ध पहले ही जीत लेते हैं।

(14) यह सच्चाई जान लें कि हर मूल्यवान चीज़ की एक निश्चित क़ीमत होती है। आस्था की क़ीमत यह है कि आपको निरंतर सतर्क रहते हुए इन आसान निर्देशों का पालन करना है। लगन आपका सूत्रवाक्य होना चाहिए!

इन क़दमों से सकारात्मक मानसिक नज़रिये का विकास होता है और सकारात्मक नज़रिये से ही आस्था संभव है। इन क़दमों से मानसिक और

आध्यात्मिक दौलत तो मिलती ही है, साथ ही भौतिक दौलत भी मिलती है। अपने मस्तिष्क को मानसिक आहार देते रहें।

ये क़दम उठाकर आप अपने मस्तिष्क को सर्वोच्च आत्मिक अभिव्यक्ति के लिए तैयार कर सकते हैं।

इमर्सन ने कहा था, "हर व्यक्ति की कुंजी उसका विचार है।"

यह सच है। आज व्यक्ति जो है, वह कल सोचे गए विचारों के कारण है!

शिकागो की भीषण आग में शहर की दुकानें जल गई थीं। सुबह मार्शल फ़ील्ड ने आकर देखा कि उसका रिटेल स्टोर जलकर राख हो चुका है।

दूसरे व्यापारियों की दुकानें भी जल गई थीं और वे भी वहीं खड़े होकर आपस में बात कर रहे थे। ज़्यादातर व्यापारियों ने आशा छोड़ दी थी और यह फ़ैसला किया था कि वे अब शिकागो में दोबारा दुकान बनाने के बजाय किसी दूसरे पश्चिमी प्रांत में दुकान खोलकर नई शुरुआत करेंगे।

बहरहाल, फ़ील्ड ने अपने साथियों से कहा :

"देखिए, आप लोगों की जो इच्छा हो, वह करें। जहाँ तक मेरा सवाल है, मैं यहीं पर रुकना चाहता हूँ। आज जहाँ आपको मेरे स्टोर की राख दिख रही है, वहीं पर मैं दुनिया का सबसे बड़ा रिटेल स्टोर बनाऊँगा।"

फ़ील्ड ने आस्था की नींव पर जो स्टोर बनाया, वह आज भी शिकागो में खड़ा है और उसे दुनिया का सबसे बड़ा रिटेल स्टोर माना जाता है।

फ़ील्ड जैसे बड़े लीडर्स की बदौलत ही हमारी महान अमेरिकी जीवनशैली संभव हो पाई है।

इंसान की प्रगति संयोग या क़िस्मत से नहीं होती है!

यह तो आस्था के प्रयोग का परिणाम है। जिन लोगों ने इस फ़िलॉसफ़ी के 17 सिद्धांतों का प्रयोग करते हुए अपने मस्तिष्क को तैयार किया और अपने प्रमुख लक्ष्य में आस्था रखी, उन्होंने अपनी क़िस्मत बदल दी।

अमेरिका का निर्माण आस्था की नींव पर हुआ है और आस्था की बदौलत ही आज यह क़ायम है। यहाँ पर आस्था को प्रेरित करने वाले प्रचुर अवसर हैं, जिनकी बदौलत छोटे से छोटा नागरिक भी अपनी बड़ी से बड़ी महत्वाकांक्षा हासिल कर सकता है।

इसीलिए हमारे देश को "अवसरों का देश" कहा जाता है। इसीलिए हमारे देश को दुनिया का सबसे अमीर और स्वतंत्र देश कहा जाता है!

इस स्वतंत्रता और दौलत की जड़ प्रबल आस्था में है।

हालाँकि वैज्ञानिक आस्था की शक्ति का विश्लेषण नहीं कर सकते हैं, लेकिन इसके प्रयोग का तरीक़ा आसान है। हर आदमी इसे समझ सकता है और इसका प्रयोग कर सकता है। इसमें ऐसी कोई चीज़ नहीं है, जो आम आदमी की पहुँच से बाहर हो।

सकारात्मक मानसिक नज़रिये का महत्व

आस्था निश्चित लक्ष्य से शुरू होती है। जब सकारात्मक मानसिक नज़रिया विकसित करके मस्तिष्क को तैयार कर लिया जाता है, तब आस्था आती है। जब निश्चित लक्ष्य प्राप्त करने की दिशा में श्रम किया जाता है, तो आस्था शक्तिशाली बनती है।

इंसान अपने सभी काम नौ मूलभूत उद्देश्यों में से एक या उससे अधिक उद्देश्यों से प्रेरित होकर करता है। इसलिए लक्ष्य बनाना या आस्था विकसित करना मुश्किल नहीं है।

मान लीजिए, कोई व्यक्ति प्रेम के उद्देश्य से प्रेरित है। यह देखें कि आस्था की बदौलत उसे कर्म करने के लिए पंख कितनी जल्दी मिल जाते हैं। कर्म उसके लिए बोझ नहीं, बल्कि प्रेमपूर्ण श्रम बन जाता है, जो बारह दौलतों में से एक है।

मान लीजिए, कोई व्यक्ति भौतिक दौलत का संग्रह करना चाहता है। यह देखें कि कितनी जल्दी उसका हर काम प्रेमपूर्ण श्रम बन जाता है। उसे दिन के घंटे कम लगने लगते हैं। हालाँकि मेहनत बहुत होती है, लेकिन उसकी थकान आत्म-अभिव्यक्ति की ख़ुशी के कारण कम हो जाती है, जो बारह दौलतों में से एक है।

जो व्यक्ति अपने मस्तिष्क को आस्था द्वारा आत्म-अभिव्यक्ति के लिए तैयार करता है, उसकी ज़िंदगी की बाधाएँ एक-एक करके दूर होती जाती हैं। सफलता अवश्यंभावी बन जाती है। उसके हर प्रयास का परिणाम सुखद होता है। उसके पास नफ़रत के लिए न तो समय होता है, न ही इच्छा। वह स्वाभाविक रूप से सामंजस्यपूर्ण संबंध बना लेता है। उसके मन

में सफलता की प्रबल आशा होती है, क्योंकि वह अपने निश्चित लक्ष्य को मानसिक रूप से पहले ही पा चुका है। अब खुला मस्तिष्क असहिष्णुता की जगह ले लेता है।

आत्म-अनुशासन भोजन करने की तरह स्वाभाविक बन जाता है। वह व्यक्ति लोगों को समझता है, क्योंकि वह उनसे प्रेम करता है और उस प्रेम के कारण अपनी नियामतें बाँटना चाहता है। उसे कोई डर नहीं होता है, क्योंकि उसकी आस्था ने सभी डरों को दूर भगा दिया है। धीरे-धीरे वह बारह दौलतों का स्वामी बन जाता है!

आस्था द्वारा मनुष्य ईश्वर के प्रति कृतज्ञता व्यक्त करता है। डर इसलिए बुरा है, क्योंकि यह ईश्वर में विश्वास की कमी दर्शाता है।

ज़िंदगी की सबसे बड़ी दौलत उन चार सिद्धांतों से मिल सकती है, जिनका मैंने ज़िक्र किया है। ये सिद्धांत इस फ़िलॉसफ़ी के "चार सबसे महत्वपूर्ण सिद्धांत" हैं, क्योंकि वे विचार की शक्ति और आत्मा के आंतरिक रहस्य की चाबी के प्रमुख आधार-स्तंभ हैं। अगर आप इस चाबी का समझदारी से उपयोग करेंगे, तो आप स्वतंत्रता प्राप्त कर लेंगे!

कुछ लोग, जिन्हें चाबी मिल गई

कुछ लोग यह पूछना चाहेंगे, "व्यक्ति इस रहस्यमयी आंतरिक शक्ति का दोहन कैसे कर सकता है?" आइए हम देखते हैं कि दूसरों ने इसका दोहन कैसे किया है।

फ्रैंक गुन्सॉलस नाम के युवा पादरी की काफ़ी समय से इच्छा थी कि वे एक नई तरह का कॉलेज खोलें। वे जानते थे कि वे क्या चाहते थे। समस्या यह थी कि इस काम के लिए उन्हें दस लाख डॉलर की ज़रूरत थी।

उन्होंने दस लाख डॉलर प्राप्त करने का संकल्प कर लिया! निश्चित लक्ष्य पर आधारित निश्चित निर्णय उनकी योजना का पहला क़दम बन गया।

फिर उन्होंने एक भाषण लिखा, "अगर मेरे पास दस लाख डॉलर हों, तो मैं क्या करूँगा!" उन्होंने अखबारों में यह छपवा दिया कि वे रविवार की सुबह चर्च में इस विषय पर भाषण देंगे।

जब चर्च में उनका भाषण ख़त्म हुआ, तो एक अजनबी उठकर आगे

आया। उसने पादरी की तरफ़ हाथ बढ़ाकर कहा, "मुझे आपका भाषण अच्छा लगा। अगर आप कल सुबह मेरे ऑफ़िस में आ जाएँ, तो मैं आपको दस लाख डॉलर दे दूँगा।"

वह व्यक्ति कोई और नहीं, बल्कि आर्मर एंड कंपनी के संस्थापक फ़िलिप डी. आर्मर थे। उनके उस उपहार से आर्मर स्कूल ऑफ़ टेक्नोलॉजी शुरू हुआ, जो अमेरिका की सबसे बड़ी शिक्षण संस्थाओं में से एक है।

उस युवा पादरी के मस्तिष्क में ऐसा क्या हुआ, जिसकी वजह से वह उस रहस्यमयी शक्ति के संपर्क में आया, जो हर इंसान के मस्तिष्क में होती है। हम इसका सिर्फ़ अनुमान ही लगा सकते हैं, लेकिन हम यक़ीन के साथ कह सकते हैं कि आस्था के प्रयोग की बदौलत वह शक्ति प्रेरित हुई थी।

जन्म के कुछ समय बाद ही हेलन केलर की देखने, सुनने और बोलने की शक्तियाँ चली गईं। पाँच शारीरिक इंद्रियों में से दो सबसे महत्वपूर्ण इंद्रियाँ हमेशा के लिए ख़त्म हो गईं। उनके सामने ऐसी मुश्किलें थीं, जिनका ज़्यादातर लोगों को तो ज़िंदगी भर एहसास भी नहीं होता है।

तभी उनके जीवन में एक दयालु महिला आईं। उनकी मदद से केलर ने उस रहस्यमयी शक्ति को जाना, जो भीतर से आती है। केलर उस शक्ति के संपर्क में आने लगीं और उसका प्रयोग करने लगीं। उन्होंने यह शक्ति कैसे पाई, इसका राज़ बताते हुए उन्होंने यह कहा:

"सही तरह से समझे जाने पर आस्था निष्क्रिय नहीं, बल्कि सक्रिय होती है! निष्क्रिय आस्था में उतनी ही शक्ति होती है, जितनी कि उस आँख में होती है, जो देख तो सकती है, लेकिन देखती नहीं है। सक्रिय आस्था को डर नहीं होता है। यह इस बात को नहीं मानती है कि ईश्वर अपनी संतानों को धोखा देता है और दुनिया को अँधेरे में रखता है। यह हताशा को अस्वीकार कर देती है। आस्था की शक्ति हो, तो कमज़ोर से कमज़ोर आदमी भी विपत्ति से ज़्यादा शक्तिशाली बन जाता है।"

आस्था के साथ कर्म करके हेलन केलर ने अपनी विपत्ति पर विजय पाई और उपयोगी जीवन जी सकीं।

आस्था का प्रयोग करके उन्होंने बोलना सीखा। आस्था द्वारा उन्होंने स्पर्श की इंद्रिय से सुनने और देखने का काम किया। इस तरह उन्होंने यह

साबित कर दिया कि व्यक्ति की शारीरिक सीमाएँ चाहे जितनी हों, उन्हें हमेशा ख़त्म या पार किया जा सकता है।

हम यह काम उस रहस्यमयी शक्ति का प्रयोग करके कर सकते हैं, जो हमारे मस्तिष्क में होती है। इसका तरीक़ा हर व्यक्ति को ख़ुद खोजना होगा। इतिहास के पन्ने पलटकर देखें। मानव सभ्यता की कहानी उन लोगों की कहानी है, जिन्होंने आस्था के प्रयोग की चाबी से रहस्यमयी आंतरिक शक्ति का द्वार खोला! यह भी देखें कि महान सफलताएँ हमेशा अजेय दिखने वाले कष्टों, मुश्किलों और बाधाओं से पैदा हुई हैं - ऐसी बाधाएँ, जिन्हें सिर्फ़ प्रबल इच्छा और प्रबल आस्था से ही पार किया जा सकता है।

और यह बात बहुत महत्वपूर्ण है - प्रबल इच्छा और प्रबल आस्था। इस महत्वपूर्ण तरीक़े से मस्तिष्क के उस द्वार को खोजा जा सकता है, जिसके पीछे रहस्यमयी आंतरिक शक्ति छिपी है!

जो लोग इस रहस्यमयी शक्ति को खोज लेते हैं और अपनी समस्याओं को सुलझाने में इसका इस्तेमाल करते हैं, उन्हें कई बार "स्वप्नदर्शी" कहा जाता है! लेकिन यह भी ध्यान रखें कि वे अपने सपनों को साकार करने के लिए मेहनत भी करते हैं और इस तरह हेलन केलर की इस बात की पुष्टि करते हैं कि "सही तरह से समझे जाने पर आस्था निष्क्रिय नहीं, बल्कि सक्रिय होती है।"

आस्था का अंतरराष्ट्रीय प्रतीक

"सही तरह की आस्था" के साथ एक अजीब बात यह है कि यह आम तौर पर किसी संकट की स्थिति में उत्पन्न होती है। यह तब सामने आती है, जब लोग अपनी समस्याएँ सुलझाने के लिए सामान्य विचारों से आगे जाने के लिए मजबूर हो जाते हैं।

इन संकट की स्थितियों के दौरान हम उस रहस्यमयी आंतरिक शक्ति का दोहन करते हैं, जो हर बाधा को हरा सकती है।

म्यांमार (जिसे पहले बर्मा कहते थे) की नेता **ऑन्ग सान सू की** देश में लोकतंत्र की बहाली के लिए आंदोलन चला रही हैं। 1988 में उन्होंने राजनीति में क़दम रखा। उनके पिता ऑन्ग सान को आधुनिक बर्मा का

संस्थापक माना जाता है। दुर्भाग्य से, एक राजनीतिक तख़्ता पलट में उनकी हत्या कर दी गई। तब उनकी बेटी सू की उम्र दो साल थी। बाद में वे विदेश में पढ़ाई करने चली गईं।

उन्होंने ऑक्सफ़ोर्ड में कॉलेज की पढ़ाई पूरी की। फिर उन्होंने एक अंग्रेज से शादी की और वे माँ बन गईं। इसके बाद सू ने अपने देश लौटने का फ़ैसला किया। बर्मा जाकर उन्होंने हर तरफ़ अराजकता का माहौल देखा। वहाँ राजनीतिक भ्रष्टाचार का बोलबाला था। सू ने लोकतंत्र और अहिंसा के लिए मुहिम चलाई। जल्दी ही उन्हें व्यापक जनसमर्थन मिलने लगा। उनकी बढ़ती लोकप्रियता से कुछ समय बाद सैन्य शासन को ख़तरा महसूस होने लगा। सैन्य शासन इस बात से भी दहशत में आ गया कि राष्ट्रीय स्तर पर आयोजित लोकतांत्रिक चुनाव में सू की राजनीतिक पार्टी जीत गई। सरकार ने तत्काल क़दम उठाते हुए सू को उनके घर में क़ैद कर लिया। उन्हें मित्रों या परिवार से भी मिलने की इजाज़त नहीं थी।

सू को अपनी आस्था से हिम्मत मिली। इसी वजह से उन्होंने कोई समझौता नहीं किया और तानाशाह सरकार की शर्तें नहीं मानीं। उनके साहस के लिए उन्हें अक्टूबर 1991 में नोबेल शांति पुरस्कार दिया गया। पूरी दुनिया को सू के संघर्ष का पता चल गया। इस विश्वव्यापी लोकप्रियता के कारण सैन्य शासन उन्हें और नुक़सान नहीं पहुँचा पाया। बहरहाल, पिछले 15 साल में उन्हें बार-बार उनके घर में क़ैद किया जा रहा है। यह अफ़वाह बार-बार फैलाई जाती है कि जल्दी ही उन्हें मुक्त कर दिया जाएगा और लोकतंत्र को बहाल कर दिया जाएगा।

जोखिम के बिना आस्था निष्क्रिय होती है। और जैसा हेलन केलर ने कहा है, "निष्क्रिय आस्था में उतनी ही शक्ति होती है, जितनी कि उस आँख में होती है, जो देख तो सकती है, लेकिन देखती नहीं है।"

अब हम कुछ महान लीडर्स के उदाहरण देखते हैं। उन्होंने भी उसी रहस्यमयी आंतरिक शक्ति को खोजा, उसका दोहन किया, उस पर अमल किया और इस तरह एक जंगली इलाक़े को "लोकतंत्र के जनक" के रूप में बदल दिया, जिसकी समृद्धि से पूरी दुनिया ईर्ष्या करती है।

डर के बजाय आस्था की राह चुनना

हम सब उन महान लीडर्स की उपलब्धियाँ जानते हैं। हम उनकी लीडरशिप के नियम जानते हैं। हम जानते हैं कि उनकी मेहनत से इस देश के लोगों को कितने सारे वरदान मिले हैं। एंड्र्यू कारनेगी की भविष्य-दृष्टि की बदौलत हमने सफलता की जो फ़िलॉसफ़ी तैयार की है, उसी के सिद्धांतों की बदौलत इन लीडर्स ने अमेरिका को दुनिया का सबसे अमीर और स्वतंत्र देश बनाया है।

लेकिन दुर्भाग्य से हम सब यह नहीं जानते हैं कि सक्रिय आस्था की राह पर चलने के लिए उन्होंने कितने अभावों के बीच काम किया, कितनी सारी बाधाओं को पार किया, कितने कष्ट उठाए। बहरहाल यह बात यक़ीन से कही जा सकती है : उन्हें अपने सामने आने वाली मुश्किलों के अनुपात में ही सफलता मिली! उन्हें उन लोगों का विरोध भी झेलना पड़ा, जिन्हें उनके संघर्षों से सबसे ज़्यादा लाभ होने वाला था - ऐसे लोगों का, जो सक्रिय आस्था की कमी के कारण हर नई और अपरिचित चीज़ को शंका से देखते हैं।

ज़िंदगी की संकटकालीन स्थितियाँ अक्सर लोगों को दोराहे पर ले आती हैं, जहाँ उन्हें अपनी दिशा चुनने के लिए विवश होना पड़ता है। एक राह आस्था की होती है और दूसरी डर की!

आख़िर ज़्यादातर लोग किस वजह से डर की राह चुनते हैं? यह चुनाव व्यक्ति के मानसिक नज़रिये पर निर्भर करता है!

जो व्यक्ति आस्था की राह चुनता है, वह दैनिक जीवन में तत्काल व साहसिक निर्णय लेकर अपने मस्तिष्क को विश्वास करने के लिए तैयार कर चुका है। जो व्यक्ति डर की राह चुनता है, वह ऐसा इसलिए करता है क्योंकि उसने मस्तिष्क को सकारात्मक रूप से तैयार करने को नज़रअंदाज़ कर दिया है।

वॉशिंगटन में एक आदमी व्हीलचेयर पर कटोरा तथा पेंसिल लेकर बैठता है और भीख माँगकर चंद सिक्के कमाता है। उसके भीख माँगने के पीछे यह बहाना है कि उसके पैर इन्फ़ैंटाइल पैरालिसिस नामक बीमारी से बेकार हो चुके हैं। सच तो यह है कि सिर्फ़ उसके पैर बेकार हुए हैं, इसके अलावा वह पूरी तरह स्वस्थ व शक्तिशाली है। उसका मस्तिष्क ज़रा भी

प्रभावित नहीं हुआ है। लेकिन इस भयंकर बीमारी के बाद उसने ख़ुद डर की राह चुनी है और धीरे-धीरे उसका मस्तिष्क उपयोग में न आने के कारण कुंद हो गया।

उसी शहर के दूसरे हिस्से में एक ऐसा भी आदमी था, जो इसी बीमारी का शिकार हुआ था। उसके भी पैर बेकार हो गए थे, लेकिन इस पर उसकी प्रतिक्रिया बिलकुल अलग थी। जब वह उस दोराहे पर आया, जहाँ उसे चुनने के लिए विवश होना पड़ा, तो उसने आस्था की राह चुनी। यह राह उसे सीधे व्हाइट हाउस और राष्ट्रपति पद की तरफ़ ले गई, जो अमेरिका का सर्वोच्च पद है।

ज़ाहिर है, मैं फ्रैंकलिन डेलेनो रूज़वेल्ट के बारे में बोल रहा हूँ। अपने पैरों की अक्षमता के कारण उन्होंने जो खोया था, उसे उन्होंने अपने मस्तिष्क और इच्छाशक्ति के प्रयोग द्वारा पा लिया। सब जानते हैं कि शारीरिक बीमारी के कारण उनकी सक्रियता पर कोई प्रभाव नहीं पड़ा और वे अमेरिका के सबसे सक्रिय राष्ट्रपतियों में से एक थे।

इन दोनों व्यक्तियों की स्थिति में कितना ज़्यादा अंतर है? लेकिन इस अंतर के पीछे छिपे असली कारण को देखें। असली कारण है मानसिक नज़रिये में अंतर। एक व्यक्ति ने डर को अपना मार्गदर्शक चुना। दूसरे ने आस्था को चुना।

कुछ लोग ज़िंदगी में दौलत के शिखर पर पहुँच जाते हैं, जबकि बाक़ी लोग ग़रीबी की खाई में गिर जाते हैं। इसका कारण समझना भी मुश्किल नहीं है। उनके मानसिक नज़रिये के अंतर के कारण ही उनकी परिस्थितियों में ज़मीन-आसमान का अंतर होता है। शिखर पर पहुँचने वाले लोग आस्था की ऊँची राह चुनते हैं, खाई में गिरने वाले लोग डर की नीची राह चुनते हैं तथा अपनी शिक्षा, अनुभव व योग्यता का लाभ नहीं उठा पाते हैं।

थॉमस ए. एडिसन की टीचर ने उन्हें स्कूल में भर्ती होने के तीन महीने के बाद ही घर भेज दिया। उन्होंने एडिसन के माता-पिता को लिखा कि उनके बच्चे का दिमाग़ बहुत "कुंद" है और उसे कुछ नहीं सिखाया जा सकता। एडिसन के पास तिरस्कृत महसूस करने का यह बहुत अच्छा बहाना

था। कुछ न करने का, कुछ न बनने का इससे अच्छा तर्क क्या हो सकता था। और कुछ समय तो वे बिलकुल यही बन गए। उन्होंने छोटे-छोटे काम किए, अख़बार बेचे, छुटपुट प्रयोग करते रहे। कुल मिलाकर, वे "सभी कामों में अल्पज्ञानी" बन गए, लेकिन किसी भी क्षेत्र में उन्हें महारत हासिल नहीं थी।

फिर थॉमस एडिसन के दिमाग़ में ऐसा कुछ हुआ, जिससे उनका नाम अमर हो गया। उन्होंने दुनिया को इस अजीब प्रक्रिया के बारे में नहीं बताया। बहरहाल, उन्होंने अपने भीतर सोई हुई रहस्यमयी शक्ति को खोज लिया और उसका प्रयोग किया। अचानक "कुंद" दिमाग़ वाले व्यक्ति के बजाय वे सार्वकालिक महान आविष्कार बन गए।

और आज बिजली की रोशनी देखते समय, फ़ोनोग्राफ़ सुनते समय या फ़िल्म देखते समय हमें यह याद रखना चाहिए कि हम उसी रहस्यमयी शक्ति के परिणाम को देख रहे हैं, जो महान एडिसन की तरह हमारे भीतर भी मौज़ूद है। यही नहीं, अगर हम उस महान शक्ति की उपेक्षा कर रहे हैं और उसका उचित प्रयोग नहीं कर रहे हैं, तो हमें ख़ुद पर शर्म भी आना चाहिए।

इस रहस्यमयी आंतरिक शक्ति की एक अजीब बात यह है कि यह लोगों के संकल्प को पूरा करती है। लोगों के मन में जिस चीज़ को पाने की प्रबल इच्छा होती है, यह शक्ति उस चीज़ को पाने में उनकी मदद करती है। इसका अर्थ यह है कि यह लोगों के प्रबल विचारों को हक़ीक़त में बदल देती है।

ओपरा विनफ़्री का बचपन दुखमय था और ज़िंदगी में उनके सफल होने की बहुत ज़्यादा संभावना नहीं दिख रही थी। बचपन में उन्हें दुर्व्यवहार और ग़रीबी के बुरे अनुभव हुए। किशोरावस्था में वे ग़रीबी की दिशा में बढ़ती दिख रही थीं। लेकिन ओपरा ने सिडनी पोटियर और बारबरा वाल्टर्स जैसे लोगों से प्रेरणा ली। आत्मविश्वास और अपनी क्षमता में उनकी आस्था ने उन्हें राह में आने वाली सभी बाधाओं को पार करने की शक्ति दी।

इस सिद्धांत के समर्थन में असंख्य उदाहरण दिए जा सकते हैं। हर व्यवसाय और हर क्षेत्र के लोगों का उदाहरण दिया जा सकता है। हर क्षेत्र में कुछ लोग शिखर पर पहुँच जाते हैं, जबकि उनके आस-पास मौज़ूद लोग

सामान्य से ज़्यादा ऊँचाई पर नहीं पहुँच पाते हैं।

सफल होने वाले लोगों को आम तौर पर "ख़ुशक़िस्मत" कहा जाता है। निश्चित रूप से वे ख़ुशक़िस्मत हैं! लेकिन सच तो यह है कि उनकी "ख़ुशक़िस्मती" सिर्फ़ यह थी कि उन्होंने अपनी रहस्यमयी आंतरिक शक्ति को खोज लिया था और सकारात्मक मानसिक नज़रिये के माध्यम से उसका प्रयोग किया था। डर की राह चुनने के बजाय उन्होंने आस्था की राह पर चलने का संकल्प किया था।

आंतरिक शक्ति स्थायी बाधा जैसी किसी हक़ीक़त को नहीं पहचानती है।

यह पराजय को ज़्यादा कोशिश करने की चुनौती मानती है।

यह डर और शंका जैसी ख़ुद की ओढ़ी हुई सीमाओं को तोड़ देती है।

और सबसे बढ़कर हमें याद रखना चाहिए कि यह व्यक्ति के रिकॉर्ड पर ऐसे काले दाग़ भी नहीं छोड़ती है, जिन्हें मिटाया न जा सके।

अगर आंतरिक शक्ति का इस्तेमाल किया जाए, तो हर दिन सफलता का एक नया अवसर बन सकता है। आपको अतीत की असफलताओं का बोझ उठाने की ज़रूरत नहीं है।

यह किसी जाति या धर्म का पक्ष नहीं लेती है। इसका मतलब यह है कि ग़रीबी में पैदा हुआ व्यक्ति ज़िंदगी भर ग़रीब रहे, यह ज़रूरी नहीं है। आंतरिक शक्ति एक ऐसा माध्यम है, जिसके द्वारा आदत की शक्ति के प्रभाव को नकारात्मक से सकारात्मक में तत्काल बदला जा सकता है। यह किसी पूर्ववर्ती चीज़ को नहीं पहचानती है, यह किसी कठोर नियम का पालन नहीं करती है और यह व्यक्तिगत स्वतंत्रता का एकमात्र भव्य राजमार्ग प्रदान करती है।

आर.एल. शार्प ने अपनी कविता "ए बैग ऑफ़ टूल्स" में लिखा है,

"क्या यह अजीब नहीं है कि राजकुमार और राजा
और सर्कस में मसखरी करने वाले जोकर
और आपकी-मेरी तरह के सामान्य लोग
अमरता के निर्माता हैं।"
"सभी को नियमों की पुस्तक,

एक पत्थर और औज़ारों का झोला दिया गया है
और सीमित समय ख़त्म होने से पहले हर एक को
उसे अवरोध या सीढ़ी का आकार देना होगा।"

जब तक आपको अपनी रहस्यमयी आंतरिक शक्ति तक पहुँचने की राह न मिल जाए, तब तक उसे खोजते रहें। जब आपको राह मिल जाएगी, तो आपको अपना सच्चा स्वरूप भी मिल जाएगा, जो आपको सफलता की तरफ़ ले जाएगा।

इससे कोई फ़र्क़ नहीं पड़ता है कि आप क्या करते हैं। चाहे आप ज़्यादा अच्छी चूहेदानी बनाते हों, ज़्यादा अच्छी पुस्तकें लिखते हों, ज़्यादा अच्छे उपदेश देते हों, दुनिया आपके दरवाज़े पर दौड़ती हुई आएगी, आपको पहचानेगी और पर्याप्त पुरस्कार देगी। इस बात से कोई अंतर नहीं पड़ता है कि आप कहाँ हैं, क्या हैं, या आप अतीत में कितनी बार और किस तरह असफल हुए हैं।

आप अतीत में असफल हो गए हैं, उससे क्या फ़र्क़ पड़ता है?

एडिसन, हेनरी फ़ोर्ड, राइट बंधु, एंड्र्यू कारनेगी और अमेरिकी जीवनशैली स्थापित करने में मदद करने वाले सभी महान अमेरिकी लीडर्स बार-बार असफल हुए थे। असफलता उनकी राह में कभी न कभी, कहीं न कहीं आई थी, लेकिन उन्होंने इसे असफलता नहीं, बल्कि "अस्थायी पराजय" की संज्ञा दी।

मुश्किलें सामने आने पर कोई भी मैदान छोड़ सकता है!

जब अस्थायी पराजय हावी होती है, तो कोई भी हताश हो सकता है। लेकिन जो लोग हिम्मत नहीं हारते हैं, वही महान बनते हैं।

उस आंतरिक शक्ति तक आत्म-दया के रास्ते से नहीं पहुँचा जा सकता। वहाँ डर, कायरता या संकोच के माध्यम से भी नहीं पहुँचा जा सकता। वहाँ ईर्ष्या और नफ़रत द्वारा भी नहीं पहुँचा जा सकता। वहाँ लोभ या लालच से भी नहीं पहुँचा जा सकता।

नहीं, आपका "सच्चा स्वरूप" इन नकारात्मक बातों पर ध्यान नहीं देता है। यह सिर्फ़ उस मस्तिष्क द्वारा प्रकट होता है, जिसमें से सभी नकारात्मक मानसिक नज़रियों को साफ़ करके निकाल दिया गया हो। यह उस मस्तिष्क

में समृद्ध होता है, जिसे आस्था का मार्गदर्शन हासिल होता है!

यह सफलता की कोई नई फ़िलॉसफ़ी नहीं है! यह तो पुराने और आज़माए हुए सिद्धांतों का संकलन है। ये सिद्धांत अचूक हैं और उस आंतरिक शक्ति तक ले जा सकते हैं, जो "पहाड़ हिलाती है।"

महान लीडर्स उत्पन्न करने वाली शक्ति हर युग में रही है और आज भी मौज़ूद है। यह जीवन के हर क्षेत्र में है। जिन लोगों में भविष्य-दृष्टि और आस्था होती है, वे अज्ञान, अंधविश्वास तथा डर को परास्त करके दुनिया में अपना नाम रोशन करते हैं।

यह शक्ति कोई चमत्कार नहीं करती है, बल्कि हमारी दैनिक आवश्यकताओं के अनुरूप काम करती है और मानव जाति के लाभ के लिए प्रयुक्त सेवा के हर रूप में झलकती है।

इसके कई नाम हैं, लेकिन नाम से इसकी प्रकृति नहीं बदलती है। यह सिर्फ़ एक माध्यम से काम करती है और वह है मस्तिष्क। यह विचारों, योजनाओं और उद्देश्यों में प्रकट होती है। और इसके बारे में सबसे अच्छी बात यह कही जा सकती है कि यह हवा की तरह मुफ़्त और ब्रह्मांड की तरह विशाल है।

○○○

अध्याय दस

आदत की ब्रह्मांडीय शक्ति का नियम

आदत रस्सी की तरह होती है। हम हर दिन इसका एक धागा बुनते हैं और अंत में यह इतनी मज़बूत हो जाती है कि हम इसे तोड़ नहीं सकते।

–होरेस मान

श्रोताओं से यह अनुरोध किया गया था कि कॉन्फ्रेंस के अंतिम दिन वे जल्दी आएँ। प्रतिष्ठित वक्ता (जिसका नाम उन्हें अब तक मालूम नहीं चला था) ने उनसे वादा किया था कि आज का भाषण पिछले सभी भाषणों की तुलना में ज़्यादा महत्वपूर्ण होगा। कई लोग इस बात पर यक़ीन नहीं कर पा रहे थे। श्रोताओं ने पिछले सात दिनों में जो नोट्स लिए थे, उनके आधार पर उन्होंने अंदाज़ा लगाने की कोशिश की कि आज वक्ता किस विषय पर बोलेगा। ज़्यादातर लोगों को लग रहा था कि आख़िरकार वक्ता अमीरी की उस "चाबी" का रहस्य खोल देगा, जिसका ज़िक्र वह पिछले सात दिनों से कर रहा था।

श्रोता धीरे-धीरे चलते हुए हॉल में दाख़िल हुए। कुछ तो इसलिए धीरे चल रहे थे, क्योंकि इतनी सुबह वे ज़्यादा उत्साह नहीं दिखाना चाहते थे। जब श्रोता कुर्सी पर बैठे, तो उन्हें मंच पर एक रंगीन बोर्ड दिखा। उस बोर्ड पर ब्रह्मांड की रंगीन तस्वीर लगी थी। कई श्रोता सोचने लगे कि कहीं आज का सबक़ विज्ञान से संबंधित तो नहीं है। बहरहाल, वक्ता ने आकर

जब बोलना शुरू किया, तो उनके सारे सवाल दूर हो गए।

"आज मैं प्रकृति के सबसे बड़े नियम का विश्लेषण करूँगा! यह आदत की ब्रह्मांडीय शक्ति का नियम है!"

संक्षेप में, आदत की ब्रह्मांडीय शक्ति का (The Law of Cosmic Habitforce) नियम यह है कि प्रकृति सभी आदतों को स्थायी बना देती है, ताकि एक बार आदत पड़ जाने के बाद वे अपने आप चलती रहें। यह ब्रह्मांड के बारे में भी उतना ही सच है, जितना कि इंसान की आदतों के बारे में।

व्यक्ति चाहे कहीं भी हो और कुछ भी हो, अपने विचार और काम करने की आदतों के कारण होता है। इस पूरी फ़िलॉसफ़ी का उद्देश्य यह है कि व्यक्ति ऐसी आदतें डाल ले, ताकि वह वर्तमान स्थिति से आगे बढ़कर अपनी मनचाही स्थिति तक पहुँच जाए। ताकि आज वह जो है, उससे आगे बढ़कर व्यक्ति वह बन जाए, जो वह ज़िंदगी में बनना चाहता है।

सभी वैज्ञानिक और कई अन्य लोग यह सच्चाई अच्छी तरह जानते हैं कि प्रकृति पूरे ब्रह्मांड में पदार्थ (Matter) और ऊर्जा (Energy) के सभी तत्वों के बीच आदर्श संतुलन बनाए रखती है। पूरा ब्रह्मांड अटूट नियमों पर चलता है। इस ब्रह्मांड की आदतें कभी नहीं बदलती हैं और इंसान उन्हें किसी तरह से नहीं बदल सकता है। ब्रह्मांड की पाँच वास्तविकताएँ ये हैं: (1) समय, (2) आकाश (Space), (3) ऊर्जा, (4) पदार्थ, और (5) बुद्धि। ये पाँचों बाक़ी तत्वों को व्यवस्थित आकार देती हैं और उन्हें निश्चित आदतों पर आधारित तंत्र में बदल देती हैं।

इन पाँचों मूलभूत तत्वों के माध्यम से प्रकृति हर चीज़ बनाती है, फिर चाहे वह रेत का कण हो या अंतरिक्ष में घूमने वाले बड़े सितारे हों। इनके माध्यम से प्रकृति हर मूर्त वस्तु चीज़ बनाती है और उस अमूर्त वस्तु को भी बनाती है, जिसकी मनुष्य कल्पना कर सकता है।

सभी को इन पाँच वास्तविकताओं का ज्ञान हो सकता है। बहरहाल, हर व्यक्ति इनके बारे में जानने का या तो समय नहीं निकालता है या इसे जानने में रुचि नहीं लेता है। लोग यह नहीं जानते हैं कि आदत की ब्रह्मांडीय शक्ति के द्वारा ही प्रकृति परमाणुओं, सितारों और ग्रहों को

आपस में बाँधे रखती है। इसी के द्वारा यह निरंतर कार्य करती रहती है, चाहे ठंड हो या गर्मी, चाहे दिन हो या रात, चाहे सेहत ख़राब हो या अच्छी, चाहे ज़िंदगी हो या मौत। आदत की ब्रह्मांडीय शक्ति के कारण ही सभी आदतें और मानवीय संबंध किसी न किसी हद तक स्थायी बने रहते हैं। इसी शक्ति के द्वारा व्यक्ति की इच्छाओं और लक्ष्यों से संबंधित विचार अपने भौतिक रूप में रूपांतरित होते हैं।

यह सब सच है, लेकिन बहुत कम लोगों को इसका ज्ञान होता है। वह व्यक्ति ख़ुशक़िस्मत होता है, जो यह जानता है कि इंसान तो सिर्फ़ एक माध्यम है, जिसके माध्यम से उससे ज़्यादा बड़ी शक्तियाँ प्रकट हो रही हैं। इस पूरी फ़िलॉसफ़ी का उद्देश्य ही यह है कि इंसान यह जान ले कि वह ख़ुद को ब्रह्मांड की अदृश्य शक्तियों के सामंजस्य में कैसे ला सकता है। और यह भी, कि इस ज्ञान का पूरा लाभ उठाते हुए वह सफलता की तरफ़ कैसे बढ़ सकता है।

यह ज्ञान व्यक्ति को आसानी से अमीरी की चाबी तक पहुँचा सकता है!

आदत की ब्रह्मांडीय शक्ति प्रकृति की नियंत्रक है, जिसके द्वारा बाक़ी सभी प्राकृतिक नियम तंत्रों के माध्यम से संयोजित, व्यवस्थित और क्रियान्वित होते हैं। इसीलिए इसे सबसे बड़ा प्राकृतिक नियम कहा गया है।

हम जानते हैं कि सितारे और ग्रह इतनी सटीकता से चलते हैं कि खगोलशास्त्री उनकी भावी सटीक स्थिति और उनके आपसी संबंध की भविष्यवाणी कर सकते हैं। हम जानते हैं कि साल में मौसम घड़ी जैसी समयबद्धता से आते हैं। हम जानते हैं कि बलूत (Oak) के बीज से बलूत का पेड़ ही उगता है और ताड़ के बीज से ताड़ का पेड़ ही उगता है। बलूत के बीज से कभी ग़लती नहीं होती है और इससे कभी ताड़ का पेड़ पैदा नहीं होता है। न ही ताड़ के बीज से बलूत का पेड़ पैदा होता है। हम जानते हैं कि प्रकृति में कोई भी ऐसी चीज़ पैदा नहीं होती है, जिसका कोई समरूपी पूर्वज पहले से न हो। आग से धुआँ निकलना जितना निश्चित है, उतनी ही निश्चितता से प्रकृति और व्यक्ति के विचारों के लक्ष्य से उन्हीं की तरह के फल उत्पन्न होते हैं।

आदत की ब्रह्मांडीय शक्ति के द्वारा ही हर प्राणी अपने परिवेश के

अनुरूप ढल जाता है। इससे यह स्पष्ट हो जाता है कि सफलता अधिक सफलता को आकर्षित क्यों करती है और असफलता अधिक असफलता को आकर्षित क्यों करती है। यह सच्चाई इंसान बहुत पहले जान चुका है, बहरहाल बहुत कम लोग इसके कारण को समझ पाए हैं।

सब जानते हैं कि असफल व्यक्ति सफल लोगों के क़रीबी संपर्क में आकर सफलता हासिल कर सकता है। जो लोग सफलता के संदर्भ में सोचते और कार्य करते हैं, उनके क़रीबी संपर्क में आकर कोई भी व्यक्ति सफल हो सकता है, भले ही वह अतीत में कितनी ही बार असफल हो चुका हो। लेकिन हर व्यक्ति इसके पीछे छिपे कारण को नहीं जानता है। वह यह नहीं जानता है कि ऐसा इसलिए होता है, क्योंकि आदत की ब्रह्मांडीय शक्ति का नियम सफल व्यक्ति की "सफलता की चेतना" को असफल व्यक्ति के मस्तिष्क तक पहुँचा देता है। इस तरह सफल व्यक्ति के क़रीबी संपर्क में रहने से असफल व्यक्ति भी सफल हो सकता है।

जब भी दो मस्तिष्क एक-दूसरे के संपर्क में आते हैं, तो उससे एक तीसरा मस्तिष्क बनता है। यह तीसरा मस्तिष्क दोनों मस्तिष्कों में से अधिक सशक्त मस्तिष्क जैसा होता है। बेहद सफल लोग इस सच्चाई को जानते हैं और यह स्वीकार करते हैं कि सफल व्यक्तियों के संपर्क में आने के बाद ही उन्होंने सफलता की तरफ़ क़दम बढ़ाए। वे यह मानते हैं कि उनकी सफलता की यात्रा किसी ऐसे व्यक्ति के क़रीबी संपर्क में आने से शुरू हुई, जिसका सकारात्मक मानसिक नज़रिया उन्होंने चेतन या अवचेतन रूप से ग्रहण कर लिया।

शरीर की पाँच इंद्रियों के माध्यम से आदत की ब्रह्मांडीय शक्ति को न तो देखा जा सकता है, न सुना जा सकता है और न ही समझा जा सकता है। इसीलिए इसे ज़्यादातर लोग नहीं पहचान पाते हैं। ज़्यादातर लोग प्रकृति की अमूर्त शक्तियों को समझने की न तो कोशिश करते हैं, न ही उनकी इसमें कोई रुचि होती है। बहरहाल, अमूर्त शक्तियाँ ही ब्रह्मांड की सच्ची शक्तियाँ हैं। अमूर्त शक्तियाँ ही हर मूर्त तथा ठोस चीज़ का असली आधार और स्रोत हैं।

अगर आप आदत की ब्रह्मांडीय शक्ति को समझ लेंगे, तो आपको राल्फ़ वाल्डो इमर्सन के प्रतिफल वाले निबंध की व्याख्या करने में ज़रा भी

मुश्किल नहीं आएगी। इसका कारण यह है कि इस निबंध में वे आदत की ब्रह्मांडीय शक्ति के नियम का ही ज़िक्र कर रहे थे।

गुरुत्वाकर्षण के नियम को खोजते समय सर आइज़ैक न्यूटन भी इस नियम को पूरी तरह पहचानने के क़रीब आ गए थे। अगर वे थोड़ा सा आगे बढ़ जाते, तो वे उस नियम को प्रकट कर सकते थे, जो हमारी छोटी सी पृथ्वी को अंतरिक्ष में स्थापित रखता है तथा इसे समय और स्थान (Space) दोनों दृष्टियों से बाक़ी सभी ग्रहों के सामंजस्य में रखता है। वे उस नियम को उजागर कर सकते थे, जिसके द्वारा इंसान एक-दूसरे से संबंध बनाता है। यही नहीं, वे उस नियम को भी उजागर कर सकते थे, जिसके द्वारा व्यक्ति विचार की आदतों के माध्यम से ख़ुद से जुड़ता है।

"आदत की शक्ति" का वर्णन

"आदत की शक्ति" का अर्थ स्पष्ट है। यह ऐसी शक्ति है, जो स्थापित आदतों के माध्यम से काम करती है। इंसान से कम बुद्धि वाले प्राणी आदत की ब्रह्मांडीय शक्ति से ही संचालित होकर "सहज अनुभूति" (Instinct) के माध्यम से अपना वंश चलाते हैं।

सिर्फ़ इंसान को ही अपनी आदतें चुनने का अधिकार दिया गया है। सिर्फ़ इंसान ही अपनी आदतों को अपने विचारों के अनुरूप ढाल सकता है और बदल सकता है। यह एक बहुत महत्वपूर्ण बात है, क्योंकि इंसान को सिर्फ़ विचारों पर ही पूरा नियंत्रण और अधिकार मिला है।

अगर व्यक्ति डर, शंका, ईर्ष्या, लोभ और ग़रीबी की सीमाओं के बारे में सोचेगा, तो आदत की ब्रह्मांडीय शक्ति उसके विचारों को उनके भौतिक रूप में बदल देगी। दूसरी तरफ़, अगर व्यक्ति समृद्धि और प्रचुरता के बारे में सोचेगा, तो यही नियम उसके विचारों को उनके भौतिक रूप में बदल देगा। इस तरीक़े से व्यक्ति अपने विचारों को आकार देने के अधिकार का इस्तेमाल करके अपनी क़िस्मत को आश्चर्यजनक सीमा तक नियंत्रित कर सकता है। जब ये विचार निश्चित आदतों में ढल जाते हैं, तो आदत की ब्रह्मांडीय शक्ति का नियम उन्हें अपने नियंत्रण में ले लेता है और उन आदतों को स्थायी बना देता है। इसके बाद वे आदतें तब तक स्थायी बनी रहती हैं, जब तक कि दूसरे और ज़्यादा प्रबल विचारों से उन्हें बदला न जाए।

अमीरी की चाबी आपके हाथ में

अब हम एक गहरी सच्चाई पर विचार करते हैं। बड़ी सफलता ज़्यादातर लोगों को सिर्फ़ तभी मिलती है, जब वे किसी ऐसी त्रासदी या संकट की स्थिति से गुज़रते हैं, जो उनकी आत्मा को गहराई तक छू लेती है और उन्हें "असफलता" की कगार तक ले आती है।

यह एक अविश्वसनीय बात है, लेकिन यह सच है और इसके पीछे एक कारण है। इस कारण को वे लोग आसानी से पहचान लेते हैं, जो आदत की ब्रह्मांडीय शक्ति के नियम को समझते हैं। दरअसल, ज़िंदगी की संकटकालीन परिस्थितियाँ और त्रासदियाँ असफलता की तरफ़ ले जाने वाली स्थापित आदतों को तोड़ देती हैं। इसीलिए असफलता के बाद इंसान नई और बेहतर आदतें डाल सकता है।

यह हमें युद्ध के परिणामों में भी दिखता है। जब किसी देश या लोगों के बड़े समूह प्रकृति की दैवी योजना के सामंजस्य में नहीं होते हैं, तो प्रकृति उन्हें अपनी आदतें छोड़ने के लिए मजबूर करती है। युद्ध, व्यावसायिक मंदी, महामारी या किसी अन्य विषम परिस्थिति के माध्यम से इन आदतों को बदला जाता है, ताकि एक नई शुरुआत हो सके, जो प्रकृति की आदर्श योजना के ज़्यादा क़रीब हो।

इस निष्कर्ष का उद्देश्य युद्ध को न्यायसंगत ठहराना नहीं है। इसका उद्देश्य तो मानव जाति को एक ऐसे नियम के अज्ञान का दोषी ठहराना है, जिसे अगर सब लोग समझ लें, तो युद्ध की ज़रूरत ही नहीं रहेगी!

युद्ध मानव संबंधों में तालमेल के अभाव के कारण होते हैं। तालमेल का अभाव नकारात्मक विचारों के कारण होता है। ये नकारात्मक विचार तब तक बढ़ते रहते हैं, जब तक कि वे बहुत बड़े नहीं हो जाते। और फिर युद्ध हो जाता है। देश की भावना इसके नागरिकों की प्रबल वैचारिक आदतों का महायोग होती है।

यही व्यक्तियों के बारे में भी सच है, क्योंकि व्यक्ति की भावना भी उसकी प्रबल वैचारिक आदतों से तय होती है। ज़्यादातर लोग ज़िंदगी भर किसी न किसी तरह से युद्ध करते रहते हैं। वे अपने ही परस्पर विरोधी विचारों और भावनाओं के ख़िलाफ़ जूझते रहते हैं या फिर अपने पारिवारिक, व्यावसायिक व सामाजिक संबंधों में किसी न किसी तरह का युद्ध लड़ते रहते हैं।

इस सच्चाई को जानने के बाद आप समझ जाएँगे कि जो लोग स्वर्णिम नियम के हिसाब से जीते हैं, उन्हें सच्ची शक्ति और बहुत से लाभ इसलिए मिलते हैं, क्योंकि यह महान नियम उन्हें युद्ध से बचाता है, दूसरों से भी और ख़ुद से भी।

इसे समझने के बाद आप निश्चित प्रमुख लक्ष्य के सच्चे उद्देश्य और लाभ भी समझ जाएँगे। आप यह जान लेंगे कि जब विचार की आदतों से यह लक्ष्य मस्तिष्क में स्थापित हो जाता है, तो फिर आदत की ब्रह्मांडीय शक्ति इसकी बागडोर थाम लेती है और उपलब्ध व्यावहारिक साधनों का प्रयोग करते हुए इसका तार्किक परिणाम देती है।

आदत की ब्रह्मांडीय शक्ति यह नहीं सुझाती है कि व्यक्ति कौन सा लक्ष्य बनाए या उसकी वैचारिक आदतें सकारात्मक हों या नकारात्मक। बहरहाल, यह सभी वैचारिक आदतों को स्थायी बनाती है और कर्म की प्रेरणा देकर उन्हें भौतिक रूप में साकार करती है।

"सामूहिक विचार" की शक्ति

आदत की शक्ति से सिर्फ़ व्यक्तियों की वैचारिक आदतें ही तय नहीं होती हैं। इससे सामूहिक वैचारिक आदतें भी तय होती हैं। यहाँ भी प्रबल विचारों के हिसाब से परिणाम मिलते हैं। उदाहरण के लिए, प्रथम विश्वयुद्ध ख़त्म होने के बाद भी पूरी दुनिया "अगले विश्वयुद्ध" की संभावनाओं के बारे में बातें कर रही थी। और यह सचमुच हो गया।

इसी तरह से, महामारियाँ भी नकारात्मक विचारों के प्रचार-प्रसार के कारण फैलती हैं। जब किसी शहर का स्वास्थ्य विभाग बड़े-बड़े साइनबोर्ड लगवाकर उन पर लाल-अक्षरों में खसरे, डिप्थीरिया या किसी अन्य बीमारी से सावधान रहने की चेतावनी देता है, तो लोगों के मन में एक नकारात्मक विचार सामूहिक रूप से उत्पन्न होता है। और इस नकारात्मक विचार की प्रतिक्रिया के फलस्वरूप वह महामारी निश्चित रूप से आ जाती है।

यहाँ भी वही नियम लागू होता है। काल्पनिक बीमारी से पीड़ित व्यक्ति अपनी बीमारी के बारे में तब तक बोलता और सोचता रहता है, जब तक कि यह उसकी आदत नहीं बन जाती है। फिर उसे वह बीमारी सचमुच हो जाती है। उसकी बीमारी आदत की ब्रह्मांडीय शक्ति ने उत्पन्न की है! सच

तो यह है कि अगर किसी विचार को मस्तिष्क में बार-बार दोहराया जाए, तो यह उपलब्ध व्यावहारिक साधनों का प्रयोग करके अपने भौतिक रूप में बदलने लगता है।

यह बहुत दुखद है कि लोगों को इस बारे में कितना कम ज्ञान है। यह बहुत दुखद है कि अमेरिका जैसे महान देश के 75 प्रतिशत से ज़्यादा लोग ज़िंदगी भर ग़रीबी और अभावों के बीच जीते हैं। बहरहाल, आदत की ब्रह्मांडीय शक्ति के कार्य करने के नियम को समझने के बाद इसका कारण समझना कठिन नहीं है।

ग़रीबी "ग़रीबी की चेतना" (Poverty Consciousness) का सीधा परिणाम है। ग़रीबी के संदर्भ में सोचने, ग़रीबी से डरने और ग़रीबी के बारे में बातें करने के कारण ही इंसान ग़रीब बनता है।

सफल लोग ग़रीबी के संदर्भ में नहीं सोचते हैं। जिन चीज़ों को वे नहीं चाहते हैं, उनके बारे में वे सोचते ही नहीं हैं! उनकी सफलता का शिक्षा या योग्यता से कोई संबंध नहीं है। कुछ सफल लोगों के पास उन लाखों लोगों से कम शिक्षा या योग्यता थी, जो ज़िंदगी भर ग़रीबी में जीते हैं, जबकि उनमें से कइयों के पास तो कॉलेज की बहुत सी डिग्रियाँ होती हैं।

दुनिया कैंसर को लाइलाज बीमारी मानती है। यह मान्यता इतने लंबे समय से है कि आदत की ब्रह्मांडीय शक्ति ने इसे वास्तविकता में बदल दिया है और कैंसर को लाइलाज बना दिया है। बहरहाल, अब समझदार वैज्ञानिक ऐसे सकारात्मक वैचारिक तंत्र स्थापित कर रहे हैं, जिनसे इस बीमारी का इलाज खोजने में मदद मिलेगी।

जब इस तरह का सकारात्मक "सामूहिक चिंतन" पूरे समाज में फैल जाएगा, तो कैंसर लाइलाज बीमारी नहीं रहेगी। यह उन बीमारियों में शामिल हो जाएगी, जो ख़त्म हो चुकी हैं, क्योंकि लोगों ने उनके बारे में बोलना और सोचना छोड़ दिया है।

अच्छी सेहत "सेहत की चेतना" का परिणाम है। यह अच्छी सेहत के बारे में लगातार सोचने से बनती है। आदत की ब्रह्मांडीय शक्ति इसे स्थायी बनाती है। अगर आप अच्छी सेहत चाहते हैं, तो अपने अवचेतन मस्तिष्क को इसे उत्पन्न करने का आदेश दें। आदत की ब्रह्मांडीय शक्ति तत्काल उस आदेश का पालन करने लगेगी।

अगर आप दौलत चाहते हैं, तो अपने अवचेतन मस्तिष्क को दौलत उत्पन्न करने का आदेश दें। आप यह देखकर हैरान रह जाएँगे कि "दौलत की चेतना" विकसित होने के बाद आपकी आर्थिक स्थिति कितनी जल्दी सुधरती है।

आप जो भी चीज़ पाना चाहते हैं, सबसे पहले तो उसकी "चेतना" जाग्रत करें। इसके बाद ही आपकी इच्छाएँ साकार होती हैं। "चेतना" आपकी ज़िम्मेदारी है। आपको इसे अपने विचारों को दोहराकर उत्पन्न करना होगा। आप चाहें तो चिंतन के माध्यम से भी यह काम कर सकते हैं और इस सृष्टि के रचयिता की शक्ति का लाभ उठा सकते हैं।

एक महान दार्शनिक ने कहा था, "मैं इस नतीजे पर पहुँचा हूँ कि ग़रीबी या बीमारी को स्वीकार करना आस्था के अभाव का सूचक है।"

हम आस्था के बारे में बोलते तो बहुत हैं, लेकिन अपने शब्दों के अनुरूप काम नहीं करते हैं। आस्था सिर्फ़ कार्यों के माध्यम से ही स्थायी बन सकती है। सिर्फ़ विश्वास ही काफ़ी नहीं है, क्योंकि जैसा एक महान दार्शनिक ने कहा था, "कर्म के बिना आस्था निर्जीव है।"

आदत की ब्रह्मांडीय शक्ति प्रकृति की रचना है। यह एक शाश्वत सिद्धांत है, जिसके द्वारा पूरे ब्रह्मांड में व्यवस्था और सामंजस्य बना रहता है, जो अंतरिक्ष के सबसे बड़े सितारे से लेकर पदार्थ के सबसे छोटे कण तक दिखाई देता है।

यह एक ऐसी शक्ति है, जो सबको मिल सकती है, चाहे वह कमज़ोर हो या शक्तिशाली, अमीर हो या ग़रीब, बीमार हो या स्वस्थ। यह सभी मानवीय समस्याओं का समाधान प्रदान करती है।

इस फ़िलॉसफ़ी के 17 सिद्धांतों का प्रमुख लक्ष्य लोगों की इस तरह मदद करना है, ताकि आत्म-अनुशासन का प्रयोग करके वे सकारात्मक वैचारिक आदतें डालें और आदत की ब्रह्मांडीय शक्ति द्वारा उन्हें स्थायी बनाकर सफल हों।

17 सिद्धांत किस तरह आदत की ब्रह्मांडीय शक्ति के अनुरूप हैं

आइए, अब हम इन 17 सिद्धांतों की संक्षिप्त समीक्षा करें, ताकि आदत

की ब्रह्मांडीय शक्ति से उनके संबंध पर विचार कर सकें। आइए देखें कि ये 17 सिद्धांत मिलकर वह चाबी कैसे बनाते हैं, जिससे सभी समस्याओं के समाधान का दरवाज़ा खुल जाता है।

यह विश्लेषण इस फ़िलॉसफ़ी के पहले सिद्धांत से शुरू होता है :

(1) एक मील ज़्यादा आगे तक जाने की आदत

इस सिद्धांत को सबसे पहले इसलिए रखा गया है, क्योंकि यह मस्तिष्क को उपयोगी सेवा प्रदान करने के लिए तैयार करता है। और इस तैयारी से व्यक्ति दूसरे सिद्धांत के लिए तैयार होता है।

(2) निश्चित लक्ष्य

इसकी मदद से व्यक्ति एक मील ज़्यादा आगे तक जाने के सिद्धांत को व्यवस्थित दिशा देता है। इससे वह यह भी सुनिश्चित करता है कि वह प्रमुख लक्ष्य की दिशा में लगातार बढ़ता रहे और उसे लगातार सकारात्मक परिणाम मिलते रहें। अगर व्यक्ति सिर्फ़ इन्हीं दो सिद्धांतों का पालन कर ले, तो वह सफलता की सीढ़ी पर बहुत ऊपर पहुँच सकता है। बहरहाल, जो लोग बहुत बड़े लक्ष्य का पीछा करना चाहते हैं, उन्हें दूसरों की मदद की ज़रूरत भी होगी, जो तीसरे सिद्धांत पर अमल करने से मिलेगी।

(3) मास्टर माइंड

इस सिद्धांत पर अमल करके व्यक्ति एक नई और बड़ी शक्ति का अनुभव करने लगता है, जो उसे दूसरों से मिलती है। उसमें जो कमियाँ हैं या उसके मस्तिष्क की जो सीमाएँ हैं, उन्हें वह दूसरों के ज्ञान व अनुभव से दूर कर लेता है। इस सिद्धांत का प्रयोग करके व्यक्ति मानव जाति के सदियों से संग्रहीत समूचे ज्ञान का लाभ उठा सकता है। लेकिन इस शक्ति का एहसास पूरी तरह तभी होता है, जब व्यक्ति चौथे सिद्धांत से मार्गदर्शन लेने में निपुण हो जाता है।

(4) आस्था का प्रयोग

यहाँ व्यक्ति असीम बुद्धिमत्ता की शक्तियों के सामंजस्य में आने की कोशिश करता है। यह तभी संभव होता है, जब मस्तिष्क को इसके लिए तैयार कर लिया जाए। यहाँ पर व्यक्ति अपने सभी डर, चिंताओं और

शंकाओं पर विजय पा लेता है, क्योंकि वह शक्ति के स्रोत के साथ "एकरूपता" को पहचान लेता है और अपने मस्तिष्क पर पूरा नियंत्रण कर लेता है।

इन चार सिद्धांतों को "चार सबसे महत्वपूर्ण सिद्धांत" कहा गया है और यह सही भी है, क्योंकि ये बहुत शक्तिशाली हैं। एक औसत व्यक्ति को सफलता की बुलंदी तक पहुँचने के लिए जितनी शक्ति चाहिए, इन सिद्धांतों के माध्यम से उसे वह शक्ति हासिल हो सकती है। लेकिन ऐसा तभी हो सकता है, जब व्यक्ति में सफलता के लिए आवश्यक बाक़ी गुण हों, जैसे पाँचवें सिद्धांत का गुण।

(5) सुखद व्यक्तित्व

सुखद व्यक्तित्व (Pleasing Personality) से व्यक्ति इतना समर्थ बनता है कि वह ख़ुद को और अपने विचारों को दूसरों को बेच सके। इसलिए यह गुण उन सब लोगों के लिए अनिवार्य है, जो मास्टर माइंड गठबंधन बनाकर सफल होना चाहते हैं। बहरहाल, पहले चार सिद्धांत आपके व्यक्तित्व को सुखद बना देते हैं। ये पाँचों सिद्धांत मिलकर प्रबल शक्ति प्रदान कर सकते हैं। लेकिन इसके बावज़ूद व्यक्ति इतना सशक्त नहीं बन पाता है कि वह पराजय के ख़िलाफ़ अपनी विजय को सुनिश्चित कर सके। हमें यह नहीं भूलना चाहिए कि हर व्यक्ति को ज़िंदगी में पराजय का सामना कई बार करना पड़ता है, इसलिए इसे समझने और छठे सिद्धांत पर अमल करने की ज़रूरत होती है।

(6) पराजय से सीखने की आदत

ग़ौर करें कि इस सिद्धांत में "आदत" शब्द है, जिसका मतलब यह है कि इसे आदत के रूप में स्वीकार करना चाहिए और पराजय की हर स्थिति में इस पर अमल करना चाहिए। जब भी व्यक्ति की योजना गड़बड़ा जाती है, और ऐसा कभी न कभी अवश्य होगा, तो इस सिद्धांत की बदौलत वह नई शुरुआत करने के लिए प्रेरित होता है।

अब तक बताए छह सिद्धांतों का प्रयोग करके व्यक्तिगत शक्ति को काफ़ी बढ़ाया जा सकता है। छह सिद्धांतों पर अमल करने से व्यक्ति यह जान चुका है कि ज़िंदगी में वह कहाँ जा रहा है। अपने लक्ष्य तक पहुँचने के लिए उसे जिन लोगों की मदद की ज़रूरत है, उनका मित्रतापूर्ण सहयोग

वह हासिल कर चुका है। उसने अपने व्यक्तित्व को सुखद बना लिया है, ताकि उसे दूसरों का सहयोग हमेशा मिलता रहे। उसने आस्था के माध्यम से असीम बुद्धि के स्रोत का दोहन करने की कला सीख ली है। और उसने पराजय की बाधाओं को विजय की सीढ़ियाँ बनाना भी सीख लिया है। बहरहाल, इन सब लाभों के बावज़ूद अपने प्रमुख लक्ष्य का पीछा करते समय वह कई बार ऐसे मोड़ पर आएगा, जहाँ उसे सातवें सिद्धांत के लाभों की ज़रूरत होगी।

(7) रचनात्मक भविष्य–दृष्टि

यह सिद्धांत व्यक्ति को भविष्य की घटनाएँ भाँपने की शक्ति देता है। इसके द्वारा व्यक्ति अतीत का विश्लेषण करके भविष्य का अनुमान लगा सकता है। व्यक्ति अपनी कल्पनाशक्ति से अपनी आशाओं और लक्ष्यों तक पहुँचने की नई और बेहतर योजनाएँ बना सकता है। और यहाँ पर शायद पहली बार व्यक्ति अपनी छठी इंद्रिय को खोज सकता है, जिससे लाभ उठाकर वह उस ज्ञान तक पहुँच सकता है, जो उसे दूसरे स्रोतों से हासिल नहीं हो सकता। बहरहाल, इस लाभ के व्यावहारिक उपयोग को सुनिश्चित करने के लिए व्यक्ति को आठवें सिद्धांत पर अमल करना होगा।

(8) व्यक्तिगत पहल–शक्ति

यह सिद्धांत कर्म को प्रेरित करता है और उसे निश्चित लक्ष्यों की तरफ़ बढ़ाता है। यह टालमटोल, उदासीनता और आलस्य की विनाशकारी आदतों से व्यक्ति को बचाता है। यह सिद्धांत कितना महत्त्वपूर्ण है, यह इसी बात से पता चल जाता है कि यह अब तक बताए गए सात सिद्धांतों की "आदत डालने वाला" है। व्यक्तिगत पहल-शक्ति (Personal Initiative) के इस्तेमाल के बिना किसी भी सिद्धांत का प्रयोग आदत नहीं बन सकता है। यह बात इस सिद्धांत को और भी महत्वपूर्ण बना देती है कि यही वह एकमात्र साधन है, जिससे व्यक्ति अपने नियंत्रण में रह सकने वाली एकमात्र चीज़ यानी विचार की शक्ति को पूरी तरह नियंत्रित कर सकता है।

विचार अपने आप व्यवस्थित या निर्देशित नहीं होते हैं। उन्हें मार्गदर्शन, प्रेरणा और सहायता की ज़रूरत होती है, जो सिर्फ़ पहल-शक्ति से ही मिल सकती है।

लेकिन व्यक्तिगत पहल-शक्ति कई बार ग़लत दिशा में भी जा सकती है। इसलिए इसे अतिरिक्त मार्गदर्शन की ज़रूरत होती है, जो नौवें सिद्धांत से मिल सकता है।

(9) सटीक चिंतन

सटीक चिंतन (Accurate Thinking) न सिर्फ़ व्यक्ति की पहल-शक्ति को ग़लत दिशा में भटकने से बचाता है, बल्कि ग़लत निर्णयों, अटकलों और निर्णयों की जल्दबाज़ी से भी बचाता है। यह अपनी अविश्वसनीय भावनाओं के प्रभाव से भी बचाता है। यह आम तौर पर तर्क की उस शक्ति से मिलता है, जिसे मस्तिष्क कहा जाता है।

इन नौ सिद्धांतों में निपुण व्यक्ति बहुत शक्तिशाली बन जाएगा। लेकिन उसकी यह शक्ति ख़तरनाक भी हो सकती है और होती भी है, जब तक दसवें सिद्धांत के प्रयोग द्वारा इसे नियंत्रित न किया जाए या दिशा न दी जाए।

(10) आत्म-अनुशासन

आत्म-अनुशासन माँगने से नहीं मिलता है, न ही इसे तत्काल हासिल किया जा सकता है। यह तो सावधानी से डाली गई आदतों का परिणाम होता है और कई मामलों में तो इसके लिए कई साल तक मेहनत करना पड़ती है। इस बिंदु पर इच्छाशक्ति सक्रिय हो जाती है, क्योंकि आत्म-अनुशासन सिर्फ़ इच्छाशक्ति से ही आता है।

बहुत से लोगों ने अब तक बताए नौ सिद्धांतों पर अमल करके महान शक्ति तो हासिल कर ली, लेकिन आत्म-अनुशासन की कमी के कारण वे पराजित हो गए या उन्होंने दूसरों को पराजित करवा दिया।

जब इस सिद्धांत को आत्मसात कर लिया जाता है और इस पर अमल किया जाता है, तो व्यक्ति को अपने सबसे बड़े शत्रु यानी स्वयं पर पूरा नियंत्रण मिल जाता है!

आत्म-अनुशासन ग्यारहवें सिद्धांत के प्रयोग से शुरू होना चाहिए।

(11) एकाग्र प्रयास

एकाग्रता की शक्ति भी इच्छा का नतीजा है। यह आत्म-अनुशासन से

इतनी गहराई से जुड़ी है कि दोनों को इस फ़िलॉसफ़ी के "जुड़वाँ भाई" कहा जाता है। एकाग्रता ऊर्जा को बर्बाद होने से बचाती है और मस्तिष्क को निश्चित प्रमुख लक्ष्य पर केंद्रित रखती है। इसी के बाद अवचेतन मस्तिष्क आदत की ब्रह्मांडीय शक्ति के माध्यम से विचार को साकार करता है। यह कल्पनाशीलता के कैमरे की आँख है, जिसके द्वारा लक्ष्यों और उद्देश्यों की विस्तृत रूपरेखा अवचेतन मस्तिष्क में रिकॉर्ड होती है। यही वजह है कि प्रयास की एकाग्रता (Concentration of Endeavor) के बिना काम नहीं चल सकता है।

अब आप फिर देखेंगे कि इन ग्यारह सिद्धांतों के प्रयोग से व्यक्ति बहुत शक्तिशाली हो चुका है। लेकिन ये भी ज़िंदगी की हर परिस्थिति के लिए काफ़ी नहीं हैं, क्योंकि ऐसे समय भी आते हैं, जब इंसान को लोगों के मित्रतापूर्ण सहयोग की ज़रूरत होती है, जैसे व्यापार में ग्राहकों का सहयोग या राजनीति में मतदाताओं का सहयोग। यह मित्रतापूर्ण सहयोग बारहवें सिद्धांत पर अमल करके पाया जा सकता है।

(12) सहयोग

सहयोग और मास्टर माइंड सिद्धांत में अंतर है। सहयोग के लिए दूसरों के साथ निश्चित गठबंधन बनाने की ज़रूरत नहीं होती है। इसके लिए कोई निश्चित लक्ष्य पाने के लिए दो या दो से अधिक मस्तिष्कों के पूर्ण सामंजस्य की ज़रूरत भी नहीं होती है।

दूसरों के सहयोग के बिना व्यक्ति बहुत ऊँची सफलता हासिल नहीं कर सकता। सहयोग से ही व्यक्ति दूसरों के मस्तिष्क में ज़्यादा जगह बनाता है, जिसे कई बार "सद्भावना" (Goodwill) का नाम दिया जाता है। मित्रतापूर्ण सहयोग ग्राहकों को बार-बार एक ही दुकान में खींच लाता है। इसलिए हर सफल व्यक्ति इस सिद्धांत पर अमल करता है, चाहे वह किसी भी व्यवसाय में हो।

तेरहवें सिद्धांत पर अमल करने से दूसरों का सहयोग ज़्यादा आसानी से मिल जाता है।

(13) उत्साह

उत्साह मस्तिष्क की संक्रामक अवस्था है। उत्साह दूसरों का सहयोग

दिलाने में मदद करता है। इससे भी महत्त्वपूर्ण बात यह है कि उत्साह व्यक्ति को उसकी कल्पनाशक्ति का दोहन और प्रयोग करने के लिए प्रेरित करता है। उत्साह व्यक्तिगत पहल-शक्ति को भी कर्म के लिए प्रेरित करता है और प्रयासों की एकाग्रता की आदत की तरफ़ ले जाता है। इससे भी बड़ी बात यह है कि यह सुखद व्यक्तित्व वाले व्यक्ति के महत्वपूर्ण गुणों में से एक है। एक मील ज़्यादा आगे तक जाने के सिद्धांत पर अमल करने में उत्साह अहम भूमिका निभाता है। इन सब लाभों के अतिरिक्त उत्साहपूर्ण शब्दों में शक्ति होती है और लोग उन पर विश्वास करते हैं।

उत्साह लक्ष्य से मिलता है, लेकिन चौदहवें सिद्धांत की मदद के बिना इसे बनाए नहीं रखा जा सकता।

(14) सेहत की आदत

अच्छी शारीरिक सेहत मस्तिष्क के कार्य करने के लिए उचित निवास प्रदान करती है। इसलिए यह स्थायी सफलता के लिए अनिवार्य है। ध्यान रखें "सफलता" का मतलब यह है कि इसमें सभी आवश्यकता सुख शामिल हों।

एक बार फिर, "आदत" शब्द महत्वपूर्ण बन जाता है, क्योंकि अच्छी सेहत की शुरुआत "सेहत की चेतना" से होती है, जिसे सिर्फ़ जीने की सही आदतों और आत्म-अनुशासन द्वारा ही विकसित किया जा सकता है।

अच्छी सेहत उत्साह का आधार है और उत्साह अच्छी सेहत को प्रोत्साहित करता है, इसलिए ये दोनों मुर्गी और अंडे की तरह हैं। कोई भी यह तय नहीं कर सकता कि मुर्गी पहले आई या अंडा, लेकिन हर व्यक्ति जानता है कि दोनों ही एक-दूसरे के उत्पादन के लिए अनिवार्य हैं। सेहत और उत्साह भी इसी तरह हैं। दोनों ही मानवीय प्रगति और सुख के लिए अवश्यंभावी हैं।

अब आप सूची बनाकर उस शक्ति के लाभ गिनें, जिसे व्यक्ति इन चौदह सिद्धांतों पर अमल करके हासिल कर चुका है। उसे कल्पनातीत लाभ होते हैं। बहरहाल, ये सब सिद्धांत भी उसे असफलता से बचाने के लिए पर्याप्त नहीं है। इसीलिए हमें पंद्रहवें सिद्धांत को शामिल करना होगा।

(15) समय और धन का बजट बनाना

समय और धन बचाने के नाम से ही लोगों को सिरदर्द होने लगता है। लगभग हर व्यक्ति समय और धन दोनों को दिल खोलकर ख़र्च करना चाहता है। कोई भी इनका बजट बनाना या इन्हें बचाना नहीं चाहता है! बहरहाल, शारीरिक और मानसिक स्वतंत्रता, जो इंसान की दो बड़ी इच्छाएँ हैं, बजट के कठोर आत्म-अनुशासन के बिना कभी स्थायी वास्तविकताएँ नहीं बन सकती हैं। इसीलिए यह सिद्धांत व्यक्तिगत सफलता की फ़िलॉसफ़ी का एक महत्वपूर्ण हिस्सा है।

अब हम व्यक्तिगत शक्ति हासिल करने के सबसे ऊँचे पायदान के पास पहुँच रहे हैं। हमने यह जान लिया है कि शक्ति के स्रोत क्या हैं, उनका दोहन कैसे किया जाता है और अपने इच्छित लक्ष्य को पाने के लिए उनका प्रयोग कैसे किया जाता है। हम यह भी जान चुके हैं कि यह शक्ति इतनी प्रबल है कि इसके सामने कोई भी बाधा नहीं टिक सकती है। बहरहाल, इस शक्ति के ग़लत इस्तेमाल से व्यक्ति ख़ुद का और दूसरों का विनाश कर सकता है। व्यक्ति शक्ति का सही प्रयोग करे, यह सुनिश्चित करने के लिए सोलहवें सिद्धांत को जोड़ना ज़रूरी है।

(16) स्वर्णिम नियम पर अमल

यहाँ "अमल" शब्द पर ज़ोर दिया गया है। स्वर्णिम नियम (Golden Rule) की शक्ति में विश्वास करना ही काफ़ी नहीं है। इससे स्थायी लाभ पाने और व्यक्तिगत शक्ति के प्रयोग में सुरक्षित मार्गदर्शन पाने के लिए इसकी आदत डालना भी ज़रूरी है।

हालाँकि यह बड़ा काम लग सकता है, लेकिन मानवीय संबंध के इस गहन नियम पर अमल करने के लाभ इतने ज़्यादा हैं कि इसे आदत बनाना बहुत ज़रूरी है। इस नियम के अनुरूप न जीने के नुक़सान इतने ज़्यादा हैं कि उनका विस्तार से वर्णन नहीं किया जा सकता।

अब हम व्यक्तिगत शक्ति के अंतिम छोर पर पहुँच चुके हैं। हमने इसके दुरुपयोग की आशंका को भी ख़त्म कर दिया है। अब हमें सिर्फ़ इस शक्ति को स्थायी बनाने के साधन की ज़रूरत है, ताकि यह शक्ति ज़िंदगी भर हमारे काम आ सके। इसलिए हम इस फ़िलॉसफ़ी के अंत में उस एकमात्र सिद्धांत को रखते हैं, जिसके द्वारा हम यह काम कर सकते हैं। यह सत्रहवाँ

सिद्धांत है, जो इस फ़िलॉसफ़ी का अंतिम सिद्धांत भी है।

(17) आदत की ब्रह्मांडीय शक्ति

इस शक्ति द्वारा सभी आदतें तय होती हैं और स्थायी बनती हैं। जैसा पहले बताया जा चुका है, यह इस पूरी फ़िलॉसफ़ी को नियंत्रित करने वाला सिद्धांत है, क्योंकि यही अब तक बताए गए सोलह सिद्धांतों को नियंत्रित करता है। यही सिद्धांत ब्रह्मांड के सभी प्राकृतिक नियमों को भी नियंत्रित करता है। इसी सिद्धांत की बदौलत व्यक्ति शुरुआती 16 सिद्धांतों पर अमल करने की आदत को स्थायी बनाता है। इसलिए इस सिद्धांत की बदौलत ही व्यक्ति का मस्तिष्क "दौलत की चेतना" के लिए तैयार होता है, जो सफलता पाने के लिए बहुत महत्वपूर्ण है।

सोलह पूर्ववर्ती सिद्धांतों को समझने भर से ही व्यक्ति को शक्ति नहीं मिल जाती है। इसके लिए उसे इन सिद्धांतों पर न सिर्फ़ अमल करना होगा, बल्कि इसकी स्थायी आदत भी डालना होगी। और ऐसा सिर्फ़ आदत की ब्रह्मांडीय शक्ति के नियम से हो सकता है।

आदत की ब्रह्मांडीय शक्ति जीवन की महान नदी की तरह है, जिसका ज़िक्र पहले भी कई बार किया जा चुका है। ऊर्जा के सभी रूपों की तरह इसका प्रयोग भी नकारात्मक और सकारात्मक दोनों तरह से किया जा सकता है।

नकारात्मक प्रयोग को "सम्मोहक लय" (Hypnotic Rhythm) कहा जाता है, क्योंकि यह नकारात्मक ऊर्जा अपने संपर्क में आने वाले हर व्यक्ति पर सम्मोहक प्रभाव डालती है। हर व्यक्ति पर इसका किसी न किसी तरह प्रभाव पड़ता है। यह नकारात्मक प्रयोग ही वह एकमात्र कारण है, जिससे "ग़रीबी की चेतना" आदत बन जाती है!

यह डर, ईर्ष्या, लोभ, प्रतिशोध और कुछ दिए बिना कुछ पाने की इच्छा की आदतों का निर्माण करती है। यह निराशा और उदासीनता की आदतों को बनाती है। और इसके कारण व्यक्ति ख़ुद को काल्पनिक बीमारियों का शिकार समझने (Hypochondria) की आदत भी डाल लेता है, जिसकी वजह से लाखों लोग ज़िंदगी भर उन काल्पनिक बीमारियों का कष्ट भोगते हैं, तो दरअसल उन्हें होती ही नहीं है।

यह "असफलता की चेतना" भी उत्पन्न करती है, जो लाखों-करोड़ों

लोगों के आत्म-विश्वास को खोखला कर देती है। संक्षेप में, इसी के कारण सभी नकारात्मक आदतें पैदा होती हैं, चाहे उनकी प्रकृति या प्रभाव कुछ भी हों। इस तरह यह ज़िंदगी की महान नदी का "असफलता" वाला किनारा है।

नदी का सकारात्मक किनारा यानी "सफलता" वाला हिस्सा सभी रचनात्मक आदतें डालता है, जैसे निश्चित लक्ष्य की आदत, एक मील ज़्यादा आगे तक जाने की आदत, मानवीय संबंधों में स्वर्णिम नियम के प्रयोग की आदत और बाक़ी सभी ऐसी आदतें, जिनका विकास और प्रयोग करके व्यक्ति इस फ़िलॉसफ़ी के पहले सोलह सिद्धांतों का लाभ उठा सकता है।

"आदत" का परीक्षण

अब हम "आदत" (Habit) शब्द को परखते हैं। वेब्स्टर डिक्शनरी में इस शब्द की कई परिभाषाएँ दी गई हैं, जिनमें से एक यह है : "व्यवहार का वह रूप, जिसे बार-बार दोहराने या निरंतर शारीरिक प्रयोग से हासिल किया जाता है, जो नियमित रूप से या प्रदर्शन की बेहतर क्षमता में प्रकट होता है।"

वेब्स्टर की परिभाषा इसके अलावा भी कई परिभाषाएँ देती है। बहरहाल, कोई भी परिभाषा उस नियम का सटीक वर्णन नहीं कर पाती है, जिससे सभी आदतें तय होती हैं। इसमें कोई शक नहीं है कि इसका कारण सिर्फ़ यह है कि इस डिक्शनरी के संपादकों को आदत की ब्रह्मांडीय शक्ति का ज्ञान नहीं था। लेकिन वेब्स्टर की परिभाषा में हमें एक महत्वपूर्ण शब्द मिलता है, "दोहराना।" यह महत्वपूर्ण है, क्योंकि यह उस माध्यम का वर्णन करता है, जिसके द्वारा कोई आदत शुरू होती है।

उदाहरण के तौर पर, निश्चित लक्ष्य की आदत तभी पड़ती है, जब उस लक्ष्य के विचार को बार-बार दोहराया जाए। इसके लिए उस विचार को बार-बार कल्पनाशक्ति तक पहुँचाना होता है, ताकि इसके पूर्ण होने की प्रबल इच्छा जाग जाए। फिर कल्पनाशक्ति आस्था की आदत का प्रयोग करके इस इच्छा को साकार करने की व्यावहारिक योजना बनाती है। यह काम इतनी गहनता से होता है कि भले ही व्यक्ति को उसकी मनचाही चीज़ हासिल नहीं होती है, लेकिन वह ख़ुद को उसका स्वामी समझने लगता है।

स्वेच्छा से सकारात्मक आदतों का निर्माण करने के लिए आत्म-अनुशासन, लगन, इच्छा-शक्ति और आस्था के प्रयोग की ज़रूरत होती है। जिस व्यक्ति ने इस फ़िलॉसफ़ी के शुरुआती 16 सिद्धांतों को आत्मसात कर लिया है, वह यह काम कर सकता है। स्वेच्छा से आदत डालना आत्म-अनुशासन का सर्वोच्च और सर्वश्रेष्ठ रूप है! निश्चित लक्ष्य को पाने के लिए डाली गई सभी स्वैच्छिक सकारात्मक आदतें इच्छा-शक्ति के मार्गदर्शन का परिणाम होती हैं। वे आदत की ब्रह्मांडीय शक्ति पर नहीं, बल्कि व्यक्ति पर निर्भर करती हैं। उन्हें विचारों और कार्यों के दोहराव द्वारा तब तक मस्तिष्क में स्थापित करना पड़ता है, जब तक कि आदत की ब्रह्मांडीय शक्ति उन्हें स्थायी न बना दे। इसके बाद वे अपने आप होने लगती हैं।

व्यक्तिगत सफलता की इस फ़िलॉसफ़ी में "आदत" शब्द बहुत महत्वपूर्ण है। आदतों से ही व्यक्ति के जीवन की आर्थिक, सामाजिक, व्यावसायिक और आध्यात्मिक स्थितियाँ तय होती हैं। हम जहाँ हैं और जो हैं, अपनी आदतों की वजह से हैं। अपनी आदतों को बदलकर और विकसित करके हम वहाँ पहुँच सकते हैं, जहाँ हम पहुँचना चाहते हैं या वह बन सकते हैं, जो हम बनना चाहते हैं।

इस तरह हम देखते हैं कि यह पूरी फ़िलॉसफ़ी अनिवार्य रूप से आदत की ब्रह्मांडीय शक्ति के नियम की समझ और प्रयोग की तरफ़ ले जाती है।

इस फ़िलॉसफ़ी के 16 शुरुआती सिद्धांतों में से हर एक का प्रमुख लक्ष्य व्यक्ति की मदद करना है, ताकि वह मस्तिष्क पर पूरा नियंत्रण हासिल करने के लिए आदत के विशिष्ट रूप का विकास कर ले! इसे भी एक आदत बनाना चाहिए!

मस्तिष्क की शक्ति हमेशा ज़िंदगी की नदी के इस या उस किनारे पर सक्रिय रहती है। इस फ़िलॉसफ़ी का उद्देश्य यह है कि व्यक्ति विचार और कर्म की ऐसी आदतें विकसित करे, जो उसके मस्तिष्क को नदी के "सफलता" वाले किनारे पर केंद्रित रखे। यही इस फ़िलॉसफ़ी का एकमात्र उद्देश्य है।

हर मनचाही चीज़ की तरह इस फ़िलॉसफ़ी में निपुणता की भी क़ीमत चुकाना पड़ती है। और यह क़ीमत लाभ मिलने से पहले चुकाना पड़ती है।

इसकी क़ीमत है सतर्कता, संकल्प और लगन। इसकी क़ीमत है ग़रीबी, दुख और मोहभंग के विकल्प स्वीकार करने के बजाय ज़िंदगी को अपनी शर्तों पर जीने की इच्छा।

हर व्यक्ति के पास ज़िंदगी के साथ संबंध बनाने के दो विकल्प होते हैं। एक विकल्प यह है कि व्यक्ति घोड़ा बन जाए और ज़िंदगी को अपने ऊपर सवारी करने दे। दूसरा विकल्प यह है कि व्यक्ति सवार बन जाए और ज़िंदगी को घोड़ा बनाकर उसकी सवारी करे। व्यक्ति घोड़ा बनेगा या सवार, यह विकल्प हर व्यक्ति के हाथ में होता है, लेकिन यह बात तय है : अगर व्यक्ति ज़िंदगी का घुड़सवार बनने का विकल्प नहीं चुनता है, तो निश्चित रूप से ज़िंदगी उसे घोड़ा बनने के लिए मजबूर कर देगी। ज़िंदगी या तो व्यक्ति पर सवारी करती है या फिर व्यक्ति को अपने पर सवारी करने देती है। यह चुपचाप खड़ी नहीं रहती है।

"अहम्" और आदत की ब्रह्मांडीय शक्ति का संबंध

इस फ़िलॉसफ़ी का विद्यार्थी होने के नाते शायद आप यह जानना चाहेंगे कि व्यक्ति अपने विचार को साकार कैसे कर सकता है। और शायद आप यह भी जानना चाहेंगे कि दूसरों के साथ सामंजस्यपूर्ण संबंध कैसे बनाए जा सकते हैं।

दुर्भाग्य से, स्कूलों में इन महत्वपूर्ण आवश्यकताओं के बारे में कुछ नहीं सिखाया जाता है। मनोवैज्ञानिक डॉ. हेनरी सी. लिंक के अनुसार, "हमारे शिक्षा तंत्र ने सिर्फ़ मस्तिष्क के विकास पर ध्यान केंद्रित किया है। यह उस तरीक़े को नहीं समझा पाया है, जिससे भावनात्मक आदतें और व्यक्तित्व की आदतें सीखी या सुधारी जाती हैं।"

उनकी बात में दम है। डॉ. लिंक के अनुसार हमारे शिक्षा तंत्र में यह कमी इसलिए है, क्योंकि आदत की ब्रह्मांडीय शक्ति के नियम को हाल ही में पहचाना गया है और अधिकांश शिक्षाविद् तो आज भी इससे अनजान हैं।

हर व्यक्ति जानता है कि चलने की शुरुआत करने के बाद हम जो भी करते हैं, वह आदत का परिणाम है। चलना और बोलना आदतें हैं। हमारे खाने-पीने का तरीक़ा आदत है। हमारी सेक्स की गतिविधियाँ आदत का परिणाम हैं। दूसरों के साथ हमारे सकारात्मक या नकारात्मक संबंध आदतों

के परिणाम हैं। हम सब यह जानते हैं, लेकिन बहुत कम लोग यह जान पाते हैं कि ये आदतें क्यों और कैसे डलती हैं।

आदतें इंसान के अहम् से अभिन्न रूप से जुड़ी हैं। इसलिए अब हमें अहम् का विश्लेषण करना होगा, जिसे अक्सर ग़लत समझ लिया जाता है। सबसे पहले तो हमें यह जान लेना चाहिए कि अहम् ही वह माध्यम है, जिसके द्वारा आस्था और अन्य मानसिक अवस्थाएँ कार्य करती हैं।

इस फ़िलॉसफ़ी में हर जगह निष्क्रिय आस्था और सक्रिय आस्था के बीच के अंतर पर बहुत ज़ोर दिया गया है। अहम् समस्त कार्यों की अभिव्यक्ति का माध्यम है। इसलिए हमें इसकी प्रकृति और संभावनाएँ जान लेना चाहिए, ताकि हम इसका सर्वश्रेष्ठ उपयोग कर सकें। हमें यह सीखना चाहिए कि अहम् को सक्रिय कैसे किया जा सकता है और निश्चित लक्ष्य तक पहुँचने के लिए इसे नियंत्रित और निर्देशित कैसे किया जा सकता है।

सबसे बढ़कर, हमें इस लोकप्रिय भ्रांति को अपने मस्तिष्क से हटा देना चाहिए कि अहम् सिर्फ़ घमंड है। "अहम्" (Ego) लेटिन भाषा का शब्द है और इसका अर्थ है "मैं (I)।" लेकिन अहम् एक प्रेरक शक्ति भी है, जिसे व्यवस्थित किया जा सकता है। अहम् के माध्यम से कर्म करके और आस्था रखकर इच्छा को भौतिक रूप में बदला जा सकता है।

अहम् की ग़लत समझी गई शक्ति

"अहम्" शब्द व्यक्तित्व के हर पहलू में झलकता है। इसलिए अच्छी आदतें डालकर अहम् का विकास किया जा सकता है, उसे मार्गदर्शन दिया जा सकता है और उसे नियंत्रित किया जा सकता है।

एक महान दार्शनिक ने जीवन भर मानव शरीर और मस्तिष्क का अध्ययन किया। अपने अध्ययन का निचोड़ प्रस्तुत करते हुए उन्होंने अहम् के अध्ययन के लिए हमें एक व्यावहारिक आधार दिया है। उनका कहना है:

"आपका शरीर, चाहे यह जीवित हो या मृत, लाखों-करोड़ों छोटी-छोटी ऊर्जाओं का समूह है, जो कभी नहीं मर सकती हैं।

"ये ऊर्जाएँ अलग भी हैं और अकेली भी। अक्सर वे सामंजस्य में काम करती हैं।

"मानव शरीर जीवन की यांत्रिक रचना है, जो आंतरिक शक्तियों को नियंत्रित करने में सक्षम तो है, लेकिन ऐसा करने का आदी नहीं है। आदत, इच्छा-शक्ति या भावना से मिले विशेष रोमांच के माध्यम से इन आंतरिक शक्तियों को किसी महत्वपूर्ण लक्ष्य को पाने के लिए प्रेरित किया जा सकता है।

"बहुत से प्रयोगों के बाद हम संतुष्ट हो चुके हैं कि हर व्यक्ति काफ़ी हद तक इन ऊर्जाओं को प्रेरित कर सकता है और उनका इस्तेमाल कर सकता है।

"आप जो हवा, सूर्य की रोशनी, भोजन और पानी लेते हैं, वे एक ऐसी शक्ति के प्रतिनिधि हैं, जो आकाश और धरती से आती है। जब आप परिस्थितियों के बहाव पर हर दिन आलस्य से तैरते हैं, तो बेहतर बनने के अवसर आपके सामने से तैरते हुए गुज़र जाते हैं और आपकी पहुँच से दूर हो जाते हैं।

"इंसान को इतनी सारी चीज़ें प्रभावित करती हैं कि जब से दुनिया शुरू हुई है, तब से ब्रह्मांड में उन्मुक्तता से प्रवाहित हो रहे आवेगों पर नियंत्रण हासिल करने की कोई सार्थक कोशिश की ही नहीं गई है। इन्हें नियंत्रित करने और मार्गदर्शन देने के लिए इच्छा-शक्ति का प्रयोग करने के बजाय यह ज़्यादा आसान है कि हम चीज़ों को अपने आप होने दें।

"लेकिन सफलता और असफलता के बीच की विभाजक रेखा वहीं पर पाई जाती है, जहाँ निरुद्देश्य बहना रुक जाता है। (जहाँ निश्चित लक्ष्य शुरू होता है।)

"हम सब भावनाओं, परिस्थितियों और संयोगों के प्राणी हैं। मस्तिष्क, हृदय और शरीर को सही रूप में लाना समस्याएँ हैं। भले ही उनमें से किसी एक की तरफ़ विशेष ध्यान दिया जाए, लेकिन उन्हें ज़िंदगी के बहाव के अनुरूप आकार देना मुश्किल काम है।

"अगर आप ठहरकर कुछ समय सोचें, तो आपको यह जानकर हैरानी होगी कि आपकी कितनी सारी ज़िंदगी सिर्फ़ बहाव के साथ बह रही है।

"किसी के भी जीवन की ओर देखें। देखें कि यह किस तरह प्रयास कर रहा है। पेड़ अपनी शाखाएँ सूर्य की ओर मोड़ता है। यह अपनी पत्तियों के ज़रिये साँस लेने के लिए संघर्ष करता है। यह ज़मीन के नीचे भी सक्रिय

होता है। यह अपनी जड़ों को पानी तथा खनिज पदार्थों की तलाश में नीचे भेजता है, ताकि उनसे यह अपना भोजन बना सके। आप पेड़ को निर्जीव कहते हैं, लेकिन यह एक ऐसी शक्ति का प्रतिनिधित्व करता है, जो किसी स्रोत से आती है और किसी उद्देश्य से काम करती है।

"पृथ्वी पर ऐसी कोई जगह नहीं है, जहाँ ऊर्जा न हो।

"ठंडे उत्तरी ध्रुव की हवा इससे भरी हुई है। उत्तरी किरणें आसमान को चमकाती हैं। जहाँ भी गर्मी ठंड को परास्त करती है, वहाँ पर आश्चर्यजनक स्थितियाँ निर्मित हो जाती हैं। पानी सिर्फ़ गैसों का द्रवीय सम्मिश्रण है, लेकिन इसमें वैद्युत, यांत्रिकी और रासायनिक ऊर्जाएँ होती हैं, जो इंसान को बहुत फ़ायदा या नुक़सान पहुँचा सकती हैं।

"बर्फ़ में भी ऊर्जा होती है, क्योंकि यह न तो दमित होती है, न ही स्थिर होती है। इसकी शक्ति ने पहाड़ी चट्टानों के टुकड़े-टुकड़े कर दिए हैं। चारों तरफ़ की ऊर्जा को हम पानी में पीते हैं, भोजन में खाते हैं और हवा से साँस लेते हैं। कोई भी रासायनिक अणु इससे मुक्त नहीं है। इसके बिना कोई भी परमाणु अस्तित्व में नहीं रह सकता है। हम सब ऊर्जाओं के समन्वय हैं।"

इंसानों में दो शक्तियाँ होती हैं : मूर्त और अमूर्त। मूर्त शक्ति शरीर के रूप में होती है। शरीर में असंख्य कोशिकाएँ होती हैं, जो अरबों की तादाद में होती हैं। हर कोशिका में बुद्धि और ऊर्जा होती है। इंसान की अमूर्त शक्ति अहम् के रूप में होती है। अहम् शरीर का सम्राट होता है और यह विचारों तथा कार्यों को नियंत्रित कर सकता है।

विज्ञान हमें बताता है कि 160 पौंड वज़न इंसान का भौतिक स्वरूप 17 रासायनिक तत्वों से मिलकर बना है, जो इस प्रकार हैं :

9 पौंड ऑक्सीजन
38 पौंड कार्बन
15 पौंड हाइड्रोजन
4 पौंड नाइट्रोजन
4.5 पौंड कैल्शियम
6 औंस क्लोरीन
4 औंस सल्फ़र

3.5 औंस पोटेशियम
3 औंस सोडियम
0.25 औंस लोहा
2.5 औंस .फ़्लोरीन
2 औंस मैग्नीशियम
1.5 औंस सिलिकॉन
आर्सेनिक, आयोडीन और एल्युमीनियम के कुछ अंश।

इंसान के भौतिक स्वरूप को बनाने वाले इन रसायनों की क़ीमत लगभग 80 सेंट होगी और इन्हें किसी भी आधुनिक रासायनिक प्लांट से ख़रीदा जा सकता है। लेकिन इन रासायनिक तत्वों में पर्याप्त विकसित, व्यवस्थित और नियंत्रित अहम् जोड़ दिया जाए, तो ये इतने मूल्यवान बन सकते हैं कि उनका मालिक उनकी मुँहमाँगी क़ीमत लगा सकता है। अहम् एक ऐसी शक्ति है, जिसे किसी भी क़ीमत पर नहीं ख़रीदा जा सकता है। अलबत्ता इसे अपने मनचाहे तरीक़े से विकसित किया जा सकता है और चाहे गए तंत्र में बैठाया जा सकता है। यह विकास सुव्यवस्थित आदतों के माध्यम से होता है, जिन्हें आदत की ब्रह्मांडीय शक्ति स्थायी बनाती है।

बिल गेट्स ने कंप्यूटर के तकनीकी क्षेत्र में अपने अहम् का विकास किया और उसे निर्देशित किया। इसकी वजह से दुनिया को एक ऐसा जीनियस मिल गया, जिसके मूल्य को सिर्फ़ डॉलरों में नहीं आँका जा सकता।

डॉ. रॉबर्ट जार्विक ने अपने अहम् को चिकित्सा के क्षेत्र में मार्गदर्शन दिया और कृत्रिम हृदय निर्मित किया, जिससे न सिर्फ़ मरीज़ों की ज़िंदगी लंबी हुई, बल्कि बेहतर भी बन गई।

गॉर्डन गुड ने अपने अहम् में प्रकाश का उपयोग करने की तीक्ष्ण इच्छा भरी और वे ऑप्टिकल लेज़र बनाने वाले संभवतः पहले इंसान बन गए।

प्रगति की यात्रा में महत्वपूर्ण योगदान देने वाले इन जैसे सभी आविष्कारकों ने सुविकसित और सावधानीपूर्वक नियंत्रित अहम् की शक्ति को दुनिया के सामने प्रदर्शित किया है।

कुछ लोग मानव जाति के विकास में बहुमूल्य योगदान देते हैं। कुछ लोग

दुनिया में सिर्फ़ जगह भरने का काम करते हैं। दोनों के बीच अंतर बस अहम् का होता है, क्योंकि अहम् ही इंसान के सभी कार्यों के पीछे की प्रेरक शक्ति है।

सभी लोग शारीरिक और मानसिक स्वतंत्रता चाहते हैं। लेकिन यह उसी अनुपात में मिलती है, जिस अनुपात में व्यक्ति अपने अहम् का विकास और प्रयोग करता है। जिस व्यक्ति ने अपने अहम् को सही तरीक़े से नियंत्रित कर लिया है, उसके पास मनचाही स्वतंत्रता होती है।

अहम् वह तरीक़ा तय करता है, जिसके द्वारा व्यक्ति बाक़ी लोगों से संबंध बनाता है। इससे भी अधिक महत्वपूर्ण बात यह है कि अहम् के ज़रिये ही व्यक्ति अपने शरीर और मस्तिष्क का प्रयोग करता है, आशा, लक्ष्य व उद्देश्य का तंत्र बनाता है और इसके द्वारा ज़िंदगी में अपनी क़िस्मत ख़ुद तय करता है।

अहम् सबसे बड़ा वरदान है या सबसे बड़ा अभिशाप, यह इस बात पर निर्भर करता है कि व्यक्ति इसका कैसा प्रयोग करता है। अहम् विचार की आदतों का महायोग है, जिसे आदत की ब्रह्मांडीय शक्ति के नियम द्वारा स्थायी तथा स्वचालित बना दिया गया है।

सफलता की चेतना कैसे विकसित की जाए

हर बेहद सफल व्यक्ति में सुविकसित और नियंत्रित अहम् होता है, लेकिन अहम् के साथ एक और तत्त्व जुड़ा होता है, जो यह तय करता है कि इसका उपयोग भलाई के लिए होगा या बुराई के लिए। यह आत्म-नियंत्रण से तय होता है, जिसकी बदौलत व्यक्ति इसकी शक्ति को अपेक्षित लक्ष्य में रूपांतरित कर सकता है।

सभी व्यक्तिगत सफलताओं का शुरुआती बिंदु कोई न कोई ऐसी योजना होती है, जिसके माध्यम से व्यक्ति के अहम् को "सफलता की चेतना" द्वारा प्रेरित किया जाता है। जो व्यक्ति सफल होता है, उसे अपने अहम् को सही तरीक़े से विकसित करना होता है और उस पर अपने इच्छित लक्ष्य को अंकित करना होता है। इसके अलावा, सफल व्यक्ति को हर तरह की सीमा, डर और शंका को भी हटाना होता है, जिससे अहम् की शक्ति कम हो जाती है।

आत्म-सुझाव (या आत्म-सम्मोहन) वह माध्यम है, जिसके द्वारा व्यक्ति अपने अहम् को इच्छानुसार विकसित कर सकता है और उसे किसी लक्ष्य को प्राप्त करने की इच्छा से आवेशित कर सकता है।

जब तक आप आत्म-सुझाव के सिद्धांत के महत्त्व को नहीं समझेंगे, तब तक आप इस विश्लेषण के सबसे महत्वपूर्ण हिस्से को नहीं समझ पाएँगे, क्योंकि अहम् की शक्ति पूरी तरह से आत्म-सुझाव के उपयोग पर निर्भर करती है।

जब यह आत्म-सुझाव आस्था का रूप धारण कर लेता है, तो अहम् की शक्ति असीमित हो जाती है।

जब अहम् को पोषण दिया जाता है, तो यह सजीव हो जाता है और सक्रिय बन जाता है। शरीर की तरह ही अहम् भी पोषण के बिना नहीं रह सकता है।

इसे निश्चित लक्ष्य से पोषण देना चाहिए।

इसे व्यक्तिगत पहल-शक्ति से पोषण देना चाहिए।

इसे सुव्यवस्थित योजनाओं पर निरंतर कर्म करके पोषण देना चाहिए।

इसे उत्साह द्वारा पोषण देना चाहिए।

इसे नियंत्रित ध्यान द्वारा पोषण दिया जाना चाहिए, जो किसी निश्चित लक्ष्य की ओर निर्देशित हो।

इसे आत्म-अनुशासन द्वारा नियंत्रित और निर्देशित किया जाना चाहिए।

और इसे सटीक विचार द्वारा समर्थन दिया जाना चाहिए।

जब तक व्यक्ति अपने अहम् का स्वामी न बन जाए, तब तक वह किसी भी चीज़ का स्वामी नहीं बन सकता है।

कोई भी व्यक्ति तब तक समृद्ध नहीं बन सकता, जब तक कि उसकी अधिकांश विचार-शक्ति "ग़रीबी की चेतना" के संरक्षण में लगी रहे। बहरहाल, व्यक्ति को यह सच्चाई नहीं भूलना चाहिए कि बहुत से दौलतमंद लोगों ने अपना कैरियर ग़रीबी में शुरू किया था। इससे यह प्रेरणा मिलती है कि अहम् का सही उपयोग किया जाए, तो ग़रीबी के डर की तरह ही बाक़ी सभी डर भी जीते जा सकते हैं और दूर हटाए जा सकते हैं।

"अहम्" में इस फ़िलॉसफ़ी के सभी सिद्धांतों का समन्वित प्रभाव पाया

जा सकता है। अहम् के कारण ही इनकी शक्ति का समग्र प्रभाव मिलता है, जिसके द्वारा कोई भी व्यक्ति अपने इच्छित लक्ष्य को पा सकता है, बशर्ते वह अपने अहम् का पूर्ण स्वामी बन चुका हो।

मैं आपको यह बताना चाह रहा हूँ कि अहम् ही आपकी वह सबसे महत्वपूर्ण शक्ति है, जो यह तय करेगी कि आप अपने जीवन की महत्वाकांक्षा को पाने में सफल होंगे या असफल।

मैं आपको यह भी बताना चाह रहा हूँ कि आप लंबे समय से चली आ रही इस ग़लत मान्यता को भी दूर कर दें कि अहम् आत्म-प्रेम, घमंड या प्रदर्शन का दूसरा नाम है। मैं आपको सच्चाई दिखाना चाहता हूँ और यह बताना चाहता हूँ कि शरीर को बनाने वाले ८० सेंट मूल्य के रासायनिक तत्वों के अलावा सिर्फ़ अहम् से ही इंसान का मूल्य इतना ज़्यादा होता है।

सेक्स इंसान की महान रचनात्मक शक्ति है। इसे निश्चित रूप से अहम् के साथ जोड़ा जाता है और यह अहम् का एक महत्वपूर्ण हिस्सा है। सेक्स और अहम् दोनों की ही बुरी छवि इस कारण है कि दोनों का ही विनाशकारी और सृजनात्मक प्रयोग किया जा सकता है। इसीलिए अज्ञानियों ने इतिहास के प्रारंभ से ही इन दोनों को बुरा माना है।

अहंकारी व्यक्ति वह होता है, जो अपने अहम् की अभिव्यक्ति द्वारा ख़ुद को आक्रामक बना लेता है और अहम् का सृजनात्मक प्रयोग करने का तरीक़ा नहीं जानता है।

अहम् का सृजनात्मक प्रयोग डींगें हाँकने या आत्म-प्रेम द्वारा नहीं होता है। यह तो आशाओं, इच्छाओं, लक्ष्यों, महत्वाकांक्षाओं और योजनाओं की अभिव्यक्ति द्वारा होता है। जिस व्यक्ति का अहम् उसके नियंत्रण में होता है, उसका सूत्रवाक्य होता है, “शब्द नहीं, कर्म।”

महान बनने, प्रतिष्ठा पाने और व्यक्तिगत शक्ति पाने की इच्छा एक स्वस्थ इच्छा है। बहरहाल अगर व्यक्ति अपनी महानता का बखान सबके सामने करता है, तो इससे यह पता चलता है कि वह अपने अहम् का स्वामी नहीं है, बल्कि अहम् उसका स्वामी है। इससे यह संकेत भी मिलता है कि महानता का बखान तो सिर्फ़ एक नक़ाब है, जिसके पीछे वह अपने किसी डर या हीन भावना को छिपा रहा है।

अहम् और मानसिक नज़रिये के बीच का संबंध

अगर आप अपने अहम् की सच्ची प्रकृति को समझ लेंगे, तो आप मास्टर माइंड सिद्धांत के सच्चे महत्व को भी समझ लेंगे। यही नहीं, आप यह भी जान जाएँगे कि आपके लिए सबसे ज़्यादा लाभकारी यह होगा कि आपके मास्टर माइंड गठबंधन के सभी सदस्य आपकी आशाओं, लक्ष्यों और उद्देश्यों के प्रति पूरी सहानुभूति रखते हों। उनके मन में आपसे किसी भी तरह से होड़ करने का भाव नहीं होना चाहिए। उन्हें इतना समर्पित होना चाहिए कि वे ज़िंदगी में आपके प्रमुख लक्ष्य की प्राप्ति को पहले स्थान पर रखें तथा अपनी ख़ुद की इच्छाओं और व्यक्तित्वों को दूसरे स्थान पर रखें।

उन्हें आपमें और आपकी अखंडता में विश्वास होना चाहिए। उन्हें आपका सम्मान करना चाहिए। उनमें आपके गुणों की प्रशंसा करने की इच्छा होना चाहिए। उनमें आपकी ग़लतियों को बर्दाश्त करने की सहनशीलता भी होना चाहिए। आपके असली स्वरूप या जीवनशैली से उन्हें किसी तरह की तकलीफ़ नहीं होना चाहिए। अंत में, उन्हें आपसे किसी तरह का लाभ होना चाहिए, ताकि आप भी उनके लिए उतने ही लाभकारी बन सकें, जितने कि वे आपके लिए हैं।

यदि आप इस आख़िरी आवश्यकता को पूरा करने में असफल हो जाएँगे, तो आपके मास्टर माइंड गठबंधन की शक्ति ख़त्म हो जाएगी।

लोग किसी उद्देश्य या उद्देश्यों के कारण एक-दूसरे के साथ संबंध बनाते हैं। अगर उद्देश्य नहीं है या अनिश्चित या अस्पष्ट है, तो कोई भी मानवीय संबंध लंबे समय तक नहीं चल सकता। इस सत्य को न पहचान पाने से कई लोग अमीर बनते-बनते रह गए और ग़रीबी के गर्त में चले गए।

जो शक्ति विचारों के अनुसार अहम् को साकार करती है, वह आदत की ब्रह्मांडीय शक्ति का नियम है। यह नियम अहम् की गुणवत्ता या मात्रा को न तो घटाता है, न ही बढ़ाता है। यह तो जो मिलता है, उसे लेकर उसके भौतिक स्वरूप में रूपांतरित कर देता है।

महान उपलब्धि वाले लोग हमेशा वे रहे हैं, जिन्होंने अपने अहम् को सचेतन रूप से पोषण दिया है, आकार दिया है और नियंत्रित किया है।

उन्होंने यह काम संयोग, क़िस्मत या ज़िंदगी के थपेड़ों के भरोसे नहीं छोड़ा।

हर व्यक्ति अपने अहम् के आकार को नियंत्रित कर सकता है, लेकिन उसके बाद उस व्यक्ति का उस पर नियंत्रण नहीं होता है। उस व्यक्ति की स्थिति उस किसान की तरह होती है, जिसका बीज बोने के बाद इस बात पर कोई नियंत्रण नहीं होता है कि उस बीज के साथ क्या होगा। आदत की ब्रह्मांडीय शक्ति का अटूट नियम हर सजीव प्राणी से अपनी ही तरह की संतति उत्पन्न करवाता है और उसे उस तस्वीर में बदल देता है, जो व्यक्ति अपने अहम् से बनाता है। यह नियम विचार को उसके भौतिक स्वरूप में साकार करता है। यह उतनी ही निश्चित रूप से होता है, जितनी निश्चित रूप से बलूत का बीज बलूत के पेड़ में विकसित होता है। इसमें किसी बाहरी हस्तक्षेप की ज़रूरत नहीं होती है; सिर्फ़ समय की ज़रूरत होती है।

इन बातों से यह स्पष्ट हो जाता है कि हम अहम् के विकास और नियंत्रण की ही वकालत नहीं कर रहे हैं। हम निश्चित रूप से यह चेतावनी भी दे रहे हैं कि कोई भी अपने अहम् को नियंत्रित किए बिना किसी भी क्षेत्र में सफल होने की आशा नहीं कर सकता।

उचित रूप से विकसित अहम् की परिभाषा

इस बारे में कोई ग़लतफ़हमी नहीं होना चाहिए कि "उचित तरीक़े से विकसित अहम्" की हमारी परिभाषा क्या है। इसलिए मैं आपको वे तत्व बताऊँगा, जो इसके विकास में शामिल होते हैं।

सबसे पहले तो व्यक्ति को एक या उससे अधिक लोगों को अपना साथी बनाकर एक गठबंधन बनाना चाहिए। इन व्यक्तियों के मस्तिष्क किसी निश्चित लक्ष्य की प्राप्ति के लिए पूर्ण सामंजस्य में होना चाहिए और इस गठबंधन को निरंतर सक्रिय होना चाहिए।

यही नहीं, गठबंधन में ऐसे लोग होना चाहिए, जो सामूहिक लक्ष्य तक पहुँचने में सहायक सिद्ध हों। गठबंधन के सभी लोगों के आध्यात्मिक व मानसिक गुण, शिक्षा, सेक्स और उम्र लक्ष्य तक पहुँचने में सहायक होना चाहिए। उदाहरण के लिए, एंड्रयू कारनेगी के मास्टर माइंड गठबंधन में 20 से ज़्यादा लोग थे। उन सबमें कोई ऐसा गुण, अनुभव, शिक्षा या ज्ञान था, जिसकी वजह से उन्हें गठबंधन में शामिल किया गया था। उनके पास जो

गुण या ज्ञान था, वह गठबंधन के लक्ष्य से संबंधित था और वह किसी दूसरे सदस्य के पास नहीं था।

दूसरी बात, उचित सहयोगियों को खोजने के बाद व्यक्ति को एक निश्चित योजना बना लेना चाहिए, जिसके द्वारा वह गठबंधन के लक्ष्य को हासिल करेगा। योजना बनाने के बाद गठबंधन के सभी सदस्यों को उस योजना पर उत्साहपूर्वक कार्य करना चाहिए। इस योजना को मास्टर माइंड समूह के सभी सदस्यों के सामूहिक प्रयासों द्वारा भी बनाया जा सकता है।

अगर एक योजना कमज़ोर या अपर्याप्त साबित हो, तो उसकी जगह किसी दूसरी योजना पर अमल करना चाहिए। योजनाएँ तब तक बदली जा सकती हैं, जब तक कि सफल होने वाली योजना न मिल जाए। बहरहाल, गठबंधन के लक्ष्य में कोई परिवर्तन नहीं होना चाहिए।

तीसरी बात, गठबंधन के हर सदस्य को ऐसे व्यक्ति और परिस्थिति से दूर रहना चाहिए, जिसके कारण उसमें हीन भावना आ जाए या वह अपने लक्ष्य को प्राप्त करने में असमर्थ महसूस करे। सकारात्मक अहम् नकारात्मक माहौल में विकसित नहीं होता है। इस बात पर किसी भी हालत में कोई समझौता नहीं करना चाहिए। इस संबंध में किसी तरह का बहाना नहीं चलेगा, क्योंकि अगर इसका पालन नहीं किया गया, तो यह सफलता के लिए घातक साबित हो सकता है।

व्यक्ति को नकारात्मक प्रभाव डालने वाले लोगों से तत्काल दूर हो जाना चाहिए। उसे हर तरह के नकारात्मक प्रभाव के ख़िलाफ़ अपना दरवाज़ा कसकर बंद कर लेना चाहिए, भले ही सामने वाले के साथ उसका मित्रता, एहसान या ख़ून का रिश्ता हो।

चौथी बात, व्यक्ति को अतीत के हर ऐसे अनुभव या परिस्थिति के ख़िलाफ़ भी दरवाज़ा बंद कर लेना चाहिए, जो उसे हीनता का एहसास दिलाए या दुखी बनाए। अतीत के दुखद अनुभवों के बारे में सोचते रहने से प्रबल, सशक्त अहम् विकसित नहीं हो सकता है। सशक्त अहम् को आशाओं और इच्छाओं से शक्ति मिलती है। इसे उन लक्ष्यों से शक्ति मिलती है, जो अभी हासिल नहीं हुए हैं।

विचार वे पत्थर हैं, जिनसे इंसान का अहम् बनता है। आदत की ब्रह्मांडीय शक्ति वह सीमेंट है, जो निश्चित आदतों द्वारा इन पत्थरों को

स्थायी रूप से जोड़ती है। जब काम पूरा हो जाता है, तो साकार होने वाली चीज़ उन विचारों की प्रकृति के अनुरूप होती है, जिनके द्वारा इसे बनाया गया है।

पाँचवीं बात, व्यक्ति को अपने मस्तिष्क में उस अहम् की प्रकृति और लक्ष्य को हमेशा अंकित करते रहना चाहिए, जिसे वह विकसित कर रहा है। उदाहरण के लिए, लेखक को अपने कमरे में अपने पसंदीदा लेखकों की तस्वीरें और पुस्तकें रखना चाहिए। बुकशेल्फ़ पर अपने काम से संबंधित किताबें रहना चाहिए। उसे हरसंभव तरीक़े से अपने लक्ष्य की स्पष्ट तस्वीर अपने अहम् तक पहुँचा देना चाहिए, क्योंकि आदत की ब्रह्मांडीय शक्ति उस तस्वीर के अनुरूप ही परिणाम देगी और उसे साकार कर देगी।

छठी बात, उचित तरीक़े से विकसित अहम् हमेशा व्यक्ति के नियंत्रण में होता है। अहम् को इतना नहीं फूलने देना चाहिए कि यह "अहंकार के पागलपन" (Egomania) की दिशा में चला जाए, जिसके द्वारा बहुत से लोग बर्बाद हो चुके हैं।

अहम् के विकास में व्यक्ति का सूत्रवाक्य होना चाहिए, "किसी चीज़ का न बहुत ज़्यादा, न बहुत कम।" स्थिति तब ख़तरनाक होती है, जब लोग दूसरों को नियंत्रित करने के पीछे पागल होते हैं या इतनी सारी दौलत इकट्ठी करना चाहते हैं, जिसका वे सृजनात्मक प्रयोग न तो कर सकते हैं और न ही करते हैं। इस लक्ष्य का पीछा कर रहा अहम् धीरे-धीरे अपने आप शक्तिशाली बन जाता है और जल्दी ही नियंत्रण से बाहर हो जाता है।

प्रकृति ने लोगों को एक सेफ़्टी वाल्व दिया है। जब भी किसी व्यक्ति का अहम् निश्चित सीमा से ज़्यादा बढ़ जाता है, तो प्रकृति उसके अहम् को कम कर देती है और इसके दबाव को घटा देती है। इमर्सन ने इसे प्रतिफल का नियम कहा था, लेकिन यह चाहे जो हो, यह निश्चित रूप से काम करता है।

नेपोलियन बोनापार्ट अपने पराजित अहम् के कारण ही उस दिन मृत हो गए, जिस दिन वे सेंट हेलेना टापू पर पहुँचे। जो लोग सक्रिय जीवन जीने के बाद रिटायर हो जाते हैं और किसी भी तरह का काम नहीं करते हैं, वे आम तौर पर मुरझा जाते हैं और जल्दी ही मर जाते हैं। अगर वे

ज़िंदा भी रहते हैं, तो भी आम तौर पर वे दुखी होते हैं। स्वस्थ अहम् हमेशा सक्रिय रहता है और पूरी तरह नियंत्रण में रहता है।

सातवीं बात, व्यक्ति के विचारों के अनुरूप अहम् में लगातार परिवर्तन होता रहता है, चाहे यह परिवर्तन अच्छा हो या बुरा। जो दो तत्व इन परिवर्तनों को विवश करते हैं, वे हैं समय और आदत की ब्रह्मांडीय शक्ति का नियम। मैं आपको समय के महत्व के बारे में बताना चाहूँगा, जो आदत की ब्रह्मांडीय शक्ति के कार्य में एक बहुत महत्वपूर्ण तत्व है। जिस तरह मिट्टी में बोए गए बीजों को अंकुरित होने और पेड़ बनने में समय लगता है, उसी तरह मस्तिष्क में बोए गए विचारों और इच्छाओं को आदत की ब्रह्मांडीय शक्ति के नियम द्वारा सजीव व सक्रिय होने में समय लगता है।

इस बारे में कोई भविष्यवाणी नहीं की जा सकती कि इच्छा को साकार होने में कितना समय लगेगा। यह बहुत सी चीज़ों से तय होता है, जिसमें इच्छा की प्रकृति, इससे संबंधित परिस्थितियाँ और इच्छा की प्रबलता शामिल हैं। इन सबसे यह तय होता है कि इच्छा को साकार होने में कितना समय लगेगा।

आस्था से भी इच्छा जल्दी साकार होती है। कई बार तो परिवर्तन लगभग तत्काल हो जाता है।

इंसान 20 साल की उम्र में शारीरिक रूप से परिपक्व हो जाता है। लेकिन मानसिक परिपक्वता यानी अहम् की परिपक्वता के लिए 35 से लेकर 60 साल तक की उम्र की ज़रूरत होती है। इस तथ्य को जानने के बाद यह स्पष्ट हो जाता है कि ज़्यादातर लोग 50 साल की उम्र से पहले ज़्यादा दौलत का संग्रह क्यों नहीं कर पाते हैं या अन्य दिशाओं में बहुत ज़्यादा सफल क्यों नहीं हो पाते हैं।

अहम् लोगों को बहुत ज़्यादा भौतिक दौलत प्राप्त करने और बनाए रखने के लिए प्रेरित कर सकता है। यह ज़रूरी है कि इस अहम् को आत्म-अनुशासन से नियंत्रित किया जाए, ताकि व्यक्ति को आत्म-विश्वास, निश्चित लक्ष्य, व्यक्तिगत पहल-शक्ति, कल्पना-शक्ति, निर्णय की सटीकता और अन्य गुण मिलें। इन गुणों के बिना अहम् इतना शक्तिशाली नहीं बन पाता है कि वह प्रचुर दौलत हासिल कर सके या उसे बनाए रख सके।

ये गुण समय के सही उपयोग से आते हैं। ध्यान दें हमने यह नहीं कहा

है कि ये समय बीतने पर अपने आप आ जाते हैं। आदत की ब्रह्मांडीय शक्ति के कार्य द्वारा हर व्यक्ति की वैचारिक आदतें अहम् के तंत्र में बुनी जाती हैं। इससे कोई फ़र्क़ नहीं पड़ता है कि ये आदतें सकारात्मक हैं या नकारात्मक, समृद्धि की हैं या ग़रीबी की। फिर आदत की ब्रह्मांडीय शक्ति इन आदतों को स्थायी बना देती है, जिससे व्यक्ति के आध्यात्मिक और शारीरिक स्तर की प्रकृति व सीमा निर्धारित होती है।

पत्नी ने अपने पति के अहम् को किस तरह पोषण दिया

1929 की बड़ी मंदी के शुरुआती दिन थे। एक छोटे से ब्यूटी सैलून की मालकिन मुश्किल से गुज़ारा कर पा रही थी। तभी उसे एक ग़रीब बूढ़ा आदमी मिला, जिसके पास सोने के लिए जगह नहीं थी। महिला ने अपनी दुकान के पीछे वाले कमरे में बूढ़े आदमी के सोने की व्यवस्था कर दी। हालाँकि उस बूढ़े आदमी के पास पैसे नहीं थे, लेकिन उसे सौंदर्य प्रसाधन बनाने का काफ़ी ज्ञान था।

सैलून की मालकिन ने बूढ़े आदमी को सोने के लिए जगह दी। उसने उसके साथ समझौता किया कि बदले में वह सौंदर्य प्रसाधन सामग्री बनाने में उसकी मदद करे।

जल्दी ही दोनों ने एक मास्टर माइंड गठबंधन बना लिया, जिससे आगे चलकर दोनों ही आर्थिक रूप से स्वतंत्र हो गए। पहले तो उन्होंने एक व्यावसायिक समझौता किया, जिसका लक्ष्य यह था कि घर-घर जाकर बेचे जाने वाले सौंदर्य प्रसाधनों की संख्या बढ़ जाए। महिला ने ज़रूरी सामग्री के लिए धन दिया, बूढ़े आदमी ने काम किया।

कुछ साल बाद दोनों का मास्टर माइंड गठबंधन इतना सफल और लाभकारी साबित हुआ कि दोनों ने इसे स्थायी बनाने के लिए विवाह कर लिया, हालाँकि उनकी उम्र में 25 साल से भी ज़्यादा का अंतर था।

इस आदमी की ज़्यादातर ज़िंदगी सौंदर्य प्रसाधन व्यवसाय में बीती थी, लेकिन इसके बावज़ूद उसे पहले सफलता नहीं मिली थी। ब्यूटी सैलून से युवा महिला का पहले मुश्किल से गुज़ारा होता था। उनके गठबंधन से दोनों को ही ऐसी शक्ति मिली, जो उन्हें पहले नहीं मिली थी। परिणाम यह हुआ

कि दोनों ही आर्थिक रूप से सफल हो गए।

मंदी की शुरुआत में वे एक छोटे कमरे में प्रसाधन सामग्री बनाते थे और घर-घर जाकर उसे ख़ुद बेचते थे। लगभग 8 साल बाद मंदी ख़त्म होने तक वे एक बड़ी फ़ैक्ट्री में प्रसाधन सामग्री बना रहे थे, जिसे उन्होंने ख़रीद लिया था। उनके पास 100 से ज़्यादा कर्मचारी थे और उनके पास 4,000 से ज़्यादा एजेंट भी थे, जो पूरे देश में उनका सामान बेच रहे थे। मंदी के बावज़ूद उन्होंने 20 लाख डॉलर से ज़्यादा दौलत इकट्ठी कर ली, जब सौंदर्य प्रसाधन जैसी विलासिता की वस्तुएँ बेचना स्वाभाविक रूप से कठिन था।

उन्होंने अपने बाक़ी जीवन के लिए ख़ुद को धन की ज़रूरत से मुक्त कर लिया। यही नहीं, उन्होंने उसी ज्ञान और उन्हीं अवसरों से आर्थिक स्वतंत्रता को पा लिया, जो उनके पास मास्टर माइंड गठबंधन से पहले थे, जब दोनों ही ग़रीबी में रह रहे थे।

काश मैं इन दोनों रोचक व्यक्तियों का नाम बता सकता! लेकिन उनके गठबंधन की परिस्थितियाँ और इस विश्लेषण की प्रकृति ऐसी है कि ऐसा करना उचित नहीं होगा। बहरहाल, मैं यह बता सकता हूँ कि मेरे विचार से उनकी इस अद्‌भुत सफलता का स्रोत क्या है। मैं उनके संबंध की हर परिस्थिति को निष्पक्ष विश्लेषणकर्ता के दृष्टिकोण से देखूँगा, जो तथ्यों की सही तस्वीर बताना चाहता है।

जिस लक्ष्य से ये दोनों लोग एक साथ मास्टर माइंड गठबंधन में शामिल हुए, वह निश्चित रूप से आर्थिक था। वह महिला पहले भी विवाह कर चुकी थी। उसका पहला पति पर्याप्त आजीविका कमाने में असफल रहा था और जब उनका बच्चा छोटा था, तो वह अपनी पत्नी और बच्चे को छोड़कर चला गया था। यही हाल उस बूढ़े आदमी का था। उसका भी पहला विवाह असफल हो चुका था।

उन्होंने प्रेम की वजह से विवाह नहीं किया। उन्होंने पूर्ण आर्थिक स्वतंत्रता पाने के लिए विवाह किया। दोनों ने मिलकर एक सफल कंपनी और एक शानदार घर बना लिया। इन दोनों पर ही बूढ़े आदमी की सत्ता चलती है, जो सचमुच मानता है कि उसी के कारण यह गठबंधन सफल हुआ। फ़ैक्ट्री में बनने वाले हर सामान के पैकेट पर उस बूढ़े आदमी का

नाम लिखा रहता है। उसका नाम कंपनी के हर डिलिवरी ट्रक, हर सौंदर्य प्रसाधन सामग्री और हर विज्ञापन में बड़े-बड़े अक्षरों में लिखा रहता है। पत्नी का नाम कहीं भी नज़र नहीं आता है।

बूढ़े आदमी का यह मानना है कि कंपनी को उसी ने बनाया है और वही इसे चलाता है। उसका यह भी मानना है कि कंपनी उसके बिना नहीं चल सकती है। सच्चाई इसके बिलकुल विपरीत है। उसके अहम् ने कंपनी को सफल बनाया है। उसका अहम् ही कंपनी को चला रहा है। वह यह नहीं जानता है कि उसके बिना भी कंपनी इतनी ही अच्छी तरह या इससे भी अच्छी तरह से चल सकती है। इसका कारण यह है कि चूँकि उसकी पत्नी ने उसके अहम् को विकसित किया है, इसलिए समान परिस्थितियों में वह किसी दूसरे व्यक्ति के साथ भी ऐसा ही कर सकती है।

बूढ़े आदमी की पत्नी ने धैर्य, समझदारी और सुविचारित उद्देश्य से अपने पति के अहम् को पोषण दिया। इस तरह से पत्नी ने पति की हीन भावना को ख़त्म कर दिया, जो ज़िंदगी भर की असफलता और ग़रीबी से उत्पन्न हुई थी। उसने अपने पति को एक तरह से सम्मोहित कर दिया और उसे यह यक़ीन दिलाया कि वह एक महान बिज़नेसमैन है।

इस चतुर महिला के संपर्क में आने से पहले बूढ़े आदमी का अहम् पोषण की कमी के कारण मृतप्रायः था। इस महिला ने उसके अहम् को पुनर्जीवित किया, उसे पोषण दिया और उसे विकसित कर शक्तिशाली बनाया, इस तथ्य के बावज़ूद कि उस आदमी का स्वभाव अजीब था और उसमें व्यावसायिक योग्यता की कमी थी।

सच तो यह है कि कंपनी की हर नीति, हर क़दम और हर प्रगति के पीछे पत्नी का हाथ है। पत्नी ने बड़ी चतुराई से अपने पति के मस्तिष्क में विचारों के बीज बो दिए, जिस वजह से कंपनी सफल हुई। बहरहाल, पति इस सच्चाई को नहीं जानता है। वह यह नहीं जानता है कि वह तो सिर्फ़ सफल दिखता है, जबकि सफलता का असली कारण उसकी पत्नी है। दोनों का गठबंधन अजेय है और इसका सबूत उनकी आश्चर्यजनक आर्थिक सफलता में दिखता है।

इस महिला ने ख़ुद को पूरी तरह से मिटा दिया। यह न सिर्फ़ उसके पूर्ण आत्म-नियंत्रण को दर्शाता है, बल्कि उसकी समझदारी का भी सबूत है।

शायद वह महिला जानती है कि वह अकेले इतनी सफल नहीं हो सकती थी या दूसरे तरीक़ों से इतनी सफलता नहीं पा सकती थी।

उस महिला की शिक्षा बहुत कम थी। मैं नहीं जानता कि उसने मानव मस्तिष्क की कार्यविधि के बारे में इतना कैसे या कहाँ सीखा, जिससे उसने अपने पति के अहम् को सशक्त बनाने के लिए अपने पूरे व्यक्तित्व की कुर्बानी दे। शायद महिलाओं के आंतरिक सहजबोध की बदौलत ही उसने यह योजना बनाई होगी। कारण चाहे जो भी हो, उसकी योजना सफल हुई और इस पर चलकर उसने अपने आर्थिक लक्ष्य को पा लिया।

यह इस बात का सबूत है कि ग़रीबी और अमीरी के बीच का प्रमुख अंतर सिर्फ़ यह है कि व्यक्ति का अहम् हीन भावना से संचालित होता है या श्रेष्ठता की भावना से। अगर इस चतुर महिला ने उस बूढ़े आदमी के अहम् को पोषण नहीं दिया होता, अगर उसने उसके मस्तिष्क में दौलत पाने का आत्मविश्वास नहीं जगाया होता, तो बूढ़ा आदमी बेघरबार कंगाल ही मर सकता था।

यह ऐसा निष्कर्ष है, जिससे बचा नहीं जा सकता है। यही नहीं, इस तरह के कई अन्य उदाहरण भी हैं, जिनसे यह साबित किया जा सकता है कि किसी भी क्षेत्र में सफल होने के लिए इंसान के अहम् को पोषण की, व्यवस्थित करने की और निश्चित दिशा में मार्गदर्शन की ज़रूरत होती है।

हेनरी फ़ोर्ड का आश्चर्यजनक अहम्

हेनरी फ़ोर्ड का अहम् मशहूर है, लेकिन ज़्यादातर लोग इसकी सच्चाई नहीं जानते हैं। यह उनके और उनकी पत्नी के अहम् का तालमेल था। निश्चित लक्ष्य, लगन, स्वावलंबन और आत्म-नियंत्रण फ़ोर्ड के अहम् के महत्वपूर्ण हिस्से थे। और ये सब काफ़ी हद तक उनकी पत्नी के प्रभाव के कारण विकसित हुए थे।

फ़ोर्ड का अहम् सौंदर्य प्रसाधनों के उस निर्माता की तरह नहीं था, जिसका वर्णन मैंने पहले किया है। फ़ोर्ड का अहम् ग्लैमर या दिखावे के बिना काम करता था। यह हृदय की विनम्रता के भाव से काम करता था।

अपने जीवन काल में हेनरी फ़ोर्ड ने अपने ऑफ़िस की दीवारों पर अपनी बड़ी तस्वीरें नहीं टाँगीं। लेकिन इस बारे में कोई ग़लतफ़हमी न

रखें। फ़ोर्ड का प्रभाव हर वह व्यक्ति महसूस करता था, जो प्रत्यक्ष या अप्रत्यक्ष रूप से उनके विशाल औद्योगिक साम्राज्य से जुड़ा था। आज भी हेनरी फ़ोर्ड का कोई न कोई हिस्सा फ़ोर्ड की फ़ैक्ट्रियों से निकलने वाले हर वाहन में झलकता है।

जिन साधनों द्वारा फ़ोर्ड ने अपने अहम् को अभिव्यक्त किया, वे हैं : निर्माण की आदर्श तकनीक, विश्वसनीय यातायात सेवा, कम क़ीमत, लाखों लोगों को प्रत्यक्ष या अप्रत्यक्ष रूप से रोज़गार प्रदान करके संतुष्टि हासिल करना।

फ़ोर्ड प्रशंसा को नापसंद तो नहीं करते थे, लेकिन वे इसके बहुत भूखे भी नहीं रहे। सौंदर्य प्रसाधन बनाने वाले की तरह फ़ोर्ड के अहम् को लगातार तारीफ़ की ज़रूरत नहीं थी।

दूसरे लोगों के ज्ञान और अनुभव का लाभ लेने का फ़ोर्ड का तरीक़ा एंड्र्यू कारनेगी और बाक़ी बिज़नेसमैनों से बहुत अलग था। उनका अहम् इतना विनम्र था कि उन्होंने अपने काम की प्रशंसा को प्रोत्साहित नहीं किया। उन्होंने प्रशंसा की चाहत में कभी काम नहीं किया, न ही वे प्रशंसा से बहुत ख़ुश नज़र आए।

हेनरी फ़ोर्ड सचमुच दुनिया के महान मस्तिष्कों में से एक थे।

उनका मस्तिष्क महान इसलिए था, क्योंकि उन्होंने प्रकृति के नियमों को पहचाना और अपने लाभ के लिए ख़ुद को उनके अनुरूप ढाला। बहरहाल, कई लोग मानते हैं कि उनकी महानता काफ़ी हद तक उनकी पत्नी के प्रभाव के कारण थी। और इस कारण से भी क्योंकि उन्होंने अन्य महान मस्तिष्कों के साथ मास्टर माइंड गठबंधन बना लिया था, जिनमें थॉमस ए. एडिसन, लूथर बरबैंक, जॉन बरोज़ और हार्वे फ़ायरस्टोन शामिल थे। इन लोगों का मास्टर माइंड गठबंधन कई साल तक चलता रहा।

कई साल तक ये पाँचों लोग अपने बिज़नेस को कुछ समय के लिए छोड़कर किसी शांत जगह पर चले जाते थे। वहाँ पर वे विचारों का आदान-प्रदान करते थे और अपने-अपने अहम् को वह पोषण देते थे, जिसकी हर एक को ज़रूरत थी।

इन चार लोगों के साथ मास्टर माइंड गठबंधन के कारण हेनरी फ़ोर्ड का व्यक्तित्व, उनकी व्यावसायिक नीतियाँ और उनका हुलिया भी हर साल

पहले से बेहतर दिखने लगा। इसका उन पर निश्चित, गहरा, गहन और स्थायी प्रभाव पड़ा।

फ़ोर्ड का अहम् पूरी तरह से उनके नियंत्रण में था। बेहद सफल लोगों का अध्ययन करते समय व्यक्ति यह देख सकता है कि दुनिया में उन्हें उसी अनुपात में स्थान मिलता है, जिस अनुपात में वे अपने अहम् को नियंत्रित करते हैं।

सौंदर्य प्रसाधन के निर्माता को सिर्फ़ इतना ही स्थान मिला, जो उसकी कंपनी और घर तक सीमित था। यह इन सीमाओं से आगे नहीं पहुँच पाया और पहुँच भी नहीं सकता है। उसके ही मानसिक नज़रिये ने इन सीमाओं को बनाया है और आदत की ब्रह्मांडीय शक्ति ने इन सीमाओं को स्थायी बना दिया है।

हेनरी फ़ोर्ड ने पूरी दुनिया में अपनी जगह बनाई है और उन्होंने कई मायनों में पूरी मानव जाति को प्रभावित किया है। चूँकि फ़ोर्ड अपने अहम् के स्वामी थे, इसलिए वे मनचाही भौतिक वस्तुएँ हासिल करने में सक्षम थे।

सौंदर्य प्रसाधन के निर्माता ने अपने अहम् को कई ओछे और बचकाने स्वार्थी रूपों में अभिव्यक्त किया। नतीजा यह हुआ कि उसने अपने प्रभाव को सीमित कर लिया। वह सिर्फ़ कुछ लाख डॉलर ही इकट्ठे कर पाया। वह सिर्फ़ कुछ सौ लोगों को ही (उनकी सहमति के बिना) नियंत्रित कर पाया, जिनमें उसका परिवार और कर्मचारी शामिल थे।

फ़ोर्ड ने अपने अहम् का विस्तार किया और पूरी मानव जाति को लाभ पहुँचाया। बिना कोशिश किए ही उनका प्रभाव पूरी दुनिया पर पड़ा। यह एक आश्चर्यजनक विचार है! यह हमें बताता है कि व्यक्ति को किस तरह के अहम् को विकसित करने की कोशिश करना चाहिए।

फ़ोर्ड ने एक ऐसा अहम् विकसित किया, जो स्वयं से आगे गया और पूरी दुनिया तक फैल गया। उन्होंने लाखों कारें बनाने और बेचने के बारे में सोचा। उन्होंने लाखों लोगों को रोज़गार देने के बारे में सोचा। उन्होंने लाखों डॉलर की पूँजी एकत्रित करने के बारे में सोचा, ताकि वे अपने सपने को साकार कर सकें।

उन्होंने अपनी कंपनी को कुछ निश्चित नीतियों पर चलाया। पूँजी इकट्ठी करते समय उन्होंने अपनी कंपनी पर दूसरों का नियंत्रण नहीं होने

दिया। उन्होंने अपने हज़ारों कर्मचारियों की कार्यकुशलता बढ़ाकर मितव्ययिता करने के बारे में सोचा। उन्होंने अपने कर्मचारियों के लिए वेतन तथा कार्य की परिस्थितियों के नए मानदंड स्थापित किए। ये मानदंड कर्मचारियों की माँगों और आशाओं से ज़्यादा अच्छे तथा फ़ायदेमंद थे। उन्होंने अपने बिज़नेस सहयोगियों के साथ सामंजस्यपूर्ण सहयोग के संबंध बनाए और अपने विचारों से असहमत होने वाले हर व्यक्ति को हटा दिया। इस तरह उन्होंने अपने विचारों के अनुरूप कार्य करते हुए अपने सपने को साकार कर लिया।

इन गुणों और चरित्र की ख़ूबियों से फ़ोर्ड के अहम् को पोषण मिला। इन गुणों में ऐसा कुछ नहीं है, जिसे समझना मुश्किल हो। ये ऐसे गुण हैं, जिन्हें कोई भी सीख सकता है और उनका इस्तेमाल कर सकता है।

अब ज़रा उन लोगों की तरफ़ देखें, जिन्होंने हेनरी फ़ोर्ड के बाद कार बनाना शुरू किया था। अगर आप उनका सावधानी से अध्ययन करेंगे, तो आप जल्दी ही जान जाएँगे कि आप उनमें से सिर्फ़ मुट्ठी भर लोगों का नाम ही जानते हैं। आपको तो उन कारों के नाम भी अपरिचित लगेंगे, जो उन्होंने कुछ समय के लिए बनाई थीं।

आप पाएँगे कि फ़ोर्ड का हर प्रतियोगी इसलिए असफल हुआ, क्योंकि उसने ख़ुद ही अपने अहम् की सीमाएँ बना ली थीं या अपने अहम् को बर्बाद कर लिया था। आप यह भी पाएँगे कि इन भुला दिए गए आविष्कारकों में लगभग उतनी ही बुद्धि थी, जितनी कि हेनरी फ़ोर्ड में थी। उनमें से ज़्यादातर के पास तो फ़ोर्ड से बेहतर शिक्षा भी थी और उनमें से कइयों के पास तो उनसे प्रबल व्यक्तित्व भी था।

हेनरी फ़ोर्ड और उनके प्रतियोगियों के बीच प्रमुख अंतर यह था : फ़ोर्ड ने एक ऐसा अहम् विकसित कर लिया था, जो उनकी व्यक्तिगत सफलता से बहुत आगे तक जाता था। बाक़ी लोगों ने अपने अहम् को इतना सीमित कर लिया था कि वे जल्दी ही असफल हो गए और उनकी योजनाएँ धरी की धरी रह गईं। फ़ोर्ड के प्रतियोगियों के पास वृहद और लचीला अहम् नहीं था, जो व्यक्ति को आगे ले जाता है।

अच्छी तरह संतुलित अहम् पर प्रशंसा या बुराई का कोई ख़ास असर नहीं पड़ता है। संतुलित अहम् वाला व्यक्ति अपनी पतवार को अपने

निश्चित प्रमुख लक्ष्य की दिशा में मोड़ता है, अपनी व्यक्तिगत पहल-शक्ति को अपने लक्ष्य की दिशा में ले जाता है और दाएँ-बाएँ नहीं देखता है। वह पराजय और विजय दोनों को ही ज़िंदगी का अनिवार्य हिस्सा मानता है, लेकिन वह दोनों से ही प्रभावित होकर अपनी योजनाएँ नहीं बदलता है।

आपमें से जो लोग इस फ़िलॉसफ़ी पर अमल करना सीख रहे हैं, वे भी इसी तरीक़े से सफल हो सकते हैं। इस फ़िलॉसफ़ी के 17 सिद्धांतों के रूप में आपके पास वह सब है, जो आपको अमीरी की चाबी हासिल करने के लिए चाहिए।

आपके पास अब वह व्यावहारिक ज्ञान है, जिसका प्रयोग करके सफल लोगों ने सभ्यता की शुरुआत से लेकर आज तक सफलता पाई है।

यह ज़िंदगी की पूर्ण फ़िलॉसफ़ी है, जो हर मानवीय आवश्यकता के लिए पर्याप्त है। यह सभी मानवीय समस्याओं के समाधान का रहस्य है। और इसे इस तरह से प्रस्तुत किया गया है, ताकि हर व्यक्ति इसे समझ सके।

हो सकता है, आप हेनरी फ़ोर्ड या बिल गेट्स नहीं बनना चाहते हों, लेकिन आप ऐसा कर सकते हैं। आपको ख़ुद को उपयोगी बनाने की महत्वाकांक्षा रखना चाहिए, ताकि आप दुनिया में वह स्थान पा सकें, जो आपका अहम् चाहता है। हर व्यक्ति अंततः अपने अहम् पर सबसे प्रबल प्रभाव डालने वाले लोगों जैसा बन जाता है। हम सब नक़ल करने वाले प्राणी हैं। ज़ाहिर है, हम सब किसी न किसी व्यक्ति को अपना आदर्श बनाकर उसकी नक़ल करने की कोशिश करते हैं। यह एक स्वाभाविक और अच्छा गुण है।

वे लोग सौभाग्यशाली हैं, जिन्होंने प्रबल आस्था वाले व्यक्तियों को अपना आदर्श बनाया है। ऐसा इसलिए है, क्योंकि अपने आदर्श व्यक्ति का अनुकरण करते-करते उसके कुछ गुण हममें अपने आप आ जाते हैं।

मस्तिष्क का उर्वर उद्यान

निष्कर्ष के रूप में मैं आपको संक्षेप में बता दूँ कि मैंने अहम् के विषय पर क्या कहा है। मैं आपका ध्यान इस तरफ़ दिलाना चाहूँगा कि मस्तिष्क एक उर्वर उद्यान की तरह है, जहाँ व्यक्ति सक्रिय आस्था की सभी

सकारात्मक प्रेरणाओं को विकसित कर सकता है। अगर वह ऐसा नहीं करता है, तो यह उर्वर उद्यान डर, शंका और अनिर्णय की नकारात्मक फ़सल उत्पन्न कर देगा, जो असफलता की ओर ले जाएगी।

आप इस दुनिया में क्या हासिल करना चाहते हैं, यह आप पर निर्भर करता है। अमीरी की चाबी अब आपके हाथ में है। आप उस आख़िरी द्वार के सामने खड़े हैं, जो आपको सुख से दूर रखे हुए है। लेकिन यह दरवाज़ा आपके लिए तब तक नहीं खुलेगा, जब तक आप उसे नहीं खोलेंगे। आपको इस फ़िलॉसफ़ी के 17 सिद्धांतों पर अमल करके अमीरी की चाबी का इस्तेमाल करना होगा!

अब आपके पास ज़िंदगी की एक ऐसी पूर्ण फ़िलॉसफ़ी है, जिसकी मदद से आप अपनी हर समस्या सुलझा सकते हैं।

इस फ़िलॉसफ़ी के सिद्धांतों के तालमेल से ही हर क्षेत्र के हर सफल व्यक्ति ने सफलता पाई है। हालाँकि हो सकता है, कइयों ने इन 17 सिद्धांतों का नाम जाने बिना ही इनका इस्तेमाल किया है।

इस फ़िलॉसफ़ी में सफलता का कोई भी अनिवार्य तत्व नहीं छोड़ा गया है। इसमें हर सिद्धांत का वर्णन ऐसे शब्दों व उपमाओं के माध्यम से किया गया है, जो ज़्यादातर लोगों को आसानी से समझ में आ जाएँगे।

यह फ़िलॉसफ़ी अव्यावहारिक या अमूर्त नहीं है, बल्कि व्यावहारिक और मूर्त है। इसमें कठिन शब्दों से परहेज़ किया गया है, ताकि आम आदमी दुविधा में न पड़े।

इस फ़िलॉसफ़ी का उद्देश्य व्यक्ति को वर्तमान स्थिति से मनचाही स्थिति तक पहुँचने में समर्थ बनाना है - आर्थिक दृष्टि से भी और आध्यात्मिक दृष्टि से भी। इस तरह यह व्यक्ति को उस समृद्ध जीवन के आनंद के लिए तैयार करती है, जिसे ईश्वर ने आनंद उठाने के लिए दिया है। और यह सभी "दौलतों" को प्राप्त करने की ओर ले जाती है, जिसमें 12 सबसे महत्वपूर्ण दौलतें शामिल हैं।

दुनिया को दार्शनिकों से बहुत लाभ हुआ है। प्लेटो, सुकरात, कोपरनिकस, अरस्तू और अन्य चिंतकों से लेकर राल्फ़ वाल्डो इमर्सन और विलियम जेम्स तक बहुत से दार्शनिकों ने दुनिया को लाभ पहुँचाया है।

अब दुनिया के पास व्यक्तिगत सफलता की पहली पूर्ण और ठोस

फ़िलॉसफ़ी है। यह व्यक्ति को ऐसे व्यावहारिक साधन प्रदान करती है, जिसके द्वारा वह अपने मस्तिष्क का पूरा नियंत्रण अपने हाथ में ले सकता है और जिसकी मदद से वह मानसिक शांति, मानवीय संबंधों में सामंजस्य, आर्थिक सुरक्षा तथा सुख हासिल कर सकता है।

मैं आपका ध्यान इस तरफ़ दिलाना चाहूँगा कि 17 सिद्धांतों के इस विश्लेषण में हमने ज़्यादा महत्वपूर्ण सिद्धांतों का बार-बार ज़िक्र किया है। यह दोहराव संयोगवश नहीं हुआ है!

हमने सिद्धांतों को जान-बूझकर दोहराया है। यह ज़रूरी था, क्योंकि इंसान में यह प्रवृत्ति होती है कि वह नए विचारों या पुरानी सच्चाइयों के नए विश्लेषण से पहली बार में प्रभावित नहीं होता है। दोहराव इसलिए भी ज़रूरी था, क्योंकि ये 17 सिद्धांत ज़ंजीर की कड़ियों की तरह आपस में जुड़े हैं। हर सिद्धांत अपने पहले वाले और अपने बाद वाले सिद्धांत से जुड़ा है। और अंत में, हमें यह भी समझ लेना चाहिए कि विचारों का दोहराव प्रभावी शिक्षण का मूलभूत सिद्धांत है और प्रभावी विज्ञापन का केंद्रबिंदु है। इसलिए ऐसा करना न सिर्फ़ तर्कपूर्ण है, बल्कि ऐसा करना निश्चित रूप से मानवीय प्रगति के लिए ज़रूरी भी है।

जब आप इस फ़िलॉसफ़ी को आत्मसात कर लेंगे, तो आपके पास उन अधिकांश लोगों से ज़्यादा ज्ञान होगा, जो कॉलेज से एम.ए. की डिग्री लेकर निकलते हैं। आपके पास वह सारा उपयोगी ज्ञान होगा, जो अमेरिका के सबसे सफल लोगों के अनुभवों से एकत्रित किया गया है। और यह ज्ञान आपके पास एक ऐसे रूप में होगा, जिसे आप समझ सकते हैं और जिसका आप इस्तेमाल कर सकते हैं।

लेकिन याद रखें कि इस ज्ञान के सही उपयोग की ज़िम्मेदारी आपकी है। सिर्फ़ ज्ञान होने से ही आपको कोई फ़ायदा नहीं होगा। इसका उपयोग सबसे महत्वपूर्ण है।

OOO

अध्याय ग्यारह

आत्म–अनुशासन

जो व्यक्ति अपने मस्तिष्क पर पूरा अधिकार पा लेता है, वह किसी भी चीज़ पर अधिकार पा सकता है, बशर्ते वह उसका हक़दार हो।

– एंड्रयू कारनेगी

सुबह आदत की ब्रह्मांडीय शक्ति के नियम पर हुई चर्चा से कॉन्फ्रेंस के लोग उत्साहित हो गए थे। यह सलाह उन्हें बहुत समझदारी भरी लगी थी कि सफलता की दिशा में बढ़ रहे लोगों को अपनी आदतें बदल लेना चाहिए।

लंच रूम में जाने के बाद श्रोताओं को यह एहसास हुआ कि आज वे आख़िरी बार एक-दूसरे के साथ होंगे। इस एक सप्ताह में उनके कई मित्र बने थे और कइयों ने अपना मास्टर माइंड गठबंधन बनाने के बारे में बात भी की थी, ताकि वे जीवन के लक्ष्य हासिल करने में एक-दूसरे की मदद कर सकें। एक श्रोता ने कहा, हैरानी की बात तो यह है कि कॉन्फ्रेंस ख़त्म होने वाली है, लेकिन कोई भी अब तक प्रतिष्ठित वक्ता का नाम तक नहीं जान पाया है। उसी समय एक युवक अपने हाथ में एक काग़ज़ लहराता हुआ आया।

उसने चिल्लाकर कहा, "मुझे उनका नाम पता चल गया है। मैं जानता हूँ कि यह प्रतिष्ठित वक्ता कौन है और मैं कल के अख़बार में उनका नाम

छापने जा रहा हूँ।" यह युवक एक रिपोर्टर था, जिसे पहली बार इतनी सनसनीख़ेज ख़बर मिली थी। कई लोग उस युवक को घेरकर उससे वक्ता का नाम पूछने लगे, लेकिन उसने दृढ़ता से इंकार कर दिया, "मैं किसी भी तरह से इस सनसनीख़ेज ख़बर को उजागर नहीं करने वाला हूँ।" इसके बाद वह अपना लंच लेने चला गया।

लंच रूम में जब शोर कम हो गया, तो जिस संयोजक ने प्रतिष्ठित वक्ता का मंच पर पहले दिन परिचय दिया था, उसने श्रोताओं से कहा, "देवियो और सज्जनो, अब वह चीज़ जानने का समय आ गया है, जिसका आपसे कॉन्फ्रेंस शुरू होने के दिन से ही वादा किया जा रहा है। कृपया जल्दी से लंच ख़त्म करके हॉल में लौट जाएँ। वहाँ आपको अंतिम सच्चाई बताई जाएगी, जिसका आप सबको इंतज़ार है : वह आख़िरी क़दम, जो अमीरी की चाबी हासिल करने में आपकी मदद करेगा।"

एक महिला ने अपनी कुर्सी की तरफ़ बढ़ते हुए अपनी सहेली से कहा, "कितनी रोमांचक बात है!" कुछ श्रोताओं के चेहरे पर शंका के भाव थे। उन्हें लग रहा था कि प्रतिष्ठित वक्ता उन्हें कोई ऐसी बात कैसे बता सकता है, जिससे उनकी ज़िंदगी की दिशा बदल जाएगी।

वक्ता एक बार फिर मंच के छोर पर बैठा था। वह विचारमग्न लग रहा था और बोलने से पहले उसने अपना गला कई बार साफ़ किया।

"मैं अब आपको वे तरीक़े बताऊँगा, जिनसे व्यक्ति अपने मस्तिष्क का स्वामी बन सकता है। मैं उस व्यक्ति के कथन से अपनी बात शुरू करता हूँ, जो अपनी आश्चर्यजनक सफलता से इस वाक्य की सच्चाई को साबित कर चुके हैं। कारनेगी ने न सिर्फ़ अपनी ज़रूरत से ज़्यादा भौतिक दौलत हासिल की, बल्कि उन्होंने बाक़ी ग्यारह दौलतें भी हासिल कीं, जो ज़िंदगी की बारह दौलतों का अधिक महत्त्वपूर्ण हिस्सा हैं।"

जो लोग उन्हें अच्छी तरह से जानते हैं या उनके साथ काम कर चुके हैं, वे कहते हैं कि कारनेगी के चरित्र का सबसे प्रबल गुण यह था कि उन्होंने बहुत कम उम्र में ही अपने मस्तिष्क पर पूरा नियंत्रण कर लिया था। ज़िंदगी में कभी भी उन्होंने अपने विचार ख़ुद सोचने के अधिकार को नहीं खोया।

यह बहुत बड़ी सफलता और वरदान होगा, अगर हर व्यक्ति ईमानदारी

से यह कह सके, "मैं अपनी क़िस्मत का मालिक हूँ, मैं अपनी आत्मा का सेनापति हूँ।" ईश्वर का शायद यही इरादा रहा होगा! अगर उसका यह इरादा नहीं होता, तो इंसान सिर्फ़ एक ही शक्ति से पूरी तरह नियंत्रित नहीं होता - अपने ही विचारों की शक्ति से। हम ज़िंदगी भर शारीरिक और मानसिक स्वतंत्रता खोजते फिरते हैं, लेकिन ज़्यादातर लोगों को यह स्वतंत्रता कभी नहीं मिलती है! क्यों? ईश्वर ने वे सभी साधन दिए हैं, जिनके द्वारा इंसान स्वतंत्र हो सकता है। उसने हर एक को उन साधनों तक पहुँचने का माध्यम भी दिया है। यही नहीं, उसने स्वतंत्रता की प्राप्ति का उद्देश्य देकर हर इंसान को प्रेरणा भी दी है।

जब अमीरी के दरवाज़े की चाबी हम आसानी से पा सकते हैं, तो फिर हम क्यों ख़ुद को क़ैदी बना देते हैं और ज़िंदगी को जेल : ग़रीबी की जेल, बुरी सेहत की जेल, डर की जेल, अज्ञान की जेल? शारीरिक और मानसिक स्वतंत्रता की चाहत सभी लोगों में होती है, लेकिन बहुत कम लोग इसे हासिल कर पाते हैं। कारण यह है कि इसकी तलाश करने वाले ज़्यादातर लोग हर जगह इसे खोजते हैं, सिर्फ़ वहीं नहीं खोजते हैं, जहाँ यह होती है। यह अमीरी की चाबी इंसान के अपने मस्तिष्क में होती है। यही उसका एकमात्र स्रोत है।

हालाँकि सबके मन में दौलत पाने की इच्छा होती है, लेकिन ज़्यादातर लोग ज़िंदगी की सच्ची दौलतों को कभी नहीं देख पाते हैं। इसका कारण यह है कि वे यह पहचान ही नहीं पाते हैं कि हर तरह की अमीरी या दौलत की शुरुआत उनके मस्तिष्क में ही होती है।

मस्तिष्क की शक्ति का समुचित दोहन सिर्फ़ एक ही माध्यम से किया जा सकता है : कठोर आत्म-अनुशासन।

अनुशासित और निश्चित लक्ष्यों की दिशा में बढ़ने वाले मस्तिष्क में ज़बर्दस्त शक्ति होती है। यह शक्ति किसी पराजय को स्थायी नहीं मानती है और कभी हार नहीं मानती है। यह पराजय को विजय में बदल देती है, बाधाओं को सीढ़ियों में बदल देती है, यह सितारों को छूने की कोशिश करती है और ब्रह्मांड की शक्तियों का इस्तेमाल करके अपनी हर इच्छा पूरी कर लेती है।

जो व्यक्ति आत्म-अनुशासन के द्वारा ख़ुद पर विजय पा लेता है, उस

पर दूसरे कभी विजय नहीं पा सकते! आत्म-अनुशासन बारह दौलतों में से एक है, लेकिन यह उससे भी बढ़कर है। यह हर प्रकार की दौलत हासिल करने की महत्वपूर्ण शर्त है। इसमें शारीरिक व मानसिक स्वतंत्रता, शक्ति, शोहरत और वे सभी भौतिक चीज़ें शामिल हैं, जिन्हें हम दौलत का नाम देते हैं।

कठोर आत्म-अनुशासन वह एकमात्र साधन है, जिसके द्वारा व्यक्ति अपने मस्तिष्क को किसी निश्चित प्रमुख लक्ष्य पर केंद्रित कर सकता है। इसके बाद ही आदत की ब्रह्मांडीय शक्ति का नियम उस लक्ष्य को स्वीकार करता है और उसे उसके भौतिक स्वरूप में बदलता है।

यह इच्छाशक्ति और भावनाओं की शक्ति की कुंजी है, क्योंकि इसी से दोनों को प्राप्त किया जाता है, संतुलित किया जाता है और निश्चित लक्ष्यों की दिशा में निर्देशित किया जाता है।

यह किसी निश्चित प्रमुख लक्ष्य को बनाए रखने की मार्गदर्शक शक्ति है। यह लगन का स्रोत है। इसी के द्वारा व्यक्ति अपने लक्ष्यों और योजनाओं पर कार्य करने की आदत विकसित कर सकता है। इसी शक्ति के द्वारा विचार संबंधी आदतें बनती हैं और क़ायम रहती हैं, जब तक कि आदत की ब्रह्मांडीय शक्ति का नियम उन्हें स्थायी बनाकर उनकी तार्किक परिणिति तक नहीं पहुँचाता है। यह वह साधन है, जिसके द्वारा व्यक्ति अपने मस्तिष्क पर पूरा नियंत्रण कर सकता है और उसे अपने मनचाहे लक्ष्य की तरफ़ बढ़ने का मार्गदर्शन दे सकता है। यह हर लीडर के लिए अनिवार्य है।

यह वह शक्ति है, जिसके द्वारा व्यक्ति अपनी अंतरात्मा का सहयोग और मार्गदर्शन प्राप्त करता है।

यह वह सिपाही है, जो हर तरह के डर को हटाता है और आस्था की अभिव्यक्ति के लिए मस्तिष्क को साफ़ करता है। यह कल्पनाशक्ति और रचनात्मक भविष्य-दृष्टि की अभिव्यक्ति के लिए मस्तिष्क की सफ़ाई करता है। यह अनिर्णय और शंका को दूर भगाता है। भौतिक दौलत हासिल करने के लिए अनिवार्य "दौलत की चेतना" को बनाने और क़ायम रखने में भी यह मदद करता है। अच्छी शारीरिक सेहत को बनाए रखने के लिए आवश्यक "सेहत की चेतना" भी इसी से मिलती है। इसके

अलावा, आत्म-अनुशासन मस्तिष्क के प्रत्येक कार्यकारी तंत्र द्वारा काम करता है। इसलिए आइए, अब हम इस तंत्र की जाँच करें, ताकि हम यह समझ सकें कि इसमें कौन से तत्व शामिल हैं।

विचार के "तंत्र" के दस तत्व

मस्तिष्क दस तत्वों के माध्यम से काम करता है। इनमें से कुछ स्वचलित हैं, जबकि बाक़ियों को इच्छाशक्ति से दिशा देना पड़ती है। इस काम के लिए आत्म-अनुशासन ही एकमात्र साधन है।

ये दस तत्व हैं

1. असीम बुद्धि : यह समस्त विचार-शक्ति की स्रोत है और स्वचलित है। लेकिन इसे निश्चित लक्ष्य बनाकर उन्हें पाने के लिए व्यवस्थित और निर्देशित किया जा सकता है।

असीम बुद्धि (Infinite Intelligence) को एक बड़े जलाशय की संज्ञा दी जा सकती है, जिसमें से पानी लगातार बहता रहता है। इसकी नहरें बहुत सी दिशाओं में छोटी-छोटी धाराओं के रूप में बहती हैं और सभी प्राणियों व पेड़-पौधों को जीवन देती हैं। इस धारा का वह हिस्सा, जो इंसानों को जीवन देता है, उन्हें विचार की शक्ति भी देता है।

मस्तिष्क को नल की टोंटी की संज्ञा दी जा सकती है और इससे होकर बहने वाला पानी असीम बुद्धि का प्रतीक है। मस्तिष्क विचार की शक्ति उत्पन्न नहीं करता है। यह तो सिर्फ़ असीम बुद्धि से उस शक्ति को प्राप्त करता है और अपनी व्यक्तिगत इच्छाओं तथा लक्ष्यों को पाने के लिए उनका इस्तेमाल करता है।

याद रखें, विचारों को नियंत्रित करने और उन्हें दिशा देने का अधिकार ही वह एकमात्र अधिकार है, जिस पर व्यक्ति को पूरा नियंत्रण दिया गया है। इसका सृजनात्मक और विध्वंसात्मक दोनों ही प्रकार का उपयोग किया जा सकता है। निश्चित लक्ष्य द्वारा व्यक्ति इसे दिशा दे सकता है या इस कार्य को नज़रअंदाज़ कर सकता है। यह फ़ैसला हर व्यक्ति को करना होता है कि वह ऐसा करना चाहता है या नहीं। इस महान अधिकार का सही उपयोग सिर्फ़ आत्म-अनुशासन द्वारा ही हो सकता है।

2. चेतन मस्तिष्क : मस्तिष्क के दो खंड होते हैं : चेतन और अवचेतन। मनोवैज्ञानिकों की राय में इन दोनों हिस्सों की तुलना आइसबर्ग (हिमखंड) से की जा सकती है। पानी के ऊपर दिखाई देने वाला हिस्सा चेतन मस्तिष्क का प्रतिनिधित्व करता है। पानी के नीचे छिपा हुआ हिस्सा अवचेतन मस्तिष्क का प्रतिनिधित्व करता है। इसलिए यह स्पष्ट है कि चेतन हिस्से में मस्तिष्क की सिर्फ़ बीस प्रतिशत शक्ति का प्रयोग होता है। हमें यह भी नहीं भूलना चाहिए कि इस चेतन मस्तिष्क से ही हम सचेतन रूप से और इच्छानुसार विचार की शक्ति का दोहन करते हैं।

मस्तिष्क का अवचेतन हिस्सा अपने आप काम करता है। यह शरीर के निर्माण और रखरखाव संबंधी सभी ज़रूरी काम करता है। इसी के कारण हृदय ख़ून को लगातार साफ़ करता है। इसी के कारण आहार का पाचन सटीकता से होता है और पूरे शरीर में आहार द्रव के रूप में पहुँचता है। यह मृत कोशिकाओं को हटाता है और उनकी जगह पर नई कोशिकाओं का निर्माण करता है। यह सेहत के लिए हानिकारक बैक्टीरिया हटाता है। यह संतति पैदा करने में भी मदद करता है।

मस्तिष्क का अवचेतन हिस्सा इन कामों के अलावा कई अन्य अनिवार्य काम भी करता है। साथ ही, यह चेतन मस्तिष्क और असीम बुद्धिमत्ता के बीच की कड़ी के रूप में भी काम करता है।

इसे चेतन मस्तिष्क की टोंटी की संज्ञा दी जा सकती है। आत्म-अनुशासन के माध्यम से अगर इसे नियंत्रित कर लिया जाए, तो इससे विचार की अधिक शक्ति मिल सकती है। इसे उपजाऊ बगीचे की संज्ञा दी जा सकती है, जिसमें इच्छित विचार का कोई भी बीज बोया और अंकुरित किया जा सकता है।

अवचेतन मस्तिष्क के महत्व का पता इस बात से चल सकता है कि यह असीम बुद्धि तक पहुँचने का एकमात्र जरिया है। इसलिए यही वह माध्यम है, जिसके द्वारा सभी प्रार्थनाएँ असीम बुद्धि तक पहुँचती हैं और यही वह माध्यम है, जिसके द्वारा हमें उन प्रार्थनाओं का जवाब मिलता है। यही वह माध्यम है, जो व्यक्ति के निश्चित प्रमुख लक्ष्य को उसके भौतिक स्वरूप में बदलता है। इसकी प्रक्रिया यह होती है कि अवचेतन मस्तिष्क व्यक्ति को पूरा मार्गदर्शन देता है, ताकि वह अपनी इच्छित वस्तु को

हासिल करने के लिए उपलब्ध स्वाभाविक साधनों का उचित उपयोग करे।

अवचेतन मस्तिष्क विचार के आवेगों पर काम करता है। यह चेतन मस्तिष्क के सभी प्रबल विचारों को ग्रहण करता है और उन्हें उनके तार्किक परिणाम तक पहुँचाता है। बहरहाल, यह उन विचारों को प्राथमिकता देता है, जिनके पीछे भावनात्मक शक्ति हो, जैसे डर की भावना या आस्था की भावना। इसीलिए आत्म-अनुशासन की आवश्यकता होती है, ताकि अवचेतन मस्तिष्क तक सिर्फ़ वही विचार या इच्छाएँ पहुँचें, जिनसे इच्छित वस्तु को पाने में मदद मिल सके।

अवचेतन मस्तिष्क प्रबल विचारों को भी प्राथमिकता देता है। इच्छाओं को बार-बार दोहराकर विचारों को प्रबल बनाया जा सकता है। इससे यह स्पष्ट होता है कि निश्चित प्रमुख लक्ष्य बनाना क्यों महत्वपूर्ण है। इसी कारण आत्म-अनुशासन द्वारा लक्ष्य को अपने दिमाग़ में बैठाना और उसे प्रबल बनाना बहुत ज़रूरी होता है।

3. इच्छा-शक्ति : इच्छा-शक्ति मस्तिष्क के सभी विभागों की "मुखिया" है। इसमें विचार की सभी आदतों को संशोधित करने, बदलने या संतुलित करने की शक्ति होती है। इसके निर्णय अंतिम होते हैं और इन्हें सिर्फ़ यही बदल सकती है। इसमें भावनाओं को नियंत्रण में रखने की शक्ति है और इसे सिर्फ़ आत्म-अनुशासन द्वारा ही दिशा दी जा सकती है। यह बोर्ड ऑफ़ डायरेक्टर्स के चेयरमैन की तरह होती है, जिसके निर्णय अंतिम होते है। यह चेतन मस्तिष्क के ही आदेश मानती है और अन्य किसी सत्ता को स्वीकार नहीं करती है।

4. तर्कशक्ति : यह चेतन मस्तिष्क की "न्यायाधीश" है, जो सभी विचारों, योजनाओं और इच्छाओं पर अपना निर्णय सुनाती है। आत्म-अनुशासन द्वारा मार्गदर्शन मिलने पर तर्कशक्ति यह काम अच्छी तरह करती है। बहरहाल, इसके निर्णय अंतिम नहीं होते हैं। इच्छाशक्ति उन्हें अस्वीकृत कर सकती है या भावनाओं की शक्ति उनमें परिवर्तन कर सकती है। यह भी जान लें कि सटीक चिंतन के लिए तर्कशक्ति के सहयोग की ज़रूरत होती है, हालाँकि आम तौर पर 10,000 लोगों में से सिर्फ़ एक में ही यह ज़रूरत पूरी होती है। इससे यह स्पष्ट हो जाता है कि इतने कम लोग सटीक चिंतक क्यों होते हैं।

जिसे हम आम तौर पर चिंतन का नाम देते हैं, वह अक्सर भावनाओं का काम है। प्रायः इस तरह के तथाकथित चिंतन पर आत्म-अनुशासन का मार्गदर्शक प्रभाव नहीं होता है और इसका इच्छाशक्ति या तर्कशक्ति से भी कोई संबंध नहीं होता है।

5. भावनाओं की शक्ति : यह मस्तिष्क के अधिकांश कार्यों का स्रोत है। इसी के कारण चेतन मस्तिष्क में ज़्यादातर विचार आते हैं। यदि इच्छाशक्ति के मार्गदर्शन में तर्कशक्ति द्वारा भावनाओं को न परखा जाए, तो भावनाएँ ग़ुमराह कर सकती हैं, विश्वसनीय नहीं होती हैं और बहुत ख़तरनाक भी हो सकती हैं।

बहरहाल, भावनाओं को सिर्फ़ इसलिए बुरा नहीं मानना चाहिए क्योंकि वे विश्वसनीय नहीं होती हैं। हमें यह नहीं भूलना चाहिए कि भावनाएँ ही उत्साह, कल्पनाशक्ति और रचनात्मक भविष्य-दृष्टि का स्रोत हैं। व्यक्तिगत सफलता के लिए ये गुण अनिवार्य हैं। भावनाओं को आत्म-अनुशासन द्वारा मार्गदर्शन दिया जा सकता है। इच्छाशक्ति और तर्कशक्ति के माध्यम से भावनाओं में परिवर्तन करके ऐसा किया जा सकता है।

भावनाओं पर पूर्ण नियंत्रण के बिना सटीक चिंतन संभव नहीं है। यह नियंत्रण तभी हो सकता है, जब भावनाओं को इच्छाशक्ति के नियंत्रण में रखा जाए। इच्छाशक्ति द्वारा सुझाए गए लक्ष्यों की दिशा में भावनाओं को विकसित करने की ज़रूरत होती है और आवश्यकता पड़ने पर उन्हें तर्कशक्ति द्वारा परिवर्तित भी किया जाता है।

इच्छाशक्ति और तर्कशक्ति के आधार पर ही सटीक चिंतन संभव है। इसके बिना सटीक चिंतन कोई निर्णय नहीं लेता है। यह कल्पनाशक्ति के माध्यम से भावनाओं को विचारों की रचना के लिए प्रेरित करता है, लेकिन अंतिम निर्णय लेने से पहले यह उन विचारों पर इच्छाशक्ति और तर्कशक्ति की मोहर भी लगवाता है।

यह सर्वोच्च आत्म-अनुशासन है। इसे समझना आसान है, लेकिन इसका अनुसरण करना आसान नहीं है। इसका अनुसरण सिर्फ़ सटीक चिंतक ही कर पाते हैं, जो अपनी पहल-शक्ति से संचालित होते हैं।

बारह दौलतों में सबसे महत्त्वपूर्ण दौलतें हैं : (1) सकारात्मक मानसिक नज़रिया, (2) मानवीय संबंधों में सामंजस्य, (3) डर से मुक्ति,

(4) सफलता की आशा, (5) आस्था की क्षमता, (6) सभी विषयों पर खुली मानसिकता, और (7) अच्छी शारीरिक सेहत। इन्हें भावनाओं के कठोर निर्देशन और नियंत्रण द्वारा ही हासिल किया जा सकता है। इसका यह मतलब नहीं है कि भावनाओं का दमन करना चाहिए। इसका मतलब तो सिर्फ़ यह है कि निश्चित लक्ष्यों की दिशा में उनका निर्देशन और नियंत्रण किया जाना चाहिए।

भावनाएँ बॉयलर की भाप की तरह होती हैं, जिसकी शक्ति इस बात में निहित होती है कि वह इंजन से किस तरह और किस दिशा में निकलती है। अनियंत्रित भाप में कोई शक्ति नहीं होती है और हालाँकि इसे नियंत्रित किया जा सकता है, लेकिन इसे गवर्नर यंत्र के माध्यम से दिशा दी जाना चाहिए। आत्म-अनुशासन भी गवर्नर की तरह ही है, क्योंकि यह भावनाओं की शक्ति को नियंत्रित और निर्देशित करता है।

सबसे महत्वपूर्ण और सबसे ख़तरनाक भावनाएँ हैं : (1) सेक्स की भावना, (2) प्रेम का भाव, और (3) डर की भावना। इन भावनाओं के कारण ही इंसान सबसे ज़्यादा काम करता है। प्रेम और सेक्स की भावनाएँ रचनात्मक होती हैं। जब इन्हें नियंत्रित किया जाता है और दिशा दी जाती है, तो व्यक्ति प्रबल कल्पनाशीलता तथा रचनात्मक भविष्य-दृष्टि से प्रेरित होता है। अगर इन्हें नियंत्रित या निर्देशित नहीं किया जाता है, तो ये व्यक्ति को विनाशकारी मूर्खताओं की तरफ़ ले जा सकती हैं।

6. कल्पनाशक्ति : यह वह वर्कशॉप है, जहाँ सभी इच्छाएँ, विचार, योजनाएँ और उद्देश्य आकार लेते हैं और बनते हैं। साथ ही उन्हें साकार करने के साधन भी यहीं बनते हैं। सुव्यवस्थित प्रयोग और आत्म-अनुशासन द्वारा कल्पनाशक्ति को रचनात्मक भविष्य-दृष्टि के स्तर तक विकसित किया जा सकता है।

लेकिन भावनाओं की तरह ही कल्पनाशक्ति भी तब तक विश्वसनीय नहीं होती है, जब तक कि इसे आत्म-अनुशासन द्वारा नियंत्रित और निर्देशित न किया जाए। यदि नियंत्रण न हो, तो कल्पनाशक्ति भी निरर्थक, अव्यावहारिक और विनाशकारी गतिविधियों की तरफ़ ले जा सकती है, जिनका यहाँ विस्तार से वर्णन करना ज़रूरी नहीं है। अनियंत्रित कल्पनाशक्ति से ही दिवास्वप्न बनते हैं।

निश्चित लक्ष्य और निश्चित योजनाओं द्वारा ही कल्पनाशक्ति को नियंत्रित रखने की शुरुआत होती है। आत्म-अनुशासन की कठोर आदतों से यह नियंत्रण पूर्ण होता है। इसी से भावनाओं की शक्ति को निश्चित दिशा मिलती है, क्योंकि भावनाओं की शक्ति ही कल्पनाशक्ति को कर्म के लिए प्रेरित करती है।

7. अंतरात्मा की शक्ति : अंतरात्मा मस्तिष्क की नैतिक मार्गदर्शक है। इसका प्रमुख उद्देश्य व्यक्ति के लक्ष्यों और उद्देश्यों को इस तरह से संशोधित करना है, ताकि वे प्रकृति और मानव जाति के नैतिक नियमों के सामंजस्य में हों। अंतरात्मा तर्कशक्ति की जुड़वाँ बहन है, क्योंकि जब तर्कशक्ति दुविधा में होती है, तो यह उसका मार्गदर्शन करती है।

अंतरात्मा एक सहयोगी मार्गदर्शक के रूप में काम करती है, बशर्ते इसका सम्मान और अनुसरण किया जाए। अगर इसे नज़रअंदाज़ कर दिया जाए या इसके आदेशों का पालन न किया जाए, तो यह मार्गदर्शक के बजाय षड्यंत्रकारी बन जाती है। इस स्थिति में यह हमारी सबसे विनाशकारी आदतों को तर्कपूर्ण साबित करने में जुट जाती है। अंतरात्मा की द्वैत प्रकृति के कारण यह आवश्यक हो जाता है कि इसे कठोर आत्म-अनुशासन द्वारा निर्देशित किया जाए।

8. छठी इंद्रिय : यह मस्तिष्क का "प्रसारण केंद्र" है, जिसके द्वारा व्यक्ति विचार के कंपन भेजता और प्राप्त करता है, जिसे आम तौर पर टेलीपैथी कहते हैं। यह वह माध्यम है, जिसके द्वारा "पूर्वाभास" कहे जाने वाले समस्त विचार आवेग मस्तिष्क में आते हैं। और यह अवचेतन मस्तिष्क से इतनी क़रीबी रूप से जुड़ी है कि शायद यह उसका हिस्सा भी हो सकती है।

छठी इंद्रिय के माध्यम से ही रचनात्मक भविष्य-दृष्टि काम करती है। इसी के माध्यम से मस्तिष्क में सभी नए विचार आते हैं। यह उन सब लोगों की बहुत बड़ी संपत्ति होती है, जिन्हें "जीनियस" माना जाता है।

9. स्मरणशक्ति : यह मस्तिष्क की "फ़ाइलिंग कैबिनेट" है, जहाँ सभी विचार आवेग, सभी अनुभव और शरीर की पाँचों इंद्रियों के माध्यम से मस्तिष्क तक पहुँचने वाली सभी अनुभूतियाँ एकत्रित की जाती हैं। और

यह विचार के उन सभी आवेगों की "फ़ाइलिंग कैबिनेट" भी बन सकती है, जो छठी इंद्रिय के माध्यम से मस्तिष्क तक पहुँचते हैं, हालाँकि मनोवैज्ञानिक इस बात से सहमत नहीं हैं। बहरहाल, स्मरण शक्ति तब तक विश्वसनीय नहीं होती है, जब तक कि इसे आत्म-अनुशासन द्वारा नियंत्रित और निर्देशित न किया जाए।

10. पाँच शारीरिक इंद्रियाँ : ये मस्तिष्क की शारीरिक "भुजाएँ" हैं, जिनके द्वारा यह बाहरी दुनिया से संपर्क करता है और उससे जानकारी हासिल करता है। शारीरिक इंद्रियाँ विश्वसनीय नहीं होती हैं, इसलिए उन्हें आत्म-अनुशासन की लगातार ज़रूरत होती है। किसी भी तरह की गहन भावनात्मक स्थिति में इंद्रियाँ दुविधाग्रस्त और अविश्वसनीय हो जाती हैं।

आसान से आसान भ्रामक स्थिति में इंद्रियाँ धोखा खा सकती हैं। ज़िंदगी के आम दैनिक अनुभवों में भी वे धोखा खा सकती हैं। डर की भावना के वशीभूत होने पर शारीरिक इंद्रियाँ अक्सर विशाल "दैत्य" पैदा कर लेती हैं, जिनका अस्तित्व सिर्फ़ कल्पना में ही होता है। जब डर प्रबल होता है, तो वे ज़िंदगी के हर तथ्य को बढ़ा-चढ़ाकर दिखा सकती हैं या विकृत कर सकती हैं।

इस तरह, हमने उन दस तत्वों का संक्षिप्त वर्णन कर दिया है, जो इंसान की सभी मानसिक गतिविधियों में होते हैं। हमने मस्तिष्क की "यांत्रिक रचना" से संबंधित पर्याप्त जानकारी दे दी है, जिससे यह स्पष्ट रूप से पता चलता है कि आत्म-अनुशासन कितना आवश्यक है।

आत्म-अनुशासन विचार की आदतों पर नियंत्रण से हासिल होता है। "आत्म-अनुशासन" का संबंध सिर्फ़ विचार की शक्ति से है। हर अनुशासन की जड़ मस्तिष्क में होती है, हालाँकि इसके प्रभाव शरीर के कार्यों में भी प्रकट हो सकते हैं।

विचार की शक्ति

आप जहाँ हैं और जो हैं, विचार की आदतों के कारण हैं। मैं इस बात को दोबारा कहना चाहता हूँ, ताकि आप सचमुच इस जानकारी को अपने भीतर बैठा लें।

आप जहाँ हैं और जो हैं, विचार की आदतों के कारण हैं।

अमीरी की चाबी आपके हाथ में

आपकी विचार की आदत आपके जीवन की एकमात्र परिस्थिति है, जिस पर आपका पूरा नियंत्रण है। यह ज़िंदगी का सबसे गहन तथ्य है, क्योंकि इससे यह साबित होता है कि ईश्वर इस महान अधिकार की आवश्यकता को समझते थे। अगर ऐसा नहीं होता, तो उन्होंने इसे जीवन की वह एकमात्र परिस्थिति नहीं बनाया होता, जिसे हम पूरी तरह नियंत्रित कर सकते हैं।

ईश्वर इंसान को विचार की आदतों पर पूरा नियंत्रण देना चाहते थे, इसका प्रमाण हमें स्पष्ट रूप से आदत की ब्रह्मांडीय शक्ति के नियम में भी दिखता है - वह माध्यम, जिसके द्वारा विचार की आदतें स्थायी बनती हैं, ताकि आदतें स्वचलित बन जाएँ और बिना किसी प्रयास के काम करती रहें।

यहाँ मैं सिर्फ़ इस तथ्य की तरफ़ ध्यान दिलाना चाहता हूँ कि ईश्वर ने हमारे मस्तिष्क में ही ऐसी रचना की है, जिसके द्वारा सभी आदतें स्वचलित बन जाएँ।

आत्म-अनुशासन वह सिद्धांत है, जिसके द्वारा व्यक्ति अपने विचार-तंत्रों को इस तरह आकार दे सकता है, ताकि वे उसके लक्ष्यों और उद्देश्यों के सामंजस्य में हों।

इस अधिकार के साथ एक भारी ज़िम्मेदारी भी आती है, क्योंकि इसी से काफ़ी हद तक यह तय होता है कि व्यक्ति ज़िंदगी में कितनी ऊँचाई पर पहुँचेगा। अगर इस अधिकार को नज़रअंदाज़ किया जाता है, अगर व्यक्ति निश्चित लक्ष्यों की तरफ़ ले जाने वाली आदतें नहीं डालता है, तो ज़िंदगी की परिस्थितियाँ, जो व्यक्ति के नियंत्रण से बाहर होती हैं, अपना काम करेंगी और यह अक्सर बहुत ख़राब काम होता है।

हर व्यक्ति में बहुत सी आदतें होती हैं। कुछ आदतें हम ख़ुद डालते हैं, बाक़ी अपने आप डल जाती हैं। ये आदतें डर, शंका, चिंता, तनाव, लोभ, अंधविश्वास, ईर्ष्या और नफ़रत के कारण डलती हैं। आत्म-अनुशासन ही वह एकमात्र साधन है, जिसके द्वारा व्यक्ति अपनी विचार की आदतों को नियंत्रित और निर्देशित कर सकता है, जब तक कि आदत की ब्रह्मांडीय शक्ति का नियम उन्हें स्थायी और स्वचलित न बना दे। इस पर सावधानी से विचार करें, क्योंकि यह आपकी मानसिक, शारीरिक और आध्यात्मिक

तक़दीर की कुंजी है।

आप विचार की मनचाही आदतें डाल सकते हैं, ताकि वे आपको अपने इच्छित लक्ष्य की तरफ़ ले जाएँ। या फिर आप ज़िंदगी की नियंत्रित न हो सकने वाली परिस्थितियों को आदतें डालने दे सकते हैं, जो आपको असफलता की तरफ़ ले जाएँगी।

अगर आप अपने मस्तिष्क को सिर्फ़ अपनी मनचाही चीज़ पर केंद्रित रखेंगे, तो आपको वह चीज़ मिल जाएगी। अगर आप अपने मस्तिष्क को अनचाही चीज़ों पर केंद्रित रखेंगे, तो निश्चित रूप से आपको वही चीज़ें मिलेंगी। आपके विचार की आदतें आपके मस्तिष्क के आहार से विकसित होती हैं। यह उतना ही निश्चित है, जितना यह कि दिन के बाद रात होती है!

अपनी इच्छा की पूरी शक्ति को बाहर आने दें और अपने मस्तिष्क का पूरा नियंत्रण अपने हाथ में ले लें। यह आपका मस्तिष्क है! यह आपको इसलिए दिया गया है, ताकि यह सेवक की तरह आपकी इच्छाएँ पूरी करे। यह जान लें कि आपकी सहमति और सहयोग के बिना कोई भी इसमें प्रवेश नहीं कर सकता है या इसे प्रभावित नहीं कर सकता है। यह कितनी गहरी सच्चाई है!

इस बात को याद रखें, जब आपको परेशान करने वाली परिस्थितियाँ सामने आएँ, जो आपके नियंत्रण से बाहर हों। इस बात को याद रखें, जब डर, शंका और चिंता आपके मस्तिष्क के ख़ाली बेडरूम में आकर क़ब्जा जमा लें। इस बात को याद रखें, जब अमीरी की चेतना की जगह ग़रीबी का डर आपके मस्तिष्क पर हावी हो जाए। और यह भी याद रखें कि आत्म-अनुशासन ही वह एकमात्र माध्यम है, जिसके द्वारा व्यक्ति अपने मस्तिष्क पर पूरा नियंत्रण कर सकता है।

आप कोई कीड़े-मकोड़े नहीं हैं, जिसे मिट्टी में रेंगने के लिए बनाया गया है। अगर ऐसा होता, तो आपको ऐसे शारीरिक साधन दिए गए होते, जिनके द्वारा आप अपने दो पैरों पर चलने के बजाय अपने पेट के बल रेंगने में समर्थ होते। आपके शरीर को इतना सक्षम बनाया गया है कि आप खड़े हो सकें, चल सकें और सोच सकें। आप उस सर्वोच्च उपलब्धि तक पहुँचने का तरीक़ा सोच सकते हैं, जिसकी आप कल्पना कर सकते हैं।

इससे कम में संतुष्ट क्यों रहें? ईश्वर के दिए गए सबसे अनमोल तोहफ़े – अपने मस्तिष्क की शक्ति – के उपयोग के प्रति उदासीनता दिखाकर या उसे नज़रअंदाज़ करके उसका अपमान क्यों करें?

इंसान के मस्तिष्क की संभावित शक्तियाँ समझ से परे हैं। बहरहाल, इंसान पूरी तरह से यह नहीं समझ पाया है कि इसकी शक्तियों का प्रयोग करके वह अपनी तक़दीर बना सकता है। यही वजह है कि वह इनका उपयोग नहीं करता है या इन्हें नज़रअंदाज़ कर देता है।

इंसान के मस्तिष्क की 20 महान शक्तियाँ

अवचेतन मस्तिष्क ही असीम बुद्धि तक पहुँचाने वाला द्वार है। इस द्वार को बहुत चतुराई से बनाया गया है। यह तभी खुलता है, जब आस्था की मानसिक अवस्था द्वारा इसके प्रयोग की पूरी तैयारी हो जाए।

मैं इन शक्तियों का अधिक विस्तार से वर्णन करना चाहूँगा :

(1) मस्तिष्क में कल्पनाशक्ति दी गई है, जिसके द्वारा आशाओं और उद्देश्यों को साकार करने के तरीक़े सुझाए जाते हैं। इसमें इच्छा और उत्साह की प्रेरक क्षमता दी गई है, जिसके द्वारा योजनाओं और उद्देश्यों के अनुरूप कर्म किया जा सके। इसमें इच्छाशक्ति दी गई है, जिसके द्वारा योजना और उद्देश्य पर लंबे समय तक काम किया जा सके।

(2) इसमें आस्था की क्षमता दी गई है, जिसके द्वारा पूरा मस्तिष्क असीम बुद्धि की प्रेरक शक्ति की तरफ़ मुड़ जाता है तथा इस दौरान इच्छाशक्ति और तर्कशक्ति शांत रहती हैं। जब मस्तिष्क छठी इंद्रिय द्वारा दूसरे मस्तिष्क के क़रीबी संपर्क में आने के लिए तैयार हो जाता है (मास्टर माइंड सिद्धांत द्वारा), तो इससे उसे दूसरों की प्रेरक शक्तियाँ भी मिल जाती हैं। इससे कल्पनाशीलता को प्रभावकारी प्रेरणा मिलती है।

(3) इसमें तर्कशक्ति दी गई है, जिसके द्वारा तथ्यों और सिद्धांतों को अवधारणाओं, विचारों व योजनाओं में बदला जा सकता है।

(4) इसे यह शक्ति दी गई है कि यह दूसरे मस्तिष्कों के साथ मौन संप्रेषण कर सके, जिसे टेलीपैथी कहते हैं।

(5) इसे निष्कर्ष की शक्ति दी गई है, जिसके द्वारा अतीत का विश्लेषण करके भविष्य का पूर्वानुमान लगाया जा सकता है। यह क्षमता स्पष्ट करती है कि दार्शनिक भविष्य का अनुमान लगाने के लिए अतीत की तरफ़ क्यों देखते हैं।

(6) इसे अपने विचारों की प्रकृति चुनने, संशोधित करने और नियंत्रित करने के साधन दिए गए हैं। इसके द्वारा व्यक्ति को अपने चरित्र के निर्माण का अधिकार दिया गया है, जो इच्छानुसार ढाला जा सकता है। और इसे यह शक्ति भी दी गई है कि यह तय करे कि मस्तिष्क में किस तरह के विचार प्रबल होंगे।

(7) इसे अपने हर विचार को ग्रहण करने, रिकॉर्ड करने और याद करने का एक अद्‌भुत फ़ाइलिंग सिस्टम दिया गया है, जिसे स्मरण शक्ति कहा जाता है। यह अद्‌भुत तंत्र अपने आप संबद्ध विचारों को इस तरह से वर्गीकृत कर देता है कि किसी विशिष्ट विचार को याद करने से उससे जुड़े विचार अपने आप याद आ जाते हैं।

(8) इसे भावनाओं की शक्ति दी गई है, जिसके द्वारा यह शरीर को इच्छित कर्म के लिए प्रेरित कर सकता है।

(9) इसे गोपनीय रूप से और ख़ामोशी से कार्य करने की शक्ति दी गई है, जिससे सभी परिस्थितियों में विचार की गोपनीयता सुनिश्चित होती है।

(10) इसके पास सभी विषयों पर ज्ञान प्राप्त करने, संगठित करने, संगृहीत करने और व्यक्त करने की असीमित क्षमता होती है, चाहे यह ज्ञान भौतिकी का हो या रहस्यवाद का, बाह्य जगत का हो या आंतरिक जगत का।

(11) इसके पास शारीरिक सेहत को अच्छा बनाए रखने की शक्ति भी है और स्पष्ट रूप से यह सभी बीमारियों के उपचार का एकमात्र स्रोत है। बाक़ी सभी स्रोत तो सिर्फ़ योगदान देते हैं। यह शरीर को संतुलित रखने के लिए एक आदर्श मरम्मत-तंत्र भी चलाता है, जो स्वचलित होता है।

(12) इसमें रसायनों का एक अद्‌भुत स्वचलित तंत्र भी होता है, जो शरीर के रखरखाव और मरम्मत के लिए आहार को आवश्यक तत्वों में बदलता है।

(13) यह हृदय को अपने आप चलाता है, जिसके द्वारा यह रक्त के जरिये भोजन को शरीर के हर अंग तक पहुँचाता है और अवशिष्ट सामग्री तथा मृत कोशिकाओं को शरीर से बाहर निकालता है।

(14) इसके पास आत्म-अनुशासन की शक्ति है, जिसके द्वारा यह किसी भी अच्छी आदत को डाल सकता है और तब तक क़ायम रख सकता है, जब तक कि आदत की ब्रह्मांडीय शक्ति इसे स्थायी व स्वचलित नहीं बना देती है।

(15) यहाँ हम प्रार्थना (या निश्चित इच्छा या लक्ष्य के किसी भी रूप) द्वारा असीम बुद्धिमत्ता से संप्रेषण कर सकते हैं। इसकी प्रक्रिया बहुत आसान है। इसके लिए आस्था के साथ अवचेतन मस्तिष्क के प्रयोग की ज़रूरत होती है।

(16) यह भौतिक जगत के हर विचार, हर औज़ार, हर मशीन और हर यंत्र के आविष्कार का एकमात्र जनक है।

(17) यह सुख और दुख का एकमात्र स्रोत है। यह ग़रीबी और अमीरी का स्रोत है। इन दोनों विरोधी विचारों में से जिसकी शक्ति भी प्रबल होती है, यह उसे अभिव्यक्त करने में अपनी ऊर्जा लगाता है।

(18) यह समस्त मानवीय संबंधों और समस्त मानवीय व्यवहार का स्रोत है। इसी से मित्रता और शत्रुता होती है, जो इस बात पर निर्भर करता है कि इसे किस तरह का निर्देश दिया जाता है।

(19) इसके पास सभी बाह्य परिस्थितियों और स्थितियों का विरोध करने तथा उनसे अपनी रक्षा करने की शक्ति है, हालाँकि यह हमेशा उन्हें नियंत्रित नहीं कर सकता।

(20) तर्क के भीतर इसकी कोई सीमा नहीं है (सिवाय उनके जो प्राकृतिक नियमों के विरुद्ध हों)। इसकी सीमाएँ वही हैं, जिन्हें व्यक्ति

आस्था के अभाव के कारण स्वीकार करता है। यह सच है कि "मस्तिष्क जो सोच सकता है और जिसमें विश्वास कर सकता है, उसे वह हासिल भी कर सकता है।"

मैं आपको कम से कम 20 और उदाहरण दे सकता हूँ कि मस्तिष्क कितना अद्‌भुत व शक्तिशाली है। मस्तिष्क की इतनी आश्चर्यजनक शक्ति के बावज़ूद ज़्यादातर लोग इस पर नियंत्रण करने की कोशिश ही नहीं करते हैं। यही वजह है कि वे डरों और मुश्किलों से भयभीत होकर जीवन जीते हैं, जिनका उनकी कल्पना के सिवाय कहीं और अस्तित्व नहीं होता।

डरना मूर्खता है

डर सफलता का सबसे प्रबल शत्रु है! हम अमीरी के बीच रहते हुए भी ग़रीबी से डरते हैं। हम बुरी सेहत से डरते हैं, हालाँकि प्रकृति ने हमें ऐसा कुशल तंत्र दिया है, जिससे शरीर अपने आप संरक्षित होता है, अपनी मरम्मत करता है और अच्छी स्थिति में रहता है।

हम आलोचना से डरते हैं, जबकि उस आलोचना के सिवाय किसी अन्य आलोचना का कोई महत्व नहीं होता है, जिसे हम अपनी कल्पनाशक्ति के नकारात्मक प्रयोग द्वारा अपने मस्तिष्क में स्थापित कर लेते हैं।

हम मित्रों और रिश्तेदारों का प्रेम ख़त्म होने से डरते हैं, हालाँकि हम अच्छी तरह जानते हैं कि सभी सामान्य परिस्थितियों में हमारा अच्छा व्यवहार ही प्रेम को बनाए रखने के लिए पर्याप्त है।

हम बुढ़ापे से डरते हैं, जबकि हमें यह मानना चाहिए कि बुढ़ापे का अर्थ अधिक बुद्धि और समझ है।

हम स्वतंत्रता छिनने से डरते हैं, हालाँकि हम जानते हैं कि स्वतंत्रता दूसरों के साथ सामंजस्यपूर्ण संबंध बनाने से मिलती है।

हम मौत से डरते हैं, जबकि हम जानते हैं कि यह अवश्यंभावी है और हमारे नियंत्रण से परे है।

हम असफलता से डरते हैं और यह नहीं पहचानते हैं कि हर असफलता में समान लाभ का बीज छिपा होता है।

और हम बिजली से तब तक डरते थे, जब तक कि फ्रैंकलिन, एडिसन और कई अन्य लोगों ने अपने मस्तिष्क पर नियंत्रण करके यह साबित नहीं

कर दिया कि बिजली भौतिक ऊर्जा का एक ऐसा रूप है, जिसका दोहन और प्रयोग मानव जाति के लाभ के लिए किया जा सकता है।

आस्था द्वारा अपने मस्तिष्क को असीम बुद्धि के मार्गदर्शन के लिए खोलने के बजाय हम अपने मस्तिष्क को कसकर बंद कर लेते हैं और अनावश्यक डरों पर आधारित सीमाएँ तय कर लेते हैं।

हम जानते हैं कि इंसान इस पृथ्वी के बाक़ी सभी प्राणियों पर शासन करता है, बहरहाल हम अपने चारों तरफ़ ठीक से नहीं देखते हैं। हम हवा में उड़ने वाले पक्षियों और जंगल में रहने वाले जानवरों को देखकर यह नहीं सीखते हैं कि दैवी योजना द्वारा मूक जानवरों को भी सब कुछ दिया गया है। जानवरों को भी भोजन और उनके अस्तित्व के लिए आवश्यक सभी चीज़ें दी गई हैं। इससे हम यह नहीं सीखते हैं कि हमारे डर आधारहीन और मूर्खतापूर्ण हैं।

हम अवसरों की कमी की शिकायत करते हैं और उन लोगों के ख़िलाफ़ मोर्चा सँभाल लेते हैं, जो अपने मस्तिष्क पर नियंत्रण कर लेते हैं। हम यह नहीं पहचानते हैं कि दृढ़ मस्तिष्क वाले व्यक्ति के पास यह अधिकार और शक्ति है कि वह अपनी ज़रूरत की हर भौतिक चीज़ हासिल कर ले।

हम शरीर के दर्द से डरते हैं और यह नहीं पहचानते हैं कि दर्द ही वह शाश्वत भाषा है, जिसके द्वारा हमें उन बुराइयों और ख़तरों की चेतावनी दी जाती है, जिनमें सुधार की ज़रूरत होती है।

अपने डरों के कारण हम ईश्वर से छोटी-छोटी समस्याओं के संबंध में प्रार्थना करते हैं, जिन्हें हम ख़ुद ही सुलझा सकते हैं और हमें सुलझाना भी चाहिए। फिर जब हमें मनचाहे परिणाम नहीं मिलते हैं, तो हम हार मान लेते हैं और आस्था गँवा देते हैं (बशर्ते हममें पहले आस्था हो)। हम मस्तिष्क की शक्तियों के रूप में मिले वरदानों के लिए प्रार्थना या धन्यवाद देने के अपने कर्तव्य को भी नहीं पहचानते हैं।

हम पाप के बारे में बातें करते हैं और भाषण झाड़ते हैं। बहरहाल, हम यह नहीं समझ पाते हैं कि सबसे बड़ा पाप यह है कि हम परम बुद्धिमान ईश्वर में आस्था खो दें। उसने अपने सभी बच्चों को इतने ज़्यादा वरदान दिए हैं, जो इस पृथ्वी का कोई पिता अपने बच्चों को देने के बारे में सोच भी नहीं सकता है।

हम आविष्कारों की दैवी प्रेरणा को युद्ध द्वारा विनाश के औज़ारों में बदल देते हैं। फिर जब प्रतिफल का नियम हमें अकाल और व्यावसायिक मंदी के रूप में परिणाम देता है, तो हम उसकी शिकायत करते हैं।

हम मस्तिष्क की शक्ति का असंख्य तरीक़ों से दुरुपयोग करते हैं, क्योंकि हम यह नहीं पहचानते हैं कि आत्म-अनुशासन से इस शक्ति का दोहन किया जा सकता है और अपनी आवश्यकताओं की पूर्ति के लिए इसका इस्तेमाल किया जा सकता है।

हम ज़िंदगी भर यही करते रहते हैं; हम भूसा खाते हैं और अनाज के दानों को दूर फेंक देते हैं!

विचार की प्रकृति से संबंधित कुछ तथ्य

आत्म-अनुशासन के विश्लेषण को छोड़ने से पहले, जो पूरी तरह से विचार की "यांत्रिकी" से संबंधित है, मैं विचार के बारे में कुछ तथ्यों और आदतों का वर्णन करूँगा, ताकि हम सटीक चिंतन की कला सीख सकें :

1. हर तरह के विचार में (चाहे यह सकारात्मक हो या नकारात्मक, अच्छा हो या बुरा, सही हो या ग़लत) इसका भौतिक स्वरूप छिपा होता है। यह निश्चित लक्ष्य हासिल करने की योजनाओं और साधनों की प्रेरणा देता है, जिनके द्वारा तर्कपूर्ण और स्वाभाविक माध्यमों से इस भौतिक स्वरूप को साकार किया जा सकता है।

जब कोई विचार आदत बन जाता है और आदत की ब्रह्मांडीय शक्ति के नियम से संचालित होने लगता है, तो अवचेतन मस्तिष्क उपलब्ध साधनों की मदद से इसे इसके तार्किक परिणाम तक पहुँचाता है।

यह पूरी तरह सच नहीं है कि "विचार ही वस्तु हैं," लेकिन यह सच है कि विचारों से ही हर वस्तु बनती है। और हर वस्तु हूबहू उस विचार के अनुरूप होती है, जिसके अनुसार उसे बनाया गया है।

कुछ लोग यह मानते हैं कि व्यक्ति का हर विचार कंपनों की अनंत शृंखला से शुरू होता है, जिससे व्यक्ति उस विचार को आगे बढ़ाता है। हम सिर्फ़ विचार का भौतिक प्रतिबिंब हैं, जिसे असीम बुद्धि द्वारा गतिमान किया गया है और साकार किया गया है।

कई लोग यह भी मानते हैं कि जिस ऊर्जा से हम सोचते हैं, वह असीम

बुद्धि का एक बहुत छोटा हिस्सा है, जो मस्तिष्क के माध्यम से व्यक्ति को हासिल हुआ है। इस मान्यता के विपरीत कोई भी विचार सही साबित नहीं हुआ है।

2. आत्म-अनुशासन के प्रयोग द्वारा विचार को इच्छित लक्ष्य की दिशा में बढ़ने के लिए प्रभावित किया जा सकता है, नियंत्रित किया जा सकता है और निर्देशित किया जा सकता है। अपने लक्ष्य को हासिल करने के लिए ज़रूरी आदतें डालकर हम किसी भी विचार को साकार कर सकते हैं।

3. विचार की शक्ति का (अवचेतन मस्तिष्क की मदद से) शरीर की हर कोशिका पर नियंत्रण होता है। यह घायल या मृत कोशिकाओं की मरम्मत करने या उन्हें बदलने का काम करती है। यह उनके विकास को प्रेरित करती है। यह शरीर के सभी अंगों के कार्यों को प्रभावित करती है और आदत तथा व्यवस्था के अनुरूप उनसे काम करवाती है। यह "शारीरिक प्रतिरोध" द्वारा बीमारी से मुक़ाबला करने में भी मदद करती है। ये काम अपने आप होते हैं, लेकिन उनमें से कइयों को स्वेच्छा से भी प्रेरित किया जा सकता है।

4. मनुष्य की सभी उपलब्धियाँ विचार के रूप में शुरू हुई हैं। फिर उन्हें योजनाओं, लक्ष्यों और उद्देश्यों में व्यवस्थित करके शारीरिक कर्म में अभिव्यक्त किया गया। हर काम नौ मूलभूत उद्देश्यों में से एक या अधिक उद्देश्यों से प्रेरित होता है।

5. मस्तिष्क की पूरी शक्ति इसके दो हिस्सों के माध्यम से काम करती है : चेतन और अवचेतन।

चेतन मस्तिष्क व्यक्ति के नियंत्रण में होता है। अवचेतन मस्तिष्क असीम बुद्धि के नियंत्रण में होता है और असीम बुद्धि व चेतन मस्तिष्क के बीच संप्रेषण का माध्यम होता है।

"छठी इंद्रिय" अवचेतन मस्तिष्क के नियंत्रण में होती है और यह अपने आप काम करती है, लेकिन इसे चेतन मस्तिष्क के निर्देशों का पालन करने के लिए प्रभावित किया जा सकता है।

6. मस्तिष्क के चेतन और अवचेतन दोनों ही हिस्से निश्चित आदतों के अनुसार काम करते हैं और व्यक्ति द्वारा डाली गई विचार की आदतों के अनुरूप तालमेल बैठा लेते हैं, चाहे वे आदतें स्वैच्छिक हों या न हों।

7. व्यक्ति के अधिकांश विचार सटीक नहीं होते हैं, क्योंकि वे व्यक्तिगत राय से प्रेरित होते हैं। तथ्यों द्वारा उनकी जाँच नहीं की जाती है। या फिर वे विचार पूर्वाग्रह, डर या भावनात्मक रोमांच का परिणाम होते हैं, जिसमें तर्कशक्ति को उनमें संशोधन करने का कोई अवसर नहीं दिया जाता है या बहुत कम अवसर दिया जाता है।

8. सटीक चिंतन का पहला क़दम (जो सिर्फ़ पर्याप्त आत्म-अनुशासन वाले लोग ही उठा सकते हैं) तथ्यों को कल्पना व अफ़वाहों से अलग करना है। तथ्यों की पुष्टि करने के बाद दूसरा क़दम है उन्हें दो श्रेणियों में बाँटना: महत्वपूर्ण और महत्वहीन। हर वह तथ्य महत्वपूर्ण है, जिसके प्रयोग से व्यक्ति को अपने प्रमुख लक्ष्य को पाने में मदद मिलती हो या किसी ऐसे छोटे लक्ष्य को पाने में मदद मिलती हो, जो बड़े लक्ष्य की ओर ले जाता हो।

बाक़ी सभी तथ्य तुलनात्मक रूप से महत्वहीन हैं। औसत व्यक्ति ज़िंदगी भर अविश्वसनीय जानकारी और महत्वहीन तथ्यों पर आधारित "निष्कर्षों" से जूझता रहता है। इसलिए वह शायद ही कभी उस तरह के आत्म-अनुशासन के क़रीब पहुँच पाता है, जिसे तथ्यों की ज़रूरत होती है और जो महत्वपूर्ण तथा महत्वहीन तथ्यों में भेद करता है।

9. निश्चित लक्ष्य पर आधारित इच्छा ही व्यक्तिगत सफलता से संबंधित हर वैचारिक कर्म की प्रेरणा है। किसी भी तरह की गहन इच्छा कल्पनाशक्ति को प्रेरित करती है, ताकि यह उस लक्ष्य को हासिल करने के तरीक़े खोजे। अगर विचारों के दोहराव द्वारा इच्छा को लगातार मस्तिष्क में रखा जाता है, तो अवचेतन मस्तिष्क इसे ग्रहण कर लेता है और अपने आप इसे इसके तार्किक परिणाम तक पहुँचा देता है।

ये मानवीय विचार नामक सबसे बड़े रहस्य के बारे में कुछ महत्वपूर्ण तथ्य हैं। इनसे यह स्पष्ट हो जाता है कि सटीक चिंतन सिर्फ़ आत्म-अनुशासन की कठोर आदतों द्वारा ही संभव है।

एक महिला श्रोता ने अपना हाथ उठाते हुए पूछा, "हम आत्म-अनुशासन का विकास कहाँ और कैसे शुरू कर सकते हैं?"

वक्ता ने जवाब दिया, "अच्छा सवाल है। ऐसा निश्चित प्रमुख लक्ष्य पर ध्यान केंद्रित करके किया जा सकता है। एकाग्रता की शक्ति के बिना कोई

भी महान चीज़ आज तक हासिल नहीं हुई है।"

आत्म–अनुशासन का प्रयोग कैसे किया जा सकता है

चार्ट क्रमांक एक में दस तत्वों का पूरा वर्णन है, जिसके द्वारा विचार की शक्ति व्यक्त होती है। इनमें से छह तत्वों पर आत्म-अनुशासन का नियंत्रण होता है :

1. इच्छाशक्ति।
2. भावनाओं की शक्ति।
3. तर्कशक्ति।
4. कल्पनाशक्ति।
5. अंतरात्मा की शक्ति।
6. स्मरणशक्ति।

बाक़ी बचे चार तत्व स्वतंत्र रूप से काम करते हैं और उन पर नियंत्रण नहीं किया जा सकता है। बहरहाल, अच्छी आदतें डालकर इन्हें पाँच शारीरिक इंद्रियों द्वारा प्रभावित और निर्देशित अवश्य किया जा सकता है।

चार्ट क्रमांक 1

10 कारकों का चार्ट, जो विचार की 'यांत्रिकी' की रचना करते हैं।
देखें कि अवचेतन मस्तिष्क की पहुँच मस्तिष्क के सभी विभागों तक होती है, लेकिन यह किसी के नियंत्रण में नहीं होता है।

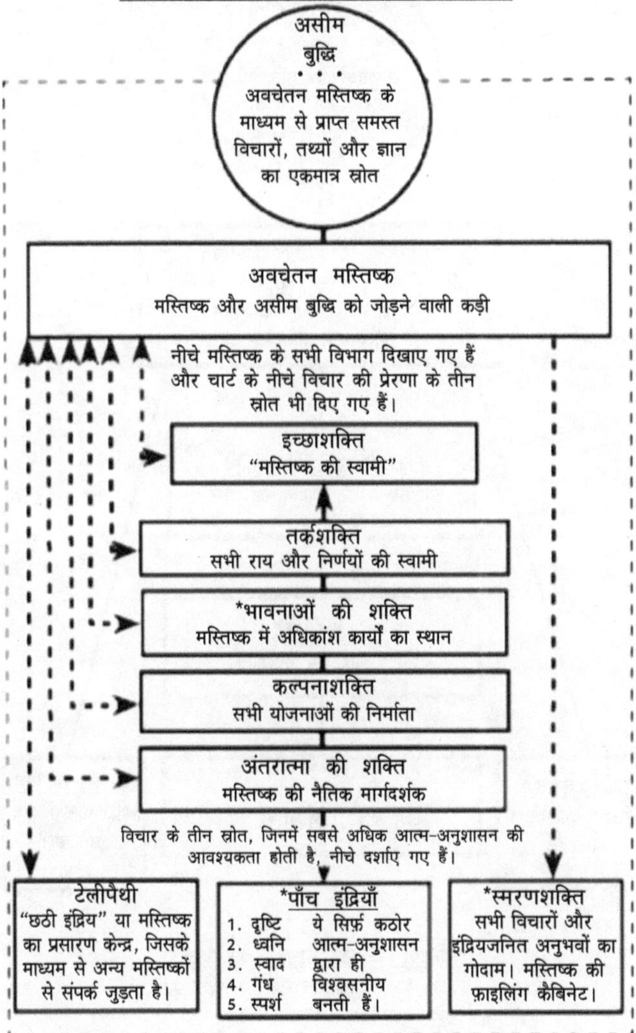

*हमेशा विश्वसनीय नहीं। इन्हें हर समय कठोर अनुशासन में रखा जाना चाहिए।

चार्ट क्रमांक 2

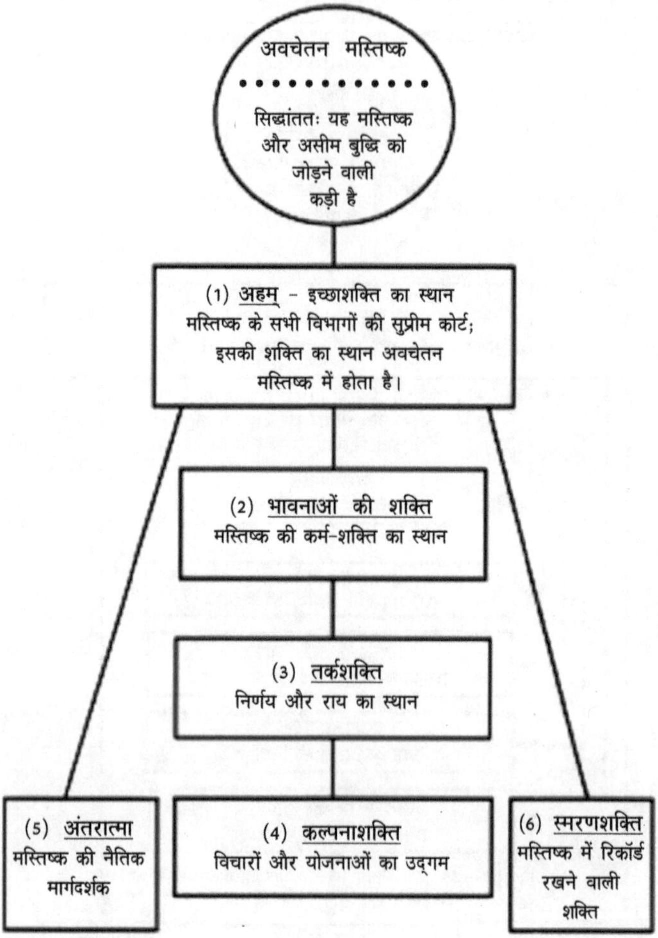

मस्तिष्क के छह विभागों का चार्ट
जिन पर आत्म-अनुशासन रखा जा सकता है।
इन्हें तुलनात्मक महत्व के क्रम में रखा गया है।

चार्ट क्रमांक दो में हमने मस्तिष्क के छह विभागों की तस्वीर दी है, जिनके ऊपर आत्म-अनुशासन आसानी से किया जा सकता है।

विभागों को उनके महत्त्व के अनुसार स्थान दिया गया है, हालाँकि यह निश्चित रूप से कहना संभव नहीं है कि इन विभागों में से कौन सा विभाग ज़्यादा महत्वपूर्ण है, क्योंकि उनमें से प्रत्येक विचार की अभिव्यक्ति का अनिवार्य तत्व है।

इच्छाशक्ति के निवास अहम् को पहले स्थान पर रखने के अलावा हमारे पास कोई विकल्प नहीं था। इसका कारण यह है कि इच्छाशक्ति मस्तिष्क के अन्य सभी विभागों को नियंत्रित कर सकती है। इसीलिए इसे मस्तिष्क की "सुप्रीम कोर्ट" कहा जाता है, जिसके निर्णय अंतिम होते हैं और उनके ख़िलाफ़ किसी अन्य कोर्ट में कोई सुनवाई नहीं होती है।

भावनाओं की शक्ति दूसरे स्थान पर आती है, क्योंकि हम यह अच्छी तरह जानते हैं कि ज़्यादातर लोगों पर उनकी भावनाएँ शासन करती हैं। इसीलिए भावनाओं की शक्ति "सुप्रीम कोर्ट" के बाद आती है।

तर्कशक्ति को महत्व के क्रम में तीसरा स्थान दिया गया है, क्योंकि इसके संशोधनकारी प्रभाव से भावनात्मक कर्म को सुरक्षित प्रयोग के लिए तैयार किया जाता है। "अच्छी तरह संतुलित" मस्तिष्क वह होता है, जिसमें भावनाओं की शक्ति और तर्कशक्ति के बीच में समझौता होता है। इस तरह का समझौता आम तौर पर इच्छाशक्ति यानी "सुप्रीम कोर्ट" की शक्ति से उत्पन्न होता है।

इच्छाशक्ति कई बार भावनाओं के पक्ष में फ़ैसला करती है। कई बार यह तर्कशक्ति का पक्ष लेती है। चाहे यह किसी का भी पक्ष ले, इसी का फ़ैसला हमेशा अंतिम होता है। तर्क और भावना के विवाद में यह जिस पक्ष का समर्थन करती है, वही विजेता होता है। यह कितना अद्‌भुत तंत्र है!

कल्पनाशक्ति को चौथा स्थान दिया गया है, क्योंकि इससे इच्छाशक्ति या भावनाओं की शक्ति द्वारा प्रेरित विचारों, योजनाओं और इच्छित लक्ष्यों को हासिल करने के तरीक़े उत्पन्न होते हैं।

हम यह कह सकते हैं कि कल्पना की शक्ति "उपाय समिति" के रूप में मस्तिष्क की सेवा करती है। बहरहाल, अक्सर यह मनमानी भी करने लगती है और ऐसी जगहों की रोमांचक यात्रा पर चली जाती है, जहाँ इसे

नहीं जाना चाहिए। कल्पना की इन यात्राओं में अक्सर भावनाओं की पूर्ण सहमति, सहयोग और प्रेरणा होती है। इसी कारण हमें तर्कशक्ति द्वारा सभी इच्छाओं की (जो भावनाओं की शक्ति से उत्पन्न होती हैं) गहरी जाँच कर लेना चाहिए। ज़रूरत पड़ने पर हम इच्छाशक्ति द्वारा विरोधी आदेश भी जारी करवा सकते हैं।

जब इच्छाएँ और कल्पना तर्कशक्ति या इच्छाशक्ति के नियंत्रण में नहीं रहती हैं, तो वे उन शरारती स्कूली बच्चों की तरह होती हैं, जो स्कूल से भागकर हॉकी खेलने का निर्णय लेते हैं और अंततः तैरने के लिए नदी के पास चले जाते हैं या पड़ोसी के बगीचे में घुस जाते हैं।

ऐसी कोई शरारत नहीं है, जो ये दो न कर सकें! इसलिए इस विभाग को आत्म-अनुशासन के प्रयोग की जितनी ज़रूरत है, उतनी किसी अन्य विभाग को नहीं है।

बाक़ी दो विभाग, अंतरात्मा की शक्ति और स्मरण की शक्ति मस्तिष्क के आवश्यक विभाग हैं। हालाँकि वे दोनों ही महत्वपूर्ण हैं, लेकिन वे इस सूची के अंत में आते हैं।

अवचेतन मस्तिष्क को मस्तिष्क के सभी छह विभागों से ऊपर स्थान दिया गया है, क्योंकि यह चेतन मस्तिष्क तथा असीम बुद्धि को जोड़ने वाली कड़ी है और यही वह माध्यम है, जिसके द्वारा मस्तिष्क के सभी विभागों को विचार की शक्ति हासिल होती है।

अवचेतन मस्तिष्क को नियंत्रित नहीं किया जा सकता, लेकिन यहाँ बताए गए तरीक़ों से उसे प्रभावित अवश्य किया जा सकता है। यह स्वेच्छा से काम करता है, हालाँकि भावनाओं को प्रबल करके या इच्छाशक्ति को केंद्रित करके इसके काम करने की गति को बढ़ाया जा सकता है।

निश्चित प्रमुख लक्ष्य के पीछे प्रबल इच्छा हो, तो यह अवचेतन मस्तिष्क के कार्य को प्रेरित कर सकती है और तीव्र कर सकती है।

मस्तिष्क के खंडों से अवचेतन मस्तिष्क कैसे संबंधित है

अवचेतन मस्तिष्क और मस्तिष्क के छह अन्य विभागों के संबंधों को चार्ट क्रमांक दो में बताया गया है। एक तरह से वे किसान और फ़सल उगाने वाले प्राकृतिक नियमों के संबंध की तरह हैं।

आत्म-अनुशासन

किसान को कुछ निश्चित कर्तव्य करना होते हैं, जैसे मिट्टी की जुताई करना, सही मौसम में बीज बोना और खरपतवार हटाना, जिसके बाद उसका काम पूरा हो जाता है। उसके बाद प्रकृति उस काम को अपने हाथ में ले लेती है, बीज को अंकुरित करती है, उसे परिपक्व करती है और फ़सल पैदा करती है।

चेतन मस्तिष्क की तुलना किसान से की जा सकती है, जो इच्छाशक्ति के मार्गदर्शन में योजना और लक्ष्य बनाकर रास्ता तैयार करता है। अगर यह काम सही तरीक़े से किया जाए और मनचाहे लक्ष्य की स्पष्ट तस्वीर बन जाए (तस्वीर मनचाहे लक्ष्य का बीज होती है), तो अवचेतन मस्तिष्क उस तस्वीर पर काम करना शुरू कर देता है और उसे साकार करने के लिए आवश्यक बुद्धि के लिए असीम बुद्धि का दोहन करता है। फिर यह आवश्यक जानकारी को किसी व्यावहारिक योजना या तरीक़े के रूप में चेतन मस्तिष्क के सामने प्रस्तुत करता है।

प्रकृति के नियमों के अनुसार बीजों के अंकुरित होने और फ़सल उगने में निश्चित समय लगता है। इसके विपरीत, अवचेतन मस्तिष्क विचारों या लक्ष्यों के बीज ग्रहण करने के बाद इसकी प्राप्ति की जो योजना सुझाता है, उसका समय निश्चित नहीं है। अवचेतन मस्तिष्क उस समय को ख़ुद ही निर्धारित करता है।

प्रबल इच्छा के संदर्भ में व्यक्त होने वाली इच्छाशक्ति के माध्यम से अवचेतन मस्तिष्क के कार्य करने की गति को तेज़ किया जा सकता है। इस तरह, इच्छाशक्ति के प्रयोग द्वारा मस्तिष्क पर पूरा नियंत्रण पाने से ज़बर्दस्त शक्ति मिलती है। और इच्छाशक्ति को यदि मनचाहे लक्ष्य पाने के लिए निर्देशित किया जा सके, तो यह सर्वोच्च आत्म-अनुशासन है। इच्छाशक्ति के नियंत्रण के लिए लगन, आस्था और निश्चित लक्ष्य की ज़रूरत होती है।

उदाहरण के लिए, सभी बेहतरीन सेल्समैन यह बात जानते हैं कि लगनशील सेल्समैन सबसे आगे रहता है। जीवन बीमा जैसे क्षेत्रों में तो लगन ही सेल्समैन की सबसे महत्वपूर्ण संपत्ति होती है। और लगन कठोर आत्म-अनुशासन से आती है!

विज्ञापन के क्षेत्र में भी यही नियम लागू होता है। सबसे सफल

विज्ञापनकर्ता लगन से जुटे रहते हैं। वे हर महीने, हर साल अपने प्रयास नियमित रूप से दोहराते रहते हैं। व्यावसायिक विज्ञापन विशेषज्ञों के पास यह विश्वास करने के पर्याप्त प्रमाण हैं कि यही इकलौती नीति है, जिससे संतोषजनक परिणाम मिलते हैं।

अमेरिका के संस्थापक जब इस देश में आए, तो यह देश जंगली इलाक़ा था, जहाँ जंगली जानवर और आदिमानव रहते थे। लेकिन उन संस्थापकों ने यह दिखा दिया कि जब इच्छाशक्ति का प्रयोग लगन के साथ किया जाता है, तो क्या संभव हो सकता है?

अमेरिका में सभ्य समाज की स्थापना के बाद जॉर्ज वॉशिंगटन और उनके भूखे, फटेहाल सैनिकों की छोटी सी सेना ने एक बार फिर यह साबित कर दिया कि इच्छाशक्ति का प्रयोग जब लगन के साथ किया जाता है, तो इसे हराया नहीं जा सकता।

अमेरिकी उद्योग के संस्थापक यानी हेनरी फ़ोर्ड, थॉमस ए. एडिसन और एंड्रयू कारनेगी जैसे महान लोग हमारे सामने एक और मिसाल पेश करते हैं कि लगन के साथ इच्छाशक्ति हो, तो कितना फ़ायदा होता है। इन संस्थापकों ने अमेरिकी जीवनशैली के निर्माण में महान योगदान इसलिए दिया है, क्योंकि उनमें आत्म-अनुशासन था और उन्होंने इच्छाशक्ति व लगन द्वारा इसे हासिल किया था।

एंड्रयू कारनेगी का पूरा कैरियर आत्म-अनुशासन से प्राप्त हो सकने वाले लाभों का उत्कृष्ट उदाहरण है। वे बहुत कम उम्र में अमेरिका आ गए थे और सबसे पहले तो उन्होंने मज़दूरी करके अपना जीवन-यापन किया। उनके बहुत कम मित्र थे, जिनमें से कोई भी दौलतमंद या प्रभावशाली नहीं था। लेकिन उनमें ज़बर्दस्त इच्छाशक्ति थी।

वे दिन में मज़दूरी करते थे और रात को पढ़ते थे। उन्होंने टेलीग्राफ़ी सीखी और प्रगति करते हुए अंत में वे पेनसिल्वेनिया रेलरोड कंपनी के डिवीज़न सुपरिंटेंडेंट के प्राइवेट ऑपरेटर के पद पर पहुँच गए। इस पद पर उन्होंने इस फ़िलॉसफ़ी के कुछ सिद्धांतों पर प्रभावी तरीक़े से अमल किया, जिनमें आत्म-अनुशासन का सिद्धांत भी शामिल था। इसकी बदौलत उन्होंने धनवान और प्रभावशाली लोगों का ध्यान आकर्षित किया, जो ज़िंदगी में उनके प्रमुख लक्ष्य तक पहुँचने में उनकी सहायता करने की

स्थिति में थे।

कैरियर के उस मोड़ पर उनके पास भी सफलता के उतने ही अवसर थे, जितने कि सैकड़ों अन्य टेलीग्राफ़ ऑपरेटरों के पास थे। लेकिन उनके पास एक ऐसी संपत्ति थी, जो बाक़ी ऑपरेटर्स के पास नहीं थी : जीतने की इच्छा, निश्चित लक्ष्य और लगन।

ये सब आत्म-अनुशासन के परिणाम थे!

इच्छाशक्ति और लगन कारनेगी के उत्कृष्ट गुण थे। साथ ही उनमें कठोर आत्म-अनुशासन भी था, जिसके द्वारा उन्होंने निश्चित लक्ष्य पाने के लिए इन गुणों को नियंत्रित और निर्देशित किया। इनके अलावा उनमें ऐसा कोई भी उत्कृष्ट गुण नहीं था, जो औसत बुद्धि वाले व्यक्ति के पास न हो। अपनी इच्छाशक्ति का इस्तेमाल करके उन्होंने निश्चित प्रमुख लक्ष्य बनाया और उस लक्ष्य का तब तक लगन से पीछा करते रहे, जब तक कि वे अमेरिका के सबसे महान उद्योगपति नहीं बन गए। और यह कहने की ज़रूरत नहीं है कि वे बहुत अमीर भी बन गए। उन्होंने अपनी इच्छाशक्ति पर आत्म-अनुशासन का उचित प्रयोग किया और उसे निश्चित लक्ष्य पाने की दिशा में निर्देशित किया। उनकी इसी इच्छाशक्ति की बदौलत यूनाइटेड स्टेट्स स्टील कॉरपोरेशन बना, जिसने स्टील उद्योग में क्रांति कर दी और बहुत से प्रशिक्षित व अप्रशिक्षित मज़दूरों को रोज़गार दिया।

इस तरह हम देखते हैं कि निश्चित लक्ष्य का पीछा करते समय सफल व्यक्ति आत्म-अनुशासन का प्रयोग करता है और वह ऐसा तब तक करता रहता है, जब तक कि वह अपने लक्ष्य को हासिल न कर ले।

व्यक्तिगत शक्ति हासिल करना

एंड्रयू कारनेगी ने कहा था, "इच्छाशक्ति एक प्रचंड शक्ति है, जो असफलता जैसी किसी वास्तविकता को नहीं पहचानती है।" इससे उनका मतलब यही था कि इच्छाशक्ति तभी प्रचंड होती है, जब उसे आस्था के भाव के साथ किसी निश्चित लक्ष्य की दिशा में निर्देशित किया जाता है। स्पष्ट रूप से आत्म-अनुशासन के विकास के लिए वे इस फ़िलॉसफ़ी के इन तीन महत्वपूर्ण सिद्धांतों पर ज़ोर देना चाहते थे :

(1) निश्चित लक्ष्य,

(2) आस्था का प्रयोग,
(3) आत्म-अनुशासन।

बहरहाल, यह याद रखा जाना चाहिए कि मानसिक अवस्था, जो इन तीन सिद्धांतों द्वारा हासिल की जा सकती है, तब ज़्यादा अच्छी तरह और ज़्यादा जल्दी हासिल की जा सकती है, जब इस फ़िलॉसफ़ी के पाँच अन्य सिद्धांतों पर अमल किया जाए :

(1) मास्टर माइंड,
(2) सुखद व्यक्तित्व,
(3) एक मील ज़्यादा आगे तक जाने की आदत,
(4) व्यक्तिगत पहल-शक्ति, और
(5) रचनात्मक भविष्य-दृष्टि।

अगर आप निश्चित लक्ष्य, आस्था के प्रयोग और आत्म-अनुशासन के साथ इन पाँच सिद्धांतों को जोड़ दें, तो आपको ज़बर्दस्त व्यक्तिगत शक्ति का स्रोत मिल जाएगा।

इस फ़िलॉसफ़ी की शुरुआत कर रहे व्यक्ति को अपनी इच्छाशक्ति पर नियंत्रण करने में मुश्किल आ सकती है। बहरहाल, अगर वह इन आठ सिद्धांतों का प्रयोग करता है, तो धीरे-धीरे वह अपनी इच्छाशक्ति को नियंत्रित कर ही लेता है।

निपुणता सिर्फ़ एक तरह से हासिल की जा सकती है। इन सिद्धांतों का लगातार, लगनशील प्रयोग करके ही निपुणता मिल सकती है। इन सिद्धांतों का प्रयोग करने की आदत डालना चाहिए और सभी मानवीय संबंधों तथा सभी व्यक्तिगत समस्याओं के समाधान में उनका प्रयोग करना चाहिए। इच्छाशक्ति सिर्फ़ उसी उद्‌देश्य पर प्रतिक्रिया करती है, जिसका लगातार लगन से पीछा किया जाए! और यह उसी तरह सशक्त बनती है, जिस तरह हाथ सशक्त बनता है - सुनियोजित प्रयोग द्वारा।

इच्छाशक्ति वाले लोग, जिन्होंने आत्म-अनुशासन द्वारा उसे ख़ुद हासिल किया है, मुश्किलों के सामने आने पर आशा या मैदान नहीं छोड़ते हैं। जिनमें इच्छाशक्ति नहीं होती है, वे मैदान छोड़ देते हैं।

एक विनम्र सेनापति अपने थके-हारे सैनिकों के सामने खड़ा था। राज्यों

के बीच हो रहे युद्ध में उसकी सेना अभी-अभी पराजित हुई थी। उसके पास भी हताश होने का कारण था, क्योंकि युद्ध में उसकी हार हो रही थी।

जब उसके एक अधिकारी ने कहा कि स्थिति निराशाजनक दिख रही है, तो जनरल ग्रांट ने अपना थका हुआ सिर उठाया, अपनी आँखें बंद कीं, अपनी मुट्ठियाँ भींचीं और कहा, "हम इसी तरह लड़ते रहेंगे, चाहे हमें गर्मियों भर लड़ना पड़े!" एक व्यक्ति के इस दृढ़ निर्णय से, एक व्यक्ति की अदम्य इच्छाशक्ति से आख़िरकार वह अंतिम विजय मिल ही गई, जिसकी वजह से अमेरिकी राज्यों का संघ बरकरार रहा।

कुछ लोग कहते हैं कि "सत्य ही शक्ति है!" दूसरे लोग कहते हैं कि "शक्ति ही सत्य है!" लेकिन जो लोग सटीक तरीक़े से सोचते हैं, वे जानते हैं कि इच्छाशक्ति से ही वास्तविक शक्ति मिलती है, चाहे यह सही हो या ग़लत। और इतिहास इस बात का समर्थन करता है।

अगर आप बेहद सफल लोगों का अध्ययन करेंगे, तो आपको यह प्रमाण मिल जाएगा कि इच्छाशक्ति का जब लगन से प्रयोग किया जाता है, तो यह सफलता का सबसे प्रबल कारण बन जाती है। और आपको यह भी पता चलेगा कि सफल लोग ख़ुद पर ज़्यादा कठोर अनुशासन रखते हैं, बजाय उस व्यक्ति के, जिसे अपने नियंत्रण के बाहर की परिस्थितियों के कारण मजबूरन ऐसा करना पड़ता है।

जब दूसरे सोते हैं, तब भी सफल लोग काम करते रहते हैं! वे **एक मील ज़्यादा आगे तक जाते** हैं और अगर ज़रूरत पड़ती है, तो दो मील ज़्यादा आगे तक जाते हैं। अगर इसके बाद भी ज़रूरत पड़ती है, तो वे तीन मील ज़्यादा आगे तक जाते हैं। वे तब तक नहीं रुकते हैं, जब तक कि वे अपनी क्षमता के अनुसार सेवा का पूर्ण योगदान न दे दें।

अगर आप एक दिन के लिए उनका अनुसरण करके देखें, तो आपको यह विश्वास हो जाएगा कि उन्हें नियंत्रित या प्रेरित करने के लिए किसी की ज़रूरत नहीं है। वे अपनी ही व्यक्तिगत पहल-शक्ति का अनुसरण करते हैं, क्योंकि वे सबसे कठोर आत्म-अनुशासन द्वारा अपने प्रयासों को दिशा देते हैं। उन्हें अपनी प्रशंसा अच्छी लग सकती है, लेकिन कर्म की प्रेरणा देने के लिए उन्हें इसकी ज़रूरत नहीं है। वे अपनी बुराई भी सुन लेते हैं, लेकिन इससे डरते नहीं हैं और इससे हताश भी नहीं होते हैं।

दूसरे लोगों की तरह ही वे भी कई बार असफल होते हैं या अस्थायी पराजय झेलते हैं, लेकिन असफलता सिर्फ़ उन्हें ज़्यादा कोशिश करने के लिए प्रेरित करती है।

दूसरे लोगों की तरह ही उन्हें भी राह में बाधाएँ मिलती हैं, लेकिन वे उन्हें सीढ़ियों में बदल लेते हैं और उन पर चढ़कर वे अपने चुने हुए लक्ष्य तक पहुँचते हैं।

दूसरे लोगों की तरह ही उन्हें भी हताशा का अनुभव होता है, लेकिन वे अपने मस्तिष्क के दरवाज़ों को इन अप्रिय अनुभवों की तरफ़ से कसकर बंद कर लेते हैं। वे अपनी निराशा को नई ऊर्जा में बदल लेते हैं और उससे शक्ति पाकर वे विजय तक पहुँचते हैं।

जब मृत्यु उनके परिवार में दस्तक देती है, तो वे अपने प्रियजन को दफ़न कर देते हैं, लेकिन अपनी अजेय इच्छाशक्ति को दफ़न नहीं करते हैं।

वे दूसरों की सलाह लेते हैं और उसमें से अपने काम की बातें ग्रहण करने के बाद बाक़ी की सलाह को ठुकरा देते हैं। वे इस बात से नहीं घबराते हैं कि पूरी दुनिया उनकी निर्णय की आलोचना करेगी। वे जानते हैं कि वे अपने जीवन की हर परिस्थिति को नियंत्रित नहीं कर सकते हैं, लेकिन वे यह भी जानते हैं कि सकारात्मक मानसिक अवस्था रखकर वे उन परिस्थितियों पर अपनी मानसिक प्रतिक्रियाओं को नियंत्रित कर सकते हैं। दूसरों की तरह ही उनके मन में भी नकारात्मक भावनाएँ आती हैं और उनका इम्तहान लेती हैं, लेकिन वे अपनी भावनाओं को अपना सेवक बनाकर विजय पाते हैं।

हमें यह तथ्य ध्यान में रखना चाहिए कि आत्म-अनुशासन के माध्यम से व्यक्ति दो महत्वपूर्ण काम कर सकता है और ये दोनों ही काम बड़ी सफलता के लिए अनिवार्य हैं। पहली बात, व्यक्ति पूरी तरह से नकारात्मक भावनाओं को नियंत्रित कर सकता है, उन्हें सृजनात्मक प्रयास में बदल सकता है और ज़्यादा कोशिश करने की प्रेरणा के रूप में उनका इस्तेमाल कर सकता है। दूसरी बात, व्यक्ति सकारात्मक भावनाओं को प्रेरित कर सकता है और किसी निश्चित लक्ष्य की प्राप्ति के लिए उन्हें निर्देशित कर सकता है। इस तरह, जब सकारात्मक और नकारात्मक दोनों ही तरह की भावनाओं को नियंत्रित कर लिया जाता है, तो तर्कशक्ति और

कल्पनाशक्ति समुचित कार्य करने के लिए स्वतंत्र हो जाती हैं।

भावनाओं पर नियंत्रण धीरे-धीरे हासिल होता है। विचार की ऐसी आदतें डालना पड़ती हैं, जो नियंत्रण के लिए ज़रूरी हैं। ये आदतें ज़िंदगी की छोटी-छोटी और महत्वहीन दिखने वाली परिस्थितियों से शुरू होती हैं, क्योंकि जैसा अमेरिकी सुप्रीम कोर्ट के न्यायाधीश ब्रांडिस ने एक बार कहा था, "मस्तिष्क हाथ की तरह होता है। इसका विकास तभी होता है, जब इसका उपयोग होता है।"

मस्तिष्क के छह विभागों को नियंत्रित करना

आत्म-अनुशासन द्वारा मस्तिष्क के छह विभागों पर एक-एक करके पूरा नियंत्रण किया जा सकता है। बहरहाल, शुरुआत उन आदतों से करना चाहिए, जिनसे भावनाओं पर नियंत्रण स्थापित हो सके। ऐसा इसलिए है, क्योंकि ज़्यादातर लोग ज़िंदगी भर अपनी अनियंत्रित भावनाओं के कारण ही कष्ट उठाते हैं। ज़्यादातर लोग अपनी भावनाओं के स्वामी नहीं, बल्कि सेवक होते हैं, क्योंकि वे उन्हें नियंत्रित करने की सुनियोजित आदतें कभी नहीं डाल पाते हैं।

जिस भी व्यक्ति ने आत्म-अनुशासन के माध्यम से अपने मस्तिष्क के छह विभागों को नियंत्रित करने का संकल्प कर लिया है, उसे एक निश्चित योजना बना लेना चाहिए और उस पर अमल करना चाहिए।

इस फ़िलॉसफ़ी के एक विद्यार्थी ने इस उद्देश्य के लिए एक सिद्धांत तैयार किया था। यह सिद्धांत उसके इतने काम आया कि वह पूरी तरह से आत्म-अनुशासित हो गया। यह सिद्धांत इतना कारगर साबित हुआ कि इसे यहाँ पर इस फ़िलॉसफ़ी के दूसरे विद्यार्थियों के लाभ के लिए प्रस्तुत किया गया है।

इस सिद्धांत पर हस्ताक्षर किए गए, इसे दिन में दो बार दोहराया गया, एक बार सुबह उठने पर और दूसरी बार रात को सोने जाते समय। इस तकनीक से विद्यार्थी को आत्म-सुझाव के सिद्धांत का लाभ मिला और उसका लक्ष्य उसके अवचेतन मस्तिष्क तक पहुँच गया, जहाँ इसे साकार करने की प्रक्रिया शुरू हुई। मैंने आपके पैकेट में इस सिद्धांत की एक प्रति रख दी है। आपके लाभ के लिए मैं इसे अभी पढ़ देता हूँ। यह सिद्धांत इस तरह है :

आत्म–अनुशासन का सिद्धांत

इच्छा–शक्ति

मैं यह जानता हूँ कि इच्छाशक्ति ही मेरे मस्तिष्क की सुप्रीम कोर्ट है, इसलिए जब भी मैं किसी उद्‌देश्य से कोई काम करूँगा, तो मैं हमेशा इस शक्ति का प्रयोग करूँगा। और मैं ऐसी आदतें डालूँगा, जिनसे मुझे इच्छाशक्ति को कर्म में बदलने में मदद मिले। मैं हर दिन कम से कम एक बार ऐसा करूँगा।

भावनाएँ

मैं यह जानता हूँ कि मेरी भावनाएँ सकारात्मक भी होती हैं और नकारात्मक भी। इसलिए मैं ऐसी आदतें डालूँगा, जो सकारात्मक भावनाओं को प्रोत्साहित करें और नकारात्मक भावनाओं को उपयोगी कर्म में बदलने में मेरी मदद करें।

तर्क

मैं यह जानता हूँ कि मेरी सकारात्मक और नकारात्मक दोनों ही भावनाएँ ख़तरनाक हो सकती हैं, जब तक कि इच्छित लक्ष्यों की दिशा में उन्हें नियंत्रित और निर्देशित न किया जाए। मैं अपनी सभी इच्छाओं, लक्ष्यों और उद्‌देश्यों को अपनी तर्कशक्ति से परखूँगा और इनकी अभिव्यक्ति के लिए इसका मार्गदर्शन लूँगा।

कल्पना

मैं यह जानता हूँ कि मेरी इच्छाओं की पूर्ति होने के लिए दमदार योजनाओं और विचारों की ज़रूरत है, इसलिए मैं अपनी कल्पनाशक्ति का विकास करूँगा और इसका नियमित प्रयोग करके योजनाएँ बनाने में इसकी मदद लूँगा।

अंतरात्मा

मैं यह जानता हूँ कि अति उत्साह के कारण मेरी भावनाओं से अक्सर भूल हो जाती है और मेरी तर्कशक्ति में अक्सर भावना की वह आँच नहीं होती है, जिससे मैं न्यायपूर्ण होने के साथ ही सहानुभूतिपूर्ण निर्णय भी ले

सकूँ। इसलिए मैं अपनी अंतरात्मा से मार्गदर्शन लूँगा कि सही क्या है और ग़लत क्या है। मैं अंतरात्मा के फ़ैसले को कभी नज़रअंदाज़ नहीं करूँगा, भले ही मुझे इसकी कोई भी क़ीमत क्यों न चुकाना पड़े।

स्मरण शक्ति

मैं यह जानता हूँ कि अच्छी स्मरण शक्ति कितनी मूल्यवान होती है। इसलिए मैं अपनी स्मरणशक्ति को तीव्र करने का प्रयास करूँगा। मैं इस पर अपने वे विचार अंकित करूँगा, जिन्हें मैं याद करना चाहता हूँ। साथ ही, मैं इन विचारों को ऐसे संबद्ध विचारों से जोड़ दूँगा, जिन्हें मैं अक्सर याद कर सकता हूँ।

अवचेतन मस्तिष्क

मैं यह जानता हूँ कि मेरा अवचेतन मस्तिष्क मेरी इच्छाशक्ति को प्रभावित करता है, इसलिए मैं ज़िंदगी में अपने प्रमुख लक्ष्य और इस लक्ष्य तक ले जाने वाले सभी छोटे लक्ष्यों की स्पष्ट तथा निश्चित तस्वीर इसके सामने रखूँगा। मैं इस तस्वीर को हर दिन बार-बार दोहराकर अपने अवचेतन मस्तिष्क के सामने लगातार रखूँगा।

मस्तिष्क पर अनुशासन धीरे-धीरे हासिल होता है। यह अनुशासन ऐसी आदतें डालकर हासिल होता है, जिन्हें व्यक्ति नियंत्रित कर सकता है। आदतें मस्तिष्क में शुरू होती हैं। इसलिए इस सिद्धांत को हर दिन दोहराने से व्यक्ति अपनी आदतों के बारे में जागरूक हो जाएगा। वह जान जाएगा कि उसे मस्तिष्क के छह विभागों को विकसित और नियंत्रित करने के लिए कौन सी आदतें डालना चाहिए।

सिर्फ़ इन विभागों के नाम दोहराने से ही महत्वपूर्ण प्रभाव पड़ता है। इससे व्यक्ति जान जाता है कि इन विभागों का अस्तित्व है, ये महत्वपूर्ण हैं और विचार की आदतें डालकर इन्हें नियंत्रित किया जा सकता है। वह यह भी जान जाता है कि इन आदतों की प्रकृति ही आत्म-अनुशासन के मामले में व्यक्ति की सफलता या असफलता तय करती है।

किसी भी व्यक्ति के जीवन में वह दिन सचमुच महान होता है, जब वह इस सच्चाई को पहचान लेता है कि जीवन में उसकी सफलता या असफलता का संबंध काफ़ी हद तक उसकी भावनाओं के नियंत्रण से है!

इस सच्चाई को पहचानने से पहले उसे अपनी भावनाओं के अस्तित्व और प्रकृति को पहचानना होगा। उसे उस शक्ति को पहचानना होगा, जो भावनाओं के नियंत्रण से मिल सकती है। बहरहाल, बहुत से लोग ज़िंदगी भर इन बातों को नहीं पहचान पाते हैं।

नकारात्मक भावनाएँ : सबसे प्रबल शत्रु

यह सब जानते हैं कि जिस शत्रु को पहचान लिया जाता है, वह आधा परास्त हो जाता है। यह बाहरी शत्रुओं के बारे में जितना सही है, उतना ही मस्तिष्क के भीतरी शत्रुओं के बारे में भी सही है। ख़ास तौर पर यह नकारात्मक भावना नामक शत्रु के बारे में सही है। जब व्यक्ति नकारात्मक भावना के शत्रु को पहचान लेता है, तो लगभग अचेतन रूप से वह आत्म-अनुशासन द्वारा इस शत्रु का प्रतिरोध करने की आदत डाल लेता है।

यही तर्क सकारात्मक भावनाओं के लाभ पर भी लागू होता है, क्योंकि यह सच है कि जिस लाभ को पहचान लिया जाता है, उसे आसानी से पाया जा सकता है। सकारात्मक भावनाएँ लाभदायक हैं, क्योंकि वे मस्तिष्क की प्रेरक शक्ति का हिस्सा हैं। लेकिन वे तभी सहायक होती हैं, जब उन्हें निश्चित सृजनात्मक लक्ष्यों की प्राप्ति के लिए ढाला और निर्देशित किया जाता है। अगर उन्हें नियंत्रित न किया जाए, तो वे भी नकारात्मक भावनाओं जितनी ही ख़तरनाक हो सकती हैं।

नियंत्रण आत्म-अनुशासन से होता है, जिसे विचार की आदतों द्वारा सुनियोजित रूप से और स्वेच्छा से लागू किया जाता है। उदाहरण के लिए आस्था की भावना को लें, जो सबसे सशक्त भावना है। यह तभी मदद कर सकती है, जब निश्चित लक्ष्य के आधार पर इसे सृजनात्मक, सुनियोजित कर्म में अभिव्यक्त किया जाए।

कर्म के बिना आस्था निरर्थक है, क्योंकि उस स्थिति में यह सिर्फ़ दिवास्वप्न, इच्छा या धुँधली सी आशावादिता बनकर रह जाती है। आत्म-अनुशासन ही वह माध्यम है, जिसके द्वारा व्यक्ति आस्था की भावना को प्रेरित कर सकता है और निश्चित लक्ष्य की तरफ़ लगन से बढ़ सकता है।

अनुशासन ऐसी आदतों से शुरू होना चाहिए, जो इच्छाशक्ति के प्रयोग

को प्रेरित करें, क्योंकि इच्छाशक्ति के निवास यानी अहम् के कारण ही व्यक्ति की इच्छाएँ उत्पन्न होती हैं। इस तरह, इच्छा और आस्था की भावनाएँ निश्चित रूप से जुड़ी हुई हैं। जहाँ भी प्रबल इच्छा होती है, वहाँ आस्था की क्षमता भी होती है, जो उस इच्छा जितनी ही प्रबल होती है। दोनों हमेशा साथ-साथ चलती हैं। एक को प्रेरित करेंगे, तो दूसरी अपने आप प्रेरित हो जाएगी। आदतों को ढालकर एक को नियंत्रित करेंगे और दिशा देंगे, तो दूसरी अपने आप नियंत्रित हो जाएगी और दिशा पा लेगी। यह आत्म-अनुशासन का सर्वोच्च रूप है।

जिमी कार्टर का आत्म–अनुशासन

जिमी कार्टर को मानव अधिकारों के सबसे प्रभावशाली समर्थकों में से एक माना जाता है। निश्चित लक्ष्य द्वारा निर्देशित इच्छाशक्ति की बदौलत ही उन्होंने यह प्रतिष्ठा हासिल की है।

अमेरिकी नौसेना में सेवा करने के बाद उन्होंने प्लेन्स, जॉर्जिया में मूँगफली उगाने वाले किसान के रूप में अपना कैरियर शुरू किया। फिर उन्होंने राजनीति में प्रवेश करने का फ़ैसला किया और दो बार जॉर्जिया राज्य की सीनेट में चुने गए।

1976 में वे अमेरिका के राष्ट्रपति पद के लिए डेमोक्रेटिक पार्टी के प्रत्याशी की दौड़ में शामिल हुए। हालाँकि उनके प्रत्याशी बनने की संभावना बहुत क्षीण थी, लेकिन पार्टी ने उन्हें अपना प्रत्याशी बना लिया और जल्दी ही वे राष्ट्रपति भी बन गए। मज़े की बात यह थी कि विदेश नीति और मानव अधिकारों के प्रति समर्पित होने के बावज़ूद उनकी विदेश नीति के ग़लत क़दमों के कारण ईरानी बंधक संकट उत्पन्न हुआ और अमेरिका में ईरान के शाह को राजनीतिक शरण देने के विरोध में तेहरान स्थित अमेरिकी दूतावास में 52 अमेरिकियों को बंधक बना लिया गया।

अगली बार, कार्टर राष्ट्रपति चुनाव में रोनाल्ड रीगन से हार गए।

लेकिन कार्टर ने अपनी आस्था नहीं खोई। राष्ट्रपति भवन से निकलने के बाद उन्होंने कार्टर सेंटर स्थापित किया, जो सार्वजनिक नीति के राष्ट्रीय और अंतरराष्ट्रीय मुद्दों पर ध्यान केंद्रित करता था। वे विदेशी कूटनीति के क्षेत्र में भी सक्रिय हुए। अंत में, प्रजातंत्र और मानव अधिकारों के क्षेत्र में कार्टर की सेवा को 2002 में पहचाना गया और उन्हें नोबेल शांति

पुरस्कार दिया गया। प्रशस्ति में कहा गया था कि यह पुरस्कार उन्हें "दशकों तक अंतरराष्ट्रीय संघर्षों के शांतिपूर्ण समाधान खोजने, प्रजातंत्र और मानवीय अधिकारों की प्रगति करने और आर्थिक व सामाजिक विकास की पहल करने" के लिए दिया गया।

इसके अलावा, कार्टर ने 16 पुस्तकें भी लिखीं। जिमी कार्टर को अपनी ग़लतियों से ऊपर उठने और उत्कृष्टता का सबसे बड़ा पुरस्कार पाने के लिए बहुत आत्म-अनुशासन की ज़रूरत पड़ी। आत्म-अनुशासन और निश्चित लक्ष्य ने उन्हें लगन से बढ़ने की प्रेरणा दी। उन्होंने कभी अपने सबसे बड़े लक्ष्यों को अपनी नज़रों से ओझल नहीं होने दिया।

यह ज़्यादातर लोगों के लिए सबसे ख़तरनाक जगह है!

जब मुश्किलें सामने आती हैं, तो ज़्यादातर लोग हार मान लेते हैं और मैदान छोड़ देते हैं। वे यह नहीं जानते हैं कि अगर वे एक क़दम और आगे बढ़ा लेते, तो वे जीत सकते थे।

इच्छाशक्ति की ज़रूरत सबसे ज़्यादा तब होती है, जब विरोध सबसे प्रबल होता है। और हर संकट की स्थिति में, चाहे वह छोटी हो या बड़ी, इच्छाशक्ति आत्म-अनुशासन की बदौलत मिलती है।

बाधाओं को पार करना

मैटी जे. स्टेपैनेक की कहानी

बहुत से लोगों ने 13 साल के मैटी जे. स्टेपैनेक की अविश्वसनीय कहानी सुनी होगी। वे बेस्टसेलिंग बाल-कवि और मस्क्युलर डाइट्रॉफ़ी एसोसिएशन (एम.डी.ए.) के नेशनल गुडविल एम्बैसेडर हैं। मैटी माइटोकॉन्ड्रियल मायोपैथी से पीड़ित हैं, जिसे एम.डी.ए. ने अपनी वेबसाइट में इस तरह परिभाषित किया है : "मांसपेशीय कमज़ोरी, गर्दन की शिथिल मांसपेशियाँ और चलने की अक्षमता। इससे पीड़ित व्यक्ति अक्सर बीमारी के दौरों, बहरेपन, संतुलन और दृष्टि की कमी तथा मंदबुद्धि का शिकार होता है।"

मैटी की बीमारी का ऑपरेशन नहीं हो सकता है। उसके भाई-बहन भी इसी बीमारी से मर गए थे, जब वे मैटी से बहुत छोटे थे। यह एक चमत्कार है कि मैटी अब भी ज़िंदा है। अपनी बीमारी के कारण मैटी व्हीलचेयर और वेंटिलेटर के साथ जीने के लिए मजबूर है। बहरहाल, इसके बावज़ूद वह

एक लेखक है, वह अच्छे कामों के लिए चंदा इकट्ठा करता है और वह विश्व शांति का प्रवक्ता है। मैटी ने 3 साल की उम्र में ही लिखना शुरू कर दिया था। 11 साल की उम्र में उसका कविता संग्रह **"हार्टसॉन्ग्स"** *न्यूयॉर्क टाइम्स* बेस्टसेलर लिस्ट में पहुँच गया।

मैटी हर दिन इस आशंका में जीता है कि शायद वह अगला दिन न देख पाए। बहरहाल, इसके बावज़ूद वह लगातार सीखता है, बोलता है और हज़ारों ऐसे लोगों को प्रेरणा देता है, जो लाइलाज बीमारियों या विकलांगता के शिकार हैं।

कवि होने के लिए बहुत आत्म-अनुशासन की ज़रूरत होती है। लेकिन अपनी सेहत को नज़रअंदाज़ करने के लिए इससे भी ज़्यादा अनुशासन की ज़रूरत होती है, जब आप यह न जानते हों कि अगले पल क्या होगा। इस स्थिति में अपने बारे में सोचने के बजाय दूसरों के बारे में सोचने के लिए, दुनिया के बारे में सोचने के लिए और बहुत ही विषम परिस्थितियों में महत्वपूर्ण योगदान देने की कोशिश करने के लिए प्रबल आत्म-अनुशासन की ज़रूरत होती है। आस्था, आत्म-अनुशासन और निश्चित लक्ष्य का मैटी स्टेपैनेक से ज़्यादा अच्छा उदाहरण दूसरा नहीं होगा!

पूर्व राष्ट्रपति थियोडोर रूज़वेल्ट ने भी हमारे सामने यह साबित किया कि जब इंसान जीतने की इच्छा से प्रेरित होता है, तो वह असंख्य बाधाओं के बावज़ूद जीत सकता है।

कम उम्र में ही उन्हें अस्थमा हो गया और उनकी आँखें कमज़ोर हो गईं। उनके मित्रों को उम्मीद नहीं थी कि उनकी सेहत कभी ठीक होगी। लेकिन इस बारे में रूज़वेल्ट के विचार अलग थे, क्योंकि वे आत्म-अनुशासन की शक्ति को पहचानते थे।

वे पश्चिम दिशा में गए, और वहाँ पर कुछ आउटडोर कर्मचारियों के समूह में शामिल हो गए। उन्होंने आत्म-नियंत्रण की निश्चित योजना पर चलकर अपने शरीर व मस्तिष्क को सशक्त बनाया। कुछ डॉक्टरों का कहना था कि वे ऐसा नहीं कर सकते, लेकिन उन्होंने डॉक्टरों की बात मानने से इंकार कर दिया।

अपनी सेहत दोबारा हासिल करने के संघर्ष में उन्होंने ख़ुद पर इतना नियंत्रण पा लिया कि वे वापस घर लौटे, राजनीति में उतरे और तब तक

आगे बढ़ते रहे, जब तक कि जीतने की इच्छा ने उन्हें अमेरिका का राष्ट्रपति नहीं बनवा दिया।

उन्हें अच्छी तरह जानने वाले लोगों का कहना है कि रूज़वेल्ट का सबसे बड़ा गुण उनकी इच्छाशक्ति थी, जो पराजय को स्वीकार नहीं करती थी और उसे सिर्फ़ ज़्यादा मेहनत करने की प्रेरणा मानती थी। इसके अलावा उनमें कोई ख़ास बात नहीं थी। उनकी योग्यता, उनकी शिक्षा और उनके अनुभव किसी भी तरह से उनके आस-पास के लोगों से ज़्यादा अच्छे नहीं थे, जिनके बारे में जनता ने बहुत कम सुना है या सुना ही नहीं है।

जब वे राष्ट्रपति थे, तो सेना के कुछ अधिकारियों ने उनके एक आदेश के बारे में उनसे शिकायत की। उस आदेश में अधिकारियों को शारीरिक रूप से फ़िट रहने के लिए कहा गया था। रूज़वेल्ट ने सेना के अधिकारियों को यह दिखाने का फ़ैसला किया कि वे शारीरिक रूप से फ़िट हैं। उन्होंने वर्जीनिया की ख़राब सड़कों पर सौ मील तक घुड़सवारी की। सेना के अधिकारी उनकी बराबरी नहीं कर पाए और पीछे रह गए।

इस शारीरिक उपलब्धि के पीछे एक सक्रिय मस्तिष्क था, जिसने यह ठान लिया था कि यह शारीरिक कमज़ोरी की बाधा के सामने हार नहीं मानेगा। और यही वजह थी कि व्हाइट हाउस में उनके कार्यकाल के दौरान वे बेहद सक्रिय रहे।

जब मस्तिष्क कहता है, "आगे बढ़ो," तो शरीर इसके आदेश का पालन करता है। इससे एंड्रयू कारनेगी की यह बात भी सच साबित होती है कि "हमारी सीमाएँ सिर्फ़ वही होती हैं, जिन्हें हम अपने मस्तिष्क में ख़ुद बनाते हैं!"

एक फ्रांसीसी दल ने पनामा नहर बनाने की कोशिश की, लेकिन वह असफल हो गया।

थियोडोर रूज़वेल्ट ने कहा, "नहर बनकर रहेगी।" इन शब्दों में उन्होंने कर्म का आह्वान किया और अपनी आस्था को भी प्रकट किया। नहर बन गई! जीतने की इच्छा से शक्ति मिली! लेकिन इस शक्ति को आत्म-अनुशासन के अलावा किसी दूसरे साधन से कर्म में नहीं बदला जा सकता!

लगन से कामयाबी मिलती है

रॉबर्ट लुई स्टीवेंसन जन्म से ही कमज़ोर थे। बुरी सेहत के कारण वे सत्रह साल की उम्र तक नियमित अध्ययन नहीं कर पाए। तेईस साल की उम्र में उनकी सेहत इतनी ख़राब हो गई कि डॉक्टरों ने उन्हें स्वास्थ्यलाभ के लिए दक्षिण दिशा में भेज दिया।

वहाँ पर उन्हें एक महिला से प्रेम हो गया। यह प्रेम इतना प्रबल था कि इसने उन्हें नया जीवन दिया, कर्म का नया लक्ष्य दिया और वे लिखने लगे, हालाँकि उनके शरीर में चलने-फिरने की शक्ति भी नहीं थी। वे लगातार लिखते रहे और आज उनकी साहित्यिक कृतियों को महान रचनाओं की श्रेणी में रखा जाता है।

प्रेम के उद्देश्य ने कई अन्य लोगों को भी स्टीवेंसन की तरह विचार के पंख दिए हैं, जिन्होंने दुनिया को अधिक समृद्ध और बेहतर बनाया है। प्रेम के उद्देश्य के बिना स्टीवेंसन दुनिया में कोई योगदान दिए बिना ही मर गए होते। उन्होंने आत्म-अनुशासन की आदतों के माध्यम से अपने मस्तिष्क के छह विभागों को नियंत्रित किया और अपने प्रेम को साहित्यिक कृतियों में रूपांतरित कर दिया।

इसी तरह से चार्ल्स डिकेन्स ने प्रेम की त्रासदी को साहित्यिक कृतियों में बदल दिया। अपने पहले प्रेम प्रसंग की निराशा से हार मानने के बजाय उन्होंने अपने दुख को लेखन की गहनता में डुबा दिया। इस तरीक़े से उन्होंने एक ऐसे अनुभव पर दरवाज़ा बंद कर दिया, जिसे कई लोगों ने कर्तव्य से पलायन का दरवाज़ा बना लिया होता या अपनी असफलता का बहाना बना लिया होता।

आत्म-अनुशासन के माध्यम से उन्होंने अपने महानतम दुख को अपनी सबसे बड़ी शक्ति में बदल दिया, क्योंकि इसने उन्हें अपना "असली स्वरूप" दिखाया, जिसमें प्रतिभा की शक्ति भी शामिल थी, जो उनकी साहित्यिक कृतियों में झलकती है।

दुखों और निराशाओं पर विजय का एक अचूक नियम है और यह है: निश्चित रूप से सुनियोजित कार्य द्वारा अपनी भावनात्मक कुंठाओं का रूपांतरण। यह एक ऐसा नियम है, जिसका कोई सानी नहीं है। और इसकी

शक्ति का रहस्य आत्म-अनुशासन है।

शारीरिक व मानसिक स्वतंत्रता और आर्थिक सुरक्षा व्यक्तिगत पहल-शक्ति से मिल सकती हैं। और ध्यान रहे, व्यक्तिगत पहल-शक्ति आत्म-अनुशासन का परिणाम है। किसी अन्य साधन से इन सार्वभौमिक इच्छाओं को नहीं पाया जा सकता।

अब हमारी यात्रा समाप्त होने को है

हमारी यात्रा अब समाप्त होने को है। अब बाक़ी की यात्रा आपको अकेले तय करना होगी। अगर आपने मेरे निर्देशों का सही मानसिक नज़रिये से पालन किया है, तो अब आपके पास वह महान चाबी है, जिससे आप सफलता के दरवाज़े का ताला खोल सकते हैं।

अब मैं आपको एक बहुत महत्वपूर्ण सच्चाई बताना चाहूँगा : अमीरी की चाबी इंसान को मिली महानतम शक्ति - विचार की शक्ति - में निहित है!

आप अपने मस्तिष्क के स्वामी बनकर इस चाबी के स्वामी बन सकते हैं और आप कठोरतम आत्म-अनुशासन द्वारा ऐसा कर सकते हैं।

आत्म-अनुशासन द्वारा सोचकर आप ज़िंदगी की विषम से विषम परिस्थिति से भी उबर सकते हैं।

आत्म-अनुशासन आपके मानसिक नज़रिये पर नियंत्रण रखने में आपकी मदद करेगा। आपका मानसिक नज़रिया आपकी ज़िंदगी की हर परिस्थिति पर विजय पाने में आपकी मदद कर सकता है। आपका मानसिक नज़रिया हर विपत्ति, पराजय और असफलता को समतुल्य लाभ में बदलने में आपकी मदद कर सकता है। इसीलिए सकारात्मक मानसिक नज़रिया ज़िंदगी की बारह दौलतों की सूची में पहले स्थान पर आता है।

अब आपके सामने यह स्पष्ट हो जाना चाहिए कि अमीरी की महान चाबी और कुछ नहीं, बल्कि आत्म-अनुशासन है, जिसकी मदद से आप अपने मस्तिष्क के पूर्ण स्वामी बन सकते हैं!

आप जहाँ हैं, वहीं से शुरू कर दें और ख़ुद के स्वामी बन जाएँ। इसी समय शुरू कर दें! पुराने स्वरूप को छोड़ दें, जिसने आपको दुख और ग़रीबी में रखा है। अपने "असली स्वरूप" को पहचानें, जो आपको हर

मनचाही चीज़ दे सकता है। याद रखें, यह बहुत ही महत्वपूर्ण है कि आपको सिर्फ़ एक ही चीज़ पर पूरा नियंत्रण दिया गया है और वह है मानसिक नज़रिया!

रोशनी मद्धिम हो गई। प्रतिष्ठित वक्ता जितने रहस्यमय तरीक़े से प्रकट हुआ था, उतने ही रहस्यमय तरीक़े से अँधेरे में ग़ुम हो गया। बहरहाल, उसने विशाल जनसमुदाय के हर सदस्य को नई आशा, आस्था और साहस से भर दिया था।

जब दोबारा रोशनी हुई, तो बहुत से श्रोता अपनी जगह पर बैठे रहे और वक्ता की बातों को पचाने की कोशिश करते रहे। सभी को यह एहसास था कि वे सचमुच सौभाग्यशाली थे, जो उन्हें इतने समझदार और अद्‌भुत व्यक्ति के साथ समय बिताने का अवसर मिला।

अगली सुबह, श्रोताओं ने अख़बार को ध्यान से देखा। वे जानना चाहते थे कि वह रहस्यमय वक्ता कौन था, जिसकी ज्ञानवर्धक बातें सुनने का उन्हें सौभाग्य मिला था। बहरहाल, अख़बार के पहले पन्ने पर इस तरह का कोई सनसनीखेज़ रहस्योद्‌घाटन नहीं था। अंततः उन्हें वह ख़बर व्यावसायिक खंड के पीछे मिली। उसमें रहस्यमय व्यक्ति के बारे में एक छोटी सी ख़बर छपी थी। इसमें लिखा था कि यह रहस्यमय व्यक्ति सफलता के ग़ुर जानने का दावा करता है और पूरे देश में ज्ञान बाँट रहा है। बहरहाल, लेख में लिखा था कि वह आदमी धोखेबाज़ है, क्योंकि जब उससे उसका नाम पूछा गया, तो उसने अपने असली चरित्र को उजागर कर दिया।

उसने अपना नाम बताया, "नेपोलियन हिल।" उसी पल, उसने सारी विश्वसनीयता खो दी, क्योंकि सब लोग यह बात जानते हैं कि नेपोलियन हिल की मृत्यु 50 साल पहले हो चुकी है।

ooo

www.ingramcontent.com/pod-product-compliance
Lightning Source LLC
LaVergne TN
LVHW100836071026
849525LV00025B/168